外名家精品荟萃

智慧锦囊

冯化平◎主编

小说

内蒙古出版集团有限责任公司

内蒙古文化出版社

图书在版编目(CIP)数据

智慧锦囊 / 冯化平主编 .—呼伦贝尔：内蒙古文化出版社，
2010.4

（中外名家精品荟萃：7）

ISBN 978-7-80675-804-5

Ⅰ.①智…Ⅱ.①冯…Ⅲ.①文学欣赏—世界Ⅳ.I106

中国版本图书馆 CIP 数据核字 (2010) 第 060983 号

智慧锦囊

ZHIHUI JINNANG

冯化平　主编

责任编辑	格日乐
装帧设计	博凯设计

出版发行	内蒙古文化出版社
地　　址	呼伦贝尔市海拉尔区河东新春街4－3号
直销热线	0470－8241422　　**邮编**　021008

排版制作	北京鸿儒文轩文化传播有限公司
印刷装订	三河市华东印刷有限公司
开　　本	710mm×1000mm　1/16
字　　数	230千
印　　张	20
版　　次	2010年5月第1版
印　　次	2022年4月第2次印刷
印　　数	5001—8000 册
书　　号	ISBN 978-7-80675-804-5
定　　价	58.00元

·前言·

　　一篇不超过 1500 字的文章，将一篇普通小说应该具有的一切概括出来，长篇、中篇、短篇小说都做不到，微型小说做到了。它袖珍，却麻雀虽小五脏俱全；它短小，却往往立意新颖、情节严谨、结局新奇，自成一体，有着广泛的读者群和家喻户晓的美誉。

　　因其短小，在构思和行文时才更讲究字句的凝炼，不允许文章中有赘词冗句。它的创作，是将时间、场所、人物压缩到一个小舞台上尽情展现，它的创作犹如做一件微雕的工艺品，精巧之间尽显功力。在某种程度上，微型小说就是一种敏感，从一个点、一个画面、一个对比、一声赞叹、一瞬间之中，捕捉住了小说的———一种智慧、一种美、一个耐人寻味的场景，一种新鲜的思想。也正是因为这些，微型小说自出现至今，一直深受读者的喜爱。

　　现在，对于广大读者来说，一个微型小说的饕餮盛宴就展现在眼前，我们推出的《中外名家精品荟萃》书系，其中就包括微型小说作品。我们的目的就是为了使人们在紧张的生活之余，撇开那些尘嚣的文字垃圾，将全身心沉浸在好书的海洋，汲取好书的思想精华。

　　在这套书系中，包罗了近百年来中外广泛流传的名家名作。它们的作者大都是在历史上享有崇高地位，曾经影响过文坛的大师、巨匠、泰斗。这些作品经受住了时间的考验和历史的洗礼，作者的思想高度和精神内涵在岁月中不断沉淀，最终成为最美丽的琥珀。

　　这些微型小说经过整理，共分四部分，具体包括《昔日重现》、《蓦然回首》、《智慧锦囊》和《哲理精粹》。所选的文章都具有很强的故事性和可读性，展现了名家们的经典构思。这些小说是大师们思想、想象和精神内涵的沉淀，体现了他们的创作魅力。虽然情节简单，但正如契诃夫所说："故事越单纯，那就越逼真，越诚恳，因而也就越好。"

　　这些小说选文精短美妙，有些甚至就是"小不点"，曾经在历史的长河中被遗忘在角落。现在我们将其收集、整理、汇集，让它们重新绽放出生命的光辉，因此具有很强的收藏价值。文章在组织编排的时候是按照一定的逻辑思维分章编织串珠，更体现了其凝练、结晶、群星熠熠闪烁的特色，真正展现了传世文学精品的流光溢彩。

这套书系读者群相信一定非常庞大，学生、上班族，文学爱好者、一般读者都可以阅读和收藏。阅读它们能使我们站在大师的肩上，感受文学艺术的最高境界，直接欣赏水平和阅读品味。

　　我们在编辑本套书系的时候，尽管选文广泛，涉及面广，也得到了权威专家的指导，但仍然感到资料有限，才疏学浅，因此难免出现选文不周、挂一漏万。疏忽大意的地方，敬请各位读者指正批评。

目 录

天才的真正智慧

一位机灵的崇拜者突然闯进著名演员库兹金娜的化妆室,疯狂地吻起库兹金娜的皮靴,女演员被他的行为惊呆了,当她清醒过来时,崇拜者和皮靴却神秘失踪了。

1

通向天堂的弯路

　　通往天堂的道路是一条弯弯曲曲的小路，每个人在转弯处都有不同的表现，虽然不管什么错误最终都能得到上帝的宽恕，表面上殊途同归，但结局却不相同。

有百科全书的人

在一个偏僻的小村里,一位先生去大城市买了一本百科全书,从此,他成了村里最有知识的人。书越看越薄,等传给他孙子时,只剩下封皮和半张纸了,但他的孙子仍是这个村最有知识的人。

换脑以后他是谁

一场意外事故使大卫改变了本来的面目,他因此获得了再次追求他妻子的机会。但是,就在他们举行婚礼那天,却来了一个自称是他妻子的女人。

4

最后一句多余话

我有一个新发现,那就是我们说出的话都会变成黄金。特别是那多余的最后一句话在没有说出口的时候就变成了黄金。

天才的真正智慧

一位机灵的崇拜者突然闯进著名演员库兹金娜的化妆室，
疯狂地吻起库兹金娜的皮靴，
女演员被他的行为惊呆了，
当她清醒过来时，
崇拜者和皮靴却神秘失踪了。

立 论

—— ［中国］鲁 迅

我梦见自己在小学校的讲堂上向老师请教立论的方法，
老师便给我讲了一个关于孩子满月时求福的故事。

我梦见自己正在小学校的讲堂上预备作文，向老师请教立论的方法。

"难！"老师从眼镜圈外斜射出眼光来，看着我，说："我告诉你一件事——

"一家人家生了一个男孩，合家高兴透顶了。满月的时候，抱出来给客人看——大概自然是想得一点好兆头。

"一个说：'这孩子将来要发财的。'他于是得到一番感谢。

"一个说：'这孩子将来要做官的。'他于是收回几句恭维。

"一个说：'这孩子将来是要死的。'他于是得到一顿大家合力的痛打。

"说要死的必然，说富贵的说谎。但说谎的得好报，说必然的遭打。你……"

"我愿意既不谎人，也不遭打。那么，老师，我得怎么说呢？"

"那么，你得说：'啊呀！这孩子呵！您瞧！多么……阿唷！哈哈！Hehe！he，hehehehe！'"

三贝先生家训

——〔中国〕沈从文

三贝先生的生活就这样结束了，
可谓"生荣死哀"，其留下的家训有百余则之多，
每一则都有独到的见解，
我只摘录了其中几则，供读者欣赏品味。

年高有德的三贝先生不幸于今年正月初四日"遽返道山"了！这在 C 城是一种惊人的骚动、重大的损失。当三声落气炮响过后不到五分钟，全县城人便都在纷纷议论他的"平生大节"了。大凡贤者身后，总有一部分不能了解他伟大人格的人，常常立于反对方面加以攻讦诋毁，三贝先生自然也不是例外。也许是他太好——不然，便是 C 县的舆论太不公允了，你无论走到什么地方，见了一个卖豆腐或卖落花生的小贩，问他"三贝先生如何"，他答复了你所问以外，必定还附带地加一句奚落三贝的话，如"那个吝啬鬼"或"那老怪物"一类言辞。

据说三贝是无疾而终的，还正是一般"积德厚福"人应有的事。不过，从田大伯妈处得来的消息，则又明明是因向他做校长的那个儿子索要抚育费不得而气死的。田大伯妈是与三贝有瓜葛的人。她女婿曾拜寄过三贝隔房堂弟做干崽，大概这话总不是全无把柄！

总之，三贝先生是今年正月初四日午时死去了，是"无疾而终"还是"气伤肚肠"而死的，不是我们应措意的事，很可以不必再过问。倘若是真有那种好揽闲事的人寻根究底，只指示讣文给看就得了，讣文明明载着"享年七十有八……无疾而终"。

三贝是有钱有势的人，丧事自然是非常之热闹。他第五儿子是现在县署第二科的科员，第六儿子——就是有气死老子嫌疑的那个——又是中学的校长，儿孙又多，因之出殡那一天竟有许多人执绋。有用松柏枝扎成的香亭，有用白布缠就的灵轿，有十来个敲法器的大师傅，有各种无字的脚牌，有朱红绫子的铭旌，有写上"典型犹存"或"里失贤者"的挽联和祭幛，有两堂锣鼓及一队细乐，有

一队制服整齐的学生，而且，知事大人也屈尊到来送丧。此外，典狱官张四老爷，地方财产保管处田老爷，宋连长，复查局刘局长，初从上海毕业转来的九二先生……都莫不大襟上佩了一朵白纸花，沉肃谨敬地在鼻涕眼泪一把抓的孝子前头走着。警察所长呢，另外又专派了四名着号衣的年轻警兵，随同灵枢左右照料，免得那些打高脚牌、打祭幛的小孩子，沿途吵嘴滋事。

"好热闹阔绰的丧事！"

当灵枢从道门口菜市过身时，许多妇人老头子以及卖白菜的老媪，和担水卖的哑爷，都带了羡慕神气这样说。

三贝先生生活就是这样结束了，也可谓"生荣死哀"。

不过，人虽死去，但其"嘉言懿行"流传于 C 城老一辈人口中的却很多很多，大体都极有关于"世道人心"。因此谨就我所知者，摘录一二，至其"出处大节"，则已有 C 县宿儒方梧庐先生为之作传，兹均不述及。

节抄家训：

过大桥时，应将脚步加速——但亦不必如驰如奔免撞损徐元记之蜜货担子——不然，设于此时桥忽圮下，岂不危极险极？桥久不修，年代渊远，适于此时圮下，实亦"事所必至理有固然"者也！

进城时，到城洞下亦应加快一脚，尤其是曾经失火之东门。并须用双手将脑壳掩护，如此，既可防意外之虞，即或万一不知道于彼时从上而掉落一砖头瓦片，亦可因手在上而不致伤脑。至于到城门洞卖羊肉、卖粉条、卖布那种要钱不要命之事情，千万莫去做。最好连买也莫买，即或东西再好，价钱再贱。

有客人久坐未动时，应不俟呼唤时将茶献客。冲茶之水不必顶沸——不沸之水则尤好。若然，客即不知趣硬赖到吃饭后方去，其食量因喝水过多亦必大减。

逢年过节用大牲祀祖——其实不用亦可，不见"采藻明其洁"之训乎？——实在万不得已，最好是用零买法为佳。譬如称肉一斤，则分为四处称，每处四两。如此办法，既可选择皮薄骨少心所欲得之肉，而斤两上亦占便宜不少。

厨房粪坑院中到夏天粪过稀不能售出时，可加以草灰斗许；但应切记将草灰之价同时算入。

……

三贝先生家训多至百余则，而每则均有独到之见解，此处但选其一小部分耳。其行为尤欹崎不同于流俗，容当汇次编出，以介绍于"未获亲炙"三贝先生诸读者前。

C 县大概是湖南一县，究竟在湖南哪一处，我也不大清白了。至其家训，除为代加标点外，初未敢易去一字。

常胜的歌手

—— ［中国］王　蒙

无论群众对歌曲有什么反应和要求，
这位歌手总能做到言之有理应对自如，
成为常胜歌手。

有一位歌手，有一次她唱完了歌，竟没有一个人鼓掌。于是她在开会的时候说道："掌声究竟能说明什么问题呢？难道掌声是美？是艺术？是黄金？掌声到底卖几分钱一斤？被观众鼓了几声掌就飘飘然，就忘乎所以，就选成了歌星，就坐飞机，就灌唱片，这简直是胡闹！是对灵魂的腐蚀！你不信，如果我扭起屁股唱黄歌儿，比她得到的掌声还多！"

她还建议，对观众进行一次调查分析，分类排队，以证明掌声的无价值或反价值。

后来她又唱了一次歌，全场掌声雷动。她在会上又说开了："歌曲是让人听的，如果人家不爱听，内容再好，曲调再好又有什么用？群众的眼睛是雪亮的，群众的心里是有一杆秤的，离开了群众的喜闻乐见，就是不搞大众化，只搞小众化，就是出了方向性差错。就是孤家寡人，自我欣赏。我听到的不只是掌声，而且是一颗颗火热的心在跳动！"

过了一阵子，音乐工作者开会，谈到歌曲演唱中的一种不健康的倾向和群众的趣味需要疏导，欣赏水平需要提高。她便举出了那一次唱歌无人鼓掌作为例子，她宣称：

"我顶住了！我顶住了！我顶住了！"

又过了一阵子，音乐工作者又开会，谈到受欢迎的群众歌曲还是创作、演唱得太少。她又举出另一次唱歌掌声如雷的例子，宣称：

"我早就做了，我早就做了，我早就做了！"

特别的丈夫

—— ［中国台湾］苦 苓

> 大家凑够了钱逼着莎莉又租来了一个丈夫，
> 观其行为是否称职，果真无可挑剔。
> 然而，第二天，莎莉却带着伤来到公司，
> 问其因由，原来租来的丈夫还有一项特殊服务。

租来的丈夫，有什么特别的"功能"呢？

"结婚干什么？要丈夫，去租一个不就得了！"

莎莉第一次这样说时，我们一伙"单身贵族"还认为只是她的异想天开，纷纷打趣她这种说法未免太"酸葡萄"了，谁知她却一反常态的严肃认真，信誓旦旦地说真有"出租丈夫"的行业。大家又笑说那只不过是比"午夜牛郎"文雅一点的名词罢了，她却又解释租来的是真的丈夫，会修理电器，会帮忙家事，会和邻居打招呼，会和老婆散步谈心，如果有小孩还会陪他打棒球……反正和一个正常的丈夫都一样就是了，惟一的不同只是第二天早上吃了早餐 kiss good bye 提着公事包出门之后，就不再回来了——除非你再打电话去！

看她说得像真的一样，不由得一伙人大起疑心，又呵又痒"严刑逼供"之后，莎莉终于承认她"租过一个"。

"真的？"这下天下大乱，马上逼着她打了那个神秘电话，约好当天下午五点，从这位丈夫下班回家——当然是回莎莉的家——开始，到第二天早上九点，费用是八千元不包括"特别服务"。价钱还真不便宜，不过大伙好奇心重，很快凑够了数目交给莎莉，惟一的条件是要让大家在旁"参观"这场好戏。

"丈夫"果然如约出现，身材适中，长相普通，和全世界所有的丈夫没有两样，进得家门一声"老婆我回来了"，脱了领带皮鞋之后，收拾屋里杂乱的书报，把有故障的抽水马桶修好，提了两大袋垃圾去丢，又到厨房帮着莎莉（其实主要是他做的！）做了可口的晚餐，两人吃完烛光晚餐他又忙着洗碗，这中间还应邀到邻居家帮忙搬了一个大衣柜……的确是温柔体贴，尽责顾家，这样的丈夫真比自己找的还好！我们躲在屋里啧啧赞叹，"丈夫"听到异声，立刻负起"一家之主"的责任，手持球棒冲了进来。

他先是一怔，继而马上恢复镇定，以男主人的风度接待太太的女朋友们。互相礼貌介绍了之后，又是水果又是饮料，还讲了两个不算太黄的笑话博取大家好感。倒是莎莉坐立不安，三番两次地催我们快走，他也优雅从容地送到门口，转身又去收拾满桌杯盘，我们当然不肯轻易放过莎莉。

"好了，看够了，快走吧！"莎莉轻声说，"十二点了，别耽误我的特别服务时间，"大家正要起哄，她杏眼一瞪，"这个部分的钱是我自己付的，你们休想看！"

第二天早上在公司里，人人都肿着大眼泡（想必每个人都是翻来覆去睡不着！）讨论像这样具备"全部功能"的丈夫，一次一万多块（不约而同都把特别服务加上去了！）实在不贵，最大的好处是可以召之即来挥之即去，而且看他对莎莉的言听计从，这样的男人世间哪里去找?！我们只要有本事赚钱，随时随地可以去租个丈夫，甚至还可以经常变换不同的口味……

说着说着，莎莉来了，正要上前问她滋味，她却摘下太阳眼镜，露出颊上一大块瘀青，"怎么了？他打你？"

"对啊，他打我……"莎莉泫然欲泣，"我睡到半夜想喝水，叫他去倒，他不肯，我说要扣他钱，他就发起火来把我……把我打了一顿。"

"那怎么可以！""太恶劣了！""叫他们公司赔！"

"哇！"莎莉哭得更大声了，"我一早就打电话去了，他们公司……他们公司说打老婆也是丈夫的工作之一，而且还算特别服务的项目，不但不赔我钱，还要加收两千！"

春 天

———［美国］欧·亨利

去年夏天，莎拉与乡下的年轻人沃尔特计划在来年春天结婚。

后来，莎拉就回到城里靠给舒伦伯格餐馆打菜单为生。

今年三月里的一天，

沃尔特拿着莎拉打错的菜单如约而至，

一对恋人终于又聚在一起了。

这是三月里的一天。

作为故事的起始，这句话显得缺乏想像，过于平淡乏味，可以说是很糟糕，不过用在这里还是可以的。因为下面这一段本来应该用在故事的开头，但是为了给读者一个思想准备，所以把不着边际、叫人摸不着头脑的这一段话先做一下小小的铺垫。

在餐桌旁，莎拉对着菜单伤心地哭着。

看到这里，你的头脑中会有这样的疑问：莎拉为什么哭呢？也许菜单上没有牡蛎？也许她答应过不吃冰淇淋了，而现在想吃？然而你猜的都不对，还是听我继续把故事讲下去吧。

有位先生把世界想像成一个大牡蛎，他要用刀把它剖开，此话一经发表，那位先生便名声鹊起。仔细想来，用刀剖开一个牡蛎并不难，可是用打字机打开世界的人，你看见过吗？

这个用打字机把世界打开一点儿的人就是莎拉。她的工作就是打字。她打字的速度不是很快，所以她不能胜任大办事处里的工作，一个人干会更好一些。

莎拉和舒伦伯格家庭餐馆达成了一项协议，她把这看成是同这个世界最成功的一场战斗。她在一幢旧红砖房子的一间屋子里住，隔壁就是那家餐馆。有一天晚上，她带走了舒伦伯格餐馆的菜单。

菜单上的手写字简直让人无法辨认，既不像英文，也不像德文，一不小心把菜单看倒了，就会先看见甜食，而汤和星期几只有到最后才被看见。

第二天，莎拉把用打字机打得整整齐齐的菜单拿给舒伦伯格看，菜名诱人地排列在恰当的位置上，"衣帽物件，各自小心"排列在最后一行。

看了莎拉的工作成果，舒伦伯格高兴极了，在莎拉离开以前，他愿意达成一项协议：莎拉为餐馆里的 21 张餐桌打菜单，晚餐的菜单要每天打印一次，以便调整。如果早餐和午餐换了花样，也要打一份新菜单，或者菜单脏了，也要打一份干净的菜单换上。

莎拉的报酬就是舒伦伯格每天派人送来的三顿饭。每天下午，一张用铅笔写好的菜单就会如约而至，这就是命运女神为第二天舒伦伯格家顾客准备好的饭菜。

协议双方对此都非常满意。于是，那些在舒伦伯格餐馆进餐的顾客现在知道他们吃的菜叫什么名字了，即使这些菜的性质有时候使他们感到困惑。在寒冷而沉闷的冬天，莎拉终于可以用劳动换来一日三餐了，这对于她来说是至关重要的。

三月已是春天了，但是却迟迟没有春天的气息。春天总是在该来的时候才来。街上一月份的积雪还冻得硬梆梆的。一些手拿乐器的人在街上演奏《在往昔美好的夏天》这支曲子，但是，脸上的表情和肢体动作却还停留在十二月份。各家各户的暖气都关了。每逢发生这些情况，人们就会知道，冬天还依然控制着这座城市。

下午是最难熬的，莎拉在她的卧室里冻得直打哆嗦。除了打舒伦伯格的菜单外，她没有事情可做。坐在摇椅上的莎拉望着寂静的窗外，那个月是春天的月份了，它不停地对她呼唤："春天来了，莎拉，肯定地说，春天来了。你身材匀称、美好，莎拉，你洋溢着青春的气息，为什么在望着窗外时带着一丝伤感？"

莎拉的房间不在临街的一面，从窗子里望出去可以看到邻街的一家制盒厂的没有窗子的砖墙。但长满青草的牧场、树林、灌木丛和玫瑰花却溜进了她的记忆。

去年夏天，莎拉去了一次乡下，她爱上了一个农民。

莎拉住的那个农场叫森尼鲁克农场，在那短短的两个星期，她爱上了农民富兰克林的儿子沃尔特。农民们谈恋爱到结婚往往时间较短。不过年轻的沃尔特与他们不同，他是个新型的农艺师，他的牛棚里装着电话，他还能对加拿大来年的小麦产量作准确的计算，以及会对他种植的农作物产生什么影响。

在这个偏僻的地方，年轻的沃尔特用他的才学和智慧赢得了莎拉火热的心。他们坐在一起，沃尔特用蒲公英编了一个花冠戴在莎拉头上。他赞美蒲公英的黄花配她那棕色头发所产生的美感，于是莎拉便一直戴着那顶花冠，手里挥动着草帽回到寓所。

9

沃尔特计划在来年春天同莎拉结婚，而且一开春就结婚。后来莎拉就回到城里来用打字维持每天的生活。

一阵敲门声把莎拉从回想那一个幸福的日子的梦中惊醒，一个侍者拿来一张家庭餐馆第二天的菜单，是用铅笔写的，字迹很潦草，看笔迹莎拉就知道是老舒伦伯格写的。

莎拉拿着菜单在打字机旁坐定，把一张卡片卷在滚轴上。她是个灵巧的工作者，通常一个半小时就可以把 21 张卡片全部打好。

今天菜单上更换的项目比往常要多。各种汤都比较清淡，肉食花样改变也比较多，整个菜单充满了春天的气息，那些油炸食品都被清淡的食品取代了。

莎拉的手像夏天小溪上飞舞的小虫一样在打字机上灵巧地跳动着。她从上到下仔细地看着，按照各种菜名的长短把它们打在恰当的位置上。刚刚打到水果名称，不知怎么，莎拉对着那张菜单哭了起来。泪水从她失望的心灵深处涌上来，积聚在她的眼睛里。她的头抵在打字机的小桌上，很久没有抬起来。

她朝思暮想的沃尔特已经两个星期没有写信给她了，而菜单的下一个菜名正好是蒲公英和一种什么鸡蛋——别管它是什么鸡蛋！——蒲公英，沃尔特正是用蒲公英做成美丽的金黄色花冠，为他爱情的王后和未来的妻子加冕的啊！那是春天的使者。

然而春天是多么奇妙啊！在这个用石头和钢铁筑成的寒冷的大城市里，爱人的信息一定会飞来。除了穿着毛茸茸的绿衣服的田野的信使蒲公英——法国人形象地叫它狮子的牙——还有谁来传递春天的信息呢。蒲公英开花的时候，它就盘在姑娘的深棕色头发上成全好事；而鲜嫩未开花的时候，它就跑到开水壶里去了。

过了好一会儿，莎拉的心情才渐渐平复下来，泪水也止住了。她神思恍惚、心不在焉地按着打字机的键，她的思绪、她的心灵已飞往乡村和她心爱的青年约会了。不久，她的心又回到曼哈顿的石砌建筑中来，打字机又开始快速跳动。

六点钟，侍者送晚饭来，然后把打好的菜单带回去。莎拉闷闷地吃了晚饭，看看钟，已经七点半了，隔壁房间里传来了两个人吵架的声音；在楼上那个房间住的男人好像在弄什么乐器；煤气灯的光稍微暗了一点，有人着手撇煤火；隐约还可以听到后院篱笆附近传来的猫叫声。根据这种迹象，莎拉知道她现在该看书了。她拿出书来，把脚搁在旁边的箱子上，认真地看起来。

门铃声打破了寂静，房东太太急忙去开门，莎拉放下书来听。

"哦，是你，要是你，也会跟她一样的。"

高亢洪亮的声音从楼下门厅一直传到莎拉的房间，莎拉跳起来去开门，书掉在地板上。

讲到这里，你大概已经猜出来者是谁了。莎拉跑到楼梯口时，她的农民正一跨三级地跑上楼来，他一下把她搂在怀里。

"你为什么不写信？这到底是为什么？"莎拉大声说。

"纽约可真是个大城市，"沃尔特·富兰克林说，"一星期以前我就照老地址去找你了。到那里一问才知道，你在星期四就已经离开了。从那以后，我想尽办法到处找你，比如去警察局！"

"我给你写信了呀。"莎拉说。

"我一封也没有收到！"

"那你怎么找到我的呢？"

年轻农民的脸上此时绽放着灿烂的笑容，他细细地向莎拉娓娓道来。

"今天晚上，我到隔壁的那家家庭餐馆去，"他说，"我不在乎它有没有名气，每年春天的时候，我都吃一些清淡爽口的蔬菜。我的眼睛在那份用打字机打得漂漂亮亮的菜单上看了一遍，想找一样蔬菜吃，我看着看着，眼前一亮，激动得把椅子都弄翻了，于是急忙喊来老板。他告诉我你住在这里。"

"这是怎么回事？"

"我知道，你打字机上的大写字母 W，不论打在哪里，都与其他字母不在一条直线上，总是偏上。"富兰克林说。

年轻人从口袋里拿出一张菜单，指着其中的一行。

莎拉一看便知那是她在那天下午打的第一张卡片，在它的右上角还有一滴眼泪的痕迹。但在本来应该是一种蔬菜名称的位置上，却出现了一行字，那是对那金色花朵的回忆使她的手指不听使唤，按在了别的键上。

"最亲爱的沃尔特和白煮鸡蛋。"这一行字清晰地打在两道菜名之间，一对年轻人互相交换了眼神，甜甜地笑了。

光荣的事情

——［美国］马克·吐温

> 我以三美元的价格把一只狗卖给了密尔将军，
> 待狗的主人找来时，
> 我又将三美元还给将军领回了狗交给了狗的主人，
> 然后得到了三美元的酬劳，
> 我认为这是一件光荣的事情。

记得那一次，我茫然不知所措，因为身无分文，而且在天黑前还急需三美元，到哪里去弄钱呢？

在街上，我徘徊了整整一个小时，可一个办法也没有想出来。后来，我走进爱伯特旅馆，找个地方坐了下来。这时，一只小狗朝我走来，停在我身边，打量着我，它很友好，似乎在说："你愿意与我交朋友吗？"我好奇地注视着这只可爱的畜生，它快乐地摆动着尾巴，围着我团团转，它靠在我身边，用头在我的身上摩来蹭去的，然后扬起头，用棕色的眼睛看着我。这真是一只惹人喜爱的小东西，我抚摸着它那缎子般光滑的脑袋，似老朋友重逢般亲热无比。

这时，民族英雄密尔将军穿着蓝色和金色相间的制服走了过来，人们都羡慕地望着他那身显眼的制服。突然，他看见了这只小狗，眼神闪烁，随即停下脚步。看得出来，他也迷上了这只漂亮的畜生。将军情不自禁地走上前，抚摸着这只可爱的小狗，他打量了一下，说："这是一只很好的狗，多惹人喜爱呀！你愿意卖吗？"

我爽快地说："可以。"

"你说吧，卖多少钱？"

"三美元。"我回答。

将军听后瞪大了眼睛，吃惊地说："三美元？只卖三美元？这可不是一只平常的狗啊，它至少值五十美元。我是因为喜欢这只狗所以才想买下来，我不想占你的便宜，还是再说个价钱吧！"

我坚持说："不错，三美元，只卖三美元。"

"很好，既然你坚持这个价钱，我就买下了。"将军说完，高兴地递给我三美元，然后带着狗上楼去了。

大约过了十几分钟，一位相貌温和的中年绅士走了过来，四下里东张西望。我对他说："你需要帮助吗？"

他焦急地说："我在找我的狗，你看见它了吗？"

"是的，十几分钟前它还在这里。"我说，"我看见它跟着一位将军走了，如果你需要我帮助的话，我可以试试。"

那位绅士非常高兴，一再感谢我，这样的场面我很少看见，他连连表示愿意让我试试。毫无疑问，我不费吹灰之力就能把它找回来。我暗示他不要舍不得一点钱作为酬谢，他是个聪明人，对我的暗示心知肚明，满脸笑容地说："没问题，没问题。"还问我要多少。

"三美元。"我说。

他惊讶地望着我说："啊！这算不了什么，只要能找回我心爱的狗，十美元我也心甘情愿。"

但我说："不，我只要这些就够了。"然后，我们便上楼了。人们一定会说我傻，为什么不多要一点呢？

在旅馆的服务台，我打听到了将军房间的号码。当我走进房间时，将军正在非常高兴地给狗梳理着。我说："将军，真对不起，这只小狗我要带回去。"

他吃了一惊，说："什么？带回去！这是你卖给我的狗，价钱是你出的。"

"是的，"我说，"一点不错。但我必须带它回去，因为它的主人来找它了。"

"什么？"

"这只狗的主人来了，这只狗不是我的。"

将军更惊奇了，一时不知所措，半晌才说："你的意思是：你刚才卖的是别人的狗？"

"是的，我知道这不是我的狗。"

"你知道还把它卖给我！"

我说："将军，你的问题可真稀奇，是因为你要买它，我才卖给你，是你自己出价买这只狗，这一点你不否认吧。我既没有要卖它的意思，也没有跟你说我要卖它，我甚至连想也没想过要卖它……"

"这可真是稀罕事，是我平生遇到的最稀罕的事，你是说你卖的这只狗不属于你……"

不等他说完，我便说道："你自己说这只狗可以值五十美元，我只要了三美元，这难道公平吗？你不会否认，我只要了三美元吧？"

"哎呀，我并不是非要这只狗不可，事实上是你自己没有狗。你明白我的意思吗？"

"请别再费口舌了，"我说，"你不能回避这个事实：买卖是非常公平、非常合理的。只因为这只狗不属于我，因此，我必须把它带去，它的主人要它。我在这个问题上没有选择的余地，你明白我的意思吗？如果你处在我这个位置，假如你卖了一只不属于你的狗，假如……"

将军有些不耐烦地挥手："好啦，好啦，不要说这一大堆令人迷惑的辞令了，你把它带走，我想休息一会儿。"

我拿出三美元还给了将军，把狗带到楼下，交给了狗的主人，得到了三美元作为酬谢。

我对我的行为很满意，因为我光明正大地拿到了三美元的酬金。我绝不会用那卖狗的三美元，因为狗不是我的。但我从狗主人那里得到的三美元却是我应得的。那位狗主人如果没有我，他会找不到那只可爱的狗。我这种认识，至今不变，我永远是光荣的。大家知道，在那种情况下，我也是不得已才那样做的。正因为这样，我可以永远说这样的话："那种来路不明的钱我决不会用。"

命系一发

——［美国］爱伦·坡

> 一根头发成为一桩谋杀案的重要线索，
> 大侦探断定头发的主人就是凶手。
> 凶手终于找到了，但摘掉他的帽子，
> 却发现他是个秃头，但大侦探仍认定他是凶手。

此时，那桩谋杀案已经达到高潮了，而且已经证明绝不是意料之中的人干的。

此时去请大侦探再合适不过了。大侦探来了。他朝那具尸体投去搜寻的一瞥，片刻之间又掏出一个放大镜。

"哈，大家看！"他一边说，一边从死者外衣的翻领上捡起一根头发，然后自信地说："现在谜团解开了。"

他举起那根头发。

"听我说，"他说道，"我们只需找到这根头发的主人，凶手也就原形毕露了。"

这一不可动摇的逻辑推理是那么完备。

侦探开始了他的侦察工作。

他神不知鬼不觉地潜行在纽约的各条街道，严密地审视遇到的每一张脸，以便找出谁是那根头发的主人。

时间已经过去四天四夜了。

第五天，侦探发现一个旅游者模样的男人很可疑，他的头上戴着一顶一直扣到耳朵的水上旅行帽。他登上"格罗坦尼亚"号客轮。侦探也尾随他上了船。

"逮捕他！"侦探一边斩钉截铁地说，一边威风凛凛地高举起那根头发。

"这根头发是他的，这是他有罪的证明。"大侦探说。

"摘掉他的帽子。"船长严厉地说。

于是有人摘掉了他的帽子。

15

那人整个儿是一个光头。

"哈!"大侦探叫道,而且毫不犹豫地说,"他所干的谋杀何止一次,是一百万次!"

三声枪响

—— ［美国］ 海明威

> 林子里静寂的黑夜使尼克感到十分害怕,
> 他把枪口伸出帐外放了三枪,
> 父亲和叔叔赶了回来。
> 等到再出去的时候,
> 父亲和叔叔就把尼克也一同带去。

营帐里,尼克正在脱衣服,帐篷的帆布上清晰地印着正在篝火前闲谈的父亲和乔治叔叔的身影。尼克觉得非常不安,同时也感到羞耻,他匆匆地脱了衣服,整整齐齐叠放在一边。他感到羞耻,是因为他边脱衣服边想起前一天晚上的事情。这件事情他一整天都没去想。

事情是这样的:前一天晚上,他父亲和叔叔吃完晚饭拎着手提灯到湖上去打鱼。在出发之前,父亲嘱咐他说:"我们走了之后,如果有紧急情况发生,你可以打三枪,我们听到枪声就会很快赶回来。"尼克从湖边穿过林子回到营地。他听得见黑夜中船上划桨的声音。他父亲在划桨,叔叔低沉的歌声在船尾荡漾。他父亲将船推出去的时候,叔叔已经拿着钓竿坐在那里了。尼克听他们往湖上划去,后来桨声越来越远,最后被茫茫黑夜吞没了。

尼克穿过林子往回走,他害怕起来。他在黑夜总有点怕森林。他打开营帐的吊门,脱掉衣服,静静地躺在毯子里。外面的篝火烧成一堆炭了。尼克想快点入睡,他闭上眼睛静静地躺着。四下没有一点声音。尼克觉得,他只要听见一只狐狸、一只猫头鹰或者别的动物的叫声,他就会感觉踏实一些。只要知道是什么声音,他似乎就不害怕了。可现在他害怕极了,突然之间,他想到了死。几个星期之前,在家乡教堂里,他们唱过一支圣歌:《银线迟早会断》。在唱的时候,尼克想到,迟早有一天,他也会死的,这是尼克第一次想到死亡。

那天的夜格外静,他坐在客厅里读《鲁滨逊漂流记》,免得去想银线迟早会断这件事。保姆看见他在读书,出于关心他,说如果他不去睡觉,就要去告诉他

17

父亲。他进去睡了，保姆这才放心地回到自己的卧室。过了一会儿，尼克又来到客厅看书，直到早晨才回去睡觉。

同那天的感觉一样，尼克昨夜在营帐里也是一样害怕。他只有夜里才有这种感觉。开始并不是害怕，而是一种领悟。可它总是在害怕的边缘徘徊，只要开了头，它马上就变成了害怕。等到真正害怕的时候，他就拿起枪，把枪口伸出帐外，放了三下。枪反冲得厉害。他听见子弹穿过树干、树干割裂的声音。

听到枪响，尼克的心平静下来了。他躺在暖暖的毯子里等待父亲的归来，可没等他父亲和叔叔在湖那一头灭掉手提灯，他已经睡着了。

"该死！"乔治叔叔往回划的时候骂道，"你是怎么跟尼克说的，叫我们回去干什么？他也许是害怕了。"

"啊，是啊。他还小。"他父亲说。

"让他跟我们到林子里来是个错误的决定。"

"我知道他特别胆小，"他父亲说，"不过我们在他那个年龄也都胆小。"

"我真是拿他没办法，"乔治说，"他这么会撒谎。"

"好了，算了吧，反正鱼够你打的。"

他们走进帐篷，乔治叔叔打开手电筒照着尼克的眼睛。

"尼克，发生了什么事？"他父亲问。尼克从床上坐起来。

"这声音介于狐狸和狼之间，就在帐篷的周围。"尼克说，"有点像狐狸，但更像狼。""介于……之间"这个词是他从叔叔那里学来的，现在正好派上用场。

"他可能听到猫头鹰的尖叫声了。"乔治叔叔说。

早晨，尼克的父亲发现有两棵大树交错在一起，风刮过时就会互相撞击发出声音。

"尼克，你听到的是这种声音吗？"父亲问。

"也许是。"尼克说。他不想去想这件事。

"林子并不可怕，尼克。没有什么会伤害你。"

"打雷也不用怕？"尼克问。

"不用怕，打雷也不用怕。碰到大雷雨，到空地上去或者躲在毛榉树底下是绝对安全的。雷绝对打不到你。"

"真的吗？"尼克问。

"我从未听说过雷打死过人。"他父亲说。

"哈，毛榉树管用，太好了。"尼克高兴地说。

现在尼克准备脱衣服休息了，他注意到帐篷帆布上两个人的影子，但是他不去看它们。接着他听见拖船的声音，两个人影不见了。他隐约听到父亲在与什么人交谈。

"穿衣服，尼克。"父亲喊道。

他快速地穿上衣服。他父亲进来，在露营袋里摸索。

"尼克，把大衣穿上。"他父亲说。

飞 行 员 的 抉 择

——［美国］亨特·米勒

> 在暴风雨中，一架救援飞机在完成搜寻工作后，
> 并没有丢下补给品和救生艇返回基地，
> 而是冒着被海浪吞没的危险，
> 救起在救生艇上飘泊的两个人，
> 也因此挽救了自己的生命。

救援飞机此刻正处在两百尺高的地方，它从暴风雨中颠簸地逃出，然后在汹涌的海面上平稳下来。布莱第瞥了一眼他同伴那忧虑的脸，然后想，这次他们又要拿命去冒险了，这是他们的工作。

要到达出事地点，救援小组还要飞一百里以上。两个小时前，一架飞往檀香山的班机坠机了。假若风向转变，或者救援过程出了问题，他们就有可能回不到阿第拉基地。

前面，白色的浪头不停地翻涌。另一阵暴风雨正在一里外的云端伺机而动。

五分钟后，挡风板被水淹了，飞机又处在暴风雨中，此时，飞机正迅速冲出暴风雨圈，冲向距海面不到三百尺的地方。

布莱第觉得他的飞行装被人猛拉了一下。从走廊看过去，他看到通讯室里的通讯员正对着他大叫："收发器坏了，我们跟基地失去了联络。"

布莱第大喊："赶快把它修好，它对我们有用。"

此时，前方似乎有一艘黄色的救生艇在沉浮，但在他们后方，布莱第知道阿第拉基地即将遇到暴风雨的袭击，海浪开始冲击那环形小岛边缘的暗礁了。布莱第转头望向他的伙伴泰勒。

"你想，我们走了多远了？"布莱第问。

泰勒在放在他膝上的地图上寻找着他们所处的位置，"大约在北边五十里，我想。"

现在的位置并不十分确定，只是猜测有五十里，离出事地点，可能还差一百

里。而且他还要考虑机上其他人员的生命。有一分钟的时间，布莱第迟疑不决，前面平静的海面似乎给了他一丝安慰。

"我们最好重新订一个方向到出事区域。"他说。

一小时后，他们准确地到达了出事海域。海洋向每个方向平坦地延伸过去。他们在第一个方向上搜寻，大约用去了十分钟，在救援机上的每个人都紧张地望着浩瀚的灰色海面，希望那艘十尺长的黄色救生艇快些出现。然后他们转向第二、第三、第四个方向。救援机的燃料还够飞行四个小时，安全顺利地返回基地需要三个小时，大概还能再搜寻两个方向。

布莱第调整好心态，重新平静地在座位上坐好。他们已经做了他们的工作——搜巡的工作，他们尽力了。布莱第望向窗外，突然感觉有些冷，然后下意识地拉了一下飞行夹克。他往下看海面，强风激起了泡沫，他觉得更冷了。当泰勒倾斜飞行要向最后一个方向搜巡时，布莱第又看了一眼前方的海面。

灰色的天空里射来一束红色的光，然后消失了。布莱第在座位上僵了一僵，他接过控制器向那个地点前进。他向下飞到五十尺的地方，已经感觉到了海浪的凶猛。

飞机在救生艇上空盘旋着，直到机舱里的人看到它为止。有个男人坐在艇上虚弱地向盘旋的飞机挥手，另一个男人俯卧在艇上动也不动。

在准备下令丢下补给品和另一个救生艇的一瞬间，布莱第突然停了下来，补给品和救生艇作用不大。于是布莱第又飞低了些，到十五尺的地方，海浪凶猛地向飞机袭来，机上的其他队员都在紧张地等待他的命令。

布莱第很难抉择，因为他肩负着重大责任。任何活着的人都不会怪他丢下补给品然后飞回基地，他只需要报告救生艇的位置就可以了。二十四小时内经过这里的船一定会将他们救起来。有五个人在这个救援小组里，他有什么权利拿他们的生命冒险，在海上降落飞机？

布莱第的心提到了喉咙，寒气甚至穿透了他的飞行夹克。要在下面的怒涛中将飞机安全降落似乎太离谱了。多了两个人的重量后，要重新起飞那简直是在冒险，在这种天气下……什么危险都可能发生。

他犹豫地看了看救生艇。在下面的男人还在不停地挥着手。就在这时，一股浪涌进艇里，那个男人赶快放下他的手扶住救生艇。布莱第做了一个大胆的抉择，其实他一直都想那样做，只是不敢承认罢了。两个男人坐在救生艇里在汪洋大海上飘浮着，他们根本无法与暴风雨抗衡。他必须帮助他们——毫无选择。当他作手势下令要降落时，他感到海里的冷水在往他的身上溅，冰冷地刺骨。

飞机降落到海面上时引起一阵颠簸。

机灵的泰勒迅速地解开安全带爬到舱尾。当一股浪扫过驾驶舱时，飞机又晃了几下。在舱里，通讯员和两个技师连脚都伸到水里了。他们试着修补机身上的洞，因为有一排螺丝松了。这时，一条绳子被丢到救生艇上。

凶猛的海浪又一次冲进了机舱，引擎也开始摇晃。布莱第敲了敲节流器才让它稳定下来。舱里的水愈来愈多，幸好舱尾一切正常。布莱第往后看了看，他看到第二个人也安全地被救上飞机。泰勒爬进驾驶舱，他的衣服紧贴在身体上，他的手再次伸向节流器。

"人都上来了吗？"布莱第问。

"是的，长官！"

"我们走吧！"

泰勒向前推着节流阀。布莱第发现他们并没有脱离水面，飞机只穿过一道浪。突然一股大浪打在机身上，救援机就动也不动了。此时的情况更加危急，现在已不是两个人漂在水面上了，而是七个人。

外面，水已经冲上了前面的窗口，所有人都盯着布莱第看。布莱第看了看泰勒，发现他僵坐在位子上，脸色发白，双眼盯着前方，灰色的浪打上机首。每次巨浪打来，机首就会低一些，关键时刻，布莱第抓紧轮盘，准备一搏。

"快点，泰勒，节流阀。"

浪涛越来越大，越来越猛。布莱第感到一股恐怖的寒意。几乎是直觉反应，他操纵飞机滑动直到与大浪平行。

大浪的威力被化解了，水从机身下分散开去，布莱第转动机身直到机首突出浪头，机身也随后脱离汹涌的大浪。此时飞机的移动速度在增加，已骑在浪上，局面总算控制住了。机首又抬得更高一些，突然有一股相反方向的急流冲向大浪，飞机就被抛进空中。

现在离海面已有三百尺高了，布莱第把控制器交给泰勒。他往椅背一靠，才意识到自己的腿很痛，还有他的夹克都湿透了。他冷得发抖，他强迫自己坚持下去，不去想刚才他们差点被淹死的画面。现在，他已非常虚弱了，但还要检查完生还者后，他的任务才算完成。

生还者中的一人正躺在机尾的铺位上，盖着一条毛毯。另一个人则拿起一杯咖啡凑到颤抖的嘴边。

"谢谢，长官，"他说，"我为你的成功感到高兴。"

"是呀，我很高兴，我们成功了，你的伙伴还好吧？"

"他很快就会清醒的。"

"别担心，我们先前已经救了一个医护兵回基地，大约三个小时后，我们就会到达阿第拉了。"

"你说哪里？"

"阿第拉，阿第拉是我们的基地。"

那个男人吃惊地盯着布莱第，"你没有收到从基地传来的消息吗？"

"什么消息？"

"最后一个小时他们一直呼叫，阿第拉被强大的海啸袭击了，整个基地都淹没了。你的同僚几乎差点就被困在那里。"

"我们的收发器坏了。"布莱第伸直身子然后看着那个男人，"但是，这个消息你们是怎么知道的？"

"在我们的救生艇上有收发器，我们是从那里听到的消息。"

布莱第转身回到驾驶舱。"把地图给我，"然后告诉泰勒，"调整方向，去约翰斯顿。"

看着地图上标着阿第拉的黑点，布莱第坐在自己的座位上想：如果他当初取消了搜救，那么现在安全坐在后面的人还在救生艇里漂泊，无助地等死。他和他的同伴则很可能飞回基地，绕着那曾经叫阿第拉的地方盘绕回旋——因为没有了基地传来的指令，他们会一直盘绕在空中。在他们脚下是灰色的大海。而一小时之后，飞机油箱内的燃料用光了，飞机无法再飞到其他地方去。他们会不停地找寻阿第拉，直到用完最后的燃料——然后坠入海洋。布莱第想着、想着，不禁打了个寒颤，心里真有些害怕。

布莱第从那种可怕的想像中回过神来，他想：现在飞机上的燃料足够飞到约翰斯顿岛，只因为他们所救的人碰巧听到这消息。这使布莱第想到他曾经读过的东西，其内容是有关人与人之间的互相需求的一些说法。

23

谢谢你，女士

—— ［美国］兰斯顿·休斯

一个很小的抢劫犯被钟斯太太当场抓住了，
但他并没有被投入监狱，
得到的却是钟斯太太的热情招待。
临走时他说了一句："谢谢你，女士！"

一个个子高高的女人，背着一个大皮包，里面除了铁锤和钉子外，什么都没有。皮包的带子很长，随意地挂在她的肩头。现在已经是晚上十一点了，她独自走着。忽然，一个男孩从后面跑上来，想抢她的皮包。说来也是那带子太不结实了，那个男孩只稍微用力拉了一下，就被轻松拉断了，而男孩也被自己和袋子加在一起的重量弄得重心不稳，不但未能如愿抢走皮包，反倒仰面摔倒在地，很是狼狈。高个子女人回过身来，准确地朝他穿着牛仔裤的屁股上踢了下去，然后弯下身，一手揪住男孩的衬衫领，不停摇晃着，直到把他摇得晕头转向。

"小子，还不去把皮包拿来交给我！"高个子女人命令道。

话虽这么说，但她并没有放手，只是再弯下去一些，好让那男孩蹲下去捡她的皮包。"你不为你的行为感到可耻吗？"她继续说道。

胸前衬衫被紧紧揪住的男孩说："是的。"

"你为什么要这么做？"

"我，我不是故意的。"男孩的声音有些发颤。

"你还敢撒谎？"

这时，有两三个人路过，有的回头观望，有的甚至站在远处观看。

"现在我放开手，你会跑吗？"女人问。

"会。"男孩说。

"那我会一直保持这个动作。"女人说。

"对不起，小姐，真的很对不起。"男孩小声哀求着。

"哼！看你的脸有多脏！我真想帮你洗洗脸。你家里没人告诉你要洗脸吗？"

"没有。"男孩说。

"那么，今天晚上就由我来为你洗一洗吧！"高个子的女人一边说，一边拖着那个吓坏了的男孩往前走。

那个男孩有点弱不禁风，他穿着球鞋、牛仔裤，似乎年纪很小，只有十四五岁的样子。

"如果你是我的儿子，我会教你如何分辨是非，至少我现在能帮你洗脸。你感觉饿吗？"

"不饿。"被拖着走的男孩说，"我只希望你给我自由。"

"我刚刚走过那转角时，妨碍你做事了吗？"女人问。

"没有。"

"可见是你自己送上门来的。"女人说："如果你以为我们的接触就只那么一下子，那你就错了。等我把你料理完毕，你一辈子都忘不了露耶拉·贝茨·华盛顿·钟斯太太。"

男孩听了这句话，额头上涔涔地冒出汗来，他下意识地开始挣扎。钟斯太太停下脚步，把他扯到她前面，架住他的脖子，继续推着他往前走。到了她家门前，她仍然没有放开那个男孩，强拉着他走过一条宽宽的通道，进入房子最后面一间摆设着厨房用具的大房间。她打开灯，让房门大开着。在这幢房子的其他房间里，男孩隐约听见有人在谈笑，有几个房间的门也是开着的，所以他知道房子里并不是只有他和那女人。在她的房间中央，那女人仍然控制着他的身体。

"你叫什么名字？"钟斯太太问那个男孩。

"罗杰。"男孩回答。

"好，罗杰，去洗手间把脸洗一洗。"此时罗杰终于自由了，罗杰看看门——看看那女人——看看门——然后走到水槽前面。

"把水龙头打开，水一会儿就热，"钟斯太太拿着一条毛巾递给男孩，说，"这是干净的毛巾。"

"你会送我到监狱去吗？"男孩一边问，一边走向水槽。

"至少不会让你带着脏脏的脸离开。我不会带你去任何地方的。"钟斯太太说，"我正要回家给自己弄点东西吃，而你却要夺走我的皮包！天已经很晚了，也许你的晚饭还没有着落，你吃过了吗？"

"我家一个人也没有。"男孩说。

"那我们就一块儿吃吧！我想你是饿了——或者，刚才就一直是饿着的——所以才冒出抢皮包的念头。"

"那双蓝色的鹿皮鞋我真的很想要。"男孩说。

"好吧，你不需要抢我的皮包去买鹿皮鞋，"钟斯太太说："你可以向我提要求，我会满足你的。"

"女士？"那男孩看着她，泪水从脸庞滑落。好一会儿，两人都没有说话。

男孩擦干了脸，由于不知道要做什么好，就又擦了一次，然后转过身来。他有些不知所措，门是开着的，他可以冲出去，跑过通道，他可以一直跑，跑到很远很远的地方，但他没有动。

过了一会儿，钟斯太太坐在有靠背的椅子上说："假使我再年轻一次，倘若我想要我得不到的东西……"

两人又陷入沉默。男孩张开了嘴，然后不自觉地皱起眉头。

钟斯太太似乎猜到了男孩的心思，"哼！你以为我接着要说'但是我没有抢人家的皮包'，对不对？可是，我并不打算说这句话。"暂停。静默。"我也做过一些事情，不过我并不打算告诉你，孩子——，如果上帝不知道的话，我也不打算告诉他。每个人都有一些相同的地方。好了，我现在去弄吃的，你就坐在这吧。如果你愿意的话，你可以用那把梳子梳梳头，那样，你会看起来更可爱。"

瓦斯炉和冰箱放在屏风后面的角落里。钟斯太太站起来，走到屏风后面。现在，那女人已不再关心那孩子是否会跑掉，也不再担心靠椅上的皮包会被拿走，但是男孩小心地坐在房间的另一边，离皮包远远的，他认为那位太太能看到他的一举一动，他不相信那女人已经信任他了，虽然他现在最希望得到别人的信任。

"你需要有人替你买牛奶，或者别的什么东西吗？"男孩轻声问。

26

"不需要，"钟斯太太说，"除非你想喝甜牛奶。我可以用这里的罐装牛奶冲可可。"

她从冰箱里拿出青豆和火腿，然后把它们弄热，泡了可可，铺好餐桌。她并未询问他任何令他困窘的问题，比如住处、家人或是其他什么问题。倒是吃东西时，告诉他她在某个旅馆的美容部工作，晚上下班很晚，也告诉他工作的内容，以及那些来来往往、各种各样的女人——金发的、红发的，还有西班牙人。然后给他切了一半一角钱的蛋糕。

两人用餐过后，钟斯太太站起来，说："现在，我给你十块钱，你拿这十块钱去买那双蓝色鹿皮鞋。下次，别再打皮包的主意了——因为用不正当手段弄来的鞋子会烫到你的脚。我要休息了，但是我希望从现在开始，你能够做个好孩子。"

她拉着他的手，把他送到前门，把门打开。

"晚安！好好做人，孩子！"她说。

他走下台阶时，只对她说了一句话："谢谢你，女士！"除了这句感谢的话，男孩还想对露耶拉·贝茨·华盛顿·钟斯太太说些什么，但是一直走到了光秃秃的台阶下层，他仰头看着门内那高个子的女人，只动了动嘴唇，却没再说一句话。就连那句话他都不知如何说出口的，他回头望着她关上了门。

在邮局里

——［俄国］契诃夫

追悼会上，老邮政局长坦白说，
以前关于他妻子不忠的谣言都出自他口，
目的只为了维系他年轻妻子的忠心。
这些话使我们觉得受到了侮辱，很惭愧。

几天前，我们的老邮政局长的年轻妻子去世了，我和同事们一块儿去为她送殡。那个美人下葬以后，按照祖辈和父辈的风俗，我们还要回到邮局里去"追悼"。

薄饼端上来了，那个老鳏夫便开始悲伤地哭泣，说道：

"这些薄饼跟去世的人一样的红艳艳，一样的漂亮！一模一样哟！"

"是的，"追悼的人同意他的说法，"您的那位太太的的确确是美人儿……头一号的美人！"

"就是啊……大家一瞧见她都为她的美貌感到吃惊……可是，诸位先生，我爱她，但长得漂亮、性子温和并不是我爱她的全部原因，因为这两点都是女人天生的东西，在下层社会里也常常容易碰到。我爱她是因为她有另外一种精神品质，的确是这样的，仁慈的主啊！让我的亡妻升入天堂吧！我爱她是因为她尽管生性活泼、轻浮，可是对自己的丈夫却忠心不二，虽然我快要满六十了，我们之间的年龄相差了四十岁，可她对我却忠心得很！她对我这个老头子真的很忠心！"

我们和教堂的执事坐在一块品尝着薄饼。听到老局长的哭诉，教堂执事把他的怀疑用响亮的哼哼声和咳嗽声表现出来了。

"您的态度表示您不相信我的话，是吧？"鳏夫对他说。

"我怎么会不相信呢，"教堂执事慌了，"是这样的……如今年轻的女人可能是非常那个的……什么幽会啦、用橄榄油加鸡蛋拌点辣作料啦……"

"您疑心，那我就把她的忠心证明给你看！我是使用种种方法来维系她的忠心的，那就是说，我使用了战略性的手段，使用了跟堡垒一类的东西来证明。

"我历来很精明，她也常常被我摆布，所以我妻子对我不可能不忠心。我们婚姻的床是我用精明的手段保住的。我知道一种像咒语似的话，只要一念这种话——得，她的忠心根本不容置疑，于是我便可以踏踏实实地睡觉了。"

"这是什么话呢？"

"这很简单。我在城里散布不好的谣言。你们大概也知道这些谣言。我见了人就说：'我妻子阿辽娜跟警察局长伊凡·阿历克塞伊奇·沙里赫瓦特斯基姘上了。'有了这些谣言，谁还敢与阿辽娜勾搭呢？谁愿意得罪警察局长呢？所以看见她的人都赶紧撒腿就跑，免得沙里赫瓦特斯基生气。嘻嘻嘻。谁都知道，跟那个一脸大胡子的蠢材一打上交道，倒霉的事会一件接一件，他会向上司打五份报告，说你家的卫生状况不行。比方说，要是他看见你家的猫跑到街上，他就打报告上去，把那只猫说得像撒了缰的牛一样疯狂。"

"这样说起来，您的太太没有跟伊凡·阿历克塞伊奇同居过？"我们惊奇地拖着长音问。

"当然没有，那都是我编的谎言，嘻嘻嘻……小伙子，我挺巧妙地诓了你们吧？事情就是这样的。"

听了这个老头的一席话，大家都沉默了，空气里弥漫着一种异样的气氛，我们坐着，一声不响。我们想到这个胖胖的红鼻子老头儿那么狡猾地骗了我们，觉着受了侮辱，很惭愧。

大约过了三分钟，教堂执事打破了寂静，嚷道："嗯，求上帝保佑您再结一回婚吧！"

玛 莎

————〔俄国〕屠格涅夫

我曾在彼得堡雇过一辆马车，

当时，我与马车夫谈得很投机。

他的话语里充满了悲伤——因为他心爱的妻子去世了。

到了目的地，我跳下车并付了车钱，

他却慢慢地挣扎着消失在夜色里。

我曾在彼得堡住过一段时间，那是很多年以前的事了。我每次雇街头马车，总要和马车夫聊聊天。

有些马车夫在夜间工作，我尤其爱与他们谈话，他们都是近郊的贫苦农民，赶着上过赭色油漆的小雪橇和羸弱的马，来到城里，希望挣些糊口的费用，再省出一些钱去还地主们的代役租。

那一天，我就雇了一个这样的马车夫：身材高大，体格匀称，仪表堂堂，看样子只有二十岁的光景。他有一对蓝色的眼睛，红润的面颊。他的帽子一直戴到眼眉边，上面还带有补丁，帽子下边露出卷着一个个小圈圈的淡黄色头发。他那魁伟的肩膀撑着一件看上去极不协调的厚呢上衣。

他的神情是悲伤和郁闷的，与他那张漂亮的、没有胡须的脸极不相称。

我们的谈话很投机。从他的话语里，也听得出他的悲伤。

"怎么啦，兄弟？"我问他，"你为什么不愉快？难道有什么不幸吗？"

小伙子沉默了一会儿，没有马上做出回答。

"是的，老爷，是的，"他终于开口说道，"再没有什么比这更不幸的了，我的妻子去世了。"

"你爱她吗？"

小伙子没有回过头来看我，只是低下头。

"我爱她，老爷。已经过去 7 个多月了，但我始终不能把她忘掉。我真的很难过……真是啊！她为什么要永远离开我呢？她年轻、健壮！仅仅一天功夫，霍乱就夺去了她年轻的生命。"

"她待你好吗?"

"唉,老爷!"他叹气时显得很沉重,"我和她在一块儿生活得非常幸福!她死时我不在家。所以,我突然在这儿听到这个消息时,人们已经为她举行了葬礼——我立刻往回赶,想尽快回到家里,可是当我赶到家时,已经是半夜了。我跨进自己的小木屋,站在屋子中间,'玛莎!玛莎呀!'就这样小声呼唤,只有蟋蟀在吱吱叫。我伤心地痛哭,坐在小木屋的地板上——还用手掌拍了一下地板!我说:'你这贪得无厌的东西……是你害死了她……也把我一块带去吧!唉,玛莎!'"

"玛莎!"他突然压低嗓子又轻声呼唤了一声。他没有放松手里的缰绳,只用手套拭去眼角的泪水,抖了抖它,放到一边,耸了耸肩膀就再也没有说一句话。

我的目的地到了,我跳下雪橇,付给他车钱,然后又多给了他十五戈比,他深深地向我鞠了一躬,双手抓着帽子,随后踏着街上空荡荡的雪地,在一个严寒的灰白色的雾里,慢慢地挣扎着消失在夜色中。

干 杯

—— ［俄国］亚·伊·库普林

在未来的二千九百零六年的除夕，
北极和南极这两个规模宏大的地电磁协会总站共同庆祝人类文明的辉煌，
但是，就在大家举起酒杯为古代的英雄们干杯之际，
一位美丽非凡的妇女却啜泣不止。

德国加入同盟的日子还有十五分钟就两百年了，那个月份、日子、时刻是神圣的。两百年前，最后一个最顽固、最保守、最闭塞的国家，也是世界一切国家中最后一个具有国家制度的国家——德国，终于下决心离弃那早已陈腐不堪、令人可笑的民族独立状态，在全球的欢呼声中，成为世界自由人的无政府同盟的新成员。按照古基督纪年，这一天是二千九百零六年的除夕。

在北极和南极这两个规模宏大的地电磁协会的总站，人们以十分自豪、喜悦的心情，迎接着新的第二百个年头。这是任何地方都无法相比的，近三十年来，成千上万的技术人员、工程师、天文学家、数学家、建筑学家和其他学识渊博的专家，为实现第二个世纪最鼓舞人心、最豪迈的理想，而忘我地工作着。他们决心把地球变成一个硕大无比的电磁轴。为此，他们制作了长约四十亿公里的钢索，把它的外面包上树胶作为线圈，把地球从北到南缠绕起来，在地球南极建起功率非凡的电接收机，最后用无数根导线连接地球的各个角落。他们与地球上的居民保持经常联络，距地球最近的那些星球上的人，都忐忑不安地注视着这一惊人的事业。对协会的创举，多数表示怀疑，而另一些人则提心吊胆，甚至终日食之无味，夜不成寐。

但是，过去的一年协会的成员们用他们的行动取得了辉煌的胜利。地球取之不尽、用之不竭的磁力使所有工厂开工了，使农业机械转动了，使铁路繁忙，使船舶出海次数增多了。它照亮了大街小巷，照亮了千家万户，给所有的住宅送去了温暖。有了它，枯竭的原煤不再为人们所使用；有了它，污染空气、破坏市容的烟囱从地球上消失了；有了它，花草、树木——大地上真正的欢乐——得到了保护，灭绝的危险就此解除了。此外，它为农业带来闻所未闻的产量，使土地的

生产率比原来增长了三倍。

今天，北极站的一位工程师被选为主席，他从座位上站了起来，高举酒杯。大家都把头转向他。他心情激动地说：

"朋友们！如果你们同意，我立即和我们亲爱的、在南极站工作的朋友们联系。我刚刚收到他们发来的信号。"

会议厅非常宽敞，大得一眼看不到尽头。这座富丽堂皇的建筑物由玻璃、大理石和钢铁建筑而成，各种奇花异草点缀其中，树木也千姿百态，与其说它是公共场所，倒不如说是风光独特的花宫。外面的极夜现象还在继续，半年也见不到太阳，但特制聚光器却使苍郁的植物、桌子、千万名欢快的人的笑脸、支撑着天花板的一根根挺拔的圆柱、绝妙的图画、嵌在墙内的雕塑都沐浴在绚烂的阳光中。会议大厅有三面墙是玻璃的，但是主席身后的那面墙却是一块白色的，那是用特别柔软、熠熠发光的薄玻璃制成的大银幕。

现在，在公众允许的情况下，主席用手指轻轻碰了碰桌上的小按钮。霎时间，银幕内部射出耀眼的光芒，但又立即慢慢消散，接着，一座同样高大、伸向远方的美丽无比的玻璃宫殿呈现在众人面前，那里的摆设大致与这里相同，桌子旁边坐着健壮、俊美的人们，他们容光焕发、衣着轻柔闪光。他们是相距两万俄里以外的朋友，他们相视微笑，频频举杯致意。他们笑着、欢呼着，远方朋友的话语声淹没在了欢声笑语中。

这时，主席从座位上站起来，地球两端的朋友和战友们立即静了下来，准备倾听主席的讲话。

"我亲爱的姐妹兄弟们，女士们，先生们，还有你们，从前爱过我、对此我心灵里充满感激之情的姐妹们！听吧，光荣永远属于朝气蓬勃、美妙无比、广阔浩瀚的生活，地球上的人，因为他们是地球上惟一的上帝！让我们赞美人的一切欢乐，让我们向人的不朽智慧致以崇高的、深深的敬意！

"你们是自豪、勇敢、平等、快乐的人，看着你们，我心里充满了无限的爱。我们发挥才智不受任何约束，我们实现愿望没有任何障碍。我们不懂得服从和权力，我们摒弃嫉妒和仇恨，也摒弃暴力和欺骗。我们每天揭开无数世界奥秘，以更加兴奋的心情认识到无止境的和具有巨大威力的是知识，就是死亡也不再使我们感到可怕，因为当我们离开生活时，不再显现出老年的丑陋。怪异的恐怖在我们眼中消失了，嘴边没有诅咒的话语，我们美丽安详、面带笑容，像神仙一般；我们不再焦急不安地拼命抓住生命之酒的残滴，成为闭上双眼的疲倦的旅行者。我们的劳动是一种享受，我们的爱情摆脱了奴役与庸俗的锁链，就像花儿一般，多么自在！多么美丽！而人类的天才将成为我们惟一的主人。

"亲爱的朋友们，我所讲的这些事实早已为众人所知晓，但是，我不能不讲这些。今天早晨，我一直在读一本很好的书，这就是《二十世纪革命史》，它同时也是本可怕的书。

"一个疑问已在我的脑海中徘徊多时了：这莫非是个神话？我感到，九百年前，我们祖先的生活竟是这样不可想像，他们在过着可怕而荒诞的生活。

"他们就像令人极端厌恶的动物一样被紧锁在笼子里，他们道德败坏，形态污秽，丑陋难看，懦弱胆怯，疾病缠身。一个人偷了另一个人的一块面包，为了不让别人看见，便带到阴暗的角落，躺下来用肚子盖着它；住房、森林、水源、土地和空气都是他们互相掠夺的对象。成群贪淫好色、贪婪好吃的浪荡子与伪善人、骗子、小偷、暴徒结成一伙，唆使一部分醉醺醺的奴隶去迫害另一部分颤抖的白痴，他们依附在腐朽社会的脓包上，他们的生活与寄生虫没什么两样。而大地，如此辽阔、美丽的大地，在人们的眼中，却变得如监狱般狭窄，如墓穴般令人窒息。

"然而，在温顺的牛马中间，在懦弱、可怜的奴隶中间，那些不愿再忍受下去的骄傲的人们，点燃着心灵之火的英雄们却在瞬间抬起了他们高傲的头颅。在那个卑鄙、可怕的时代，怎么会造就出这样的英雄，这真令我费解！他们高呼着'自由万岁'拥到广场，走在十字街头，那时，暴力、残害、杀戮得到沙皇的嘉奖，就在这种可怕的血腥时代，没有一所私人住宅是可靠的避难所，'打倒暴君'是英雄们充满神圣激情的心灵深处的呼声。

"大路上的石块被他们正义的热血染红了，长期的囚禁逼得他们发疯，他们被处以绞刑，惨遭枪杀。他们自愿抛弃生活的一切欢娱，把为未来人类的自由生活而死视为光荣，他们为正义而牺牲，为人类的自由奉献自己的生命，他们义无反顾，只是为了赢得那份光荣。

"各位在座的朋友们，难道你们没有看见，把黑暗、可怕的过去与我们光明的现在连结起来的不是一座由人尸搭成的桥梁吗？难道你们没有觉察到，整个人类是被一条鲜血染红的长河引向光辉灿烂的、全球幸福的浩瀚的海洋吗？

"永远纪念你们，无名英雄们！永远纪念你们，默默无言的受难者！在你们凝望未来、洞察一切的眼神里闪烁着笑意。你们预见到，我们是得到解放的、强大的胜利者，因而在你们离开人世之际，把遥遥的祝福送给了我们，那个时刻是伟大的、神圣的！

"我的朋友们，让我们干杯吧！为那些古时代的受难者干杯，让每个人都在自己身上感受到他们平静的、祝福的目光！"

于是，大家举起酒杯，默默地怀着赤诚心为纪念古时代的英雄们干杯。但是，坐在演说者身旁的一位美丽非凡的妇女突然把头依在他的胸前啜泣着，当他询问她流泪的原因时，她用勉强可以听到的声音答道：

"不管怎样……我愿意在那个时代生活……和他们在一起……和他们在一起……"

33

天才的真正智慧

——［前苏联］左琴科

一位机灵的崇拜者突然闯进著名演员库兹金娜的化妆室，
疯狂地吻起库兹金娜的皮靴，
女演员被他的行为惊呆了，
当她清醒过来时，
崇拜者和皮靴却神秘失踪了。

库兹金娜是一位著名演员，她在这条道路上迎来了成功的时刻，观众们使劲跺脚，嗷嗷地吼，发了狂地欢呼。她的崇拜者们把鲜花朝台上扔去，喊叫着："库兹金娜！库兹金娜！"

一个崇拜者想穿过乐队挤上台去，却被观众拦住了。他机灵非凡，转而向门上写着"闲人莫入"的房间冲去，在观众的面前消失了。

在演员化妆室里，库兹金娜坐在椅子上，心想："啊！我期望的正是这样的成功啊！激动人心，人们变得高尚起来的原因是自己的天才所致……"

一阵敲门声把她拉回了现实。

"谁呀，"她说，"请进。"

进来的不是别人，正是那位机灵非凡的崇拜者，他的动作是那么麻利，女演员甚至连他的脸都没有看清。

他跪在僵在那里的库兹金娜面前，说："我爱……我倾倒……"他捡起扔在地上的一只皮靴就一个劲儿地吻起来。

"对不起，"女演员说，"那只皮靴不是我的，那是滑稽老太婆的……这才是我的。"

崇拜者立刻抓起女演员的皮靴……他简直太疯狂了。

"还有一只……"崇拜者跪在地上一边爬一边嘶哑地说，"另一只高贵的皮靴呢？"

"天哪！"女演员暗自想，"他爱我已经到了极点！"她于是把另一只皮靴也递给他，怯生生地说：

"在这儿……那儿是我的束腰带……"

崇拜者是如此激动，他抓起靴子和束腰带，非常庄重地把它们贴在自己的胸前。

库兹金娜看着眼前发生的一切，她想：

"天哪！天才的力量是多么惊人呀！它使人的感情无可抑制……成功了！我是多么成功啊！崇拜者们闯到后台来，吻我的靴子……多么幸福，多么光荣！"

她越想越激动，她膨胀的心在神游，她闭上眼睛享受着那美好感觉。

"库兹金娜！"导演喊了起来，"上场！"

女演员猛地清醒过来，她睁开了眼睛，但却发现崇拜者和皮靴都不翼而飞了。

后来才查清楚：除了皮靴和束腰带以外，化妆室还丢失了一盒化妆品和一束假发。滑稽老太婆的一只皮靴也不见了。那个可怕的崇拜者没有发现扶手椅底下的另一只，否则它也会消失的。

琼斯先生的悲惨命运

——[英国] 毛 姆

> 助理牧师琼斯先生因不知道如何从所拜访的人家里告辞，
> 而在一个朋友家度过了他的六个星期的休假。
> 随着最后一天假期的到来，
> 琼斯先生走完了他一生的旅途。

我这里要说的是有些人，既不是你也不是我，因为我们非常有自制力，而我说的有些人是在拜访别人或晚上与人聊天的时候，总觉得告辞是一件难之又难的事。时间在主客之间的闲谈中一分一分地逝去，到了拜访者觉得自己真的该走的时候了，他站起来吞吞吐吐地说："嗯，我想我……"紧接着主人就说："噢，你这就要走吗？时间真的还早哩！"于是拜访者便有些尴尬，拿不定主意，又找不到恰当的理由，于是接踵而来的便是难堪。

在我所知的这类事情中，我可怜的朋友梅尔帕梅纽斯·琼斯先生的遭遇可算是最悲惨的例子。他是一个助理牧师，一个非常惹人喜爱的年轻人，才二十三岁。他简直不知道该如何从所拜访的人家里脱身。他是个忠厚老实的人，让他说谎是万万做不到的，同时他又是那么规矩，从不愿失礼。在他放暑假的第一天下午，他去他的一个朋友家拜访。他有六个星期的休假——他没有任何事可做。他在那儿聊了一会儿天，喝了两杯茶，然后他便想告辞了，于是鼓起勇气说：

"嗯，我想我……"

"噢，别急！琼斯先生，你真不能再多呆一会儿吗？"女主人诚恳地留他再坐一会儿。

琼斯向来不会说谎，于是说："噢，能，当然，我——可以再待一会儿。"

"那就请别走。"

琼斯留了下来，竟然喝了十一杯茶，这时，夜幕开始降临了，他再一次站起身来。

"嗯，现在，"他怯生生地说，"我想我真的……"

"不留下来吗?"女主人客气地说,"我以为你可以留下来吃晚饭的……"

"嗯,是可以的,你知道,"琼斯说,"假如……"

"那就留下来吧,我和我的丈夫都愿意与您共进晚餐。"

"好吧,"他有气无力地说,"那就留下来吧。"他颓然坐回到椅子上,十几杯茶水让他很难受。

吃晚饭时,男主人非常热情。席间,琼斯从头到尾都坐在那儿盘算着要在八点三十分告辞。主人一家都在纳闷,不知琼斯到底为何闷闷不乐,也许他有些呆头呆脑吧。

女主人想"打开他的话匣子",于是吃完饭后就拿出照片来给他看。她把家里的所有照片全都拿了出来,那可是她珍藏了多年的照片——其中有男主人的叔叔和婶婶的照片,有女主人的哥哥和他的小儿子的照片。属那张男主人的叔叔的朋友穿着孟加拉军服的照片最有趣,男主人爷爷的同事的狗的照片是其中拍得最好的照片,还有一张是男主人在一次化装舞会上扮演魔鬼的照片。

到八点三十分的时候,琼斯已看了七十一张照片,大约还有六十张没看。琼斯站了起来。

"现在我得告辞了。"他以恳求的口吻说。

"告辞?"主人说,"刚刚八点三十分,你有什么事要去办吗?"

"没什么事。"他承认,接着又闷声闷气地说了说他将有六个星期的休假,然后苦笑了一下。

此时,主人家的宝贝儿子——那个可爱的小调皮鬼跟琼斯先生开了个小玩笑,他藏了琼斯先生的帽子,因此男主人说琼斯先生非留下来不可了,于是就请琼斯一起闲聊。男主人一边喝茶一边和琼斯聊天,于是,琼斯又一次留了下来。他时时刻刻都想果断地离去,可就是办不到。后来男主人开始厌烦琼斯了,他正话反说,用话挖苦琼斯:琼斯先生最好留下来过夜,我们可以给您提供一张临时的床铺。琼斯误解了他的本意,竟热泪盈眶地向他连连道谢。于是男主人便把他安顿在一间空房里,既生气又无可奈何,只好在心中狠狠地诅咒他。

第二天早晨起床,吃完早饭,男主人进城上班去了,留下琼斯和在家的宝贝儿子玩。琼斯伤心透了,他非常生气,这一天他一直在琢磨离去的办法,可他又左右为难,他觉得他根本没法脱身。男主人傍晚下班回去,发现琼斯居然还在他家,大感吃惊和恼火。他想用什么办法让他离开,但又不能得罪他,于是就说,他认为该向琼斯先生收房租和伙食费了,嘿嘿!那个不幸的小伙子目瞪口呆了一阵子,然后紧紧握住男主人的手,把一个月的食宿费放在男主人的手上,而且还情不自禁地似孩子般抽泣起来。

在接下去的一个月里,琼斯神情忧郁,让人难以接近。当然,他整天都是闷在客厅里，由于缺少新鲜空气加之又缺乏锻炼，他的身体很快就显得不行了。他每天消磨时光的方法就是看照片、喝茶。他常常一站就是几个小时，盯着男主人叔叔的朋友穿孟加拉军服的照片——像白痴一样说话，有时还发毒誓，他显然已经精神失常了。

最后，琼斯先生终于撑不住了，身体和精神完全垮了。人们把他抬到了楼上，他发烧得很厉害，可以说神智不清了。后来病情进一步恶化，很可怕，他谁都不认识了，连男主人家的那些照片上的人物都不认识了。有时候，他会从床上惊坐起来，尖叫道："嗯，我想……"紧接着又倒回到枕头上，同时那令人毛骨悚然的大笑也会伴随而来。过一会儿，他又会跳起来，大叫道："再来一杯茶，再拿些照片来！再拿些照片来！哈！哈！"

一个月的痛苦折磨过后，在他的假期的最后一天，他去世了。人们说在他临终之际，他脸带自信的美丽微笑坐在床上，说："啊！美丽的天使已经来召唤我了，这次我真的该走了，朋友们，再见了!"

他的灵魂挣脱了囚禁它的牢房，其速度之快就像被追捕的猎物越过花园的篱笆一样。

雪比亚麻布更白

—— ［英国］ 贝内特

理查德本来计划效仿侦探小说《雪比亚麻布更白》谋杀自己的婶婶，
以便尽早得其遗产，
不想计划中婶婶的命运却降临到自己头上。

　　缺少钱和不知道哪笔钱能取是摆在理查德·贝克面前的两大难题。他没有富
裕的叔叔可以继承遗产，只有一个婶婶。不久前她寄来了一封信，信是从圣莫里
茨寄来的。虽说她已经表明理查德是她惟一的财产继承人，但若期望她快点儿去
世那简直是不可能的。她身体很健康，尽管已是六十七岁的高龄，可精神状态一
点也不比年轻人差，要想马上用她的钱，除非是在她走向终点的人生旅途中助她
一臂之力，这种事情大概都是小说中的故事情节。作为侦探小说的狂热爱好者，
他知道这种事情的严重后果——大多是弄巧成拙，搬起石头砸自己的脚。

　　这一天，理查德闲来无事，买了一本侦探小说《雪比亚麻布更白》，回家后
仔细地读起来。半个小时之后，他的心就被小说牢牢地抓住了，他觉得这位了不
起的女作家玛丽·安德森道出的正是他所迫切需要的。小说中讲述了一个侄子谋
杀叔叔的全部作案过程，叔叔是个富得流油的人，侄子在一次休假时邀请他的叔
叔乘车沿盘山道兜风，然后将车子停在了由路边坡顶上延伸出来的极其危险的冰
雪块下方，接着打开了昂贵的高级汽车音响，播放人人熟知的《命运交响曲》，
还把音量开到最大，强烈的声波击碎了冰雪块，崩裂坍落下来的冰雪块裹挟着汽
车以及车子里的叔叔掉进了路边的深渊。

　　"理查德，我的孩子！"两天之后，在圣莫里茨希尔顿饭店大厅里，婶婶惊
喜地朝着快步向她奔过来的侄儿喊道。

　　理查德拿出早已练好的甜蜜声调说："亲爱的婶婶，见到你真是太高兴了！"

　　理查德按照小说里的情节，开始了自己的计划，他拿出最后一点儿钱在希尔
顿饭店订了一间最昂贵的客房，并且在当天晚上租好了一辆装备着大功率立体声
音响设备的轿车，连由卡拉扬指挥演奏的《命运交响曲》音乐磁带他也准备

39

好了。

第二天早晨，他精神饱满地去见婶婶。"婶婶，今天下午我们乘车去山上兜兜风，您看如何？"他提议道。

多萝西婶婶乐得都快合不拢嘴了。"好的，不过五点钟我得回到这儿来，"她说，"因为我五点钟在酒吧有一个约会。"说完她向对面一位两鬓灰白的老先生眨眨眼睛，那位老先生向她面带微笑地点点头，算是给了她一个回答，她又对侄儿说："他是个多有魅力的男人！"

理查德驾车带着婶婶经历了一个小时的路程后，进入了陡峭的盘山公路。午时刚过不久，他们来到了一处地方。好像是天意，这个地方简直是为他的计划而准备的，虎狼似的雪浪仍在不断地往坡顶延伸出来的冰雪块上积聚。"我想我们该休息一下了！"理查德说着在冰雪块的下方停下了车子。"我们听一支曲子吧。"他拿出事先准备好的《命运交响曲》磁带，插入了放音卡座，随手将音量调节旋钮拧到了最大位置。"婶婶，你在车子里休息一下，我去去就来。"说完，他打开了录音机走下汽车。

理查德毫不犹豫地向安全地带走去，曲子的前段又轻又柔，这正好为他走到安全地带赢得了时间。关键的时刻到了！磁带转到了交响曲的巨音区，那巨大的声浪涌出汽车，在整个山谷中回荡。被声波震裂的小冰块已经开始纷纷往下掉落。理查德转过身朝汽车看去，正看见婶婶走下汽车。"婶婶！"理查德大声地惊呼起来，一下子慌了手脚。而婶婶却不慌不忙地朝另一方向走去。恐惧使得理查德疯狂地向车子奔去。此时此刻，交响曲正播放到最大音量区，那震撼的声音冲出车门，涌向旷野，整个自然界都随之颤动。越来越多的雪块从上面不断往下掉，最终雪块崩塌了……

五点钟，多萝西准时来到了旅馆的酒吧间，那位两鬓灰白的老人莱斯特·威廉森已经在等候她了。"对你侄子的死我深表同情！"这个著名的伦敦出版商握住了她的手，"你侄子死的方式和地点与你的小说《雪比亚麻布更白》中所描述的完全相同，你觉得这是个巧合吗？"

多萝西·贝克为威廉森出版社写了许多很成功的侦探小说，而玛丽·安德森是她的笔名。"作为侦探小说作家，我猜测他是想谋杀我。可是，我之所以从汽车里出来是因为我实在难以忍受那吵人的音响，而且又不知道怎样把录音机关掉。"多萝西表情平静地说。

骑　马

——［法国］莫泊桑

　　海克多尔·德·格力白林因一份额外的工作而获得三百法郎特别奖金，
因此他决定骑匹烈马带家人去近郊吃午餐，
然而途中却撞伤一位老妇人，
使日子变得更加困窘。

　　海克多尔·德·格力白林是个住在外省的贵族子孙，他从小生活在父亲的庄园里，教育他的是个年老的教士。他们虽挂着贵族的头衔，却没什么钱。在二十岁那一年，有人替他在海军部找了一个位置，名义是办事员，年俸是一千五百法郎。他从此就在这座礁石上搁浅了。世上原有许多没有趁早就预备努力奋斗的人，他们一直从云雾当中观看人生，自身不仅没有什么方法和应付力量，而且从小也没有机会去发展自身的特别才干以及坚定毅力，所以手里简直没有接到过一件武器或者一件工具，格力白林就是这样一个人。

　　他在前段时间拜访了思想守旧、境况与他差不多的故友。这些贫穷的贵族与现代生活是隔绝的，他们虽穷，但都很清高。他们都住在巴黎市区里的那些贵族街道上毫无生气的高楼上。其中从底层到高层的住户都有贵族头衔；不过从第二层楼数到第七层楼，有钱的人却没有几个。

　　种种无穷尽的偏见，等级上的固执，保持身份的顾虑，始终缠绕在这些往日有过光采而现在因为游手好闲以致颓败的人家。海克多尔·德·格力白林就是在这里结识了一个贵族女子，并与她结成夫妻。

　　四年之中，他们有了两个孩子。

　　这四年，这个被困苦所束缚的家庭，除了星期日在香榭丽舍大街一带散步，以及利用同事们送的免费票每年冬天可以到戏院里看一两回戏以外，别的娱乐几乎与他们无缘。

　　但是在今年初春，有一件额外的工作落到了格力白林身上，最后，他领到一笔三百法郎的特别奖金。

41

他带了这笔奖金回来向他妻子说道：

"亲爱的杭丽艾德，我们现在应当享受点儿，譬如带着孩子们好好儿地玩一回。"

经过一番长久的讨论以后，才决定到近郊去吃午餐。

"来，我有一个好的建议，"海克多尔高声喊起来，"反正就这么一次，我们去租一辆英国式的小马车，给你和孩子们以及女佣人坐，我自己骑马去，这于我是有一定益处的。"以后在休息日，他们谈话的内容就是这个近郊游览的计划。

每天傍晚从办公室回来，海克多尔总抱着他的大儿子骑在自己的腿上，一面使尽气力教他跳起来，一面向他说道：

"这就是下星期日，爸爸在散步时跑马的样子。"

于是这顽皮孩子整天骑在椅子上面，拖着在房子里面兜圈子，一面高声喊道：

"爸爸骑马就这个样子。"

那个女佣人想起先生会骑马陪着车子走，总用一种赞叹的眼光瞧着他，并且在每次吃饭的时候，她静听先生谈论骑马的方法，并自豪地提起他从前在父亲庄园骑马的情景。哈！他从前受过很好的训练，所以只要骑到了牲口身上，他一点也不害怕，真的一点也不害怕！

他擦着手掌反复地向他妻子说：

"我一定要让他们给我弄一匹性子比较烈的牲口，你可以看见我怎样骑上去，并且，倘若你愿意，我们从森林公园转来的时候，可以绕路从香榭丽舍大街回家。那么我们会很有面子，倘若遇得见部里的人，我一定不会丢脸。单凭这一点就足够教长官重视我的。"

到了他们计划去近郊吃午餐的那一天，车子和马同时到了他的门外。他立刻下楼去检查他的坐骑了。他早已教人在自己的裤脚管儿口上，钉了一副可以绊在鞋底上的皮条。这时候，他又扬起昨天买的那根鞭子。

他把这牲口的四条腿一条一条地托起来，一条一条地摸了一遍，又按过了它的脖子、肋骨和膝弯，再用指头验过了它的腰，扳开了它的嘴，数过了它的牙齿，说出了它的年龄。最后，全家人都已经下了楼，他趁此把马类的通性和这匹马的特性，向全家人介绍一番。根据他的说法，这匹马是最好的。

等到大家都坐上了车子，他才又去检查马身上的鞍辔。随后，他踏到了一只马镫上立起来，然后猛地跨到了牲口身上坐下了。这时候，那牲口开始驮着他乱跳了，险些把他掀翻在地。

海克多尔有些慌张了，并极力稳定它，说道：

"友好点儿，朋友，慢点儿。"

随后，坐骑恢复了它的常态，骑士也挺起了他的腰杆儿，他问道：

"都准备好了没有？"

全体齐声回答道：

"准备好了。"

于是他下了命令：

"出发！"

这些坐车和骑马的人都出发了。

所有的视线都集中在他的身上。他用英国人的骑马姿态教牲口"大走"起来，同时又过分地把自己的身子一起一落，哪知却落在鞍子上，马受到惊吓，立刻如同要升到天空似地又向空中冲起，吓得他紧紧抓住马鬃，并且双眼向前直视，脸色发白，牙关咬紧。

他的妻子抱着一个孩子搁在膝头上，女佣人抱着另外的一个，她们不住地重复说道：

"快看你们爸爸的表演，多精彩！"

那两个孩子受爸爸骑马的刺激及新鲜空气的陶醉，都用尖锐的声音叫唤起来。那匹马受了这阵声音的惊骇，更加疯狂地狂奔起来，末了，骑士在极力勒住它的时候，他的帽子滚到了地上。于是赶车的只得跳下车来去拾，后来海克多尔接了帽子，就远远地向他的妻子说：

"快别让孩子们大叫大嚷，否则我的马会发疯的！"

他们在韦西奈特的树林子里的草地上，用那些装在盒子里的食品做午餐。

尽管赶车的照料着那三匹牲口，海克多尔还是不时站起来去看他骑的那匹牲口是不是得到了很好的照顾，并且拍着它的脖子给它吃了点儿面包，一些甜点心和一点儿糖。

他高声说道：

"这匹马性子很躁，闹腾得挺欢，但是它看见了我很快就平静下来了。它承认了它的主人，现在它不会再乱跳了。"

返家时，他们按照预定的计划，绕道从香榭丽舍大街回来。

那条路面宽敞的大道上，车子来来往往非常繁多，并且在两边散步的人也多得好像两条自动展开的黑带子，从凯旋门一直延到协和广场。阳光照到车子上面，使车身上的漆、车门上的铜挽手和鞍辔上的钢件都放出耀眼的光。一阵运动的颠狂，一阵生活上的陶醉，像是鼓动了这些人群的车马。那座方尖碑远远地竖立在金色的霞光当中。海克多尔那匹马自从穿过了凯旋门，就陡然受到一种新的热劲儿的支配，撒开了大步，在那些车辆的缝儿里斜着穿过去，向自己的槽头直奔。尽管海克多尔想尽了方法让它安静，不过好像一点作用都不起。

43

那辆车子现在被海克多尔和他的坐骑远远地抛在后面了，后来那匹马走到了实业部大厦跟前，望见了那点儿空地就向右一转并且狂奔起来。

一个身系围腰的老妇人，正用一种安安稳稳的脚步在街面上横穿过去，她刚好挡住了这个乘风而来的海克多尔的路线。他没有力量勒住他的牲口，只得高声呼叫：

"喂！喂！闪开！"

那个老妇人也许是一个聋子，因为她仍然四平八稳地继续向前走着，直到撞着了那匹像火车头一般飞奔过来的牲口胸前，她一连翻了三个筋斗，滚到了十步之外，裙子迎风飞舞。许多声音一齐嚷道：

"快！拦住他！"

海克多尔不知所措，一面抱着马鬃一面高声喊道：

"救命！"

一股可怕的震动力量，使得他像一粒子弹似地从那匹奔马的耳朵上面射出去，并且扑在一个刚刚赶到附近的警察的怀里。

顷刻间，一群人怒气冲天，指手划脚，乱叫乱嚷，团团地围住了他。尤其是一个身佩圆形大勋章的白胡子老先生，看上去暴怒异常，他不住地说：

"真可恨！一个人既然这样笨手笨脚，就应该待在家里不动。骑不来马就不要跑到街上来闹人命。"

老妇人被四个年轻人抬了过来。她像是死了一样，脸上没有血色，帽子歪着顶在头上，而且全身都是灰尘。"哪一位好心人把这可怜人送诊所去。"那个老先生这样吩咐，"我们到本区的警察局去。"

海克多尔由两个警察陪着走，另外一个警察牵着他的马。一群人跟在后面。那辆英国式的马车出现了。他的妻子连忙奔过来，女佣人忙着照顾又笑又喊的两个孩子。

他说起自己当初正预备回家，却撞倒了一个老妇人，这算不了什么。他的妻子吓坏了。

到了区警察局，说明了事情的来龙去脉，他报了他的姓名，海克多尔·德·格力白林，海军部职员。随后，大家专心等受伤的消息。一会儿，一个派去探听消息的巡警回来了。他说伤者已经醒过来，但是她说内脏异常疼痛。那是一个做粗工的女佣人，今年65岁，名叫西蒙。

听到了她没有生命之忧，海克多尔恢复了希望，他答应负担她的治疗费。随后他跑到那诊所里去了。

诊所门口乱哄哄的，有些人在那里看热闹，那个老妇人躺在一把围椅上面不住地哼着，手是不动的，脸是发呆的。两个医生还在忙着替她检查。从外表看，四肢没有损伤，但是有人怀疑内脏被撞坏了。

海克多尔和她谈话了：

"您很难受吗？"

"唉！对呀。"

"哪儿难受？"

"我肚子里简直像一炉火。"

一个医生走过来：

"先生，是您撞的她吗？"

"是的，先生。"

"我想你应该把这妇人送到一个疗养院里去，我认识一家，那里每天的住院费用是六个法郎。您可愿意让我去办？"

海克多尔快活极了，他谢了这个医生回到家里，心里松了一口气。

他妻子还在屋里掉泪，他劝她不要着急：

"这没什么要紧，那个西蒙大妈已经好多了，三天之后就可以痊愈，我已把她送到一家疗养院里去了，很快就没事了。"

没什么要紧！

第二天，他从办公室里下班出来，就去探听西蒙大妈的消息。走进屋，他看见她正用一种满意的神气吃一份肉汤。

"怎么样了？"他问。

她回答道：

"唉，可怜的先生，还没什么变化。我觉得自己差不多快要完了，一点也没有好转的样子。"

那位医生说应该等候，怕的是陡然起一种并发症。他等了三天，随后又去看。那老妇人面色光鲜，目光明亮，但望见他就开始哼起来。

"我感觉还不能活动，可怜的先生，我再也受不住了。不知是不是要等到我死的那天为止。"

海克多尔的身上掠过一阵寒意，他请教医生。那医生向他说道：

"我们也没有办法，先生。我们试着抱她起来，她就直嚷。就是想挪动她坐的椅子，她也伤心地乱嚷。我应该相信她向我说的话，先生，我总不能钻到她肚子里面去看一看呀。所以不看到她下地走动，我就没有权力假定她在那里说谎。"

那老妇人呆呆地静听，两只眼睛露出狡猾的目光。

八天过去了，随后又是半个月，一个月。西蒙大妈始终没有离开她的围椅。她明显地发胖了，每天还精神愉快地和其他病人谈天，她仿佛已经习惯于不动作了，就好像她通过五十年的劳动，终于等来了退休一样。

45

海克多尔摸不着头脑了，每天来看她，他觉得她每天都是安稳的和恬静的，并且向他高声说道：

"我再也不能够动了，可怜的先生，我再也不能动了。"

每天晚上回家，他那忧心如焚的太太总向他问道：

"西蒙大妈呢？"

他总是垂头丧气地回答：

"一点也没变化，绝对一点也没有！"

为了节约开支，他们辞退了家里的女佣人，因为她的工钱成了极重的负担。尽管如此，那笔特别奖金还是很快用完了。

这天，海克多尔约了四位名医生齐集在老妇人跟前。她任凭他们诊察、摸索、把脉，只是声色不动地用一副狡狯的眼光瞧着他们。

"应该教她走几步。"有一个医生说。

她大嚷起来：

"我再也不能动了，我的好先生们，我再也不能动了！"

于是他们握着她，托起她，牵着她走了几步，但是她从他们的手里滑出来，倒在地板上大声喊叫，声音非常可怕。医生们只好异常小心地把她抬到原来的座位上。他们发表了一个谨慎的意见，说这个样子他们是难以工作的。

当海克多尔把这种消息报告他妻子的时候，她浑身无力地瘫倒在一把椅子上面，半响才结结巴巴地说道：

"不如把她接到我们家里养着，这样还可以少花点儿钱。"

他跳起来了：

"养在我们家里？你居然这样想？"

他妻子含着眼泪回答道：

"不这样做，你还有什么好办法吗？"

一局台球

—— ［法国］ 都 德

一位把打台球视为生命的元帅在前线司令部里固执地坚持：

只有打完台球，才能下达作战命令。

当他还有一分就赢了这场台球比赛时，

他的部队也只差一分就要灭亡了。

　　两天过去了，战场上的局势没有丝毫改变，两天的艰苦战斗已使那些久经沙场的老兵精疲力尽了，更何况是背着行军包站在倾盆大雨中过夜呢。现在，他们在公路旁的水洼里和渗透了雨水的烂泥里，已经又熬过三个小时了。

　　战士们的衣服已经湿透了，他们又困又乏，挤在一起相互取暖和支撑着。到处可以看见有人靠在别人的背包上站立而眠。在那些被困倦征服了的人们的面孔上，饥饿和困乏留下了最深的印迹。站在雨水烂泥中，没有火取暖，没有食物充饥，头顶是阴沉的天空，四面是敌人的重围……

　　在这艰苦的条件下，他们仍然严阵以待：机关枪在隐蔽的地方死死盯着地平线，炮口对着前方的丛林，进攻的一切准备就绪了，为什么还不出击呢？此时此刻，他们还在等什么？

　　原来，他们在等待司令部的命令，可是命令却迟迟不下。

　　司令部就设在前线附近的路易十三的那座漂亮的古堡中。被雨水冲刷过的红砖墙从半山腰的灌木丛中闪露出来。那是名符其实的王室宫廷，法兰西元帅的旗帜完全有资格在那里升起。院中人造池塘的水面像镜子一样粼光闪烁，一群白天鹅在水面上嬉戏。在一座巨大的宝塔形的鸟舍下面，孔雀和金色的野鸡大摇大摆地走来走去，舒展着翅膀，时而对着天空发出几声尖厉的鸣叫。房子的主人早已搬离了这里，但这里无论从哪里也看不出一丝一毫战争带来的荒芜和毁坏。翠绿的草坪上的花连最小的一朵都没有受到摧残，在阳光下绽放着难以言状的迷人笑脸；灌木矮墙被修剪得整整齐齐，林荫小路宁静幽雅……完全是一派和平景象。然而你根本不会相信，这里却与战场只有咫尺之遥。如果没有屋顶飘动的军旗和

47

门前的两个卫兵，谁会想到司令部就设在这里呢？

餐厅的窗户正对着古堡的大门，透过窗户可以看到一张杯盘狼藉的餐桌。弄皱的桌布上面堆放着一些开着的酒瓶和几只黯然无光的玻璃杯，告诉看到这一切的人宴会刚刚结束。客人虽已散去，但从旁边的房间里，还不时传来高声谈话和阵阵大笑声，时而还有台球碌碌的滚动声和碰杯声。元帅在悠闲地准备打一局台球——这便是部队待命的原因。元帅一打上台球，天塌下来他都不管，现在不可能有任何事情阻止他打完这局台球。

元帅是一名伟大的军人，惟一的一点不足就是他把打台球视为与生命一样重要。他穿着一身整齐的军服，胸前佩戴着各种勋章，那严肃而认真的样子好像亲临战场一样。美酒佳肴催得他赌兴冲天，他两眼冒火，面颊涨红。他的副官们众星捧月似地围着他献殷勤，钦佩地赞叹元帅打的每一个球，记下每一次得分更是他们争先恐后献殷勤的好机会。元帅想要喝点什么，他们赶忙跑去准备，头盔的羽饰和肩章在跑动中沙沙作响，身上的十字勋章和绶带发出喀啦喀啦的声音。在一间橡木雕刻装饰的客厅外是花园般的庭院，你看客厅里这么多崭新的军服，这么多奴颜卑膝的繁文缛节，这么优雅动人的举止，仿佛贡比涅秋天的景色又展现在面前。此时此刻，元帅早已把那些披着溅满泥浆的斗篷、集聚在路边站在雨里等待着他的命令的士兵们忘到了九霄云外。

与元帅对阵的是参谋部中的一个年轻中尉，黑黑的头发，小小的个子，戴着一副轻巧精致的花边手套。他是一个卓越的台球手，他可以击败世界上所有的元帅。可是他很了解自己上司的脾气，他正在使出全部精力和技艺打好这一局台球，他的智慧告诉他即使不赢，也不能输得太痛快。

上尉！你要做好准备。元帅已经领先五分了。如果你能自始至终圆满地打完这局台球，对于你的晋升，自然会比在大雨之中与战士们站在一起更有把握，这总比在雨水及泥水中得来的容易些。

精彩的台球比赛还在紧张而愉快的气氛中进行着，满台的球滚动着、碰撞着，打过去弹回来，越打越有趣。突然，外面天空掠过一道闪光，传来了大炮声。隆隆的炮声震得窗户摇晃，这着实让人吃了一惊，在场的每一个人都不安地你瞧瞧我，我瞧瞧你。只有元帅没什么反应，就仿佛他什么也没有听见，什么也没有看到似的。他正专心地考虑如何打好下一杆球。他要拿出他的绝招奠定胜利的基础。

外面又是一道闪光，炮声越来越近，越来越密集了。副官们不由得走到窗口观望：普鲁士开始进攻了吧？

"别管它。"元帅熟练地用白垩粉擦着球棒说，"上尉，该你打了。"

参谋部里的人都把敬佩的目光投给了元帅。他们的元帅在战斗的时刻尚能保持如此沉着冷静，全神贯注地打台球，那昔日中了埋伏仍照样安睡的梯伦元帅就不值得一提了。枪炮声更加密集了，与山谷的回响完美地交融在一起。一团镶着黑边的红色烟云在草坪那边腾空而起，后花园起火了。受惊的孔雀和野鸡在鸟舍中失声尖叫着，火药味使马厩里的阿拉伯马惶恐不安，乱踢乱跳。司令部开始有点骚动了。告急接踵而至，传令兵们骑马飞奔而来，他们要找元帅汇报紧急军情，却到处找不到元帅。

元帅仍然无动于衷。一局台球一旦开始，没什么——世界上没什么能阻止他打完这局球赛。

"该你了，上尉……"

此时，上尉有些惊慌，竟然忘记了自己是在同元帅打台球。他连打了两个好球，险些赢了元帅。元帅急了，显得有些愤怒和惊慌。正在这时，一个满身是泥的副官骑着一匹全速飞跑的战马跃入院中，推开卫兵，一跃跳到石阶上，喊道："元帅！元帅！"元帅面带愠色，涨红了脸，出现在窗口时，仍然手握球棒，神情自若。

"谁呀？什么事？卫兵哪去了？"

"可是，元帅……"

"好了，好了，等一会儿，真捣乱，让他在外面等我的命令！"窗子砰地关上了。

是啊！那些可怜的士兵在泥水中坚守他们的阵地，正在等待他的命令，风雨卷着枪弹袭击着他们。令人无法理解的是：一方面部队在遭受屠杀，而另一些人却全副武装袖手站在那里，不能向敌人进攻！他们要等待命令。然而死亡是不会等待命令的，数以百计的战士倒下了，他们倒在身后的树丛中，在那座豪华宁静的古堡前的战壕里，战士的尸体堆积在一起，然而枪弹连他们的尸体都不肯放过。从那些裂开的伤口处，静静地流着法兰西战士忠贞的鲜血。然而，山上的台球室里却仍在激烈地打台球，也像战斗一样。元帅又占了上风，小个子上尉也在竭尽全力与之周旋。

战斗的炮火已逼近古堡了，十七分，十八分，十九分……还有一分元帅就赢了。此时花园中的棚架已经坍塌，一颗炮弹在池塘中爆炸了，一片通红。

49

棒

——［日本］安部公房

我来到百货公司屋顶上看风景，
不慎坠落到了地上，
被一位老师和两名学生拾在手中，
接受了他们的评判。

六月正值酷暑时节，天气闷热得很。一个星期日的午后，车站前百货公司的屋顶上，人很多，我一面照顾两个孩子，一面俯视雨后浮肿的街道。

通风管和楼梯间挤满了人，刚刚有人离开，我便带着两个孩子立刻挤过去，依序抱起孩子，孩子很快就看腻了，而我仍在全神贯注地看。其实，并没有什么特别引人注意的事。老实说，趴在栏杆上的，大多是成年人。孩子大都很快就厌腻，吵着说要回去，却像妨害工作似的，受到斥责；相反，大人们却两手托着脸颊看着外面，一脸的茫然。

当然，内疚也会有一些，不过，这也不成问题。我只茫茫然而已，至少并不认为有事后回忆的必要。也许因为空气潮湿，也许因为心情烦躁，一向不发脾气的我竟然对孩子发起了脾气。

"爸爸……"大孩子对我愤怒地叫喊着。我仿佛想逃离这声音似的，不由得探出了上半身。不过，只是心境上如此而已，丝毫未感觉到危险的降临。突然感觉身体轻轻浮在空中，一面听着呼唤"爸爸！"的叫声，一面开始往下坠落。

不知怎么，当我发觉时，我已变成一根棒，不粗不细，适于拿在手中，约一米长，很直。我又听见呼叫"爸爸"的声音，这是第三声。下面人行道的人潮刚好动了一动，留出了空隙。我朝那空隙旋转着直落下去，发出干枯尖锐的声响，又反跳起来，碰到树木，在人行道与汽车道之间的洼处立住。

路上的行人都非常生气，扬起头怒视上方。我的两个孩子，脸色发青，端庄地并排站在屋顶上的栏杆旁。入口的警察声称要严罚淘气的小鬼，便往上奔去。大家举起拳头去威吓那两个孩子。我却没有引起任何人的注意，插在那里没有人理睬。

一个学生模样的人朝我走过来，他似乎注意到我了。这学生和另外两人在一起，其中一个是穿同样制服的学生，另一个可能是老师。这两个学生从身高、脸形到戴帽子的方式，都像是双胞胎。老师模样的人留着白胡须，戴着高深莫测的眼镜，看样子是年长而且非常沉稳的绅士。

把我从低洼处拔出来的是第一个学生，他用带着几分遗憾的口气说："被这种东西打中就糟了，一定会死的。"

"给我看看。"老师面带微笑地把我从学生手中接过来，看了好几遍，说："比想像的要轻。不要轻看它，这正是你们最好的研究材料，它非常适合首次实习研究。大家好好想想看，从这根棒子可以知道什么？"

三人边说边朝前走，他们避开人潮，走到车站前的广场，寻找长椅坐，但椅上都坐满了人，他们只好并排坐在绿地的边缘上，我被老师捧在手心照着阳光看，这时，我发现了一件奇妙的事。学生们似乎也同时发现了，几乎同时开口说："老师，胡子……"此时，那胡子左端剥落，在风中颤动。老师沉静地颔首，用沾在指头上的口水湿润那胡子，再压一压，然后他看了看两旁的学生，若无其事地说：

"嘿，从这根棒可以想像到什么？先分析、判断，再决定处置的方法。"

首先接过我的是左边的学生，他从不同的角度不停观看我。"最先注意到的是这根棒没有上下的区别。"他把手变成筒形，我在其中上下滑动，"上边浸进很多污垢；下面部分磨损得相当厉害。我想，这正表示：这根棒与其他抛在路边的东西不一样，它是为某些固定目的，为人所使用的。不过，这根棒似乎受到相当粗野的待遇，伤痕累累，这根棒可能生前有一颗诚实而单纯的心，人们觉得它还有用处，所以并未抛弃它。"

"这样说很有道理，但是似乎过分伤感了一点。"老师面带微笑，颇为赞许地说。

"我认为，也许是因为它太单纯了，所以它显得那样无能。只是普普通通的棒子，用来作为人的工具，实在太差了。若是棒子，只配让猿猴使用。"左边的学生以严厉的口吻回应说。

"不过，反过来说，"右边的学生也忍不住开口参加争论，"棒子难道不能说是一切工具的根本吗？而且，我认为它用途广泛，因为它没有经过特殊化的处理。可以导引，也可以驯犬；可以做杠杆推动重物，也可以做回击敌人的武器。"

"棒子可以导引？我不同意这种说法，我认为，棒子不能引导盲人，只是利用棒子自己导引自己。"

"这就是所谓诚实吗？"

"也许是。不过，用这棒，我可以打任何人，任何人也可打我。"

看着他们争论不休的样子，老师终于忍俊不禁笑了起来。"看你们两个一模一样的人，你来我往，互相辩论，实在非常愉快。不过，你们说的是同样的事，只是表现不同罢了。这个就是棒子，而且，这是和这人相关的必要而充分的答案……这棒就是棒。"

"可是，不是必须承认作为棒子的特征吗？我在标本室看过相当多不同的人，棒子却还不曾看过。这样单纯的诚实毕竟罕见……"右边的学生说。

"不，我们没见过的未必就稀罕。"老师回答，"反而可能极其平凡。换句话说，有时因为太平常，所以没有特别提出来的必要。"

听了老师的一席话，两个学生几乎同时抬头环视四周拥挤的人潮。老师笑着说："不，不能说这些人都是棒。棒很平常，与其说是以量的意义而定，倒不如说是以质的意义而定，就像三角形的性质不被数学家谈论一样。换句话说，就是不能从其身上找出新发现。"老师停了一会，问："你们打算判它什么刑？"

"这样的棒子有必要加以惩罚吗？"右边的学生很困惑地问。

"你以为如何？"老师回首看左边的学生。

"当然要惩罚。在惩罚死者的条件下，我们的存在理由才能够成立。既有我们，就不能不惩罚。"

"既然这样，最恰当的惩罚是什么？"

这个问题使两个学生陷入了沉思。老师开始拿起我，在地面上乱画一番。是一些没有意义的抽象图形，却长了手脚，变成了怪物。接着，他抹掉所画的画，起身站起来眺望远方，轻声说：

"你们已充分考虑了吧。这答案很简单，又很困难。我想，上课时学过……由于不裁判，被裁判的人才……"

"是的，学过。"学生异口同声说，"地上的法庭可以裁判人类的百分之几。可是，除非出现不死的人，否则我们不能不裁判一切，可是，比起人的数目，我们的数目是非常少的。如果必须同样裁判全部的死人，那样我们会被累死的。幸好，有这种藉不裁判而裁判的方便家伙……"

"具有代表性的例子就是这根棒。"老师微笑着放开了我。我倒下，滚动。老师用鞋尖挡住，"所以，最好的惩罚方式就是置之不理。大概有人会捡起来，跟生前一样当做棒，用在许多方面。"

一个学生突然想起似的说："听了我们的这些话，这根棒不知做何感想？"

慈祥的老师注视着两个学生，没有说话，只催促两人离开。学生仿佛颇为挂念，回头看我好几次，不久他们消失在人潮中，不见了。这时有人踩到了我。此时的我已陷在被雨淋湿、松软的地面下。

远处传来了"爸爸，爸爸，爸爸……"的叫声，像我的孩子，却又不像。在这拥挤的人潮中，有成千上万的孩子，这些孩子中呼叫父亲的很多，因此不足为奇。

英雄之器

—— ［日本］芥川龙之介

> 汉朝大将在一起议论手下败将项羽，
> 吕马童以无可辩驳的论证使众人相信项羽不算英雄，
> 然而刘邦却感叹到："项羽才是英雄之器啊！"

汉朝大将吕马童拉着长脸，抚摸着那稀疏的胡须说："项羽这个人毕竟不是英雄之器！"在他的四周有十几张脸在正中央的灯火映照下，红彤彤地浮现在营幕的黑夜中。微笑不自觉地挂在每个人的脸上，因为今天取得西楚霸王首级的胜利喜悦一直伴随着每个人。

"这个嘛——"

一个鼻子高挺、眼光锐利的人，望了一眼吕马童，唇角泛起有点讽刺的微笑。此时的吕马童不知为什么显得有些狼狈。

"强倒是很强，据说举起过涂山禹王庙的石鼎哪！今日之战亦然。我当时还认为这下可没命了。李佐和王恒都被杀了，气势虽没有了，但是仍然感觉很强。"

"噢！"

微笑依然挂在对方的脸上，他大大方方地颔首。营幕外，沉静无声，除了远处传来几次角笛外，连马匹的嘶叫也听不见，枯叶的芳香也只是偶尔飘来。

可是，吕马童的目光在众人脸上划过，仿佛为了"可是"这个词，眨了一下眼睛。"可是，毕竟不是英雄之器。今日之战便可证明。楚军被追到乌江时，人骑不过二十，对我方如云霞般的大军，根本没有战胜的机会。据说，乌江的亭长还特地用舟来迎接他到江东去，如果项羽忍辱渡江那就证明他有英雄之器，有卷土重来之势。至于脸面无所谓丢不丢！"

"这么说来，所谓英雄之器，就是要精于计算了？"

这句话引来了众人沉静的笑声。吕马童很感意外。他把手从须上移开，挺了挺身子，定定地望着鼻子高挺、眼光锐利的脸孔，打着手势说：

"不，这不是我的本意——就项羽来说，据说今日之战开始之前，项羽曾向二十八个部下说：'亡项羽的是天，并不是人力不足。证据是：用这一点点军队，就可以三破汉军。'其实岂止三次，九次也不为过。可是，以我观之，这是怯懦。把自己的失败推给天——天才真倒霉呢！如果在渡过乌江，纠集江东健儿，再度逐鹿中原之后才说此话，就另当别论。但是，情形并非如此，不必死却偏要死。我说项羽不是英雄之器，不只是因为他短于计算，更因为他想用天命来搪塞——这可不行。我想，英雄不应该这样。对于这些，不知萧丞相这样的学者当如何评说。"

说完这番话，吕马童得意地看看左右，住口不说。他的说法，大家都会觉得言之有理吧。众人互相轻轻颔首，很满意地沉默下来。

这时，只有那张鼻子高挺的脸，表情有些出乎人们的意料，他眼中竟然闪现了一道激动之色，眼睛闪闪发亮。

"真的？项羽果真是这么说的？"

"据说，是这样的。"吕马童的长脸大幅度地上下摆动着。

"真的是很懦弱？至少不像个男子汉吧？我想，所谓英雄，就应敢与天一拼高低。"

"是的。"

"我想，纵知天命，也应拼死一搏。"

"是的。"

"看来，项羽——"刘邦抬起锐利的眼光，望着在秋夜中闪烁的灯火，语调低沉而缓慢地说，"才是英雄之器啊！"

壶

—— ［日本］星新一

某地领主在蛇的指引下找到了一把壶。
自从那壶盖被打开后，
此地便一连数年，年年都闹歉收。
无奈，有幸存活的人只好侵略邻国，
于是过上了好日子，但很快美好的生活又结束了。

某地领主有一座城堡，城堡庭院里栽植着好几棵松树。那一年，春天平静地过去。初夏时分，某一天黄昏，人们发现每一棵松树上都盘着一条蛇，每一条蛇都从枝丫上向外伸出了头。因为事出突然，于是，人们都纷纷跑来观看。

细细观察，但见每一条蛇的蛇头似乎都朝向地面某一处。

"把那地方挖掘挖掘看看。"领主这样命令。

于是，家臣迅速找来工具开始挖掘，最先露出一些小石头，把那些小石头弄掉后，继续往下挖，好像挖到了什么。

"领主，下面有一个壶。"家臣说。

"把它打开看看。"

"这，不太好吧？"

"如果我们不打开看个究竟，照旧把它埋回原处，那么眼前的事情作何解释？"

"说的也是。"

于是，家臣小心翼翼地动手，先是看到了盖子。轻细的壶口上，用一个小碟子盖着。这壶盖用糊糊一般的东西粘着。花了一点工夫，最后，终于把壶打开了。

打开壶盖的瞬间，一股像是什么邪气似的黑烟冒了出来，飘散到空中去。不好！恐怕要出事了。

从那年秋天起，一连数年，年年都闹歉收。

不论是家臣，还是百姓，连连有人死去。草啦，虫儿啦，都拿来吃了。连活下去的力气都没有，渐渐地，人口一天一天地在减少。

到了最后，只有身心都强韧的人才保住了性命。

"一切事情都别想，我们攻打邻国吧。我再也想不出什么别的良策来。即使神灵也会宽恕我们的。"

听了领主的话，为了活命，每一个人也都点头赞同。仓库里头早没了吃的，只剩下了武器。领地内的年轻人都拿起了武器，冲在最前方。

为了生存，大家竭尽全力，不想战死，就得饿死。不但是邻国，甚至于把更广阔的地域都置于其控制之下。

这样一来，不但不会饿死，反而衣食充足，应有尽有。酒也可以尽情喝，奢侈也都不当一回事了。

这样奢侈的生活过久了，人心便不安分了，国内乱了起来，势力衰弱了，终于引起叛乱。第三代的年轻领主也被逐出城堡。换句话说，一时的兴盛转瞬便衰落了。

有史以来，此类故事数不胜数，也不是什么新鲜事儿，说不定是哪一个第三代离开城堡时，把自己不幸的遭遇向壶里倾诉了，再把它埋了起来也未可知。类似事件虽给了人们一些教训，但世世代代不仍在如此重蹈历史的覆辙吗？

法律门前

—— ［奥地利］卡夫卡

一个乡下人一心想要进入法律之门，
但却被守门的卫士拦住，
于是他便在门外等候多年，希望有一天能够进入。
然而，直到他死去的时候，他也没有进入。

法律门旁有一名卫士站岗守卫。一天，来了个乡下人，请求卫士放他进法律的门里去。可是卫士回答说，现在他不能这样做。乡下人考虑了一下又问："我等一下再进去可以吗？"

"有可能，"卫士回答，"但现在不行。"

卫士回答完乡下人的问题后，又退到一边去了。由于法律的大门一直都是敞开的，所以乡下人便弯着腰，往门里瞧。卫士发现了大笑道："要是你很想进去，就不妨试试，我对您说的话您可以只当做耳旁风，不予考虑。不过你得记住：我可是很厉害的。再说我还仅仅是最低一级的卫士哩。里面的每一座厅堂门前都有一个卫兵，厉害就不必说了。就说第三座厅堂前那位吧，连我都要敬他三分。"

乡下人从没想过进法律大门会有这么难，人家可是说法律之门人人都可以随时进去的。不过，当他现在仔细打量那位穿皮大衣的卫士，看了看他那又大又尖的鼻子、又长又密又黑的胡须以后，他决心不去冒险，再等一会儿，到人家允许他进去时再进去。卫士给他一只小矮凳，让他坐在大门旁边，于是他便坐在那里等，本以为很快会让他进去，可日复一日，年复一年，总没有机会。其间他做过多次尝试，请求人家放他进去，可都无结果，搞得卫士也厌烦起来。卫士时不时向他提出些简短的询问，比如他的家乡在什么地方、家有几口人以及有关他为何来这里的一些相关情况等，不过，这都是些那类大人物提的无关痛痒的问题。最后卫士还是对他讲，他还不能放他进去。乡下人为旅行到这儿来原本是准备了许多东西的，如今可全都花光了，为了能进法律的大门，乡下人花多少都心甘情愿。那位卫士尽管什么都收了，却对他说："你的东西我收下了，但目的是要让你知道不是你的礼数不周全。"

这些年来，乡下人接触最多的就是这个门口的卫士。他把其他卫士全给忘了。对于他来说，这第一个卫士似乎就是进入法律殿堂的惟一障碍。他诅咒自己不走运，头几年还骂得大声大气，毫无顾忌，到后来人老了，就只能够独自嘟嘟嚷嚷几句。

在对卫士的多年观察中，他发现这位老兄的大衣毛领里藏着跳蚤，于是也请跳蚤帮助他使那位卫士改变主意。终于，他越来越老了，眼睛都花了，但自己却闹不清楚究竟是周围真变黑了呢，或者仅仅是眼睛在欺骗他。不过，在黑暗中，他却清清楚楚地看见一道亮光，那道光是从法律之门迸射出来的，它永远都不会熄灭。

此刻他已经生命垂危。弥留之际，他在这整个过程中的经验全部呈现在眼前，凝聚成一个迄今他还不曾向卫士提过的问题。他向卫士招了招手，他的身体正在慢慢僵硬，再也站不起来了，卫士不得不向他俯下身子。

"事已至此，你还想知道什么？"卫士问，"你这个人真不知足。"

"不是所有的人都向往法律么？"乡下人说，"可怎么这么多年来除去我以外没有任何人要求进这道门呢？"

卫士看了看乡下人的情形，知道他已死到临头了，为了让他那听力渐渐失去的耳朵能听清楚，便冲他大声吼道："这道门任何别的人都不能进入，因为它只为你敞开，现在是把它关起来的时候了。"

猎 狼 记

—— ［法国］大仲马

> 听到猪的哀叫声后，第一只狼出现了，它追逐着那头猪。
> 接着两只狼出现了，接着三只狼出现了，接着十只狼出现了，
> 接着五十只狼出现了。这时就出现了群狼逐猪的残酷景象。

有三四个猎人，每人背着一支双筒猎枪，驾驭着一辆三套马车，奔驰在原野上。

三套马车是一种由三匹马拉的车辆。这一名称的来源不是由于车的外形，而是由于把三匹马套在车上的缘故。

在这三匹马中间，当中的一匹马总是小步快跑，右面和左面的两匹马总是奔驰前进。

中间那匹马快跑时，低垂着头，因而称之为吃雪马。在它左右的两个同伴只有一根缰绳，这两匹马的躯体中部被分别缚在左右两边的辕上。当这两匹马奔驰时，一匹马的头偏斜在左面，另一匹马的头偏斜在右面，人们称这两匹马为猛烈的马。

三匹马拉着这辆马车奔跑时，这辆车波动得宛如一叶置身于惊涛骇浪中的小舟。

打猎人用绳子把一头年轻力壮的猪系在车尾。为了安全牢固起见，打猎人用一根链子把它系在车尾。

无论是绳子或链子都必须有十公尺左右的长度。

在起程时，猎人们把这头年轻力壮的猪放在车上带走，它是舒舒服服的。到了森林的入口处，猎人们打算开始打猎了。于是猎人们在那儿把这头猪从车上放到地上，系在车尾。驭者挥动缰绳，三匹马就起步了。中间这匹马小步快跑，左右的两匹马奔驰前进。

猪跟在车后奔跑感到不大习惯，便抱怨叫屈。一会儿，它的叫屈声变成了哀叫声。

听到猪的哀叫声后，第一只狼出现了，它追逐着那头猪。接着两只狼出现了，接着三只狼出现了，接着十只狼出现了，接着五十只狼出现了。这时就出现了群狼逐猪的残酷景象。

所有的狼都争夺这只年轻力壮的猪，为了接近这只猪互相打架。它们都向猪冲来，有的狼用爪抓猪一下，有的狼咬猪一口。

这只可怜的猪绝望地惨叫着。这种惨叫使森林最深僻遥远处的狼都被唤醒了。

周围三里以内所有的狼都跑来了，这三套马车被一大群狼追赶着。

每当这种时候，就非常需要一个勇敢、能干的驾车人。这三匹马对于狼本来就有本能的恐怖，现在被这群狼追赶时，它们变得疯狂了。中间那匹小步跑的马，现在奔驰前进了。左边和右边的两匹马，原来是奔驰前进的，现在却惊慌狂奔了。

向狼开火时，猎人们是随意开枪，不需要瞄准。这时，那一只猪在狂叫，三匹马在嘶鸣，一群狼在嗥叫。此外，还有连续的枪声。三匹马、猎人们、猪和狼群共同表现的那种急剧猛烈的行动，简直像一阵旋风。四周雪片纷纷，空中寒风阵阵。枪弹飞射，闪闪发光。枪声大作，有如霹雳。

不管三匹马是怎样狂乱暴躁，只要驭者能控制住它们，那就是胜利大吉，满载而归。

60

但是，假如驭者没有高超的驾车技术，没有超乎常人的胆量，慌乱中让那三套马车撞上障碍物，或者那三套马车翻了车，那就一切都完蛋了！明天、后天，或一星期之后，车子的残片碎块、猎枪的枪管、马的骸骨，以及打猎人和驭者的粗大骨头，都会被人们找到。

通向天堂的弯路

通往天堂的道路是一条弯弯曲曲的小路，
每个人在转弯处都有不同的表现，
虽然不管什么错误最终都能得到上帝的宽恕，
表面上殊途同归，
但结局却不相同。

渺 茫 中

——［中国］萧 红

天真幼稚的宝宝以为爸爸上山追猴子去了，

他哪里知道，他尚在摇篮之时，

他的爸爸已和隔壁的一个女人私奔了。

他妈妈的心在滴血！

街灯完全憔悴了，行人在绿光里忙着，倦怠着归去，远近的车声为着夜而困疲。冬天驱逐叫花子们，冬天给穷人们以饥寒交迫。现在街灯它不快乐，寒冷着把行人送尽了！可是大名并不归来。

"宝宝，睡睡呵！小宝宝呵！"楼窗里的小母亲唱着，去看看乳粉，盒子空了！去看看表，是 12 点了！

"宝宝呵！睡睡。"小母亲唱着，睇视着窗外，白月照满窗口，像是不能说出大名的消息来。小宝宝他不晓得人间的事，他睡在摇篮里。过道有脚步声，大名么？母亲在焦听这足音，宝宝却哭了！他不晓得母亲的心。

一夜这样过着，两夜这样过着，隔壁彻夜有人说话声。这声音来得很小，一会又响着动静了。有点像是大名的声音；皮鞋响也像，再细心点听，寂静了！窗之内外，一切在夜语着。偶然一声女人的尖笑响在隔壁，再细心听听，妇人知道那却是自己的丈夫睡到隔壁去了！

枕、床都在变迁，甚至联想到结婚之夜，战惊着的小妇人呀！好像自己的秘密已经摆在人们的眼前了。听着自己的丈夫睡在别人的房里，该从心孔中生出些什么来呢？这不过是一瞬间，再细心听下去什么声音都没有了。一切在夜语着。对于妇人，这是个渺茫的隔壁，妇人幻想着："他不是说过吗？在不曾结婚以前，他为着世界，工作一切，现在，也许……"

第三天了！过道上的妇人们，关于这渺茫的隔壁传说着一切：

"那个房间里的妇人走了，是同一个男人走的。都知她是很能干的，可是谁也没见。总之，她的房里常常有人住宿和夜里讲话，她是犯了罪……"

小母亲呀！你哭吧！

"宝宝，睡呀，睡呀，……"

过去这个时代小宝宝会跑了，又过几年，妈妈哭他会问："妈妈，为什么要哭呢？"

孩子仍是不晓得母亲的心，问着问着，在污浊的阴沟旁投射石子。他还是没出巢的小鸟，他不晓得人间的事。

妇人的衣襟被风吹着，她望着生活在这小街上同一命运的孩子们击石子。宝宝回过头来问："妈妈，你不常常说爸爸上山追猴子，怎么总不回来呢？"

夕阳照过每家的屋顶，小街在黄昏里，母亲回想着结婚的片段，渺茫中好像三月的花踏下泥污去。

吹 泡 泡

——［中国］高晓声

应邀出国讲学的学者，
因贪图某公司的小利，
带了那家公司的一个广告雇员出行。
到达目的地后，广告雇员大出风头，
他倒成了配角。

某国有一位学者，应邀去邻国讲学。他的一位做生意的朋友知道了，赶来央求他说："请你替我带一个雇员去吧，只要你答应，他在旅途中可以无微不至地照顾你，做到形影不离。而且，你旅行的费用，也由我们公司供给。"

学者听了，自然很愿意。但又怕这太优惠的条件，藏着什么阴谋，所以先要弄清楚。他问道："你们的雇员跟我去做什么呢？不会是搞特务活动的吧？"

朋友拍拍胸脯保证说："绝对不，这和政治没有一丝一毫的关系，他只是去替我们公司做广告，推销商品，我们是老朋友了，难道还会骗你，出你的洋相吗？"

于是那位学者答应了。

那位雇员确实是一个极可爱的人，年轻、聪明、健康而和气，他的胸部非常发达，似乎经过特别训练，像一个双、单杠或游泳运动员。他一路上照顾学者，殷勤而周到，饮食起居，料理得十分妥帖；行李包裹，上车、下车，全由他提携，不费学者一点力气，而他自己，倒只带了一只分量不重的皮箱，据说里面装的就是商品广告。他只要把这些广告散发掉，任务就算完成。所以，这一趟旅行，有了他，学者是够轻松愉快的了。

这位雇员的确自始至终执行了学者的朋友的指令，真正做到了形影不离。学者开始高兴、愉快，但一到达邻国刚走出机舱，学者就开始吃惊，继而觉得难堪，然后是尴尬、气恼、愤怒，直到最后，终于无可奈何，只得忍气吞声，甘拜下风。

　　原来，雇员带来的那只箱子里，装满了无数没有充气的塑料泡。只要把塑料泡吹胀了，那泡面上就是一幅幅商品广告。雇员的任务，就是要把这无数的塑料泡一一吹胀了送人。为了吸引观众，规定不用气筒打气，一律靠嘴巴吹，所以才雇用了胸部特别发达的人员来做这件事。

　　当然，这位雇员不是第一次做这件事，凭经验他知道在规定时间内，他必须挤一切时间去吹才能完成任务。他怎敢怠慢，所以一出机舱，面对欢迎学者的队伍，他就吹起了泡泡……之后一路吹去，坐汽车赶路他吹，住旅馆之后他就在旅馆门口吹，同学者进餐就在餐厅吹，学者去讲演他就在讲堂外面吹，他做出的效果欢快而热烈，把神圣的讲坛都冷落了。学者一再干预，他全不理睬，最多也只是笑嘻嘻地回答说："我要完成合同呀。你看我吹！"

　　学者毫无办法，只好说："你完成合同，何必跟着我呢，可以到别的地方去吹嘛！"

　　"合同上规定要跟着你的呀！"

　　"为什么？"

　　"你是学者，跟着你吹，容易使人相信，效果特好。"

　　于是学者默然。原来他自己也成了广告的一部分，而且主角竟还不是他，是那个吹泡泡的，他还不及吹泡泡的呢！

饱学之士

—— ［中国］ 沙叶新

> 黄娅是一位意识超前的时髦姑娘，
> 在寻觅之中，芳龄已到二十七岁。
> 好在苍天有眼，让她在书店遇到了一位饱学之士，
> 虽然她对他的学问不知所云，
> 但在他的熏陶下，她终于成为他的信徒和妻子。

观念更新，姑娘们的婚恋观最善于更新。解放前别提了，那时候姑娘们没自主权，"全凭父母一句话，屎壳螂、癞蛤蟆都要嫁"。解放了，姑娘们才开始有权选择意中人。五十年代那会儿，当兵最光荣，姑娘们"不爱金，不爱银，最爱肩上有星星"，大都爱找当军官的。到了"文革"，又不一样了，"只要成份好，别的不计较"，所以当时的国营企业工人、三代贫下中农最容易娶到如花似玉的老婆。八十年代初，又一变，有那么一阵子是"姑娘找老公，专找海陆空"，凡是有海外关系的、落实政策补还一大笔钱的，家有空房的，姑娘们都趋之若鹜，你争我夺。这几年，随着改革开放，姑娘们的心也搞活了，找港商，找洋人，找什么样的人都有；还有一些"华籍美人"，专找那"美籍华人"的。但也有许多不同流俗的姑娘，由于"尊重知识，尊重人才"的社会风气使然，别具眼光，爱才若命，"只要学问高，就把彩球抛"，专找那有真才实学的郎君。

绝代佳人黄娅便是不同流俗的姑娘。

黄娅今年二十七，不算小了，之所以至今尚未婚配，就是想找一个饱学之士。找呀找呀找，还真让她找到了。

那天，黄娅在书店，面对浩瀚的书海，她深感自己的浅陋无知。

"有没有《美学入门》？"黄娅不那么自信地问营业员。

"有。"营业员说。可他找了很多书架，一层一层地找，也没找到这本书。

一个男子不知何时来到黄娅的身边，他突然用一种似乎转速不对的声音一口气说道：

"浅表层次信息载体积淀于框架深层之书的群落耗散无序之网络淡化视象之走向致使文化消费呈现危机氛围。"

他说什么？黄娅不知其所云。但从这男子的语气和态度上推断，黄娅似乎感到他是在说书摆得不好，所以找不到。但他干吗不直说呢？而且说得又没标点。黄娅想也许有学问的人都是这么说话的；假如说得平淡如水，那还有什么学问可言？黄娅侧身看了看这个男子，只见他高挑的身材，清瘦的面孔，戴副金丝边眼镜，头微仰，下巴前伸，目光居高临下。没学问的人是不可能有这种架势的。黄娅顿时肃然起敬。男子又说道：

"种姓符号余非社会角色诗人。"

黄娅似懂非懂，心想他大概是在作自我介绍：他叫余非，是个诗人。不，也许他是说我不是个诗人。说话没标点，真难断句。

此时这个可能叫余非的诗人或者他不叫余非也不是诗人的男子又向黄娅伸出手来：

"一丁角色期待使用非语言的重声姿态符号期待与另一角色系统的沟通 and 反馈。"

这下黄娅可懂了，她的懂并不是听懂了，而是看懂了。谁都可能看得出一个人向你伸出手来意味着什么。黄娅很高兴地也伸出手去，她想这可能就是对方期待的反馈。

他们就这么认识了，而且很快就进行了约会。

67

他是叫余非，也确实是个诗人。第一次约会，余非就向黄娅出示了他的诗作，标题为《熵与性的倒错及孤独的裂变》，全诗有四句：绿色的乳房挂在透明的树枝上/在厕所尽量把蓝色的屁放响/叫春的猫排泄出一碗酒刺/负面超越人生的心

黄娅怀着崇敬之心将这首诗反复吟诵了三遍，她不敢说不懂，这倒不是担心会显露自己的无知，而是害怕伤害诗人的自尊，所以她尽力做出充分理解并被感动的样子。但最后一行的三个字她实在不解其意，还是忍不住问了："最后三个字是不是缺了几笔？"诗人摇摇头，不屑一答。

"您这是什么诗派？"

诗人拿出一纸宣言，递给黄娅，上面写道：

"超前意识诗派主张诗歌是诗人超前意识的排泄是诗人边缘意识的错乱是诗人人格分裂的击撞是诗人孤独情感的呼吸是他妈的滚他娘的闹着玩。"

越是不懂，黄娅越是对诗人崇拜。经过和诗人的几次接触之后，她深感自己的才疏学浅。为了缩短她与诗人的差距，她要诗人介绍几本高层次的书籍供她学习。诗人开列了一个长长的书单，并一一指示快速阅读的门径。于是黄娅沉下心

来，闭门谢客，发奋攻读，不出半年，她便自觉学有所成。为了感激她的启蒙者，也为了向诗人表达自己的爱慕之心，她请诗人来家中一叙。诗人来后刚一坐下，黄娅便激动地说道：

"为了拓展你我之间的情感张力为了构建新的角色组合为了使我们两性之间的亚稳结构嬗变为超稳定系统特通过语言媒介向您传播爱的代码请求您多元的多层次的多视角的全方位的对我观照反思我多么期望我的爱能化释你被压抑的伊特能涵盖你的心能通过原发过程在你的口唇区获得心灵的对应物。"

据说不久黄娅就与诗人结合了，而且也成了一位诗人。

三四一十二

—— ［中国］孟伟哉

检查团去下边检查工作，
吃了一顿下边准备的标准的工作餐，
但吃完饭后检查团却有人担心自己会被检查……

"老王，我说清楚，中央发了十二条准则，咱得执行。我们这次来检查工作，生活上不搞特殊化，不能搞特殊化。"

"是是。你们不正好十个人吗？十人一桌，四菜一汤，会议标准，这总可以吧？"

"对，就这样，就应该这样。哈哈……"

"老王，你怎么给我们弄到单间来了？在大厅里也可以嘛！"

"是这样，我考虑你们是来检查工作的，也许在吃饭当儿要谈点儿什么，所以，所以……这么着不是方便些吗？嘿嘿！"

"也好，就这样吧！"

"老李，这顿饭吃得怎么样？"

"老王这主儿可真有他的，——三四一十二！"

"你讲什么鬼话哟！"

"咦！头儿，您没有发现他在每个盘子里放了三个菜吗？"

"你瞎嚷嚷什么！我没注意这个。我只看到他按一般标准放了四个盘子。"

"那个鸡汤您也没留心？"

"汤又怎么了？"

"一只鸡，十条大腿呀！"

"天方夜谭！尽说疯话。只有两条腿的鸡，哪有十条腿的鸡？没听说过！"

"头儿，我可是真留意了，咱十个人吃了四条，汤钵里还剩六条。"

"我只知道我吃到了一点儿鸡肉，是腿是翅膀我可没有管。为什么还剩六条呢？你数啦？"

"是的，我数过，哎，最重要的是，我看到老张、小刘他们情绪不对——"

"情绪！他们情绪怎么啦?"

"那六条腿就是他们剩的。他们不吃，互相交换眼神儿，不高兴。我担心他们成为咱这个检查团里的检查组！那可就麻烦了……您想……"

杰夫·彼得斯的催眠术

—— [美国] 欧·亨利

杰夫·彼得斯化名印第安名医沃胡大夫在渔夫山出售回春药酒，
后来又为镇长实施了所谓的"催眠术"。
可就在"阴谋"被镇长识破时，
杰夫却与同伴拿着骗得的二百五十元扬长而去。

杰夫·彼得斯是个贪婪的家伙，他为了赚钱，搞了许多阴谋诡计，多得像南卡罗来纳州查尔斯顿煮饭的花样。

他常常把他早年的故事讲给我听，我也愿意做他的忠实听众。那时候，他靠在街头卖膏药和咳嗽药水勉强糊口，他每天都要应付各种各样的人，并且常拿最后一文钱同命运打赌。

"在阿肯色州的渔夫山，"他说，"我身穿鹿皮衣，脚穿鹿皮靴，长发披肩，一枚三十克拉的钻石戒指戴在我的手指上，那枚戒指是我从特克萨卡纳的一个演员那里拿一把小刀换来的。至今我都不知道他为什么要那把小刀。

"我那时是作为印第安名医沃胡大夫出现在人们面前的。当时我只带着一种最好的赌本，那就是回春药酒，那是用几种延年益寿的植物跟几种药草配制而成，是在那一年一度的玉米节舞会上乔克托族酋长的漂亮妻子塔瓜烹制狗肉找配料时无意中发现的。

"在上一个镇上我没赚到几个钱，我口袋里只剩下五块钱。我找到渔夫山的药剂师，他赊给我六打八盎司的玻璃瓶和软木塞。没有用完的标签和配料还在我的旅行包里。我找了一家旅馆住了下来，房间里有自来水龙头，调制成的回春药酒一打打排在桌上，生活似乎又有了新的生机。

"你说那是假药？不，不，先生。六打药酒里有两块钱的奎宁提取液和一毛钱的苯胺。几年以后我从那些城镇经过，那里的人还要向我买这种药酒。

"我打算用这些药换一些钱。于是，那天夜里我雇了一辆大车，开始做我的生意。渔夫山是个适逢疟疾流行的镇市，润肺强心活血的大补剂正合大家的需要，就像素食者席上的烤面包片夹牛羊杂碎一样，我的药酒大受欢迎。我以一块钱两瓶的价钱刚刚出售两打，就觉得有人拉了拉我衣服的下摆。我马上明白了是怎么回事，便下得车来，在一个胸襟上佩着银质星章的人手里塞上了一张五元钞票。

"'警官，'我说，'夜里天气不坏。'

"'你兜售这种非法的假货，还把它吹嘘成药酒，有谁给你发执照吗？'

"'我没有，'我说，'我不知道你们这里是个城市。如果我明天发现是这样，那我一定会去领一份执照的。'

"'在你领到之前，我只好让你停业。'警察说。

"我收起药酒回到旅馆里，同老板谈到这件事。

"'哦，你这样做生意在这里是行不通的。'他说，'这里惟一的医生霍斯金斯是镇长的小舅子，他们不会让冒牌医生在镇上行医的。'

"'我不行医，'我说，'我有州里的小贩执照。需要时我再去领个城市的执照。'

"第二天早晨我很早就来到镇长的办公室，他们告诉我镇长还没有上班，也不知道他什么时候来上班。因此我弓起背坐在旅馆的椅子上，在一根上等雪茄腾起的烟雾中耐心等待。

"不多时，一个系着蓝领结的年轻人悄悄坐到我旁边的椅子上，问我现在是什么时间。

"'十点半。'我说，'安迪·塔克，是你吗？我看见过你做生意。在南方各州推销爱神丘比特什锦礼盒的不是你吗？让我想想看，里面有一只智利钻石订婚戒指、一只结婚戒指、一只捣土豆器、一瓶止痛药水和一帧多萝西·弗农的照片，这些只需要五毛钱，对吗？'

"安迪看到我还记得他，非常高兴。他是个非常棒的走街串巷的推销员，不仅这样，他还有乐业精神，有三倍的利润就心满意足了。有不少人拉他做些非法的买卖，如卖假药或出售伪劣种子等等，可他总是不受诱惑，从不走歪道。

"我眼前一亮，邀请安迪同我联手，他欣然同意了。我将渔夫山的情况讲给他听，并且告诉他，由于当地的政治同一种泻药混在一起，财源不丰。当天早晨安迪刚下火车，手头也不宽裕。他打算在镇上集资，弄一点钱到尤列卡喷泉去建艘新的军舰。为此我们走出去，坐在走廊上仔细商量。

"第二天上午十一点钟，我独自坐在旅馆里，一个黑人拖拖沓沓地走进旅馆，请我去看班克斯法官，好像就是那位镇长，听说他有急病缠身。

"'我不是大夫，'我说，'你干吗不去请那位大夫？'

"'老板，'黑人说，'霍斯金斯大夫远在二十英里之外，在乡下给人瞧病。

镇上只有您这个医生，而班克斯老爷的病不能再耽误了。他派我来请您，先生，您还是去看一看吧。'

"'作为同胞，我应该去看看他才对。'我说，因此我在口袋里揣了一瓶回春药酒，来到镇长的住处。那该是镇上最漂亮的房子，复折式屋顶，草坪上有两只铁铸的巨犬。

"除了两撇胡子和两只脚尖，这位班克斯镇长整个身子都躺在床上。他肚子里响个不停，其鸣声之大，如果是在旧金山的话，会使人误以为又发生了地震，赶快逃到郊外去。一个年轻人捧着一杯水站在他的床边。

"'大夫，'镇长说，'我病得很厉害。我快要死了，你快想想办法救救我吧。'

"'镇长先生，'我说，'我不配做医药之神埃斯科拉庇俄斯的正规学生，我从来没有在医院受过教育。我不过是作为一个同胞，来看看能不能为您做点什么？'

"'我深表感谢，沃胡大夫。'他说，'这是我的侄子比德尔先生，他曾经设法减轻我的痛苦，不过毫不见效。哦，天哪！哦——哦——哦！'他似乎很痛苦。

"我向比德尔先生点头打了招呼，在床边坐下为镇长把脉。'让我看看你的舌头。'我说。接着我翻开他眼皮，仔细看看瞳孔。

"'你这样有多久了？'我关心地问。

"'昨天夜里得的病——哦——哦，'镇长喊道，'大夫，给我开点治病的药吧。'

"'菲德尔先生，'我说，'把窗帘拉起一点，好吗？'

"'我叫比德尔。'年轻人纠正说，'吃点火腿蛋好吗，詹姆斯叔叔？'

"我把耳朵贴近他的右肩胛骨听了一会儿，然后说：'镇长先生，急性发炎的部位在你的右锁骨肌。'

"'老天爷呀！'他说，又哼了一声，'你能不能用什么药搽搽，或者正正骨，或者用别的什么法子？'

"我拿起帽子，朝门口走去。

"'大夫，您要走吗？'镇长干号着说，'你不能就这样一走了之，丢下我带着这种——什么锁骨肌腱炎去死吧？'

"'恻隐之心，人皆有之，'比德尔先生说，'看着你的同胞受苦，你忍心吗，哔哈大夫？'

"'别再吆喝牲口耕田了，'我说，'我是沃胡大夫。'于是我又走回床前，甩了一下长发。

"'镇长先生，'我说，'你只有一个希望。药物对你不起什么作用了。药物

的效力固然很大，但有一样东西效力更大。'

"'那是什么呀?'他说。

"'科学论证，意志胜过药物。'我说，'你要有一种信念：你没有痛苦，没有疾病，那不过是我们不舒服时产生的感觉。'

"'大夫，您再说一遍行吗?'镇长说，'你该不是一个社会主义者吧?'

"我说：'我讲的是一种伟大的关于心理调节的学说，是一种以长距离、潜意识来治疗迷妄症和脑膜炎的启蒙学派，是一种神奇的室内运动——人们通常把它叫做催眠术。'

"'你能施行这种手术吗，大夫?'镇长问。

"'当然，我是犹太教最高长老院的大祭司和内殿法师之一，'我说，'只要我一挥手，瘫子能下地行走，瞎子能重见光明。我是降神者，是花腔催眠师，是心灵的主宰。最近在安·阿保尔举行的降神会上，我挥挥手，使已故的酒醋公司董事长得以重返人间，同他的妹妹简交谈。你们平时只看见我在街上卖药给穷人，'我说，'我不给他们施行催眠术。我决不轻易地做，因为他们没有钱。'

"'你能给我治病吗?'镇长问道。

"'您别急，'我说，'我不论走到哪里，医学界总是跟我找麻烦。我不行医。不过，为了救你的命，我会给你做心理治疗，只要你别抓住执照不放手。'

"'那当然。'他说，'现在就开始吧，大夫，又痛起来了。'

"'我收费二百五十元，保证两次治愈。'我说。

"'您的一切条件我都答应，'镇长说，'我付给你二百五十元。我想我的命能值这么多钱。'

"我坐在床边，直盯住他的眼睛。

"'听着，你要放松，什么病之类的事全都忘掉，'我说，'你没有病。你心脏没有病，锁骨或肘部尺骨端和脑部没有病，什么病都没有。你没有哪里疼痛。否定一切疾病。你身体上的疼痛消失了，是不是?'

"'我的确觉得好了一点，大夫，'镇长说，'鬼才骗你。现在再编几个谎，说我左腹部并不发胀，我想你们就可以扶我起来吃些香肠和荞麦饼了。'

"我又做了几个手势。

"'好，'我说，'炎症没有了。近日点的右叶已经消退。你现在想睡觉了，你眼睛快睁不开了。目前控制住病情了。现在你睡着了。'

"镇长很快进入了梦乡，打起鼾来。

"'你瞧，铁德尔先生，'我说，'现代科学就这么神奇。'

"'比德尔，'他纠正道，'你什么时候给叔叔再治一次，坡坡大夫?'

"'沃胡大夫，'我说，'下一次就定在明天上午十一点吧。等他醒过来，给他服八滴松节油，吃三磅牛排，再见。"

"第二天，我准时来到镇长家。'你好，瑞德尔先生，'他打开卧室门时我说，'你叔叔今天早晨怎么样？'

"'他似乎好多了。'年轻人说。

"镇长的脸色很好，脉搏正常。我又为他做了一次治疗，他说连最后一点疼痛都消失了。

"'现在，'我说，'要想完全康复，你还需要在床上躺一两天。幸好我来渔夫山，镇长先生，因为一切正规医学院出身的医师所开的药都不会对你的病有疗效。现在既然病已除尽而疼痛不复施虐，我们不妨谈谈更愉快的话题——也就是二百五十元的医疗费。请别开支票，因为无论在支票正面还是背面签名我都不愿意。'

"'我身边有现钞，'镇长说。然后从枕头底下抽出一个荷包。

"他数出五张五十元券，拿在手里。

"'打收条。'他对比德尔说。

"在收条上，我签了字，镇长把钱交给我。我将钱小心地放进内层衣袋。

"'警官，现在是你执行任务的时候了。'镇长讪笑着说，根本不像个病人。

"比德尔先生抓住我的胳膊。

"'你被逮捕了，沃胡大夫，别名彼得斯，'他说，'你的罪名是无照行医，你违犯了州立法。'

"'你是谁？'我问。

"'还是让我来告诉你吧。'镇长从床上坐起来说，'他是州医药会雇佣的侦探。他已经盯着你走过五个县。他昨天来找我，我们订下这计谋来逮捕你。我想你的行医生涯到此结束了，骗子先生。你说我生什么病来着，大夫？'镇长一笑，'什么综合症——不过，我想脑筋失灵是不可能的。'

"'什么，一名侦探？'我问。

"'完全正确，'比德尔说，'我得将你移交给司法长官了。'

"'你来试试看。'我说着一把揪住他的领子，想把他从窗户扔出去。说时迟，那时快，他拔出枪来顶住我的下颚，我只好站住不动。于是他给我戴上手铐，还把二百五十元钞票从我的口袋掏出来。

"'我证明，'他说，'这正是你我做上记号的钞票，班克斯法官。等我把他押到司法长官办公室，我会把这钱交给他，他会给你开一张收条。这些钱要先借用一下，因为它是物证。'

"'好吧，比德尔先生，'镇长说：'现在，沃胡大夫，'他接着说，'你怎么不再表演一番，用催眠术把你的手铐卸掉？'

"'警官，我们先走吧，别听他啰嗦了，'我架子十足地说，'我会尽力而为。'接着我摇晃着手铐对班克斯说：'镇长先生，不消多久催眠术的神奇效力会使你相信那是成功的，而且你会肯定这一次也是成功的。'

"我想确实如此。

"当我们走近大门口，我说：'现在我们不会碰到什么人，安迪，我认为可以去掉我的手铐了。而且——'嘿，怎么啦，当然比德尔就是安迪·塔克。那完全是他的计谋。这一来我们就有了资金，我们做生意就有了本钱了。"

看　画

——［美国］马克·吐温

> 驴去看画看到的是驴，
> 熊去看画看到的是熊……
> 万兽之王大象不信，他也去看画，
> 看到的是头大象。

从前，有位画家画了一幅得意之作，并把它挂在一个他能从镜子里看得到的地方，他说："这下看上去距离倍增，色调明朗，感觉比先前更好了。"

画家的猫把这件事告诉了森林中的众兽。众兽对这只家猫向来推崇备至，因为它博学多才、温文尔雅、彬彬有礼、极有教养，能告诉它们许多它们不知道，甚至高深莫测的事。

听了这条新闻，它们都很激动，于是连连发问，以便充分了解情况。它们问画是什么样的，猫就讲解了起来。

"那是一种平的东西，"它说，"出奇地平，绝妙地平，迷人地平，十分精致，而且……啊，我都不知道怎么形容了！"

众兽听了更加疯狂了，说无论如何要看看这张画。熊问："是什么使得它那么漂亮呢？"

"是它的美貌。"猫说。

这个答复令众兽更赞叹不已，更觉得高深莫测，它们越发激动。接着牛问："镜子究竟是个什么东西？"

"怎么说呢，镜子就是墙上的一个洞，"猫说，"朝洞里看进去，你就能见到那张画，在那难以想像的美貌中，它显得那样地精致，那样地迷人，那样地惟妙惟肖，那样地令人鼓舞，你看了以后会有些头晕，有些飘飘然的感觉。"

一直在旁边沉默的驴此时开口了，它说以前从没有那样漂亮的东西，也许当世也没有。又说用一整篓形容词来宣扬一样东西的美丽之日，就是需要怀疑之时。

77

驴的怀疑论使众兽也产生了怀疑，猫见状马上离开了。这个话题被搁了几天，但与此同时，众兽的好奇心又在极度膨胀，那种想一睹为快的兴趣又复活了。于是众兽纷纷责备驴把那也许能给它们带来乐趣的事弄糟了，而这种仅仅对那画的漂亮产生的怀疑，却没有任何根据。驴不加理睬，安之若素，说只有一个办法可以证明它和猫谁是正确的。它要去看那洞，然后回来报告它的实地所见。众兽感到既宽慰又感激，请它马上去，于是驴便动身去看那个洞。

驴碰到了一个难题，它不知道该站在什么地方看，最后，错误地站到画和镜子之间，其结果是那画没法在镜子中出现，它回去说：

"猫撒谎，那洞里除了有头驴，啥也没有，它说的那个什么东西连个影都没有，只有一头漂亮的、友善的驴，仅仅是一头驴，什么都没有。"

象问："你看仔细、看清楚了吗？你挨得近吗？"

"当然了，我发誓，没有谁比我看得更清楚、更仔细了。噢！万兽之王，我挨得那么近，我的鼻子和它的鼻子都碰上了。"

"这真怪了，"象说，"就我们所知，猫以前一直是可信的，再让一位去试试看。去，巴罗，你再去看看那个洞，然后报告你所看到的。"

熊接到命令立即前往，回来后它说："猫和驴都说谎，洞里除了有头熊外，啥也没有。"

众兽大为惊奇和迷惑不解，现在谁都渴望亲自去尝试一下，搞个水落石出。于是，象便让他们一个一个地看那个洞。

第一个去的是牛，它发现洞里除了一条牛，啥也没有。

虎发现洞里除了一只虎，啥也没有。

狮发现洞里除了一头狮，啥也没有。

豹发现洞里除了一头豹，啥也没有。

骆驼只发现有骆驼，别无他物。

象听了它们的报告，怒不可遏，决定要亲自前往，弄个水落石出。

象回来后，不客气地训斥了它的全体庶民，因为它们全都撒谎，对猫的无视道德及盲人摸象的做法更是怒不可遏，它说："除非是个近视的傻瓜，否则，不论谁都能看得出来，那个洞里明明只有一头象。"

小 精 灵

——［美国］ 劳伦斯·威廉斯

法兰克·佛森是犯罪少年心中的偶像，
是绝顶聪明的人，
但卡斯楚却仅通过一个少年便使他自动落入法网。

强尼·达金的手腕被警察紧紧抓住的时候，他的眼神依旧是那么自然、镇定而又一副不在乎的样子。卡斯楚先生以前曾经在那一对黑溜溜的眼睛里看到这种眼神。他明白这意味着什么，因此他知道自己该怎么做了。

"你大概搞错了吧！卡尔，"卡斯楚微笑着对警察说，"这个男孩并没有拿我的锁。"

卡尔的大头在不停地摇晃，"别耍我了，卡斯楚先生，"他说，"我看见他从你架子上拿的，千真万确！"

"当然啦，他是从架子上拿的。但，是我叫他去拿的。"卡斯楚轻松地编造了一个谎话，因为这是他的强项。

卡尔警官并没有相信他的话而放开手。"你正在造成大错，你知道吗？卡斯楚，"他大声地说，"这已经不是他的第一次了。如果你现在不提出告诫，他会对你变本加厉的。你应该比其他人更明白的。好了，你愿意挺身而出吧！您还有别的事吗？"

卡斯楚先生回想起自己曾经所做的——那些曾经被列入档案的往事，他瘦削的脸上出现一丝宽容的微笑。"但是，我不想提出任何告诫，卡尔……"他诚恳地说。

"你看！"警官突然打断他的话，"你以为这么做是在给小孩子一个机会吗？你可怜他，因为他还小对吗？我告诉你，大错特错！你只是让他再回到法兰克·佛森那儿，让那个恶棍再教他更多犯罪的伎俩罢了！这儿的情况你比我了解，卡斯楚，小孩们把佛森奉为英雄，而他正把他们聚结成一群不良少年来供他驱使。总归一句话，主意还是你自己拿。如果是佛森本人，你就不会这么袒护他了吧？"

卡斯楚脸上的笑容立刻僵住了，他透过玻璃橱窗望着外面的街道。"不，"他轻轻地说，"不，我绝不会袒护法兰克·佛森。

"但我们现在讨论的问题与佛森毫无关系，对吗？我们说的是强尼·达金，你一定是误会了，因为是我让他去拿锁匙的，对吗？"

事情发展到这一步，卡尔觉得没有争辩下去的必要了。他冷峻地盯着卡斯楚那张固执的脸孔，过了几秒钟后卡尔放开强尼·达金的手腕，转过他那肥胖的身子无可奈何地离开了。

他们两人——一个是六十岁的老人，一个是十四岁的小鬼，仿佛有了无言的默契，一直等到沉重的脚步声踏出门外，卡斯楚才长出了一口气，摊开手掌朝那个小鬼笑了笑。

"现在，"他用认真的语气说，"你可以把锁还给我了吧？"

强尼·达金一语不发地松开手腕，把锁挂回架子上。他闪烁的眼光移动在架子和卡斯楚先生之间。

"这只锁头太普通了，"卡斯楚把它拿起来，继续说，"把你的鞋带借我用用。"

这种命令似的口吻使强尼·达金不得不弯下腰，解开那双又破又脏的鞋子左边的鞋带。

卡斯楚先生把鞋带拿在手里，检查了一下带有金属片的一端，把它夹在手指中间，像夹铅笔那样，然后很自信地将金属片插入钥匙孔。他那看起来似乎毫无用处的手指轻轻挑动了三四下，锁头"啪"地一声就开了。

强尼·达金看完了卡斯楚的表演后非常惊讶。"嘿，你怎么弄的？"他问。

"别忘了！我是一个锁匠。"

听了这句话，强尼·达金换了一副表情。"嘿，你不只会这些吧？"他马上接口说，"我记得法兰克·佛森提起过你。我原来以为他是骗我的。他说你以前曾是保险箱大盗——最伟大的保险箱大盗，是吗？"

"兄弟们以前是这么称呼我的。"卡斯楚先生顺手把东西整理了一下，"强尼，我们来谈个交易如何？刚刚我已经对你略施小惠了。我需要一个小帮手，一天三小时，只是替我看店，这样我可以做些别的事，每天放学以后来，星期六则是全天，每小时七角五分钱的报酬，你想不想做？"

原先留在强尼·达金脸上好奇、惊异的表情这时变成不屑一顾的神色。"留着吧！"他说，"这个机会给那些呆小子会更合适的！"

"你太聪明了，是吗？"

"如果我缺钱的话，我知道该怎么去弄，才不要整个礼拜为了工作而操劳呢！"

"而且，如果你没有找到适合的工作，"卡斯楚先生接着说，"你的朋友佛森也一定能帮你，对吗？"

此时，强尼脸上显出骄矜、自恃的神色，"没错！"他说，"他很厉害的。"

卡斯楚露出轻蔑的笑容。"厉害？他也只会耍偷偷银行的小把戏而已。我说，不出一年，他准会做大牢的。"

强尼仰着头说："不可能！"

"当然，在一年之内他还能干点盗窃的小案子。"卡斯楚先生坚持地说。

"好吧，"他的口气变得粗暴了，"我不再跟你谈论这些了，让我给你看一样东西吧！"

卡斯楚先生打开柜子，从里面翻出一本已经泛黄的小本子——报纸剪贴簿，他把它摊开在小孩面前。把"保险柜大盗之王"指给小孩看。

现在，卡斯楚先生表情缓和了许多，脸上堆满了微笑。"强尼，我不会傻到把其中的奥秘告诉你的，连佛森都一无所知。曾经有专家用了二十五万美元请我传授，都被我拒绝了。"

"但在我的回忆录里都有详细的记录，"卡斯楚继续说，"我把那本活页笔记簿放在房间的一个上了锁的抽屉里。在里面写着我的各种开锁技巧，等我死了就会出版。那时，一夜之间，每一个人——包括小偷、大盗、锁匠等等的每一个人都会知道。当然，只要每个人都知道了，那就没有什么秘密可言了。"

强尼似乎觉得有些惋惜，"唉——"他说，"你本来可以大捞一票的，为什么不……"

"大捞一票？"卡斯楚先生插嘴说道，"没错，别人口袋里的二十五万美元更不是个小数目。可是，那得花二十年的功夫才偷得到。其中还要扣掉一半的开销，至少一半，算起来，我每年只能存下两千美元。可是，我这家五金店的收入比那个多很多，去年我赚了超过三倍的钱。"

"等一下！我还有话说，"强尼·达金说，"你本来可以赚更多的钱。"

"是吗？"卡斯楚先生坦然一笑，"噢，还有一件事我忘了告诉你，其中的二十三年我是在监狱中度过的，使我的平均收入大大降低了。"

"二十三……你怎么会被捉呢？"

"人算不如天算啊！从来就没有不打败仗的将军，总有一天会出错的。愈早犯错就愈容易回头。没有人是绝顶聪明的，强尼——你不是，你的好朋友佛森也不是。"

自恃、固执的神色又爬上了强尼·达金的脸。"那是你认为的，"他说，"你不知道世上还有许多聪明的人，对他们来说，被抓根本就是个玩笑。"

卡斯楚先生很惋惜地摇摇头，叹了一口气。"再见了，强尼。"他失望地说，

"我要工作了。"

第二天晚上，大约深夜一点钟左右，已经在卡斯楚先生的房里埋伏了两个晚上的卡尔警官手握着左轮枪，轻轻地走上前，佛森还来不及拿到那本笔记簿之前，卡尔警察就逮捕了他。

又隔了一天，下午的时候，卡斯楚先生正在看一本活页笔记簿。刚刚放学的强尼·达金经过他的店前。

"强尼，你可以进来了，"他说，"已经没什么事可做了。"男孩慢慢地走近柜台，说："我听说法兰克·佛森被抓走了。"卡斯楚先生神情自若地说："被抓进市立监狱去了。现在，这个大傻瓜终于被捕了。他破门而入就是想要这本笔记簿。"

"他大概以为这本小簿子里有什么大秘密吧！"卡斯楚先生接着说，"记得我好像跟你说过一个笑话，一个关于回忆录的大笑话。其实啊！现在谁不晓得，像我这样的人怎么可能写回忆录呢？如果写了，便会引起人们邪恶的念头，你说呢？强尼，那是不可思议的。可佛森这个傻瓜偏偏听信这些话。有一天，我会找时间告诉他，我这本笔记簿里面全是账单。"

强尼·达金没说一句话，他倾听着卡斯楚先生的述说。他敏锐的眼睛盯着卡斯楚先生的脸，在他的眼中流露一种与过去完全不同的眼神———一种崇拜、尊敬的眼神。"也许，聪明的人并不聪明，对吗？"他轻声地问。

小 偷

——［美国］雷蒙德·卡弗

一个令他着迷的女孩扒走了他的钱包，

经过交涉，女孩把一个皮夹给了他后跑掉了，

而他不但没有抓住女孩，

反被另一位女郎指控为扒手。

正在出售机票的柜台边站着的那个女孩引起了他的注意。她光亮的头发在脑后梳成一个髻——那男人想像它放下来披散在她小小的背后的样子——并且一个沉重的黑包挂在穿着皮衣的肩膀上。他没法一睹她的面貌——她排在他前面。一直到她买好票，转身离去时，他才将她的美貌尽收眼底，她脸色苍白、双眸漆黑、嘴唇丰满。她的美使他心跳加快。她似乎知道他在盯着她看，所以她的目光突然移开了。

"您好，先生。"航空公司职员对他说。那男人只好不再看——他猜她大概二十五、六岁吧——买了一张到东部某城市的二等舱往返票。

他所要坐的那次航班一小时后才起飞，为了等时间，他走进机场的一间鸡尾酒吧，点了一份加冰威士忌，然后一边喝着酒，眼睛一边在候机的人潮中来回地移动，其中有不少他认为还是待字闺中的美丽少女，穿着流行杂志上的服饰在候机。后来，那个穿皮衣的黑发少女又进入了他的视线，这时她站在服务台附近，和另一名穿着滚毛边外套的金发少女谈得很投人。他很想在她搭机飞往她要去的地方之前吸引她的注意，好请她一起喝杯酒。但是转念一想，即使她朝他这边看，酒吧间的阴影可能也很难让她看见他。过了一会儿，她们两个分手了，但是都朝其他方向走了，于是他很失望，又叫了第二杯加冰威士忌。

她又一次出现时，他正准备买本杂志在飞机上看，他觉得有人挤着他。起初他很奇怪为什么有人这么挨近他，但一看到是谁以后，他便心头一喜。

"生意真好。"他说。

她抬起头，脸上有些霞色，嘴角泛上一抹怪异的笑，稍纵即逝，然后便转身

83

消失在候机室的人潮中。

站在柜台边的那个男人，手里拿着那本杂志，下意识地伸手去掏后面口袋的皮夹时，却发觉皮夹不见了。

皮夹什么时候丢了呢？他想。他脑中开始列出皮夹中的东西：信用卡、现金、会员卡和身份证件。他的胃中翻搅着类似害怕的情绪。是那个黑发少女吗？只有她与我如此靠近，他这么想，并且立刻想到他的皮夹可能是被她扒走了。

怎么办？很庆幸的是他的机票还在，正在西装里面的口袋里安稳地躺着——他伸手进去摸一下那个信封，确定还在。他可以搭这班飞机，抵达目的地后，给他的朋友打电话，让朋友来接他——因为他连搭公共汽车的钱都没有，然后处理完事情，再回家。但是现在，他得把遗失的信用卡先处理好——打电话回家，叫他太太从书桌的最上面一个抽屉里找出电话号码，再打电话与各个公司联系——好麻烦啊，这整件事的麻烦程度简直令人窒息。他该怎么办？

他又一转念想，还是先报警，告诉警察发生了什么事，描述那名年轻女子的样子。她真该死，他想，她装出注意到他的样子，站得靠他那么近，还在他说话时让脸红得像晚霞一样美丽——这一切竟然只是为了扒他的钱。她的脸红并不是害羞，而是担心被识破，这点最令他受不了。这可真是害死人了。他将对警察隐瞒一些细节，只告诉他她做了什么，皮夹里有些什么东西。他咬紧牙根，他想他的那个皮夹可能从此再也回不到他身边了。

这时，那个黑发女孩又一次闯入了他的视线，他吓了一跳，而又非常高兴，考虑着是不是应该就近告诉站在 X 光机附近的警卫。她背对着候机室前面的窗户坐着，暮色中，计程车和私家车在她身后逐渐聚拢，缓缓移动着。她似乎正全神贯注地读一本书。她旁边有个空位，于是那男人便走过去坐下来。

"我一直在找你。"他说。

她看他的眼神，好像一点儿都不认得他的样子。"我不认识你。"她说。

"你认识我！"

她好像生气了，把书摆到一边。"这就是你们这些人的想法——像捡拾迷途的动物一样捡女孩子吗？你把我当成什么人了？"

"是你扒走了我的皮夹。"他说，并且为他用了"扒走"这个词而沾沾自喜，认为比用偷、窃，甚至抢字，更口语化。

"你说什么？"那女子说。

"在杂志摊那边，我知道是你做的。如果你把它交还给我，这件事就算了，否则，我就把你交给警察。"

她似乎自认倒霉。"好吧。"她说，然后从她腿上的黑皮包里拿出一个皮夹。

他接过来，随即一怔，"等一下，"他说，"这不是我的。"

那女孩放下皮夹就跑了，于是他便在后面追，就像电影里的画面一样——旁观的人四散躲避，那女孩闪来躲去，以免撞到人，他沉重的呼吸声提醒他，他已经老了——后来，他忽然听见有一个女人在他的后面大叫：

"站住，小偷！抓住那个人！"

等他再回头去找前面的黑衣女孩，已经无影无踪了。这时有个穿海军装的年轻女子伸出脚绊倒他，他重重地摔了一跤，膝盖和手肘都重重地跌在候机室的瓷砖地板上，但那个不是他的皮夹还在他的手里。

那是个女用皮夹，里面塞满了钱以及各种信用卡，而皮夹的主人是那个穿着滚毛边外套的金发女郎——那个与黑发女扒手说话的女人。她也是气喘吁吁的，身边还有个警察。

"就是他，"金发女郎说，"他扒走了我的皮夹。"

现在，他无法向警察证明他的身份。

两个星期后——困窘和愤怒已渐平息，家庭律师的钱也付了，家中的混乱也恢复了。一个美好的早晨，邮包寄回了那个皮夹，没有附带任何解释。皮夹里的东西都在，还是老样子。虽然事情过去了，但那男人觉得他的后半辈子每看到警察都会不自在，那件事让他觉得有些羞愧，尤其在女人面前，感觉更强烈。

雅普雅普岛的金喇叭

——［美国］奎　因

霍恩斯奈格尔博士参加完雅普雅普岛举行的民意盛会后，
嘲笑岛上所谓的言论自由实际上是有钱人的言论自由。
但他所推崇的本国民主也招来了对方的嘲笑。

《雅普雅普岛上部落的奇风异俗》这本书是大名鼎鼎的探险家艾麦利·霍恩斯奈格尔博士出版的，里面提到了一些关于言论自由的趣闻，这些趣闻是他在这个默默无闻的岛上通过观察土著居民得到的。

有一次，雅普雅普岛的酋长伊吉·布姆布姆在宫里设宴招待霍恩斯奈格尔博士。谈话中，这位探险家问："岛上法律准许居民自由和公开地发表自己的意见吗？"

"当然准许，"伊吉·布姆布姆说，"政府严格执行人民的意志，岛上的居民享有最充分的言论自由。"

"这在实际上是怎么实行的呢？"霍恩斯奈格尔问道，"您对公众的意见怎样做出判断呢？"

"这太简单了，"酋长解释道，"要决定任何重大问题的时候，我们就把全岛居民召集起来。大僧正先根据羊皮纸手稿宣布要讨论的问题，接着我细听金喇叭的声音，人民的意志我就全部知晓了。"

"金喇叭吗？它是什么东西？"霍恩斯奈格尔问。

酋长说："金喇叭是表达公众意见、传达公众心声的惟一工具。我把右手举过头顶，宣布说：'凡是赞成的，请吹喇叭！'马上，所有赞成的人就会吹金喇叭。接着我又把左手举过头顶，宣布：'凡是反对的，请吹喇叭！'这时反对的人就吹金喇叭了。然后按照吹得最响亮的那一边人的意思来决定就是最公平的了。"

"照我看来，"霍恩斯奈格尔博士说，"这种民主方式是我听过的最完善的方式了。我很想参加这样表达民意的盛会，并且拍几张照片作为纪念。"

霍恩斯奈格尔博士在第二天下午就亲眼看到这一切了。全岛居民都被召集到宫廷前面来解决一个重大问题。这里聚集了近三千人。要是不把他们身上的臂布算上的话，他们全都是赤条条的。可是在隆重宣布开会之前，又有四个衣着华丽的大人物到场了，他们是乘着镶着珠宝的轿子来的。这四个全身珠光宝气、香气四散的大人物在众人的目光中，一一在丝绒椅垫上坐了下来。仆人们用孔雀羽扇替他们驱走炎热。

"这四个人是谁？看起来与众不同。"霍恩斯奈格尔问。

"他们是本岛最最有钱的人。"酋长回答。

所有人都到场后，大僧正就开始宣读羊皮纸手稿。随后酋长走上前来，把右手举过头顶。

"凡是赞成的——请吹喇叭！"他喊道。

这时，坐在丝绒椅垫上的四个财主便使劲地吹起了喇叭。

于是酋长又把左手举过头顶。

"凡是反对的——请吹喇叭！"他喊道。

全场一片寂静没有人吹喇叭。

"决议通过了！"酋长宣布。

于是仪式宣告结束，大家都去做自己的事了。

霍恩斯奈格尔跟着就问酋长："为什么只见到四个财主吹了金喇叭？"

"因为金喇叭只有他们才买得起，"酋长解释说，"其余那些人全不过是些干活的粗人罢了。"

"照这样，这根本就谈不上什么言论自由，"霍恩斯奈格尔说，"归根结底，只有少数几个阔人吹他们自己的喇叭。在我们美国，政府给人民充分的权力、充分的机会来表达自己的意志。"

"当真？"酋长叫起来，"那么，美国是怎么样做的？"

霍恩斯奈格尔说："在我们美国根本就不用金喇叭，我们用的是各种报纸、杂志和广播电台。"

"这倒挺有意思，"酋长说，"可是这些报纸、杂志和广播电台归谁领导呢？"

"有钱人。"霍恩斯奈格尔回答说。

"这跟我们岛上没有什么区别，还不都是一个样子吗？"酋长说，"在你们那里也净是有钱人吹自己的喇叭，那些呼声不也仅仅代表他们的意志吗？"

87

威　胁

—— ［俄国］契诃夫

> 贵族老爷的马被盗了，
> 他仅在报纸上作了个声明，
> 就使被盗的马失而复得了。

一天夜里，贵族老爷家的马被盗了。第二天，他在所有的报纸上都刊登了这样一个声明："如果不把马还给我，那么我就要采取我父亲曾经用过的非常措施来严惩他。"威胁生效了，小偷不知道会产生什么严重后果，不过他想那种惩罚一定很可怕、很残酷，于是偷偷地把马送回来了。能有这样的结局，贵族老爷很高兴。他向朋友们说，他不要步父亲的后尘了，因为他很幸运地重获了失窃的马。

"那么，你父亲是怎么做的呢？"朋友们问他。

"你们想知道是吗？好吧，我告诉你们……有一次他住旅店时，马被偷走，他就把马肚带套在脖子上，背着马鞍走回家了。如果小偷不是善良和客气的话，我想我没有别的办法，只能走我父亲的老路了。"

一个东方的传说

—— [俄国] 屠格涅夫

> 林法尔救了一位老人后，
> 如约来到老人指定的地点，
> 在那里有三个各具法力的苹果，
> 老人让他任意选摘一个吃，
> 林法尔很快就做出了令他终身受用的选择。

在巴格达，宇宙的太阳神林法尔，无人不知，无人不晓。

许多年以前，当林法尔还是一个少年的时候，有一天，他在巴格达郊外散步。

他忽然听见一声声叫唤："救命！救命！"

在同年龄的年轻人中间，林法尔是以聪慧多智出名的，而且他怀有恻隐之心。

他向着呼救的方向飞奔而去，他看见两个强盗将一个衰弱的老人缚在城墙上，正在掠夺他身上的东西。

林法尔抽出他的剑，向那两个恶汉冲去。最后，他杀死一个，另一个被他赶走了。

老人得救了，他跪在恩人面前，吻他的衣角，叫道："英勇的年轻人，我应当报答你的慷慨行为。我外貌是一个可怜的乞丐，不过那只是外貌而已，我不是平常的人，这一点请你相信我。你明天大清早到总商场来，我在喷水池旁边等你，那时你就全明白了。"

林法尔想："这个人看外貌的确是一个乞丐，可是什么样的事情都会有的，那就去试一次吧。"他便回答道："很好，老伯伯，我一定去。"

老人仔细地看了看他的脸，便走了。

第二天早晨，太阳刚刚升上树梢，林法尔便如约来到商场。老人已经在那儿等着他了，一只肘靠在喷水池的大理石盘上。

89

老人默默地牵着林法尔的手，带他进入一个四面围着高墙的小花园。

花园的正中，一棵很奇特的大树长在一块绿色的草坪上。

这棵树像是扁柏，只是它的叶子是天蓝色的。

树上结了三个苹果，都悬在朝上弯的细枝上。第一个是白的，不大不小，像牛奶一样地白；第二个大而圆，鲜红色；第三个是黄色的，小而有皱纹。

虽然风平浪静，但整棵树都在微微打颤。它发出一声尖脆响亮的哀叫，它好像知道林法尔来了似的。

"年轻人，"老人说，"你可以在这三个苹果中随便选一个吃，但是我要告诉你，你要是摘白的来吃，你会成为世上最聪明的人；你要是摘红的来吃，你会像犹太人洛齐斯尔特那样的有钱；你要是摘黄的来吃，你会得到一般老妇人的欢心。你自己拿主意吧！不要迟疑了。一小时之内，苹果就会枯萎的，连这棵树也要沉到地底下去的！"

林法尔听了老人的话，陷入了沉思。"我应当怎么办呢？"他低声自语道，好像在同他自己辩论似的，"要是你太聪明了，也许你就不肯好好地过活了；要是你比什么人都有钱，妒忌你的人就会越来越多；我不如摘第三个，就是能讨老妇人欢心的黄苹果吃！"

林法尔他是这样想的，也是这样做的。老人张开他没有牙齿的嘴大笑说："啊，聪明的年轻人！你选得很好！白苹果对你根本没什么用，你其实比所罗门还聪明，红苹果你也用不着……你就是没有它，也会有钱的……"

"老人家，您能告诉我，"林法尔兴奋地说，"上天所保护的，我们喀立甫的尊贵的母亲，她住在哪儿？"

老人鞠躬到地，向这年轻人指示了路。

幸　福

—— ［俄国］亚·伊·库普林

几乎所有"幸福"的答案都不能使国王满意，

但有一个智者的答案国王虽不满意，

但百思不得其解。

在一个富有的强国，伟大的国王把国家里所有的诗人和智者都叫到他跟前来。他问他们：

"什么是幸福?"

一个人急忙回答："幸福是能一直看见您那非凡的脸上闪烁着的光辉和永远感到……"

"挖掉他那双明亮的眼睛，"国王漠然地说，"下一个!"

"幸福就是行使权力。作为国王，您是幸福的!"第二个高声叫喊道。

伟大的国王听后，苦笑着说：

"可是痔疮使我很痛苦，我无法行使权力治好它。割去他的鼻子，你这个混蛋，下一个!"

"幸福是拥有财富。"第三个结结巴巴地说。

国王回答说：

"我很富有，可是这个问题我不得不问，一块跟你脑袋一般重的金锭能使你满足吗?"

"嗯，陛下!"

"你将得到它。来呀! 把像他的脑袋一样重的金锭系在他的脖子上，然后把这个乞丐抛到海里去!"

"第四个!"伟大的国王有些不耐烦地喊道：

这时，一个衣衫褴褛、眼睛滴溜溜转的人，肚子贴着地爬过来说：

"啊，大智大慧的人! 我的需要不多。我饿了，只要填饱肚子，我就幸福了。我将在整个宇宙里为您的仁慈歌颂。"

"给他喜欢吃的食物，填饱他的肚皮，"国王厌恶地说，"等他胀死了来告诉我。"

接着又上来两个人。其中一个肤色红润，前额低窄。他是一个大力士。他叹了一口气说：

"幸福在于创作。"

另一个是脸色苍白、身材消瘦的诗人，面颊上点缀着点点红斑。他说：

"幸福在于健康。"

国王听了伤感地说：

"瘦弱的诗人，如果我能用我的权力改变你的命运，一个月后你将会向诸神乞求灵感；你这个英雄赫克利斯般的人物，就会到医生那儿乞求减轻体重的药丸，平安地去吧。还有谁？"

"幸福就是死亡！"第七个戴着水仙花冠的人骄傲地说，"幸福根本就不存在，它是虚幻的！"

"砍去他的脑袋！"国王懒洋洋地说。

"陛下，陛下，开恩！"死囚大叫，脸色变得比水仙花瓣还要白，"我要说的不是这个意思。"

"把他拉下去，砍掉他的脑袋。"国王斩钉截铁地说。

又来了许多人。其中一个只说出了下面几个字：

"女人的爱情！"

"很好。"国王表示赞同，"从全国挑选一百名漂亮的女人给他，同时给他一杯毒药。等他的灵魂离开他的躯体后就来告诉我，我将去看看他的尸体。"

还有一个人说：

"能立刻满足我的每一个愿望就是幸福。"

"你现在的愿望是什么？"国王狡黠地问。

"您是问我吗？"

"对，我在问你。"

"陛下，这个问题提得太突然了。"

"把他活埋了。啊，又来了一个聪明人？唔，唔，走近一点……也许你知道幸福是什么？"

这是一个真正的智者，他回答道：

"幸福在人的思维里。"

国王的眉毛颤动了一下，他怒吼起来：

"啊！人的思维！什么是人的思维？"

这个聪明人——因为他是一个真正的智者——只是怜悯地微微一笑，不做任何回答。

等待他的是地牢，那里永远是一片黑暗，听不见外面的任何声音。一年后，当侍从把这个囚犯带到国王面前时，他已变得又盲又聋，双腿几乎支撑不住身体了。国王问他："怎么样？你现在感到幸福吗？"

智者心平气和地答道：

"是的，我是幸福的。在牢里，我是国王，是富翁，是穷人，是饱汉，也是饿汉，这一切都是思维赐给我的。"

国王发怒了，他高声说："思维！思维到底是什么？你记住五分钟后我要把你吊死，还要往你那可恶的脸上吐唾沫，到那时你的思维能干什么？能为你消灾解忧吗？还有你在地球上滥用过的那些思维将来在哪里安身？"

作为一个真正智者的他还是心平气和地说：

"傻瓜！思维永远不会消失，它是永恒的。"

身教言传

—— [前苏联] 勃罗多夫

小维佳问爸爸一个问题，
爸爸还没有解答完，
维佳就从爸爸和妈妈的身上得到了答案。

一张铺有天蓝色桌布的圆桌旁围坐着一家三口人。爸爸在翻阅报纸，妈妈在绣坐垫，看书的那个孩子是八岁的小维佳。

"爸爸，我有个问题弄不清楚，"维佳突然向父亲发问，"请你给我解释一下：为什么有些人会吵嘴呢？"

"很简单，"爸爸把报纸放置在一旁说了起来，"打个比方，我们的房屋管理员与庭院清扫工之间有了不同的意见……"

"那根本不可能！"妈妈打断了爸爸的话，"房屋管理员与庭院清扫工相处得很好。"

"这只是一个假设。"爸爸辩解道。

"你不应该凭空瞎举这样的例子！"妈妈提高嗓门喊了起来。

"那么，还是你给孩子解释解释吧。"

"你总是把责任推到我的身上！"

"不是我推卸责任……可是你总是找碴儿……"

"什么？又是我找碴儿！"

"是的，是你……"

"不对，是你……"

"哎呀，别吵了，"小维佳大声说，"我现在已经明白了。"

贵 妇 人

—— ［前苏联］左琴科

格利戈里·伊万诺维奇邀请新结识的贵妇人去戏院看戏，
却因吃一块蛋糕对她大动肝火，
最后弄得他们不欢而散。

格利戈里·伊万诺维奇用袖子擦了擦下巴，打开话匣子之前还大声地叹了一口气。

"咳，各位老兄，我可不喜欢那些戴宽檐儿帽子的娘儿们。在我看来，一个女人戴上一顶宽檐儿帽子，脚上穿一双长统袜子，手里抱只哈巴狗儿，或者嘴里镶颗金牙，那她根本就算不得女人，我压根就不会把这种贵妇人放在眼里。

"可是当初，自然啰，我也曾看上这么一位贵妇人。和她一起溜马路，带她上戏院。可到了戏院，一切都完了。一到戏院里，她那套思想意识就全部暴露无遗。

"我是在我的住所与她偶遇的。那是有一次开会的时候，我一瞧，有这么一位女士，她穿着长统袜子，还镶着颗金牙，于是就上前问道：

"'您住在哪儿，女公民？门牌几号？'

"'我住7号，'她说。

"'知道了，'我说，'您就在那儿吧。'

"不知怎么的，她一下子就把我迷住了。我开始经常去她那儿，去7号。当然啰，通常都是办公事的样子。我问她：'您这儿水管子没坏吧？卫生间怎么样？能用吧？'

"'没坏，'她说，'能用。'

"说完这句话，她就不再说了，那天，她头上裹着一条绒毛头巾。两只眼睛直勾勾地盯着我，嘴里的金牙闪闪发亮。在以后的一个月里，我经常去她那里，她也习惯了，也爱多讲一些话了。她说，水管子好用，谢谢您啦，格利戈里·伊万诺维奇。

"随着我们交往时间的增多，麻烦也就接踵而来。我和她开始溜马路。走到街上，她让我挽着她的胳膊，慢慢地满街转悠，像条半死不活的狗鱼。我真不知道该说什么好，众目睽睽之下，我可真够难为情的。

"但有一次她对我说：

"'您为什么老带我逛大街呀？'她说，'头都转晕啦。您是我的男朋友，又在政府里办事，领我上戏院看看戏不行吗？'

"'当然可以！'我欣然答应。

"'可巧第二天党支部送来了歌剧票。我自己得了一张，又把钳工瓦西卡的一张也捞来了。

"拿到票以后，我也没有仔细看一看，原来位子不在一块儿。我那张在楼下，可瓦西卡的那张呢，我的天，在楼座最高一层。

"来到戏院她坐我那个位子，我坐瓦西卡的位子。我坐在楼上，连她的人影也看不见。要从栏杆上弯下腰来，才看得见她。但也是模糊一片，看不清楚。我掉了伴儿，心里闷得慌，就下楼走走。我一看：正好幕间休息，她也出来了。

"'您好。'我说。

"'您好。'

"'有意思，'我说，'这儿的水管子没坏吧？'

"'不知道。'她说。

"她走出戏院，朝小吃部方向走去。我跟在她后面。她在小吃部里转来转去，眼睛老盯着柜台。柜台上的盘子里面盛着甜蛋糕。

"我这个傻瓜，真是十足的笨蛋，居然还围着她转。

"'您想吃一块甜蛋糕吗？'我问，'吃一块吧，我来付钱。'

"'多谢。'她说。

"她突然迈着轻快的步子，走到盘子跟前，抓起奶油蛋糕就往嘴里送。

"我摸了摸钱袋，里面的钱顶多买得起三块。她在那儿狼吞虎咽，我心里却怦怦直跳。

"她吃完一块又抓起一块。我简直要喊出声来，可我忍住了。因为资产阶级的面子观念束缚了我。她会说，还是个男人呢，钱也不带！

"我像公鸡缠住母鸡那样围着她转。她咯咯笑着。

"'我们该回去了，也许已经打过铃了。'我说。

"'不，还没有呢。'她显然不想离开。

"她拿起第三块蛋糕。

"我说：'空着肚子这么吃，太多了吧？当心会恶心。'

"'没关系，我习惯这样吃。'她说。

"她边说边伸手抓第四块。

"我简直气极了。

"'你放下,'我喊了起来,'靠边儿站!'

"她张大了嘴,口里那颗金牙闪闪发亮,显然,她被吓了一跳。

"我火冒三丈,根本就顾不上想什么了,反正我再也不和她出来逛了。

"'你放下,'我说,'真见鬼!'

"她放回去了。我问掌柜的:

"'三块蛋糕,多少钱?'

"看到这般情景掌柜的不动声色,态度冷淡。

"'你们吃了四块。'他对我说,并说了该付多少钱。

"'你说什么?'我喊道,'吃了四块?!那第四块不是还在盘子里吗?'

"'不,'掌柜的答道,'第四块虽说在盘子里,可是她用手捏皱了,还咬了一点儿。'

"'什么?还咬了一点儿?'我说,'真是笑话,你简直在信口开河!'

"但掌柜的还是不动声色。这家伙当面就要赖。"

"这时我们周围围了一大群人,他们都当起鉴定人来了。

"有的说,是咬了一点,有的说没咬。

"我把口袋全翻了过来,撒了一地杂七杂八的东西。人们哄堂大笑,可我并不觉得好笑。我在数钱。

"我数了数钱——勉强够支付四块蛋糕的钱。我的妈呀,我白白和他争了半天。

"我把钱付了,对那女士说:

"'女公民,您把它吃完吧。钱我已经付了。'"

"女士没有动。她当然想吃完,可是她没好意思去拿。

"没想到旁边有个家伙插了进来。

"'给我,'他说,'我来帮你吃完。'

"他真的把蛋糕吃完了。这个混蛋,居然揩起我的油来了。

"回到戏院,我们好歹听完了歌剧,就回家了。

"走到家门口,她操起那副资产阶级腔调对我说:

"'您这个缺德鬼,你把我害惨了。你要是没钱,就别找女人玩!'

"'不客气地说,女公民,幸福可不在于金钱。'我说。

"我们就这样分手了,对于这号贵族派头的女人我根本就不稀罕。"

杰里亚宾老汉

—— [前苏联] 瓦·马·舒克申

杰里亚宾老汉为他所住的胡同能以自己名字命名费了不少心思。

不久，他所住的胡同果真换名了，

但并不是以他的名字命名的，

而且还给他带来了麻烦。

房顶上那层镀锌铁皮是六十多岁的杰里亚宾老汉自己动手铺上去的。他的房子在阳光照耀下就像炉台上的茶炊一样闪闪发光。杰里亚宾老头动作麻利、力气很大、遇事机灵，挺有主意。在村子里，他比别人都早看到教育对孩子的重要性，他供他的两个儿子和一个女儿都上完了十年制学校，后来他们在专科学校毕了业，现在都在城里有很好的工作。他自己主要在家管理家务，农忙季节他还时常去机修站帮忙修理机器。

有一次，杰里亚宾在自己的菜园里与瓦宁老爹闲坐，两人打开了话匣子，谈起了尼古拉什金胡同名称的由来。这条胡同不大，从村头的沟壑起，从侧面通向主要街道——集体农庄的大街。沟壑边上的最后一幢恰好是杰里亚宾的房子。他们聊起了这事，但也没谈得特别多。

"你难道不知道？"瓦宁老爹惊奇地问道，"以前有个神父，也就是尼古拉神父在这儿住过。他的房子就在你的菜园的后边。后来因为一些事情，神父被流放了，就把他的房子拆了，搬到了农机站。现在农机站的办公室就是……"

"啊，嗯……是这样！"杰里亚宾也回忆起来了，"对了，拆房子时我不在，那时我正忙于训练……"

"后来就把这里叫做尼古拉什金胡同了。"

"而我这儿还在琢磨：为什么叫尼古拉什金胡同呢？"

"尼古拉什金……人家都这么叫尼古拉神父，老百姓就是这么回事，总是说些粗话：都叫尼古拉什金、尼古拉什金。后来胡同的名字就变成尼古拉什金了。"

杰里亚宾沉思起来了。他想了一会儿，便令人费解又意味深长地说：

"尼古拉什金胡同是人们从城里写信时信封上的地址，而尼古拉什金只不过是个牧师。"说罢他看了看瓦宁老爹。

"那有什么关系?"瓦宁老爹说道。

"当然有关系了。"杰里亚宾又眯缝上眼睛沉思起来。其实他什么都知道,既知道为什么胡同叫尼古拉什金胡同,又知道尼古拉是个牧师的名字,他这样做只不过是在耍滑头,在想主意而已。

他想了个这样的主意:

天色已经很晚了,他坐在正房的桌旁,戴上眼镜,拿起钢笔就写了起来:

　　克拉斯诺——霍姆区苏维埃执行委员会:

　　我谨向你们报告一件我们都疏忽了的事实。旧时尼古拉神父曾是我们这里的牧师,由于他毫无威信,老百姓都叫他尼古拉什金,但他的房子坐落在这条胡同里。当我们把神父作为有害分子阻止其活动后,胡同的名称并没有更改,以此我们的胡同的名称竟然至今仍在纪念一位牧师,也就是说,尼古拉什金仍然是我所住的胡同的名称。我们的村苏维埃对此事视而不见,但我们居民们,尤其是那些孩子虽受过高等教育,但还不得不在信封上写'尼古拉什金胡同',这使家长们都感到耻辱。这个尼古拉什金可能早已成了一堆白骨,而胡同的名称仍然在沿用旧名称,还有什么道理?这条胡同里一共住着我们八户人家,我们都感到非常羞愧。一位不称职的牧师竟然是我们五十年来颂扬的对象,真是咄咄怪事。难道我们这儿就没有有功劳的人值得纪念,并用他们的姓名来为胡同命名吗?我相信,在这八户人家中适合胡同命名的人大有人在,他们的姓名可以毫无愧色地成为胡同的名字。有许多多年的劳动能手在这里生活多年了,他们从集体化时期起,就为集体农庄事业奉献了自己毕生的精力。

　　　　　　　　　　　　　　　　　　　　　　　　　　　　　　一个积极的分子

杰里亚宾写好后又抄了一遍,他觉得已把自己的想法说得很明白了。他甚至有几分吃惊,他怎么会写得如此有条有理、头头是道。他把它放到一边,又开始写另一封信:

　　克拉斯诺——霍姆区苏维埃执行委员会:

　　我们是少先队员,住在尼古拉什金胡同,让我们感到十分气愤的是,我们所说的尼古拉什金原来是个神父。我们相互说到——原来是这样:一方面我们在学习、议论神父给劳动人民带来的危害的道理,可另一方面我们又无法更改住在尼古拉什金胡同的事实。我们都感到羞愧——要知道我们都是戴红领巾的呀!难道这条胡同里就没有任何有功劳的人吗?举个例子来说:他是一位多年的劳动能手,参加过集体化,而且当了多年的拖拉机队的队长。胡同口的那间房子就是他的家。胡同是从他的家开始的。我们少先队员建议给我们的胡同改名,改称为杰里亚宾胡同。我们想以杰里亚宾伯伯为榜样,

99

要像他那样劳动。如果把胡同名称改为杰里亚宾，那么对我们是有益的，因为这样才能够使我们心向未来，而不是向后看。叔叔们，请认真考虑我们的意见吧！

杰里亚宾又看了一遍，一切正确无误。他在想像，他的孩子们一旦得知现在给父亲写信时在信封上不要再写尼古拉什金胡同而是要写"杰里亚宾胡同，杰里亚宾·阿法纳西·依里奇收"时的情景，他们会为此感到骄傲的。

第二天，杰里亚宾把邻居的三个小男孩叫到跟前并向他们讲完了尼古拉什金是什么人。

"所以说，你们是住在神父的胡同里呐。"他最后说道，"我劝你们这样做，在你们当中谁的字写得好？"

其中有一个小孩字写的不错。

"你把这个抄一遍，最后大家都签上名。你们写完这个我给你们做三个带小门廊的鸟巢。"

孩子们按照杰里亚宾的说法做了，也分别签了自己的名字。

杰里亚宾拿了两个信封，分别装上两封信，一封信上他自己签了名，另一封是脸上长有雀斑的书法家签的名。杰里亚宾把两封信送到邮局，投入了信箱。

大约一个礼拜以后，一天中午，村苏维埃主席、年轻人谢苗诺夫·格里戈里骑着摩托车驶向杰里亚宾的房子。

"我本想把所有的人都召集来，但是没有人在家。区里建议我们把你们的胡同改改名称。它的名称原来是纪念一位神父的。我想同你们商量一下，共同为胡同起个名字。"

"区里是如何建议的呢？"杰里亚宾预感到有点什么问题，问道，"他们有什么建议呀？"

"没什么建议，只是让我们自己想。咱们叫它个什么好呢？要不，叫沟壑胡同？"

"你怎么想了个这么糟糕的名字？"杰里亚宾生气了。他情绪大为低落，然后怒气冲冲地说，"那还不如叫歪斜胡同呢……"

"这个名字很贴切……它的确是歪歪斜斜的，那就这样叫吧。"

杰里亚宾还没来得及说他在开玩笑，应该以一个人的姓名为胡同命名……而村苏维埃主席，他讲话时就一直坐在摩托车上，现在用脚往下一踏，摩托车啦啦地响了起来……主席走了。

"白费劲了，这回换了个糟糕的名字。"杰里亚宾恶狠狠地又带有点讥笑地说。他吐了口唾沫便到板棚里干活去了。"一群笨蛋！……我偏要写'尼古拉什金'！"

他写信时真的没有告诉他的孩子们他住的胡同现在叫歪斜胡同，"尼古拉什金胡同一号，杰里亚宾·阿法纳西·依里奇收"，他的孩子们仍然这样填写信封。

谁是罪犯？

——[英国] 西·哈尔

警官 B·波特里斯遇到了一宗令他难辨罪犯的案子，
但他确知罪犯就在其中。
他写了份报告给局长，
局长仅从报告中就知道了谁是罪犯。

一个警官的报告这样写道：

局长亲启

先生：

本署接到电话，本月 10 日晚 7 时 31 分，一个姑娘在迪福特·帕尔瓦大街的维卡拉基巷被刺。打电话的人自称约翰·丹尼森。这个青年人我认识，他住在约伯尼的市属公寓，曾在马克汉普敦的约维尼尔法院被指控殴斗和盗窃罪（1954年卷宗第 892 号）。

当我赶到出事现场时，发现了克里斯廷·芭尔京的尸体，时间是晚上 8 点 37 分。死者 18 岁，住迪福特·帕尔瓦大街朱伯尼·特雷斯胡同。尸检报告表明，被害者的胸部被一把长刃刺入后导致身亡（报告随信呈上）。

很快约翰·丹尼森由 150 码外的公用电话间赶来，情绪十分激动。他告诉我当晚曾约好与死者会面。意欲陪她参加马克汉普敦市政厅的舞会。他们要去维卡拉基巷口的汽车站，正好能够搭乘 7 点 40 分的公共汽车进城。这时，突然在巷子附近的灌木丛中跳出一个男人，此人面目在黑暗中无法辨认，他从背后袭击死者后逃走了。

经过进一步询问，丹尼森认定凶手是查尔斯·帕克。我对这个青年人亦有所闻，他住在迪福特·马格拉街的河滨巷，在上次大审中，被控犯有蓄意伤害罪（1954 年卷宗第 493 号）。丹尼森声称，帕克两度因他与死者的关系公然对他以武力相威胁。我有理由认为死者禀性怪僻、轻浮放荡。

事故现场处理妥当后，我邀请丹尼森随我一同去警署。查尔斯·帕克也在那儿。金帕探长记录了他的陈述，他要讲完时，我们正好到达那里。

两人一见面，都摆出了一副跃跃欲斗的架式。为了他们的自身安全，只好把他们分别关进单人牢房。

我们对金帕探长的笔录做了分析（笔录一并呈上），帕克是在 7 点 40 分到达警署的。（我的实验结果表明，可以用 10 分零 20 秒从犯罪现场跑到警署。）帕克陈述的大意是：当晚，他约死者见面，准备一起去马克汉普敦的开罗电影院看电影。他们在前往维卡拉基巷的汽车站的路上……下面我也无须再陈述了，先生，两者的供词完全相同。

帕克向金帕探长表示，他坚信丹尼森就是凶手，并说丹尼森曾三次殴打过他。

事情进行到这里，情况有些复杂，于是，我对两人进行了进一步搜查。

在丹尼森的身上，我发现了一块手帕（弄脏的）、一份马克汉普敦的《每夜新闻》、一包香烟、一盒火柴、一个钱包，钱包内有 3 先令 6.5 便士的现金，一把随身携带的小梳子和一把带鞘短刀。据他交代，带刀是为了防身，尤其是为了防备帕克。刀子显然是刚刚磨过的。他穿的是"无赖青年"式的衣服。我发现在右袖口处有一块血污。他坦然承认这很可能是死者的血迹。他说在她负伤倒地时，他曾扶过她。

我在搜查帕克时，发现了一块手帕（弄脏的）、一只打火机、3 张淫秽照片（一并附上）、一个钱包，钱包内装现金 2 镑 10 先令 6.5 便士、一把小梳子、一条皮带，上面挂有个空刀鞘。在他的单间牢房里，我们发现了一把刀，与丹尼森的那把刀相似，此刀被藏在牢房的通风器里。经过一番盘问，帕克说那把刀是他的，但是带刀是为自卫，特别是为了防范丹尼森。

这把刀也有新近磨过的迹象，进一步检查，发现刀上有血迹。在他的手帕上也发现了血迹。但帕克说，那可能是他流鼻血时弄上的，因为他有流鼻血的毛病。至于刀上血迹，他说是由于在磨刀时划破了手。他右手的拇指上的确有一道新近愈合的伤口。他的服装式样与丹尼森相仿，未在衣服上发现血污。

在警署的化验表明（送检报告随文呈上），所有的血型均与死者的血型一致，均是 O 型。不妙的是，帕克也是这种血型。经检查，丹尼森的血型则是 AB 型。

11 日清晨，我重返维卡拉基巷的现场搜索证据。虽然巷内路面泥泞，然而一男一女走向犯罪地点的脚印还可以分辨出来。我还从巷子的另一端，就是那一片灌木丛里，发现了一个男人的脚印（附照片）。这脚印在这儿与那一对男女的脚印交错在一起，我和其他警察的脚印也混杂其中。

我取来死者的鞋，证实了与那女人的脚印相吻合。然后我又找来两个被拘留者的鞋子，看到两双鞋子后，我大吃一惊，它们几乎一模一样，都是新的，黄褐色的微孔皮革，皱胶底，鞋码均为 10 号。经过询问查明，两人先后在马克汉普敦的高街上的同一家商店里购买此鞋，时间只相差几天。两双鞋都沾了泥，不用说每一双鞋都合适那两组脚印。

死者的母亲和姐姐我也亲自走访了。其母对自己女儿的活动一无所知，不过她姐姐告诉我，死者和这两个年青人中的每一个都经常外出，两人都为她与另一个的交往而对她施威，她也说不上妹妹和其中哪一个共度了出事的那个夜晚，可她提到她是个舞迷，经常去市政厅跳舞。对德怀特·拜布尔主演的片子更是酷爱，而这位影星的一部新片《巴黎恋歌》那天正好在开罗电影院上映（参见呈上的《每夜新闻》的广告）。

审讯到此无法向下进行了。两个年青人都一口认定自己的供词全是事实，我也无法判定谁在撒谎。要想找到更多的证据，希望十分渺茫，但是两人之中必定有一个是凶手。我非常遗憾，我没法在这种情况下对可疑的人犯逮捕归案。

（警官）B·波特里斯

这份报告局长仔细看了两遍，接着在页边批示：立即逮捕丹尼森。他认为他的谎话天衣无缝，不过有一点他却露了馅。如果他是带着克里斯廷去舞会的话，那他为什么竟穿着一双皱胶底鞋呢？

103

选 择

——[英国] 鲁·克·库克

在这个年轻人看来，
肖夫人应该是个为荣华富贵而牺牲爱情的女人，
但肖夫人的选择却大出他意料之外。

肖夫人坐在茶几旁拿起古色古香的精细的银茶壶倒茶时，心里在想：有钱是多么快活！看我身上的穿戴，屋里的陈设，无不显示出家财万贯的气派。她满面春风，得意之情溢于言表。然而，如果你由此认定她是个轻浮贪图富贵的人，那对她来说就太不公平了。

"你喜欢这幅画，我很高兴，"她对面前那位正襟危坐的年轻艺术家说，"得到一幅布吕高尔的名作是我的一个心愿，这是我丈夫上星期买的。"

"美极了！"年轻人赞许地说，"你真幸运。"

肖夫人扬了扬那两条动人的柳眉开心地笑了。她的双手细嫩而白皙，犹如用粉红色的蜡铸成似的，白皙的手指把那只金光灿灿的戒指衬得更加耀人眼目。她举止优雅，没有抚发整衣、摆弄小物品的习惯。她深深懂得，优雅的举止能给予人一种感染力。

"幸运？"她说，"我并不相信这套东西，决定一切的关键在于选择。"

年轻人觉得她的说法有些牵强，但他什么也没说，只是很有分寸地点点头，并没有打断肖夫人的话。

"我的情况就是个明证。"

"这样说来，当有钱人也是你自己选择的了？"年轻人多少带点讽刺的口吻。

"你也可以这样说，十五年前，我还是一个拙笨的学生……"

肖夫人故意给对方说点恭维话的机会，于是停了一停，但年轻人正在暗暗计算她在学校里呆的时间。

"你看，"肖夫人继续说，"我那时很单纯，身上有一种叫什么自然美的东西，但却有两个年轻人同时爱上了我，到现在我也搞不清楚我身上的什么东西吸引了他们。"

年轻人始终没有说恭维的话，但也没流露出丝毫烦躁的神色，虽然他一直在考虑如何将谈话引到有意义的话题上去。他太固执了，不愿随声附和。

"喜欢我的两个人中，一个是穷得叮当响的学艺术的学生，"肖夫人说，"他是个浪漫可爱的青年。他既不会经商，也没有亲戚的接济，但他爱我，我也爱他。另外的一个是一位财力显赫的商人的儿子。他处事精明，是一个很有前途的年轻人。如果从体格这个角度去衡量，也可称得上健美。他也倾心于我，同那位学艺术的学生一样。"

年轻人靠在扶手椅上，赶忙接住话茬儿，免得自己打呵欠。

"这选择是够难的。"他说。

"是的，要么是家中一贫如洗，生活拮据，接触的尽是些蓬头垢面的人，但是这种罗曼蒂克的爱情才是真正的爱情。要么是住宅富丽堂皇，生活无忧无虑，服饰时髦，嘉宾盈门，还可到世界各地旅游，一切都应有尽有……要是两者能够完美地结合就好了。"

肖夫人的声调渐渐变得有点伤感。

"我当时很犹豫，不知怎样选择才好，这样的日子我整整熬了一年，但始终想不出解决的办法。很清楚，我必须在两人当中作出选择，但不管怎样，总有些惋惜之处。最后……"肖夫人环视了一下她那曾为一家名叫《雅致居室》的杂志提供过不少照片的华丽客厅，"最后，我决定了。"

肖夫人正要说出她是如何选择这戏剧性的时刻时，外面进来了一位仪表堂堂的先生，谈话被打断了。这位先生神态、气质、衣着宛如一位时装展览的模特儿，而且形象酷似一幅名画里的人物，他同这里的环境十分协调。这个风流倜傥的先生就是肖夫人的丈夫，肖夫人继而将年轻人介绍给她的丈夫。

他们继续坐下来，谈了大约十五分钟。谈话气氛十分友好。肖先生说，他今天碰见了"可怜的老迪克·罗杰斯"，还借了钱给他。

"你真好，亲爱的。"肖夫人漫不经心地说。

稍坐了一会儿肖先生就借故出去了。

"可怜的迪克·罗杰斯，"肖夫人叹道，"我料你会猜到，那就是另外的一个，我的丈夫常常帮助他。"

"令人钦佩。"年轻人略略地说，他想不出更好的回答。他该走了。

"关照朋友的事，我丈夫经常做，我不明白他哪来这么多时间。他工作够忙的，他给海军上将画的那幅肖像……"

"肖像?"年轻人十分惊讶，靠在扶手椅上的身子猛然坐直了。

"是的，肖像。"肖夫人说，"哦，我没有说清楚吧？我丈夫就是那位原来学艺术的穷学生。我们现在喝点东西，怎么样？"

年轻人点点头，有些不知所措，他想说些什么，可是竟一句话也没说出来。

知事下乡

——［法国］都 德

知事下乡出巡要准备一番漂亮的演说，
然而道路上的灰尘妨碍了他的思路。
于是他来到寂静、温馨的小树林中准备他的演说词，
但仍然只有"诸位先生、诸位同事们……"

知事先生出巡的队伍很威风，驭者导前，仆从随后。此时一辆威风凛凛的知事衙门的四轮车一直奔向共阿非去巡视。因为这一天是个重要的纪念日，不比寻常，所以知事先生打扮得分外庄严。他身披绣花的礼服，戴着折叠小冠，银色的徽带贴在裤子两旁，腰间挂一把嵌螺细柄的指挥刀，闪闪地在那里发光，一个皮面印花的大护书安放在他的膝上。

在四轮车内，知事先生面带愁容地端坐着，只管向那皮面印花的大护书出神。他一路想，几时他到了那共阿非，见了那共阿非的百姓们，一番漂亮而动听的演说总是免不了的：

"诸位先生、诸位同事们……"

知事先生把这两句话，周而复始地足足念了二十余次。

"诸位先生、诸位同事们……"可是下文总是接不上。

这两句话的下文总是想不好……四轮车内的空气，热不可挡……去共阿非道上的灰尘，在正午的阳光下，兴奋奔腾地跳舞，甚至于对面的人，都被它们阻挡了……一齐遮着白灰的是那道旁的树林，只听得数千数万的蝉声，遥遥地在那里问答……知事先生正在纳闷的当儿，猛一抬头瞥见了在那山坡的脚下，一片小樟树林招展着树枝，笑嘻嘻地欢迎他，好像说：

"快来，快来，知事先生，你不是要筹备演说吗？那么何不到我们这树林下来，包管你要强得多……"

它们的诱惑成功了，知事先生一面把他的意思吩咐给仆人们，一面从四轮车里跳了下来，径自走进那片小樟树林里去筹备他的演说。

在那小树林里，有成群的鸟儿在头上唱歌，有紫藤花在旁边放香，还有那无数的清泉在草地上流淌……它们瞧见知事先生和他那条带有皮面印花的护书的体面的裤子，顿时大起恐慌。那些鸟儿们一齐停止了歌唱，那泉儿也不敢再做声了，那紫藤花们更是急得低着头，向地下乱躲……这些小东西们，自从出世以来，从没有见过一个县知事，在这种情形下，大家都私下里猜度：他究竟是一位什么人物，竟然穿着一条这样体面的裤子？

一种极细微的声音聚集在一丛茂盛的叶子底下，大家还在那里互相猜度，穿这样体面的裤子的主人，究竟是一位什么人物……知事先生来到如此寂静而清凉的树林，心里顿时豁然开朗。他撩起了衣裳，摘下了帽子，在一块草地上，舒舒服服地坐下，随手把他的皮面印花的护书，打开了放在膝上，将一张四六开的大纸从那护书里抽出来。

"这竟是一位美术家呀！"那秀眼鸟先开口说。

"否，否，"接着说的是一只莺鸟，"他哪里会是美术家，你没看见他裤子上的徽带吗？照我来看，十之八九，他是一位贵族哩。"

"十之八九，是一位贵族哩。"那莺鸟把自己的主张重新复述了一遍。

"我知道他是做什么的。"一只老黄雀抢着来打断他们俩的辩论，因为它曾经在那知事衙门的花园里，足足唱了一个春天的歌……"只有我知道，他既不是美术家，也不是贵族，他是一个县知事呀。"

这时那些细微的语声，不知不觉地渐渐地放纵起来了。

"他原来是一个县知事！他原来是一个县知事！"

"他有什么恶意吗？"紫藤花问。

"一点儿也没有。"那老黄雀儿接着答复。于是那些鸟儿们重新恢复了它们的歌声，那泉水照常在草地上汩汩地流，那些紫藤花们也依旧放着胆去发散他们的香气，好像那知事先生根本就不存在一样……

知事先生在这喧哗而又恬静的环境里，又起了念头，继续去筹备他的演说了：

"诸位先生、诸位同事们……"

"诸位先生、诸位同事们……"知事先生，用一种极有礼貌的声音，说出这几个字。

不料霎时之间，从背后传来了一阵笑声把他的文思又打断了。知事先生回头看时，只见帽子顶上落着一只黄绿色的啄木鸟。此时，这啄木鸟正死皮赖脸地看着他笑。知事先生把肩膀一耸，露出不理睬它的意思，刚想回转头来，继续去筹划他的演说，哪知道那啄木鸟很不知趣，它还嫌笑得不够，索性大声喊将起来：

"这又何苦来！"

107

"怎么？这又何苦来！"知事先生气嘘嘘地涨红了脸，一面随手做个手势赶开那顽皮的畜生，一面加上些气力，回头来重新干他的本行：

"诸位先生、诸位同事们……"

"诸位先生、诸位同事们……"知事先生又重新构思起他的演讲词。

但是事有不巧，和那只啄木鸟的交涉刚刚结束，这里一丛弱小的紫藤花们，趁着知事先生思想缭乱的当儿，也一起翘起了梗儿枝儿，和着一种甜而且软的语气，到他的面前来献殷勤了：

"知事先生，你可觉得香吗？"

脚下的泉水也汩汩地奏起了文雅的音乐来附和，那些秀眼鸟儿，也在他头顶的树枝上使尽毕生的本领，唱出美丽的调子来给他听；树林周围、上下左右其他一切的东西，没有一个不是效尤着，它们都来阻止知事先生起草演说词。

此时，知事先生的鼻孔里充满了熏醉人的香味，耳朵里充满了各种美妙的歌声，知事先生觉得很没意思，想摆脱这些妖媚的蛊惑，可这似乎办不到。他躺在草地上，华美的装饰被他徐徐解去，他把他已成的演说词艾艾……艾艾地，从头又讲了两三回：

"诸位先生、诸位同事们……诸位先生、诸位同事们……"

信息处理

—— ［法国］ 塞斯勃隆

一位经理面对公司负债累累的境况，
决定裁减公司内高级管理人员，
他在计算机的帮助下整理出了裁员的名单，
令他万万想不到的是，
他自己的大名竟清清楚楚地印在上面。

经理看了《计算机》和《全公司裁减人员》两份报告。报告有点虚张声势，第一段到第三段，说的显然只不过是要裁减几个管理人员。可能的话，这份报告说，高级管理人员，也应裁减几名。

报告的起草人小心翼翼地解释说，几个月以来，公司已经债台高筑。买计算机是第一笔开销；第二笔是由于安装的时候出现了失误。既要花钱招聘专家，又要给被计算机替下的人员发津贴……

债台高筑的说法，很有说服力。经理打算在下次圣诞节聚会的演说上使用这个词。每一次谈话，他都搜集新的字眼，有些陈旧但显得大胆泼辣的词儿也在搜集之列，比如，由于宗教危机，必须"开辟新源"，"看清局势"，目前正"备受诘问"，"反对一切粉饰太平的言词"等等，就是神父在星期日的传教讲话，新教权主义的语言也在搜集之列。

另一份关于计算机的工作报告终于使他放心一点。报告用的是适合经理身份的那种雄辩语言，可是在他脑子里，早已翻译成了官场套语。在这方面，他是个不折不扣的内行，他这辈子只是把他完全不熟悉的技术问题囫囵吞下，再用一种又专断、又屈尊的口气传达给那些比他更不通的人。奇怪的是这个职位还必须得有人顶，而且他还是公司里挣钱最多的。就是经理本人，至少在被任命以前，也对此事感到迷惑不解。

计算机终于运转了，而且还向他提供了一个信息情报中心，可以供给他公司目前任何情况的数据。"附录一"极为重要，对这次安装计算机的总支出做了综合叙述，而且完全用科技术语叙述了前两次安装接连失误的方方面面，口气是那样确定不疑，人们简直要想：别的工程怎么会那么不慎重，竟然一下子就成功！"附录二"对这次安装所能取得的经济效果做了详细的说明。经理十分醒目地（这才是他才华之所在）从中找到了他要记住并引证的四位数字。

他仰在安乐椅上，苦苦思索"要做个试验……"然后，又小声说："要做个试验……"

他站起身来，在屋子的两个对角之间踱着大步（十八步，可是罗纳——布朗公司的经理只用了十六步）。

突然，他大声说："要做个试验！"

经理的女秘书像个心惊胆战的小耗子，只靠一只耳朵和一只眼睛过日子，另外那只耳朵和眼睛朝着经理那个方向。她听见经理洪亮的声音慌忙地挂上电话：

"我们的谈话结束吧，经理要叫我了……"

关于计算机那份报告的起草人被带到办公室以后，经理顾虑重重地朝门口看了一眼，弯下身子对着步话机说：

"无论什么理由，都不要让人来打搅我。"

他让客人坐下，讲话时那么轻声细气，客人马上就领会到自己已经参与这位国王的机密了。

"你的报告写得非常精彩，为此我要感谢你。"经理把那份报告摇晃一下，又扔在桌子上。"我们现在终于熬到头了（这意思是说：您可让我们出了大价钱！）。您向我建议做一个试验。目前，我正面临（这是神父用过的一个词）决定性的……也是十分机密的问题。"

两人同时把头靠近。

"是这样的，我们的企业已经负债累累……"经理的声调微微一转，嘴巴轻轻一撇，眉毛略略弯成弧形，这样的表情使那句话有点嘲弄意味。客人接着说：

"负债累累也不见得是坏事！可以重整旗鼓，再创辉煌。"

"需要裁减一个或几个干部。"

"高级的？"

"高级的。可是裁减谁呢？"

"经理先生，恰恰是这类问题，我们能比任何人解决得更好。（所谓'我们'，那就是机器和他，他们已经结合起来，要过一辈子了！）只要在计算机里输入每个高级人员的资料就行了。调查要费很长时间，有成千上万的信息哩！可是比较、判断，立刻就能得出结果！对每个人的业务活动、工作效率的情况我们都要做详细记录，他的工作成绩，比方说，从三年前算起……"

经理马上说：

110

"不，是五年的!"（他是五年前上任的）

"好，五年的。我们还要比较平衡彼此之间的意见。这是一件很有意思的工作……"

"也很棘手。您完全知道，这个调查结果要完全保密。"

"经理先生您一个人知道就行了。把所有的信息输入计算机之后，我们找一个对您合适的星期六上午：只有您和我在场（经理皱了一下眉），甚至，连我都不在，只有您一个人，经理先生。我教您怎样操作才能得到答案，如果您想把所有信息一下子抹掉，我也可以教您，然后，我就离开。"

"好!"经理说。五年以前，他喜欢说"很好"，从那以后，他显得啬啬起来，像作总结时一样无论责备还是赞扬都留着一手。

四月三日星期六，大楼的门敞开着，空荡荡的，死一般的静，蚂蚁都爬到离窝很远的地方去了，只有几个干杂活的女人，漫不经心地在打扫凌乱而又死寂的办公室。她们主动与工程师打招呼，而且心里在想：陪着来的那位戴金丝眼镜的先生是谁呢？

一股金属、机油、臭氧和卡片的味道从安装着计算机的大厅里散发出来。机器像一头正在睡觉的牲口，看守把它唤醒了。工程师做了几个准确的动作，它的红眼和绿眼先后睁开，还嗡嗡地响个不停。

"一切都准备好了，经理先生。您按这个按钮，白的，对啦。几秒钟之后会有叮叮当当的响声，您也不必担心! 接着，这个缝里会出来一份打印好的材料……然后，你按这两个——怎么说呢? ——这两个铁棍（他尽量找简单的、通俗的、带点军队气味的词汇）。最后，在嗡嗡的声音停下来时，再按这个按钮。"

"您等一等，让我把动作重复一遍。您看……"

"好，好的……不对! 先按两个电门，嗡嗡声完全停止以后，再按总开关……反正我午间还来复检一次，再切断电源，给机器上锁。"

他说得很真诚。他跟机器比跟老婆在一起呆的时间还长。可是一到星期日，老婆还惹他心烦。

"好。"经理说，但心里却给了更肯定的回答。

等到脚步声消失，经理就扶一扶他的金丝眼镜："我倒要看一看，"他一边按白色的按钮一边想，"是伏莱蒙呢，还是德瓦维尔……也许，两个人都有! ——好几千个信息呢! ……"

"喀嚓"一下，那台大机器眨了一下眼，一阵颤抖，接着就吐出来一条白舌头。经理赶紧抓过那纸带，但他的脸忽然僵住了，变得死气沉沉的，同那台机器和这座大楼一样。

在纸带上，他的名字清楚地印在上面。

可笑的悲剧

—— ［法国］科　蒂

杜朗布瓦夫妇已经结婚二十五年了，

彼此间已经腻烦了，

但迫于社会舆论又不能离婚，

所以，他们各自招募了一个职业刺客去暗杀对方，

结果他们夫妇二人上演了一场可笑的悲剧。

如果说，夫妻间的关系已到了这种地步，干吗不离婚呢？离婚又不是为狗准备的。您说得对，不过，因为有一个"不过"，杜朗布瓦先生和太太在他们众多的朋友中威望很高，离婚的社会影响是很大的，甚至会引起公愤。想想看，先生是好几家大公司的总经理，又在首都最显贵的街区之一的教堂区担任财务管理委员。至于太太嘛，她主持本区所有的宗教和世俗的慈善事业，从"改过自新的妓女"到"往自己酒里掺水的酒鬼"都在她的管辖之内。您瞧，是贵族就得行为高尚。

在这里还要说明一点，杜朗布瓦先生和太太没有孩子，只是先生有一个躲躲藏藏的情妇，太太有一个偷偷摸摸的情夫。当然，这件事是非常秘密的，除了我和您，别人都不知道。

如果先生对太太说："我要出去几天办些事情。"像他们现在这种关系，先生自然不会告诉她出去的原因、要去的地方。太太听到这个消息后，好像轻松了许多，也不为丈夫担心。我们看见她第二天一大早也离开了她的住所，手里还提着个小箱子……这两个人同时外出，这可能就是我们所说的心灵感应吧。

"马赛·圣夏尔到了，请旅客全部下车！"杜朗布瓦匆匆离开车站，然后在出租车司机跟前低语了几句。司机用甜美的南方口音回答他："明白，布尔乔亚！"随之发动汽车驶向港口。

这个地方有许多咖啡馆和酒吧间。它们之中有规规矩矩的，也有不那么正派的，这已成了公开的秘密。

　　在店铺门前，杜朗布瓦认真地审视着，似乎在寻找什么，可以说他是在用鼻子嗅……这样持续了很长时间。他究竟在找什么呢？终于，他下了决心，走进一家普通的店铺。但里面坐满了欢快的乐天派人士，他们大概不会在工作时经常脏了手吧。

　　他在里面喝开胃酒，还吃了晚饭，和几位常客聊天。直到午夜时分，他和一名叫热热纳的人一起出去。两人热烈握手后分开，热热纳对杜朗布瓦起誓对他的命令不折不扣地执行。

　　"不过，我需要一定的时间，"他说，"因为我觉得这件事一定要办好。"

　　"好吧！"先生痛快地回答。

　　说来也巧，就在第二天，杜朗布瓦太太也来到了这座城市，不过她与杜朗布瓦先生所走的路线不同。她乘的是飞机。对啦，她在跟踪自己的丈夫？不对，因为她比他晚一天到达。

　　这件事有点令人不可思议，不过这就是事实。杜朗布瓦太太也找了一个出租汽车司机，和他低声交谈，她也同样来到了港口……她在付车钱时丢掉了身份证，是出于激动，因为一看就知道她异常激动……一个行人捡起了身份证，看了一眼，忙跑上前去，把身份证还给了她。

　　送身份证的这个人就是热热纳，这可真是太巧了，热热纳破釜沉舟地说道："太太，我有极为重要的事要告诉您。请到我家来，不远。我向您发誓，您这趟路绝不会白跑。"

　　她感到惊讶，但又有点儿好奇。换了别人，即使是比这更小的事，也会这么干的，杜朗布瓦太太跟着热热纳去了。一到他住的房子里，热热纳就开门见山地说：

　　"昨天，您的丈夫指使我杀害您。为了这项工作，他给了我一千五百万现金。不过，您一定会想到我决不会干这种事的，我甚至这就准备去警察局告发他。"

　　"您冷静点，我的朋友。这件事对我很重要，不论它发生在巴黎……还是在马赛，都会影响我的生活！拿着，为了奖赏您的诚实，我签一张同样数目的支票。如果您不杀死我而愿意杀死我的丈夫，那您就放手干吧！这样您就帮了我的大忙了。倘若成功，我还要给您一笔可观的酬金。"

　　"我完全同意，太太。热热纳说话算数，就和起誓一样！"

　　杜朗布瓦太太立刻返回了巴黎。

　　热热纳怎么也没有想到，事情会这样发展。这样的好运气，一生只会有一次！如果他不动这两个人一根毫毛，他们俩会说什么呢？当然，他们会保持沉默。他们不会到法院去控告！是这么回事，不过，这就意味着热热纳失去了信用。

　　他既答应了丈夫的条件，也答应了妻子的条件，对他来说这真是进退维谷！您得承认做个正派的人有时会很难。

　　半个多月过去了，热热纳还没有下定决心。他睡不安寝，食不知味，他常常忘记很多事情，再这样下去，他一定会生病的。

　　最后，像人们常说的"知难而进"，他北上巴黎，作为一个守信用的"供货人"去"交货"。

　　热热纳信守了他的诺言，他将杜朗布瓦先生和太太一块送进了天国。热热纳处于最佳竞技状态，将两人用匕首刺死在他们各自的房间里。没有声响，屋内的东西一件也没动（热热纳不会同意自己这么干，人家已经付过他钱了）。

　　热热纳既没偷盗，也没有破门而入（热热纳有钥匙），警方考虑可以结束调查了。这可能是一桩情杀案，不过，还不大确实吧？此案发生在这么体面的人家里！在警察的编年史中又增添了一桩谜案。

　　再来说热热纳，他绝不能在首都久留，他迫不及待地赶回家中。有了三千万法郎，他决心改邪归正（他给吓怕了），并且像做一个家里的好父亲那样生活，这是他真实的想法，然而，他却一直是条光棍汉……结婚实在太危险了……为了明白这个道理，他还得到了钱。

　　他甚至打算参加下一届的市议员竞选，甚至参加议会选举，如果他当选，他将致力于保护寡妇和孤儿的事业。他答应了，发过誓。

114

　　啊，一个人想洗心革面、重新做人时，只要意志坚定，没有做不到的事！

　　《可笑的悲剧》中的故事并不是凭空想出来的，看看报纸，你会从中找到答案的。

　　请看看报纸吧！

逃往埃及

—— ［德国］歌 德

威廉带着儿子在一条陡峭的山路上写生。

没想到遇上了一家有高贵气质的神秘人，

他曾多次看到逃往埃及的画作，

不禁产生联想：这家人也是逃往埃及吗？

太阳照耀着山谷里的松树枝头。威廉坐在一块巨石的阴影里。这是一条陡峭山路的急转弯处，下面是万丈深渊，森森寒气令人胆战心惊。他正在注视他的写字石板，这时，费利克斯往上爬着，手里举着一块石头。

"这块石头叫什么名字，爸爸？"男孩问。

"不知道。"威廉回答。

"石头里边闪闪发光，是不是金子？"孩子问。

"不是！"父亲说，"这种石头叫猫金。"

"猫金！"孩子微笑着说，"为什么叫这个名字？"

"大概因为它是假的，大家认为猫也是假的吧。"

"我一定要查个水落石出。"儿子把那块石头塞进皮旅行装里，顺手又掏出一样东西，问："这是什么？"

"一种果实，"父亲答道，"从鳞片判断，它可能跟锥形的冷杉球果是同属。"

"这不像一个锥球，明明是圆的嘛。"

"我们去问一问猎人，他们认得所有的树木和果实，并能使它们从幼苗长大成材。"

"猎人可真能干。昨天，向导指给我看过一头鹿怎样横过这条路，把我喊回来，让我细看他所指的足迹；我从那上边跳过去，清楚地看见印在地上的几个蹄子印，看样子是一只大鹿。"

"你与那个向导的对话我听见了。"

"他知道的事儿真多，可他并不是猎人。我想当个猎人，整天呆在森林里，既能听鸟叫，又知道它们的名字，还晓得它们在哪里筑巢、怎样从巢里取蛋、怎样喂养小鸟，又什么时候捉老鸟……真是太美了，太有意思了。"

话音未落，突然看见那条陡峭的路上出现一幅奇异的景象。两个英俊男孩，身穿花色上衣，更确切地说，是身穿敞胸的衬衫，他们从山上跳下来，刚好落在威廉面前。威廉趁短暂的停留时间在近处端详他们。大一点的孩子留一头厚厚的金色鬈发，头发很醒目，而他那明亮的蓝眼睛更能吸引人们的目光，威廉不禁对他那优美的形象暗生赞叹。另一个孩子像他的朋友，而不大像兄弟，一头棕色的直头发，披在双肩上，两眼炯炯有神。

威廉正在观察这两个在荒野里不期而遇的奇人，一个男人严肃而亲切的声音从巨石转角处传来："你们为什么站着不动？请不要堵住我们的路！"

如果说两个孩子刚才已使他吃惊不小，那么，威廉现在朝上看的时候，映入他眼帘的人则更使他大吃一惊。这是一个中等身材的精明年轻人，嘴唇微翘，皮肤黝黑，头发乌黑。他正步履稳健地从悬崖中的小路走下来，身后牵着一头驴。驴头梳洗得整整齐齐，一个妩媚可爱的漂亮女子舒舒服服坐在上面。她披一件蓝色外套，里边紧贴胸部抱着一个新生婴儿，此时她正神色慈爱地看着他。向导也和两个孩子一样，见到威廉时也迟疑了片刻。驴子拖着步子慢慢地走，因为下坡路太陡，过往行人很难站稳脚。威廉惊奇地目送他们消失在眼前的悬崖后面。

一会儿，那张罕见的脸就消失了。他好奇地站起来，向谷底望去，看他们会不会返身回来。他正想下去与这些奇特的游人打招呼，费利克斯走上来说："爸爸，我跟这两个孩子到他们家去，行不行？刚才那个男子对我说愿带我去，要你也一起去。走吧！他们在下面等着呢。"

"我也很想跟他们谈谈。"威廉回答。

他在山路一个坡度较小的地方找到了他们，他好奇地注视着这几个人带来的奇异景象，心中暗暗诧异。这时，他才注意到，那个健壮的年轻人肩上背着一把手斧和一个柔韧的长角尺，孩子们扛着大捆芦苇，像棕榈树一样。从这个侧面看，他们像天使；当他们再提上装食品的小篮子时，便和每天上下接送游人的挑夫一模一样了。他又仔细地打量那位母亲，发现她在那件蓝外套里面穿着一条色泽柔和的浅红色短裙。我们的朋友经常看见逃往埃及的画作，现在他看到的是一幅真真切切的画面了。

大家互相问候，威廉由于惊讶不已和全神贯注，说不出话来。年轻人说："我们的孩子在这个时间里已经交上了朋友，我们是不是也交个朋友呢？"

威廉略微思考了一下，回答说："一看到您的小家庭，我就产生了信任和羡慕，我毫无保留地承认，也产生了好奇心和了解你们的愿望。您能告诉我，你们是真正的游人，还是使游人高兴或使这座荒山充满生机的山神？"

"您到我们家看看就知道了，"年轻人说，"一起走吧!"孩子们喊着，早已把费利克斯拉走了。"一起走吧!"夫人说着，把温和友好的目光从婴儿身上转到了陌生人身上。

威廉不假思索地说："很抱歉，我暂时还不能跟你们走，我的背包、证件都在上面边境旅馆里，至少我还要在那里住上一夜。为了表示诚意，不辜负你们的盛情邀请，我把我的费利克斯交给你们，明天我就到你们家去。请问，你们家离这儿有多远?"

"太阳落山前，我们可以到家。"年轻人说，"从边境旅馆出发，您只要一个半小时。您的男孩今夜为我们家添丁增口。"

男子和牲口都动身了。威廉高兴地看着他的费利克斯走在这个神秘的行列之中，他与那两个可爱的小天使有明显的区别。从年龄看，他并不高，但是壮实，熊腰虎背，是一个天生的主仆混合体。此时，他已经把一个棕榈枝和一个小篮子抢在手里，好像一边走一边还在谈论这两件东西。当这一行人就要绕过岩石消失时，威廉突然想起什么，追着喊:

"我怎么打听你们?"

"只要问圣约瑟就行了!"他们已经走远，声音从深谷中传来，这时一切都消失在蓝色的影屏后面。虔诚的混声合唱在远处回响，威廉自信能分辨出他的费利克斯的声音。

太阳已经下山。他向旅馆走去。他多次失掉的星空又在头顶闪耀。当他继续向上攀登，到达边境旅馆时，仍然是白天，他再一次高兴地观赏了山区的高大气派，然后回到房间，拿起笔，心情愉快地记下了他的传奇经历。

117

假如是你的话

—— ［日本］都筑道夫

一位外星推销员打算白送一枚大的钻石戒指给一位太太，
并告诉她这是一个死亡开关。
太太手拿戒指端详，不知如何是好。

"您真的白送我这只戒指？大概是人造钻石吧？即便是，也是最大最好的了。"

"钻石是真的。不嫌弃的话，请戴上试试。"

推销员把戒指递到女人手上。女人双颊一红，捏起了戒指。这时，推销员按住她的手，说道：

"太太，请稍等一下，我想我不能说谎。"

"还是有什么条件的吧？这么贵重的东西，怎么可能白给呢？"

"跟您这么说吧，这不是平常的戒指，是一个遥控开关。我不是这个星球的人，我从一个遥远的星球上来。我们那个星球，由于人口增长过快，眼看要爆发危机，不得不采取非常措施。结果，决定杀死五百万无用之人。可是谁也不愿接受执行死刑的开关。因此我来这里是找一个控制开关的人，一戴上这只戒指，立刻要死五百万人。这颗钻石可以说是给执行死刑的人的报酬。请您相信我，太太。"

"开什么玩笑？到底是给还是不给？"

"愿意戴的话就送给您。不过，要等我回去以后再戴。"

推销员迅速跳出门外，把戒指留在那位太太手中。那位太太手拿戒指端详了片刻，然后——假如是你的话，你该怎么办呢？

重要情节

—— ［日本］星新一

一名青年成功地盗窃了以前公司的钞票。
当刑警调查他时，他滔滔不绝地讲出作案时间的电视节目。
没料到，就在刑警刚刚排除他的嫌疑时，
他的一句得意忘形的话却漏出了马脚。

在警察局里，一名青年正在接受警察的传讯，"昨夜九点左右，你在什么地方？干什么了？"

"出了什么事？为什么查问这些事？"那个青年佯做不知地反问道。

"在你原来工作过的公司发生了一起盗窃案。作案时间推测就是前边说过的那个时辰。看样子罪犯熟悉内部情况。我们问你是出于办案的需要，并不是怀疑你，只是例行公事，找您了解点情况。昨夜那个时辰，你在哪儿？"

"我在家里看电视。"

"和你在一起的还有谁？"

"没有别人，就我一人。"

刑警眉头一皱。

"不好办啊！没有人作证，不过，你看的是什么节目？"

"电视剧呀！对啦，是推理故事。"

"啊，我也看过那个节目。"

"多有趣的电视剧呀！以一场杀人血案作开头……"

接下来他便口若悬河地叙述剧情。只见刑警边点头边听，面上怀疑的神色逐渐淡下去。刑警看着他比比划划的身姿，心里却在暗暗发笑。

不管怎么，边看电视边作案，或者边作案边看电视，都是出乎常情的事。若是随身携带小电视，一面侧目看电视一面偷东西，那也是个天才啊！

他在那段时间里既看了电视剧，又作了案，但他并不是天才。

然而，他偷东西时也并没有带电视机。

他去过电视台。就在几天以前，因为电视台出入的人很杂。如果混在那些人当中，根本不会被怀疑的。

于是，在即将开始为磁带录像之前，他钻进了演播室。在这儿也没人怀疑。照明光束集中在表演者身上，人们都被吸引，谁还会去注意角落里的陌生人呢？

即使有人看到了陌生人，电视台也会以为是演员的随从、赞助者、代理商的关系人，抑或原作的剧本改编者吧。这样不了了之，因为没有人肯花时间盘问他。

但是如果想拿走点什么，就会起风波，而他什么也没有偷，仅是参观一下剧作影像，而这根本不能构成犯罪。

就这样，场景印在了他的脑子里。于是，他完成了计划的一半，便跨出电视台。电视台工作人员嘛，节目一做完，一切都忘个干净。至于什么陌生人，根本没有人会留意。

于是，他的计划成功了一半。就是说，他瞪起眼睛等待播放时间，悄悄溜进知道便门在哪儿、从前工作过的公司。

他对这简直太熟悉了，他知道其中有一扇窗户的钥匙坏了，并且知道电源总开关在哪儿。他首先将开关打开，这样，防盗警铃就不会响了。

走廊里漆黑一片，但他却没有摔倒。点亮了为必要时应急而带来的手电筒，撬开橱柜，将里面的钞票塞进了腰包。

为了不留下指纹，他戴了手套，但他还是尽量注意不留下证据。这时，应该是正在自己房间里看电视的时辰，千万不能出半点差错。

一切事情做完后，他关了灯，跨出门去。将钱捆好用塑料纸包好，埋在公园一棵树下，大步回到自己的房间。这件事做得很秘密。

回到房间，打开电视，在看下一个电视节目时他觉得自己做得很周到，实在是天衣无缝啊！

于是出现了先前他那滔滔不绝的讲述一幕。

"真是一点不差。"警官点头说道。青年便更加得意忘形了："唉！我只是特别喜欢推理的戏而已！不过，罪犯那么快就被抓住了，总觉得不过瘾。"

"犯人？……"刑警向他提问。

"电视剧里的犯人呀！就因为一点小事，而被立刻逮捕了。"

"你怎么知道的？"

"奇怪，电视里演过的呀！"他十分得意，但刑警却一脸严肃。

"那就太奇怪了，昨天夜里供电局出了事故，各处都停了三分钟的电，那你是如何知道这段重要情节的呢？"

刑警的脸上又回复了疑惑的神态。青年脸色大变，心里暗叹：我的天，罪犯那么快就被抓住了，不只是电视剧里才有啊！

神 秘 人

—— ［日本］森村诚一

警察把一个徘徊在街头的失忆女人带回了警察署。
第二天早晨，
根据失忆女人提供的电话号码找来了一位导演，
导演把这个失忆女人领了回去。
在路上，失忆的女人突然要求饰演一剧中女主角。

在傍晚，一个女人徘徊在街头，而且看上去心事重重。她大约二十岁上下，容貌姣好。路过的警官注意到了什么，搭话说：

"喂，并不是有什么可疑要盘查，不过，似乎有什么事让你为难了，是不是？"

警官主要担心她想不开，寻短见。那女人站住，抬起头来，但只是歪着头，什么都不说。警官一如往常边掏手册边提问：

"家住哪里？"

"这……"女人开口了，但只说了"这"一个字。

"是私奔吗？如果是！还是改变主意为好啊！假如你自己回家不好意思，那我送你回去吧。喂，还是告诉我你的姓名和住处吧。"

"这……"女人依然只说了一个字。"不必客气。怎么啦？不是私奔，那是什么事？假如无妨，还是说说吧。"

女人一言不发，只是手捂着额头。

"我，我想告诉你，可是我什么都不记得了，连住所、名字也……"

警官一时干眨眼睛，还头一次碰上这样情况哩！

"哈哈，是患了失忆症呀！怎么弄成这样？什么也记不起来了？"

遇上了这样的事，决不能置之不理。于是，警官便将女人带回警察署了。

这件事让警察很为难了，首先让她打开手袋，但是什么月票、名片之类的证件一概没有。警官们想到什么就忽东忽西地问她什么，她依然是原来的状态，真的是忘记了，事情毫无进展。

如是犯罪嫌疑人，让她开口说话还可以使用威吓的手段，但是现在这种场合又不能这么做，这远比身份不明的尸体更难于处理。如是死尸，可作尸检，可她，这可真把警察们难住了……

不久，警察委托的医生来了。初步检查后说："没有头部被打或服用过药品的迹象，但也不能排除心理受刺激的可能。我处理不了，还是听听一流医院的专科医生的意见。"

此话一出，人们脸上布满阴云，当然可以交给专科医生，但是，何时能够痊愈，那可谁也说不准。因为不知本人的情况，又不能利用健康保险，假如病情延续，那样还要花很多钱呢。

犯人可以送到检察院，醉鬼可以训斥一通赶他回家，死尸可以送进冷冻室。可是，她是丧失记忆的人，处理起来就难上加难了。那一夜她只好住在警察署。待到明天，如果仍无变化，就与报社联系，发条消息，再没有别的办法了。说不定看看照片，就会记起一些熟悉的人或事。

第二天早晨，警官问她：

"怎么样？昨夜睡得好吗？想起点什么没有？"

"噢，别的没想起来，只想起了数字，好像和我有关系……"

警官记下了那女人说的数字，想了一会儿：

"也许是电话号码吧，就以此为线索查一查吧！"

警官立即部署，将某电话号码的主人带来。

"真是对不起，耽误您的时间了。老实说，这里接待了一位不知来历的女子，我们全都难住了。您若是知情，那可解决我们的难题了。"

警官把那女子指给他，这男子点头说：

"我认识她。我是某剧院的导演，我认识她，她是个演员。为什么在这儿？……是做什么坏事了？……"

听了这话，警官那悬着的心顿时落地了。只要发现准确的认领人，这场风波就算结束。

"不，她好像失去了记忆。请你领走吧，也许安慰安慰就会好的吧！"

"事情是这样的，昨天拍戏，我只是说了她几句。记得我说：'那么拙劣的演技如果采用，那么导演就是头脑不清醒，还是把真情发挥出来试试！否则，这次的主角就不会用你……'可我没想到她会如此放在心上，以至受到这么大的刺激。"

那男子对此事表示惊讶。但对于警察来说，那些事没有过问的必要，事情解决了就没事了。

"您不用过多解释，首先我们放心了，当时确实有点不知所措了。那么，请保重。"

两人走出了警察局。那女子边被搀扶边小声说：

"您看我的表演如何？这次公演的《失掉记忆的女人》，这个戏的女主角……"

通向天堂的弯路

—— [汤加] 埃·哈乌奥法

通往天堂的道路是一条弯弯曲曲的小路，
每个人在转弯处都有不同的表现，
虽然不管什么错误最终都能得到上帝的宽恕，
表面上殊途同归，但结局却不相同。

马鲁的衬衣后面有这样一行清晰的字："宗教与教育摧毁原有的智慧"，衬衣的前面则印着"影响过度"的字样。穿这种印字衬衣者，是蒂科这地方一位大名鼎鼎的人物。虽然马鲁阁下德高望重，可他乘坐的汽车是转手的旧汽车。这是实话，绝无虚言，他在这方面可以算得上是这个王国里惟一能讲真话的人。我这么说，并不意味着我们民族的人都是说谎的专家，而是指说实话，各有其不同程度：有时候真实成分多些，有时候真实成分少些，却从来没有真正的事实。例如，猪被邻居泰维塔·亚拉诺阿偷去了，而他却在被逮住后辩解说，他只吃掉一只猪腿，这是说的四分之一实话。但他却肯定地说，他偷的是他舅舅家的猪，因此泰维塔就不能算是真正的贼。这时，他只说了一半实话。在他被带走时，他又说舅舅家的猪，他可以不告而取。但舅舅却朝他鼻子击了一拳。他这时讲的却是百分之九十九的谎话了。

如果你少讲些实话，一半或四分之一，那样可以安然无恙地脱身。大多数人，的确这样做了，而且经常乐意于按此行事。可是，讲百分之一实话要想安然逃脱，那就太难了。君不见，泰维塔在说了百分之一的实话后仍被打得鲜血淋淋吗？即使讲百分之一实话，也需要具有相当复杂的技巧，起码要在教会学校里受过六年的现代教育。我们来看看伊诺克·尼马瓦维的案子吧。他被送上法庭的原因是冒领了 100 元餐票。

在对《圣经》起誓之后，伊诺克争辩说，这全是蒂科银行里那个内斜视的出纳员的过错。据被告声称，是银行的职员将 1.00 元看做了 100 元。那一元钱的小小款项，伊诺克是用来付去医院探望他临危的母亲的出租车费。法官问他为什么不把 99.00 元还给那个犯错的银行职员呢？伊诺克声泪俱下地以反问作答。在那暖洋洋的十月之晨出席法庭的每个人听到他的反问都心伤欲碎。他问道，他对快要进天堂的母亲十分挂念，根本没想那么多，哪里会考虑到钱的问题呢？诚然，当时又怎么会考虑到还钱呢？天使们落泪了，法官也落泪了，于是判伊诺克服劳役六个月。可怜的伊诺克，同伴们给他起个绰号叫"00"。这样称呼他，可就大错特错了，因为他在波托波托学院读书时是个高材生，而且数学更是他的强项。

若百分之一的实话脱身困难，那么讲比百分之一还要少的实话，这就几乎是不可能的事。所以在蒂科，骗子少得可怜。骗子们一张口，他们马上就会散发出气味来而被人嗅到，因此大家都叫他们"罗伊埃罗伊"，意为"臭气熏人的骗子"。我们的人民，没有哪一个喜欢闻怪味，特别是从人嘴里吐出的臭气，正因为如此，说谎的人就很难自圆其说了。

凡是正直的好人都不应该前来我国访问，不然，他们会被引向园中小径，或被出卖，或被骗到什么地方。真实，是具有弹性的，可以这样弯，也可以那样曲，或倒立或被藏进箱子里，也可以当板凳坐。那又直又狭的路只有马鲁肯走，却无人追随其后，因为这种道路仅存在于他的头脑里。在我们群岛上，极狭极弯或坑坑洼洼的路大多数是真正的路。在这种道上行驶，从斐济进口的旧公共汽车没有一辆能够使用到半年以上。当然，无坑无洼的直路也有几条，都分布在丛林深处，没有什么用处。《圣经》上说，诚实的人走的是直的狭的路，可是天啊！我们的直路却又太宽了，盗贼们利用这些路可轻松地进入邻家的园子。不存在于马鲁头脑中的路，条条都与《圣经》里的训诫相违背。这些路，不是直而宽，就是狭而曲。政府大楼里的行走空间，甚至更为危险。在那些部门里，路根本就不存在。文职人员在不整洁的办公桌之间步履维艰地行走，往往一绊陷入旁道，就是上帝的祷告对此也无济于事。

某一日午饭后，赛米西·诺库图回到他那部门的办公室里，那时同事们还没上班。他是个堪为楷模的公务员，是个忠厚老实，可以信赖的人。当他在这晴朗的下午，绕着弯儿在不整洁的办公桌和文件柜之间行走的时候，脚一绊，碰了什么东西，定睛一瞧地板上躺着一个棕色的大信封。他捡起信封，打开一看，里面有 200 元。因为他是一个一半诚实的公务员，所以放回 100 元。下班回家，他为教会的年度捐款留出了 50 元。在恳求上帝宽恕之后，花了 25 元买啤酒独酌，剩下的钱给他那位苏瓦风派的女友买了一条薄如轻纱的粉红色裤子。赛米西做事总留有余地，从不做过分的事情，所以侵吞这 100 元，除了他自己和上帝，是没有人知道的。后来，不幸的是，这件事居然被捅出来了。在他退休的前夕，即出事后的 20 年，他得了中风，左半身从头到脚麻痹不灵。他还变得半疯半颠，他把一生中的罪过当众供认了，也包括办公室里那只信封的事。悔过，对他并没产生好的结果。后来，他右半身也麻痹，终于去见上帝了。牧师在他葬礼上宣布：赛米西已经进天堂了，他得到了上帝的宽恕。

做生意的人往往七颠八簸地坠入魔道，没人相信竟有一位诚实的资本家做出这样的事来。奥法·卡卡是图西以前是一个最大的摩托车队的拥有者，在全科蒂从事最兴旺的贩卖花生的生意，还曾在家乡的教会保管委员会中担任司库一职。几年前，该地教会在年度的传教筹款中收到两万元。这笔捐款，大部分来自在新西兰逗留过久遭到麻烦或迫害的汤加侨民。在收到捐款的当天上午，奥法便搭乘飞机去帕果，还随身带去了两万元钞票。人们听到他的最后消息是他已经去了加利福尼亚，乔装为美籍萨摩亚人，然而他并没有去见上帝。

按照马鲁的说法，牧师们也是经不起诱惑的，这些圣职人员都在村里住。那里的道路极狭，又弯曲，又泥泞，有时候只有村民才能在上面安全行走。若夜黑如漆，两个人在同一条道上迎面走来，准会产生事故或糟糕的事儿。就在这种如漆般的夜里，一男一女在同一条狭路上真的迎面走来了，其中一个便是当地牧师。可想而知，两人撞在了一起。第二天，那位牧师便被驱逐出境了，因为他对教区的一位女性居民干出的事，与基督教徒的身份极不相称，事情是被一帮行为不端的小伙子在劫掠哪家果树回来时亲眼目睹的。被放逐的牧师，在另一个岛上的教会农场里住了一段时期，祈求上帝宽恕，祈求死后能进天堂。

126

"上帝，宽恕我吧，就像我们宽恕了别人对我们犯下的罪过那样……"宽恕犹如三月里的雨，倾盆而下，又快又慷慨。在这个王国里，人们狂热地追求着、实践着。只要你去祈求，上帝肯定会宽恕你的，不管你的罪过有多大，而你也要同样地去多多宽恕别人。因此，每个人都应该宽恕所有的事，无论是过去的还是未来的。就在昨天，我宽恕了费伊哈拉的高祖对我的高祖所犯的罪。前不久，5位重要的人物共同侵吞了无权据为己有的 50 万元公款，他们向上帝祈求宽恕，他们也互相宽恕，所以仍稳居原位，但也没归还任何赔款。于是，马鲁的衬衣后面又印上了"光荣属于您"的字样。

有百科全书的人

在一个偏僻的小村里，
一位先生去大城市买了一本百科全书，
从此，他成了村里最有知识的人。
书越看越薄，等传给他孙子时，
只剩下封皮和半张纸了，
但他的孙子仍是这个村最有知识的人。

太太与西瓜

—— [中国] 萧　红

为了求得一份每月十元的厨夫的职业，
他花三元钱买了一个时令的西瓜，
然而却被五小姐抛到了地上。

五小姐在街上转了三个圈子，想走进电影院去，可是这是最末的一张免票了，从手包中取出来看了看仍然是放进手包中。

现在她是回到家里，坐在门前的软椅上，幻想着她新制的那件衣服。

门栏外有个人影，还不真切，四小姐坐在一边的长椅上咕哝着："没有脸的，总来有什么事？"

一个大西瓜，淡绿色的，听差的抱着来到眼前了。四小姐假装不笑，其实早已笑了："为什么要买这个，很贵呢。"心里是想，为什么不买两个。四小姐把瓜接过来，吩咐使女小红道：

"刀在厨房里磨一磨。"

淡绿色的西瓜抱进屋去，四小姐是照样的像抱着别人给送来的礼物那样笑着，满屋是烟火味。妈妈从一个小灯旁边支起身来摇了摇手，四小姐当然用不着想，把西瓜抱出房来。她像患着什么慢性病似的，身子瘦小得不能再瘦，抱个大西瓜累得可怜，脸儿发红，嘴唇苍白。她又坐在门前的长椅上。

五小姐暂时把新制的衣裳停止了幻想，把那个同玩的男人送给的电影免票忘下，红宝石的戒指在西瓜上闪光："小红，把刀拿来呀！"

小红在那里喂猫，喂那个天生就是性情冷酷黑色的猫，她没有听见谁在呼喊她。

"你，你耳聋死……"

"不是呀，刘行长的三太太，男人被银行辞了职，那次来抽着烟就不起来，妈妈怕她吃了西瓜又要抽烟。"四小姐忙说着，小红这次勉强算是没有挨骂。

西瓜想放在身后，四小姐为了慌张没有躲藏方便，那个女客人走出来看着西瓜了。妈妈说着：

"不要吃西瓜再走吗？"

小姐们也站起来，笑着把客人送走。

她们这回该集拢到厅堂分食西瓜来，第一声五小姐便嚷着："我不吃这样的东西，黄瓜也不如。"

抛到地板上，小红去拾。

太太下着命令叫小红去到冰箱里取那个更大的田科员送来的那个。

她们的架子是送来的礼物摆起来的！她们借别人来养自己的脾气。做小姐非常容易，做太太也没有难处。

小红去取那个更大的去，已经拾到手的西瓜被吐啦，舍不得的又丢在地板上。

站在门栏处送来礼物的人也在苦恼着。

"为我找了十元一月薪金厨夫的职业，上手就消费了三元。"

但是他还没听见五小姐说的"黄瓜也不如"呢。

纸币的跳跃

—— ［中国］ 郁达夫

被邻居批评一毛不拔的母亲，
在酒桌上指责儿子不寄钱回家的母亲，
吃饭时连一碗新烹的蔬菜都不忍下箸的母亲，
当得知儿子患了咳血的病后，
毫不犹豫地从贴身小袄里掏出了她全部的积蓄。

绝大的一轮旭日从东面江上濛濛地升了起来，江面上浮漾在那里的一江朝雾，减薄了几分浓味。澄蓝的天上疏疏落落，有几处只淡洒着数方极薄的晴云，有的白得像新摘的棉花，有的微红似美妇人脸上的醉酡的颜色。一缕寒风，把江心的雾网吹开，白茫茫的水面，便露显出三两只叶样的渔船来。朝阳照到，正在牵丝举网的渔人的面色，更映射得赭黑鲜明，实证出了这一批水上居民在过着的健全的生活。

晚上刚从远道归来，晚饭的时候陪他母亲喝酒，却醉到了好处，虽然有点动了伤感，但随后终究很舒适地熟睡了一晚的文朴，这时候曷亨曷亨地在厚棉被里咳醒了。他全身抽动着咯了几声，向枕边预备在那里的痰盒内吐了一口带血带灰的粘重的浓痰，慢慢伸出手来把一面的帐子钩起，身体往上一移，将腰部斜靠上了床头安置着的高枕，从高楼上临江的那扇玻璃窗里，抛眼向外面一望，就看见了一幅儿时见惯，但又多年不曾看到的，和平美丽的，初冬江上的故里清晨的朝景。

"啊啊！……"

不由自主地发了这一声也像是咳后的余波，也像是美景的激赏的感叹词之后，那一脸悲凉的微笑，又在他的油腻得很厚的脸上呈露了出来。

"踏遍中华窥两戒，无双毕竟是家山！"

静看了一会，带着呵欠，微微地拥鼻哼了两声，他的肩上就披上了那套盖在被上的絮袍夹袄，从絮袍袋里他又摸出了一支吉士牌烟卷来点火吸上。

将上半身靠向了床栏，呆瞪着两眼，长长地把烟呼了一口，又慢慢地尖着嘴向前面舒的吐出了一口白色的烟气，他的朦胧的心里，无端竟酿起了一阵极平静极淡漠的伤痛的哀感。不过你若问他，这究竟是为了什么，那这时候怕连他自己，也不能够直截了当地说出他所以要伤痛的原因来。使他伤痛的原因，似乎是很多很多。自从他有记忆以来，一直到今朝挨着病醒转在故乡的卧床上的此刻为止，二十七八年间，他所遭遇着的，似乎只是些伤痛的事情的连续。他的脑里，心里铺填在那里的，似乎只是些悲哀的往事的回思。但是这些往事，都已升华散净，凝成了极纯粹，极细致的气体了。表面上包裹在那里的，只有一层浑圆光滑，像包裹在乌鸡白凤丸之类的丸药外面的薄薄的蜡衣。这些往事，早已失去了发酵、沸腾、喷发、爆裂的热力了。所以表面上流露着的只是沉静，淡漠，和春冰在水面上似的绝对的无波。他的这时候的内心心状，天上地上，实在也只有他一个人知道。若有第二个人出来，向他动问，问他"你是在伤痛么"的时候，说不定他竟会含笑而不言，摇着头，睁着眼，心里很满足似地否认你这问话的无根据的。可是当他把第一口烟吸进又吐出的中间，他的心里却确在朦胧地，沉寂地，感触着伤感。

慢慢地长呼出了这第一口烟气之后，那枝松松卷着的吉士牌却在他右手的食指和中指之间停驻了好一会，一截芝麻色的烟灰无声地掉在他的褥上了。重新将右手举起，深沉地又吸进第二口的时候，一阵狂咳，却忽然间逆烟冒出，冲破了他的周围的静默。睡在后房的他的老母，这时候早已寻声而至，笃笃的走进了他的卧室。

"朴！你怎么会咳得如此之凶？听说你在吐血，现在可有血咳了出来？"

今天早晨的她的这柔和的问语，听起来却满含着无限的爱惜之情。——呵呵，母子终究还是母子——一边还在咳着，一边已在脑里这样想到的时候，他的涨红的脸上，却早已纵横流满了因狂咳而出来的眼泪。

"易赫——易赫——娘！——易赫——不，——不——不要紧的。——我——我——因为现在抽了一口烟。——烟——本来是不该抽的。——昨天晚上，在火车上无聊不过，向茶房买了这一包，以后想不再抽了。"

她又走近了一步，把摆在他枕旁的痰盒拿起，伏下了白发蓬松的头，向玻璃窗外的光里仔细看了一回，就旋转身来，鼓紧了眉头深深对他说：

"朴！这可不对哩，你要马上去治好它才行。东梓关的徐竹园先生，是治这病出名的。你起来，就搭轮船去吧，去看看他开一个方来，马上治好了它。"

"娘！您放心吧，我想上医院去治，这病是不十分要紧的，吃中药怕有点粘牵。"

"徐竹园先生，你总该知道吧？我去年咳血的时候，也是他来医好的。"

"他，好当然是很好的，可我终有点放心不过中医。"

"什么话呢？快起来，噢，快起来。搭早班轮船去是很方便的，从这里到东梓关横竖总只有三四十里路程。"

她的这声气口吻，完全还是二十几年前当文朴的幼年她在哄骗着他的模样。

"娘！您放心吧，我会到杭州上海的外国医院里去医，这病本来是没有什么要紧的。"

"不，不，你还是快些起来，今天就去，上竹园先生那里去一趟来。"

说着她就伸手向她自己的几层衣服里面的一件贴身小袄袋里摸索了半响，从这里衣袋的夹层底里，她却取出了一个缠得很周到的黑缎小钞袋来。小心翼翼地移动着颤抖的手，打开钞袋，从里面取出了两张簇新的兴业银行五元纸币，她就又走近了半步，伸着这捏着纸币的枯手向文朴怀里一扑说：

"朴，我也晓得你的，大约你是盘缠用完了吧？这，这你先拿去用，先去徐先生那里开一个方儿来，药也顺便就在徐先生的春和堂里抓了，今晚上就在竹园先生那里过夜，煎服一帖，等明朝转一个方，抓了药，回来再来煎服。"

文朴也伸出了一只左手，扭住她那只握着还有点温热的纸币的枯手，举眼呆望着她，急切地说：

"娘！这，这算什么？我，我虽则没出息，只当了一个学校的穷教员，没有钱寄回家来给您老人家享福，可是，可是，上东梓关去的一点路费，和配药的几个钱是还，还有在这里哩。"

"嗳，别说了吧，病总要先治好了它。等你好了之后，也可以寄回来还我的。"

文朴轻轻地把她的手捏了捏紧往外推了一推，她也顺势把手松了一松，两张簇新的纸币就扑答的掉落在他的被面之上。她向文朴作了一脸哭也似的苦笑，急促地说了一句"你今天就去吧！"背转身马上就走向外房去了。文朴听她的脚步声一步一步的远了开去，一间两间的走过了几间空的卧房，一级一级的走下了楼梯。太阳光从玻璃窗的侧面射进了房来，照到了文朴的卧床帐子的上面。

他一个人还是呆呆的披着絮袍在被窝里坐着，静默的脑子里却有许多的想头在那里断续地排列。左右邻近的人在背后对他娘的苛刻的批评，说她是如何如何的鄙吝，如何如何的不拔一毛；她老人家自己实在也是太过分了的节俭的样子，连一碗新烹的蔬菜都不忍下箸的行为，和昨晚上酒后，她责备他自己无钱寄回家来的一段对话，他都一一的回想起来了。想到了最后，他的两只呆注在被上的眼里，忽而看见有许多重叠的红蓝新纸币在被面上跳跃。因为太阳已经射进了床里他的被上，纸币高头也照上了一条光线，而他的颊上却同时也同散珠断了线似的溢流出了几颗亮晶晶的大泪来，在那里折光返射的缘故。

木 雏

—— ［中国］ 林斤澜

一位年轻的大学助教老师因向人请教而招来嘲笑，
可他依然一丝不苟地学习知识。
二十多年后，他成了一名化学专家，
勤学勤记的习惯仍未改。

五十年代后期，我在圆湖村里"蹲点"，树立一天等于二十年、一步过渡到共产主义的典型，很招人参观。春天，来了十来个大学生，一个老师带着。这老师是刚毕业的留校学生，顶多是个助教吧。但农民分不清大学里的职称，反正助教也是老师，便戳着脊梁嘀咕道：怎么有这么个老师？还是大学老师？

他比他带的学生大个三两岁吧，可是按农民说，要"木"十岁，木就是不活泛，见人不会说话，不知道招呼。又说要"雏"十岁，雏是幼稚。

一大早上，我那房东在院子里浇水，巴掌大一块地上，正有新绿钻出来，不到两寸高，几个学生有的说是葱，有说是蒜苗，有的要打赌。房东觉着好玩，说：

"想必大学里也修行，忌吃五辣，不知道葱叶儿是圆的，蒜叶儿是扁的。"

没想到那位老师正经摸出小本子，往上写字，嘴里咕咕着：

"葱，圆的；蒜，扁的。"

房东撑不住笑起来，那几个学生为老师不好意思，转头跑了。老师只管写着，全不知觉。我探过头去瞅瞅，不懂，看样子是英文。

我可怜这个知识分子，小声跟房东说，人家会英语。可是房东不清楚英语是什么，更加笑开了，说：

"还画洋码呀。"

过了两天，房东家里发鸡瘟，十来只鸡死了一多半，房东心疼得吃不下饭，那位老师走来问病鸡和好鸡怎么认？

房东蹲在那里没好气，说：

"认屎呗。"

老师不懂眼色，追问好鸡的屎什么样？房东没奈何，又说：

"糖屎。"

"糖？屎？"

老师傻着眼，可又摸出小本子来了。房东扭过脸去，六岁的小儿子咧着嘴，唱儿歌一般说道：

"一堆儿，一堆儿。带尖儿，带尖儿。下边黑黄黑黄，是红糖，尖儿白花白花，是白糖。"

老师往本上写，房东站起来往屋里走，嘀咕道：

"一个鸡屎，也画洋码。"

他觉着晦气。老师却一边写，一边往地上张望，小儿子指着一堆叫道：

"这就是，尝尝不？"

老师只管端详着，随口嘀咕道：

"不尝不尝。"

小儿子大笑。屋里他娘叫了声"哎哟"，一会儿，打发小儿子到红医站给拿膏药，说是岔了气。

这是二十多年前的事了。

前几天我在晚报上看见圆湖村两个养鸡户，收入论千，从不死鸡，鸡瘟进不了他家的门儿。我顺便去看看，就是那房东家，不过老房东两口子都去世了。当年的小儿子现在是当家人，当年种葱蒜的那块地，现在拉上篱笆，养着上百来只鸡，血红的冠子，雪白的羽毛，一个个神气活现。正想说几句什么，听见脚步响，那青年当家人扔下我，奔向院门口，迎着一位中年胖子。细一看，奇了，可不就是那位老师吗？他见老了，眼泡鼓鼓的，腮帮耷拉耷拉的。他不往院里走，定定地望着院外的杏树。正是早春，杏花灰白灰白好像烟雾，青年当家人说：

"怕是大年哩，杏花要'旧'，桃花要'暄'。"

老师摸出小本子，我看见他写着字，可咧开了嘴，口水都要滴答下来了。不光是"雏"了，还透着"傻"来。我心里一动，走过来提起五十年代，他望望我，想不起来，我又说起他带的学生，好像想起来了。为什么说是"好像"，因为没有这种时候常有的欢叫，只有嘴里嘀咕地：

"哦哦……"

不光是"木"了，还透着"僵"来，我还要叙旧，但当家人打断我的话，直跟老师解释，什么"旧"呀"暄"呀，都是方言土语，不知道科学不科学，琢磨着怕跟风啦雨啦有联系，杏花开得早，是起风的时候，桃花在清明前后，清明时节雨纷纷……他只怕解释不细、不全、不当，不留点空子让我说话。我只好探过头去，看看老师写什么，写的字不像汉字。这回，我断定是日文。

老师写着写着，挪步往杏树那边走了。当家人回过头来，只管去轰他的鸡。

我只好跟过去，想想问道：

"这老师，现在，是个干什么的?"

青年当家人头也不回，说：

"一个老专家，不是说空话的人。"

我噎了一下。不过这些年也添了些涵养了，不动声色地还问道：

"什么专家呢?"

"化学。"

"化学……"

我知道化学里边还分好些专业呢，可又一时使不上嘴。那当家人说：

"我这儿没死过鸡，仗着'长效避瘟散'，就是他配的方。"

"我当他，他，他老了呢，都张着嘴流水的……"

青年当家人直往屋里走，嘀咕着：

"有病。叫造反学生使大嘴巴扇的。"

偷 树

—— [中国] 凌可新

> 退休护林员木为了保护越来越少的林子，
> 亲自去伐了一棵树拖到派出所投案自首，
> 可派出所说什么也不肯拘留他，
> 木忍无可忍，打了派出所所长一拳。

木对村长说："村长，村东林里的树昨晚又丢了五棵。我看见是谁偷的了。"

村长正摸着一枚麻将。他摸到手里看了看，又打出去，说："你管那事儿！你早就不是护林员了你知不知道？"

木说："村里人家差不多都偷过。"

村长说："正因为差不多都偷过才没法治，法不责众嘛。"

木说："我没偷过，半棵也没偷过。"

村长笑起来："你是以前的模范护林员嘛。"

木说："村长，你得管管。"

村长说："咋管？我一个村长，顶屁。"

木说："那就报告派出所，叫他们管。"

村长嗤了声："他们是你养的护院狗呀，你叫他们管他们就管了？"

木说："那林子原先有树八千零七十二棵，到今天还剩了五千一百二十一棵，再这么下去，没几年就全光了，瞅着心疼。"

村长说："你记得倒清。要不你去报案吧，看他们管不管？"

木说："这可是你叫我去的。"

村长推倒面前的一截"长城"说："是又怎样？"

木对派出所所长说："所长，我们村的树老丢，都快叫人砍光了。"

所长坐在炉边，正用一根火柴杆剔牙："噢，你是哪个村的？"

木说："前店村的。"

所长问："你是村里啥干部？"

木说："我不是干部。"

所长说："不是干部你报啥案？树是你家的？"

木说："不是。我以前干过护林员，还被评为县护林先进分子。"

所长噗地吐掉火柴杆："你这阵子还是护林员？"

木说："五年前就不是了。我们村没护林员，就那么让人砍。"

所长说："你不是护林员管这干吗？"

木说："再这么下去，那片林子就没有了。"

所长说："你们村干部知道不？"

木说："知道。我找过他们不止一百回了。可他们不管，说是村里人差不多家家都偷过，没法儿管。"

所长摸出支烟，点上吸了一口："噢，都偷过。所里哪有那么多房子关一村人？"

木说："我没偷过。"

所长说："那也关不了。你回去跟村长说声，别再叫人偷了。"

木说："村长说话不顶用，他自个儿话和放屁差不多。是他叫我报案的。"

所长不耐烦了，说："叫你回去说一声就回去说一声，胡缠缠什么你！"

木对村长说："村长，所长叫我告诉你一声，叫你跟村里说说，别再偷了。"

村长还在和人搓麻将，他说："我说了不止一百回了。我说了，你又不是没听见。"

木说："你说是说了，可没人听。"

村长说："我就这么大能耐。这年头谁还自找不自在。"

木说："村长你得管。"

村长输了一局，往外掏钱："我说木，你要是闲着没事儿回家给老婆捏虱子去。大冬天的，玩盘麻将也不让人清闲。"

木说："再这么下去，不用几年林子就没了。"

村长说："没了倒好。省心清静。"

木说："那好，我也去偷。"

村长有些恼，说："你偷去吧。不偷你是孙子养的。"

木拖着一棵树，对派出所长说："所长，我偷了棵树，来投案自首。"

所长正用一根火柴杆剔牙。他说："噢，这么一棵树，值不了几个钱，念你态度老实，免予处分，你回家吧。"

木说："我偷了树，你得罚我。"

所长说："那就罚款吧，罚你二十，交上钱回家吧。"

木说："所长，我们村家家都偷过了，你去一棵罚二十，看他们还敢不敢再

137

偷了?"

所长看了木一眼:"噢,是你呀。算了算了,你把树拖回去吧。你叫我上你们村挨家挨户罚款,陷进去出不来,不是害我们吗?"

木说:"偷树犯法你也不管?"

所长"噗"地吐掉火柴杆:"大冬天的天寒地冻,跑七八里山路管这,吃饱饭撑的?"

木说:"要不你把我关起来,再到村里宣传宣传,说我偷了一棵树犯了法,关个半月二十天的,他们也不敢再偷了。"

所长摸出支烟,点上吸了一口:"一棵小树你哄我关你半月二十天,不是叫我执法犯法,败坏党的形象吗?"

木说:"我情愿你关。"

所长说:"你不够条件。"

木说:"你关不关?"

所长说:"不关。"

木瞅着所长的脸,一拳打在所长鼻子上,说:"这会儿你还说不关?"

所长捂住鼻子。他看见他的血从鼻孔里哗哗流出来,他说:"来人哪!把这狗日的关起来!扣住他的手,他行凶啦!"

木笑了一下:"看你嘴还硬。"

所长取冷水止了血,出去对靠在树上的木说:"你敢打老子,至少拘你半个月。你狗日的该知足了。"

木说:"我感激你呐所长。"

所长笑了一声,说:"不过你别以为是你偷了树我才拘你。偷那么一棵树犯不上拘留。你听明白了,拘你是因为你对执法人员行凶,妨碍执法机关工作,证上就这么写,和偷树没有关系。"

所长照木屁股上狠狠踹了一脚,进屋烤火去了。

138

等着的轿车

—— ［美国］欧·亨利

一位姑娘和一个小伙子在公园里相遇并聊了起来，
小伙子对姑娘说他是饭店的出纳员；
姑娘告诉小伙子门口的轿车是她的专车，
可是，他们分手后，姑娘走向饭店而小伙子却钻进了轿车。

　　傍晚，在小公园那个安静的角落里，那位身穿灰色衣服的姑娘又来到了这里。她坐在一张长椅子上开始读书。她的脸看起来很秀气，那件灰色衣服却是普普通通的。在前一段日子，她每天都是如此，有个小伙子知道这些情况。

　　这个小伙子慢慢地靠近她。就在这时，姑娘手中的书滑到了地上。小伙子顺势拣起书，有礼貌地递了过去，与她寒暄了几句后，就静静地站在一旁。

　　姑娘看了一眼小伙子俭朴的衣着以及一张并不引人注目的普普通通的脸。

　　"请坐下吧，如果你不介意的话。"她深沉地低声说，"光线太暗了，无法看书，我现在想聊聊天。"

　　"你知道吗？"小伙子说，"你是我一生中见到的最漂亮的姑娘，我在昨天就见过你了。"

　　"不论你是谁，"姑娘冷冰冰地说，"你得记住，我是一位小姐。"

　　"对不起，"小伙子说，"都是我的错，我太冒昧了，你也知道——我的意思是，公园里来游玩的姑娘很多，你也知道——当然，你不知道，但是……"

　　"我们谈点别的吧。当然，我知道了。讲讲这些来往的游客吧，他们去哪儿？为什么那么匆忙？他们会感到愉快吗？"

　　小伙子一时还没搞清，自己究竟应扮演一个什么样的角色。

　　"我到这里来坐的目的，只是因为我与这些游客能够有近距离的接触。我跟你讲话，是因为我想找一个天性善良的人，一个对钱看得很淡的人随便聊聊，你不知道我是多么厌恶钱啊——钱，钱，钱！我讨厌我周围的那些男人。我不喜欢自得其乐，更不喜欢珍珠宝石，对游山玩水也没有多大兴趣。"

"我可总是这么认为，"小伙子说，"钱是个好东西。"

"当你有了百万块钱后，你就可以兜风、看戏、跳舞、赴宴。可我不想过那样的生活。"姑娘回答。

小伙子很有趣地看着姑娘。

他说："我可很喜欢研究和探听富人们的生活。"

"有时候，"姑娘继续说，"我想，如果我要恋爱的话，就要爱一个普通的小伙子——告诉我，你是做什么的？"

"我只不过是一个普普通通的人，但是我希望我能在这个世界上出人头地。你刚才说的当真吗？你会爱一个普普通通的人？"

"当然啦！"她回答。

"我是个饭店的小职员。"小伙子说。姑娘心里一惊，问道，"该不会是个跑堂的吧？"

"我在饭店里做出纳员，你看见那里耀眼的有'饭店'两字的霓虹灯招牌了吗？"

姑娘看了看手表，站起身问："你为什么不去工作？"

"今晚我值夜班。"小伙子答道，"离上班时间还有一小时呢！我们还能再见面吗？"

"不知道，也许可以。我得马上走了。唔，今晚我要去赴宴，还有一个音乐会呢。你进来时公园门口停有一辆小轿车，白色的，你看到了吗？"

"是的，我看到了。"小伙子回答。

"我是坐这辆车来的，司机正在等我呢，再见！"

"天晚了，"小伙子说，"这公园里坏人太多，要不要我送你上轿车？"

"谢谢！你还是再坐十分钟吧！"说完，姑娘就朝着公园大门走去。小伙子盯着姑娘漂亮的身影，然后尾随而去。

来到公园门口，姑娘转过头看了一眼那辆小轿车，然后走了过去。她横穿马路，走进那个有耀眼的"饭店"两字的霓虹灯招牌的饭店。店里的出纳柜台上坐着一个红头发姑娘，看见她来了，就从座位上站了起来，这位身穿灰色衣服的姑娘与那个红头发姑娘交接了工作后，红发姑娘就离开了。

小伙子在街上慢慢地踱着。然后，他走近那辆白色轿车，钻了进去，对司机说："去夜总会，亨利。"

好 朋 友

—— ［美国］ 马克·吐温

约翰遇到了困难，
好朋友麦克主动帮忙，
在听完朋友的建议后，
约翰才发现朋友并不是真心帮助自己。

约翰与麦克是好朋友。一天，他们在街上偶遇，约翰对麦克说："唉，我遇到了一件很麻烦的事。真不知道该怎么办！"

"什么事？我们是好朋友嘛，不妨对朋友一吐为快，或许我能帮你想想办法。"

"我发现我正处在热恋之中。"

"这是一件多么好的事啊，你怎么会觉得麻烦呢？"麦克不解地问。

"我同时爱上了两个姑娘，她们一个长得很漂亮，但没钱；另一个长得不漂亮，却很有钱，你看我该如何选择呢？"

"当然要选那个长得漂亮的。这年头，钱算得了什么？"麦克毫不犹豫地给了他一个答案。

"对！"约翰说道，"谢谢你的好主意，再见。"说完转身就要走。

"约翰，你先别走，我有话问你。"麦克叫住他，"你能不能把那位有钱姑娘的住址告诉我？"

对于朋友的用心，约翰恍然大悟。

奥斯加要知道

——[美国]奎 因

机会是什么呢?

这是小奥斯加的疑问,

那么身为资本家的父亲是如何回答的呢……

方加斯·芬克巴顿先生戴上眼镜,拿起当天的晚报,坐在他平常最喜欢坐的那张椅上仔细读起来。

"爸爸,"小奥斯加说,"机会是什么意思?"

"玩你的小电车去,别来烦我。"方加斯说。

"给孩子一个回答吧,"芬克巴顿太太说,"他是你的儿子,是你的继承人,你不能这样无礼地对待他。"

"你干吗给他穿成这副模样儿?"方加斯先生说,"我一看见他心里就不舒服。"

奥斯加穿着一套小福特莱劳公爵装,一对斜视眼上戴了副大眼镜。

"可是,他穿上这套衣服,看起来多么与众不同,这样不好吗?"芬克巴顿太太说,"你应该为他感到骄傲才对呢!"

"爸爸,"小奥斯加又问,"机会是什么呀?"

"机会就是运气,就是赚钱的运气,好了,玩球去吧。"方加斯先生说。

"爸爸,你是怎么赚钱的?"小奥斯加又问。

"回答他啊,"芬克巴顿太太说,"孩子想得到答案。"

"我赚钱是靠着做生意。"方加斯先生一面说一面还想继续看报。

"爸爸,是不是谁都可以做生意?"

"当然,肯定是的。"

"如果人人都做生意,他们都会当老板吗?"

"是的,儿子,如果他们都做生意,他们就会成为老板。"

"大家都当老板,那么谁去做工人呢,爸爸?"

"看在老天爷的分上，艾米里娅，叫孩子出去玩吧，我想看一下杜威的演说。"

"回答他啊，"芬克巴顿太太说，"他想知道呢。"

"告诉我，爸爸，谁去做工人？"奥斯加又问。

"总不能人人都做生意，"方加斯说，"这是不可能的。"

"可是你刚才说谁都可以做生意的。"

"我没有说过这种话。"方加斯说。

"你说过的，"芬克巴顿太太说，"答复孩子呀。"

"好了，好了，那么有些穷人不能。"

"为什么不能呢，爸爸？"

"因为他们太穷，没有钱，没有做生意的本钱。"

"如果他们有钱，他们能不能呢？"

"当然能啦。"

"那么，如果他们都有钱，他们都投资做生意，是不是他们都能当老板呢？"

"是的，他们都肯定能。艾米里娅，如果你再不把这孩子叫出去玩，我就要发疯了！"

"回答他吧，方加斯，他渴望得到更多的知识。"

"谁做工呢，爸爸？"小奥斯加问。

"他们做老板的机会很小。"方加斯生气地说。

"就是他们有钱也不行吗？"奥斯加问。

"就是有钱也不行。"方加斯说，"总得有人做工，而且做生意的范围很窄，可做的生意并不多。

"有多少人能做老板呢，爸爸？"

"嗯，也许一千或五百人中间有这么一两个吧。要知道，孩子，如果你没有工人，你就不能够称为老板，所以每个老板的工厂都有十个到一百个或者一千个工人在支撑着。"

"你的工厂里的工人多吗，有多少，爸爸？"

"嗯，我们的公司有一定的规模，奥斯加，我们有一万个工人。"

"那么大多数人都没有机会了，是吧，爸爸？"

"你在说些什么呀！在美国机会均等，人人都有机会。"

"但是，爸爸，如果只有少数人能当老板，其余的人怎么办呢？"

"如果他们能够有才能自己去创业，他们也可以当老板的。"

"但是你说过，只有少数人可以，大多数人都得做工人。"

"好了，孩子，去看好玩的书吧，你太啰嗦了。"

"那么大多数的人是工人，而且老是做工人，这样就是他们想成为一个老板，也很难做到，是吗，爸爸？"

"也许他们能够做到……不，我想他们做不到。你这些想法是从哪儿来的，孩子？"

"如果大多数人都是工人，而且老是做工人的话，那他们永远都不会赚很多钱，是不是？"

"嗯，如果他们挣到足够的工钱……如果……艾米里娅，是孩子睡觉的时候了吧？"

"如果大多数人是工人，而且老是做工人的话，那他们赚钱的办法只有一个，就是好好做工，争取最高的工钱，对不对呀，爸爸？"小奥斯加问。

"艾米里娅，"方加斯说，"我不愿相信——就是说，我不想说——他是个孩子。他简直让我发疯了，如果他不是我的儿子，我……"

"还是告诉他吧。"芬克巴顿太太说，"孩子要知道，难道他爱问为什么，你不高兴吗？他想得到更多的知识。"

自 信 心

—— ［美国］ 山姆·F·修利尔

> 在我眼中，父亲是个奇人，
> 他把自己的"奇"归于他的自信心。
> 但到底是他的自信心，还是他的好运呢？

父亲作事一向都很让我吃惊。他会把一些他一知半解的难题搅在身上，而最后，十之八九的事情都会被他解决。当然，其中一定有运气作祟，但他的那一套我也不得不信。

"要有自信，只要相信自己办得到，你就一定办得到。"这是他常说的一句话。

"任何事情吗？"我问他，"如果是脑科手术呢？"

"哦！别傻了。"父亲说，"像那一类的事情是要靠经验的。"

"离开那儿，"他对我说，"你挡到电视了。你站在荧幕前面，要我怎么看摔跤呢？"

"别管荧幕了，"我回答，"有一天你的运气会蒸发的，那时候，我看你的自信心就不管用了。"

其实，我并非那种自命不凡的人。有时候，我也会试着运用我的自信心。

那是我在期末考试的时候，我太想通过期末大考了，我真的是铆足了劲，因为我大概有一年没碰过课本了。我生吞活剥地把它们死背下来，这大概是那些复杂的公式。其他的，就都交给我的"自信心"了。这是我第一次用我的自信心，我相信我办得到——非常肯定地，结果在全校的历史成绩中，我的成绩最低。

我把成绩单拿给父亲看，然后说，"你的'自信心'只有百分之三十三的作用吧！"

他接过成绩单连看都不看，随便放在了桌子上。"你要到一定的年纪才会了解的，"他解释，"那才是'自信心'的关键。"

"嗯？那其中这段时间我该怎么办？"

"我想你该去读书，学知识，丰富自己的头脑。有些孩子可以学到一些名堂的。"

那是我第一次使用"自信心"的经历。最后一次则是在奥斯汀服饰公司升迁的时候。华德生较我经验丰富，业绩也更胜一筹。而我，就靠着我的"自信心"行事，结果，华德生得到了赏识。

这样的例子，你认为可以说服我父亲吗？那是不可能的。一定要给他一些教训，他才会改观。我父亲也在奥斯汀服饰公司上班，我终于等到了教训他的机会。

那次东方橱窗展示会是由奥斯汀公司承办的，花费了大笔金钱筹备之后，一切就绪。等我们正要拉开布幕的时候，展示灯竟然出了故障，奥斯汀先生看起来马上就要窒息而死了。他想，这下子完了，顾客全要跑光了。他的第一个想法就是叫人去修理。

这时候我父亲出现了。"发生了什么事？"他问。

"哦，路易士，"奥斯汀招呼他。他称父亲"路易士"——而我，他最好的售货员，居然只叫我"乔·康克林"。我父亲只是一个收银的职员，他却称他"路易士"。"这些灯出了故障。"他回答。

"嗯，我看看。"我父亲说，"也许我帮得上忙。"他从口袋里掏出一支螺丝起子。

奥斯汀先生盯着他，"你能行吗，路易士？"

"不！他不行的。"我在一边说，"你以为他是爱迪生吗？"其实我不是想讽刺他，只是说溜了嘴。

"年轻人，我是在跟你父亲说话，"奥斯汀先生用冷峻的眼光瞪着我，"我如果要别的意见，我会问他们的。"

"没错，"我父亲插嘴说，"乔，注意你的说话方式。"

我父亲小心地跨进橱窗里，打开电匣，然后开始动用起子。

"离它远点儿！"我叫道，"你会触电的！"

他碰了，而且没有触电。展示灯一下子全亮起来。奥斯汀先生脸上的紧张这下全消了，他脸上重新挂上了笑容。

那天晚上父亲又发表了长篇大论，说他的"自信心"再度灵验了。

"'自信心'，胡扯，"我反驳他，"那根本不是自信心。"

"走开一点，"父亲说，"你挡到荧幕了。"

第二次的情况是奥斯汀先生的保险箱打不开了，把所有员工的薪水锁在里头。那是月底最后一个周末前夕，问题的严重性，不容置疑。

这时，我的父亲再度出现。"出了什么事？"他问。

这时，我的心头闪过一种奇异的念头，仿佛这件事已经发生过了。"这个该死的保险柜，路易士，"奥斯汀先生说，"它又打不开了。"

"嗯，别着急，会好的。"父亲说，"也许我帮得上忙。"

"你真的行吗？路易士。"奥斯汀先生惊讶地问道。

我想说不，但我忍了下来。我受够了奥斯汀先生冷峻的眼光。如果父亲自愿要扮小丑，那是他的事。

"奥斯汀先生，"父亲说，"能告诉我保险柜的号码吗？"

奥斯汀先生附过去，在他的耳边轻声地说了号码。他毫不犹豫地就这么做。我父亲对别人总有一股奇特的力量。

号码输入后，他开始扭动保险柜的门栓。我在心里说，"等着瞧吧，看我们家的魔术灵不灵！"我们等了一会儿，事情仍是老样子。

"锁头的杠杆卡住了，"他最后说，"中心轴不平衡。"你瞧，他在胡说些什么。

"打电话叫厂商来。"奥斯汀先生命令。

每个人都"哦——"地一声。制造商远在芝加哥呢！

"等一下，先生，我还没弄完呢。"父亲说。他已经紧紧贴着保险柜，这次他要表现真功夫了。他把手指拧住开关，轻轻地颤动，动作极缓慢，他几乎把耳朵贴在保险柜上，听着刻号跳动的声音。

我看了看周围的人，确定是否有人在偷笑。我发现居然没有一个人在笑，真令人无法相信。我又巡视了一遍，还是没人发出声音。他们不但不笑我的父亲，甚至把他当做救世主，认为他一定能成功，我的天啊！一大堆男人、女人蹲在那儿，他们把希望都寄托在我父亲身上，期待着保险箱能够被打开。

147

陪 嫁

——［俄国］契诃夫

我疯狂地爱上了她，
她也对我表达了爱意，
但最后却因为我的胡言乱语结束了这段姻缘。
我不知如何挽回这段姻缘。

"嗯，我真不知道该怎么说，你知道的，瓦尔瓦拉·彼特罗夫娜，我想跟您好好谈谈……我就是为了这个才来的……我一直在沉默、沉默，不过现在……我是您的忠实仆人！我的沉默不能再继续了。"

瓦尔瓦拉低下头，用发颤的手指掐了一朵小花儿。她知道我想说什么。我沉默片刻后，接着说：

"沉默是胆怯的表现，无论如何迟早总得让感情和心里话宣泄出来。您也许会生气……您也许不理解我的意思……不过……我有点太紧张了！"

我停住口。必须考虑一些措词，把话说得恰当些。

"怎么不说了！"她的目光在暗示我，"你这个优柔寡断的人！你有什么苦恼事？"

"您知道我的心思，其实根本不用我说。"我沉默了一会儿，继续说，"我为什么每天都到这里来，为什么总在您眼前晃来晃去，让您看着生厌。您怎会猜不到呢？就凭您那特有的洞察力，您大概早已猜透了我内心的感情……瓦尔瓦拉·彼特罗夫娜您说对吗？"

瓦尔瓦拉的手在抖，头比先前垂得更低了。

"瓦尔瓦拉·彼特罗夫娜！"

"嗯？"

"我……我不知该怎么说，即使不说，您也明白……我爱您，这就是我要说的一切……还有什么可说的呢？……我非常非常爱您！我真不知该如何表达我爱您的程度……总之，把世界上所有的爱情故事都收集起来，读读里面所描写的爱情表白、海誓山盟以及为此付出的种种牺牲，您……您会明白的……您会明白此刻我心中的感情，一种说不出的感情……瓦尔瓦拉·彼特罗夫娜！……瓦尔瓦拉·彼特罗夫娜！！您说点什么吧？"

"您要我说什么呢？"

"难道您……不爱我吗？"

瓦尔瓦拉微笑着抬起头。

"唉呀呀，真是岂有此理！"我暗自想道。她又莞尔一笑，动了动嘴唇，用刚刚能听得见的声音说："怎么会不爱呢？"

我真太激动了，我抓住她的一只手，拼命亲吻起来，又疯狂地抓住她另一只手……她真是好样的！当我紧紧抓住她的双手吻个不停时，她顺势把头偎靠在我的胸脯上，这时我才真正切身感到了爱的美好。

我开始吻她的头，胸口感到热乎乎，好像生着一个小火炉。瓦尔瓦拉抬起头来，我终于吻到了她的芳唇。

就这样，瓦尔瓦拉被我征服了，那三万卢布陪嫁的议订书只等我去签字了，总之，当美貌的妻子、大批的金钱、锦绣前程对我来说几乎已是十拿九稳了，我却鬼迷心窍管不住自己的舌头，说出了我的心里话，也是一辈子都不该说的心里话。

在未婚妻面前，我很想卖弄一下自己的小聪明，炫耀一下自己的处世原则，自我吹嘘一番。不过，连我自己也不知道这样做究竟想要达到什么目的……结果竟适得其反。

"瓦尔瓦拉·彼特罗夫娜！"初次吻过她以后，我开口说，"在您答应做我的妻子之前，为了消除某些不必要误会，我认为我有义务对您说几句话。我会把话说得简短些……瓦尔瓦拉·彼特罗夫娜，您了解我吗？您知道我从事的职业吗？是的，我是一个诚实的人！我很勤劳！我……我很高傲！不仅如此……还有光辉的前程……可，遗憾的是，我很贫穷……我一无所有。"

"这我知道，"瓦尔瓦拉说，"金钱并不意味着幸福。"

"是的……谁谈金钱来着？我……我为自己的贫穷感到自豪。我宁肯去花自己用写作挣来的微不足道的几个钱，也不愿平白无故去接受三万……那三万……"

"我明白，您说吧……"

"我一向贫穷。我不在乎贫穷。我能够一星期不吃饭……可是您呢？您能吗？您过惯了舒适的生活，您出门必须雇马车，否则您根本走不动路。您每天都得换一套新衣服，您花钱如流水，从未尝过贫穷的滋味，对您来说，得不到一朵时髦的鲜花，就算是莫大的不幸，那么为了我，您甘愿放弃富足的生活吗？"

149

"我有钱。我有陪嫁。"

"空话！为了维持生活，您就是再有一万，两万，也只够花上几年。以后呢？受穷？哭天抹泪？我的亲爱的，请相信我，这是经验之谈！我这话的意思你明白吗？为了同贫穷作斗争，必须有顽强的意志、非凡的性格！"

"我在胡说些什么呀！"我心里想，但还是接着说了下去：

"您还是再好好考虑一下吧，瓦尔瓦拉·彼特罗夫娜！请您好好想想吧，您这是在迈出多么重要的一步！一迈出去就再也回不来啦！您要是有足够的力量——就跟我走，要是您缺乏信心——您就拒绝我！哦！我宁愿失去您，也不愿……也不愿让您失去您安逸的生活。我每天的那一百卢布是靠我辛苦写作挣来的，根本就不能支撑一个家。那点钱是不够花的！您好好想想吧，现在后悔还来得及！"

我霍地站起来。

"您就好好想想吧！哪里有贫困——哪里就有眼泪和责备，头发也会过早地变白……我提醒您，因为我是个诚实的人。您会抛弃一切跟我一起过苦日子吗？我过的生活表面上可跟您过的生活不一样，您对我的生活会感到格格不入的。"

"要知道我有陪嫁！"

"您有多少陪嫁？两万，三万！还是一百万？再说啦，我根本不会要那些钱……不！我不会那样做的！永远不会！我太高傲了，我不会那样做。"

我在长椅旁边徘徊着。听了我的一番话，瓦尔瓦拉沉思着。我胜利了。既然她在沉思默想，就说明她很在乎我、尊重我。

"就是这样，要么跟我一起生活，受苦受穷，要么离开我，享受荣华富贵……您选择吧……您有这种力量吗？我的瓦尔瓦拉有这种力量吗？"

我不停地说，不停地重复着，我在不知不觉中忘乎所以了。我一边说，一边感到自己好像分成了两半：一半陶醉于我说的那些话，另一半在梦幻般地想像着：嘿，亲爱的，如果用你那三万卢布，我们的小日子会过得越来越好！那些钱足够我们维持很长时间的！

瓦尔瓦拉一直在听着，听到最后，她站起身，向我伸出一只手。

"谢谢您！"她说着，她的声调使我不禁打了个寒颤，我不由自主地瞥了一下她的眼睛，泪花在她的眼眶里和面颊上闪烁着……

"谢谢您！您做得很好，对我十分坦率……我是个娇生惯养的女孩子……我不能……我跟您不合适……"

"哇！"她哭出了声。我说话也太欠考虑了……每当我看到女人哭泣时，我总是感到不知所措，而这会儿见到的是我的未婚妻在掉泪，就更不用说了。正当我考虑擦去她脸上的泪痕时，她又说道：

150

　　"您说得很对，如果说我想嫁给您，那就是在欺骗您。我不适合做您的妻子。我很有钱，我很任性，出门得坐马车，每天吃的馅饼都很昂贵。我吃饭从来不喝菜汤。就连我妈妈也总是替我感到羞臊……我没有这些是不行的！我不能步行走路……那样我会感到疲劳……再说衣服……所有的衣服都得用您的钱去缝制……过贫穷的日子绝对不行，我会发疯的！再见吧！"接着她绝望地把手一摊，毫无根据地说：

　　"我配不上您！再见吧！"

　　说完这些，她转身向家跑去。我呢？像个傻瓜似的站在那里一动不动，脑子里一片空白，望着她远去的背影，我感到脚下的大地在摇晃。等我清醒过来时，我真不敢相信我刚才所做的一切，我这可恨的舌头给我惹出了多大麻烦，于是我不禁号啕痛哭起来。我真想对她大喊一声："您回来！！"可是一切都完了。

　　我不知做了些什么，无可奈何地回家了。城门口已经没有有轨马车。雇出租马车吧，我手头又没有钱，只好步行回家。

　　三天以后，我又到索科利尼基去。别墅里的人告诉我，瓦尔瓦拉病了，正准备和父亲一起去彼得堡她祖母那里。真是一点办法也没有……

　　这时的我完全麻木了，我拍着自己的后脑勺不知如何是好。我心乱如麻……读者诸君，这桩姻缘怎样才能挽回呢？如何才能把自己说过的话收回来呢？我该对她怎么说呢？我的脑子真是乱极了！这桩姻缘结束得太突然了，也实在太荒唐了。愚蠢啊！

151

一本令人不安的书

——［前苏联］高尔基

一本我白天读过的书，
夜间竟然跳出来质问我的生活，
我无言以对，我惶惶不安。
第二天，我给它装了一个坚固而又沉重的封面，
把它压到了书柜的最下一层。

　　我不是一个小孩子，的确如此，我已经40岁啦。我知道生活，正像知道自己手掌上和两颊上的皱纹一样。没有什么东西可以教导我，也没有什么人可以教导我。我有家庭，为了使得这个家庭幸福，我整整弯腰曲背了20年。这些都是事实。
　　弯腰曲背，这可不是一件特别轻松的、而且还是一件最不愉快的职业。但是，这些事早已过去了。现在我想摆脱开生活的操劳好好休息一下。这就是我要您了解的。
　　休息的时候，我喜欢读书。对于一个有文化教养的人来说，读书是种高尚的享受。我珍视书籍，读书是我的癖好。但是，我与某些古怪的人物有所区别，那些人好像饥饿的人抢面包一样，可以向任何一本书扑过去，他们想从每本书里找到某些新的词句，渴望着从中得到如何生活的指示。
　　我知道应该怎样生活，因此，我是有选择的，只读那些写得非常热情的好书。我喜欢作者善于显示生活的光明面，并且把不愉快的事情描写得那么出色，使你在享受着调料的美味时，不会再去想到烧肉的美质。书籍应该安抚我们这些劳碌终生的人，给我们慰藉。安静的休息——这是我的神圣的权利，——谁敢说不是这样的呢？
　　有一次，我买了本书，这是一位新近大受赞赏的作家写的书。
　　我怀着喜爱的心情把它带回家。晚上，我小心翼翼地裁开书边，就开始带着提防的态度去阅读这本书。对于这些年轻的、讨人喜欢的和异样的天才，我是有防备之心的。我喜欢屠格列夫和冈察洛夫，前者是一位沉静的、温和的作家，读他的作品，就像喝浓牛奶，读着读着就会想到："这已是很久以前的事啦，这一切都早已过去，早已经历过了。"后者写得平心静气，内容充实而又令人信服……

但是，我读着读着……这本书真是好极啦——美丽、精确的语言，公正的态度，还加上写得那样平稳。我读了一篇短小的短篇小说，合上书本，就开始思考起来——尽管印象是凄切的，但是读起来倒用不着担惊受怕。也没有什么粗鲁无礼的地方，一切都很朴素，都很亲切。我又读了一个短篇，真是好极了。内容是这样的，当一个人想要毒死一个不知道为了什么而使他讨厌的好朋友时，这个人就请他吃生姜做的糖酱。他怀着非言语所能形容的快乐，一个劲儿地吃着那种美味的糖酱，直到某一个时刻到来为止。当这"某一时刻来到时，这个人就突然倒下去，于是一切也就完结了。他永远不吃了，并且什么都不想吃了，因为他本人已经准备去做坟墓里蛆虫的糖酱了"。

这本书写的就是这样一些情形。我不停地读着它，上了床还在读。等到读完了，我就熄灯准备睡觉。我伸直身子静静地躺着，周围是一片黑暗、寂静。突然间，我感觉到有某种异常的现象——我开始觉得好像在黑暗中有几只秋天的苍蝇，带着轻微的嗡嗡声，在我的头顶上转来转去，——先生，您知道这些纠缠不休的苍蝇吗？它们有时会突然停在你的鼻子上，你的两耳上，你的下巴上。它们的脚爪，弄得皮肤特别痒。我睁开眼睛，却什么都没有。但在我的心里面——好像有着某种模糊的和不愉快的东西。我不禁回想起我刚读过的那本书，那些阴暗的人物形象在我的眼前跳来跳去。这都是些萎靡的、静静的、没有血色的人，他们生活得极不合理，而且很无聊。

我睡不着了，于是开始胡思乱想：我活了40年，我的胃消化不良。妻子说我已经不像五年前那样热烈地爱她了……儿子是个笨蛋，学业成绩糟糕透了，人又懒惰，只喜欢溜冰，读些愚蠢的书……学校，这是个折磨人的机关，把孩子教得都不成样子了。妻子的眼睛下面已经有了皱纹，她也是那一套……至于我的差事，假如正确地加以论断的话，那就是全然的愚蠢。总之，假如正确地加以论断的话，那么我全部的生活就是……这时，我驾驭着想像的烈马，又重新睁开我的眼睛。这是怎么一回事呀？

有一本书站在我的床边。它的身体干枯而消瘦，用细长的两腿站着，摇晃着小小的脑袋，似乎对我所想的表示赞同，并且借着翻动书页的轻微的声音向我讲道："你正确地加以论断吧……"它那狂暴而又忧愁的面孔是那么长，两只眼睛很明亮，闪着苦痛的光芒，能穿透我的心灵。

"你的确应该好好地思考一下了：你为什么活了40年？在这段时间当中，你给生活做了什么贡献？在你的头脑里面就从没有产生过一个新鲜的思想，在这

153

40年当中你也没有讲过一句有独到见解的话……你的心胸里面从来没有充满过健康而有力的感情，甚至当你已经爱上一个女人之后，你也一直还在这样想着：她对于你是不是一个合适的妻子呢？你一半的生活是在学习，而另一半生活呢？却是随之忘记掉你所学到的东西。

你这个微不足道的平庸的人，你永远只关心着生活的舒适和温饱。你是个谁都不需要的多余的人。你死了以后，将留下什么呢？一无所有，就好像你从来没有在这个世上活过一样……这本该诅咒的书，就向我扑，紧压在我的胸口上。它的书页颤抖着，拥抱住我，并对我轻声地说："像你这样的人，在世界上有成千成万。你一生蹲在自己的温暖墙缝里，就像蟑螂一样，因此，你的生活就这样无聊而平凡。"

这些话使我感到好像有谁把细长而又冰冷的手指伸进我的心里，在那里面挖着，我感到闷气、难过、惶惶不安。对我来说，我从来没有特别明朗的生活，我看着它，就好像看着已经成为我习以为常的义务似的……可是讲得更正确一些，我从没有看着它……我能活着，这就足以使我满足了。可是现在这本荒谬可笑的书，却把我的生活涂上了一种无聊得难以忍受、灰暗得令人不胜烦恼的色彩。

人们在受苦受难，他们有所向往，他们有所要求，而你却在当官差……你干吗要当差？所为何来？当这种官差有什么意义？你自己既不能从中找到什么满足，它也不能给旁人什么好处……你为什么活着？……这些问题啃着我，咬着我，使我无法入睡。但人总是要睡觉的啊！

那些人物又从书页里看着我，向我问道："你为什么活着？"

我本想对他们讲："这不关你们的事。"但我又不能这样讲。

就在这时，一阵阵沙沙声、细语声传进我的耳朵，不停地响着。我觉得，这是生活海洋的巨浪托起了我的床，把我带到一处无边无涯的地方；并且还摇晃着我，使人回忆以往的岁月，这引得我患了一种类似晕船的病……我从来没有经历过如此不得安宁的夜，我向您发誓。

既然这本书如此烦扰人，不让人安眠，那么这样的书对人有什么好处呢？书应该使人振奋精力，但是它却把尖针撒在床上，这样的书我要它干吗？这一类的书应该禁止发行！——这就是我要说的。因为人需要愉快，而不愉快的事情人们总是有自己的解决办法的……

如何结束这一切呢？非常简单！清晨，我凶神恶煞地从床上爬起来，拿着这本书，把它带到了装封面的工人那里。我让他装了一个封面。这封面是坚固而又沉重的。

现在那本书已经放在我的书柜的最下一层了。我高兴的时候，就用皮靴的尖头轻轻地踢踢它，问它道："怎么样，你胜了吗，啊？"

维佳，往窗外看

——［俄罗斯］格·叶·雷克林夫

维佳跟姐姐学会了说粗话、脏话，

爸爸、妈妈却把责任推给了别人。

电车里拥挤不堪，有老爷爷、老奶奶，还有残疾人。

车里有一位年轻的女读者坐在那儿吟诵着莱蒙托夫的诗句："海边坐着一位年轻美貌的姑娘……"

十分钟、十五分钟……画面依然如故，还是那一页书，还是那一行诗："海边坐着一位年轻美貌的姑娘……"姑娘还是那样稳稳当当地坐着，看着那页书。七岁的小弟弟坐在她身旁的位子上，她小声对弟弟说："维佳，往窗外看，因为你什么都没发现，知道吗？"

一位乘客实在忍不住了，"姑娘！你们该让个座。小弟弟也那么大了，站一会儿不会累坏的。"

姑娘"没听见"，她还是一个劲儿地吟诵着："海边坐着一位年轻美貌的姑娘……"

维佳感到很没面子，碰了碰姐姐，姐姐却回答说："你坐着吧！不要管他们说什么。"

"你可知道……"

"住嘴！"

回到家里，到了吃饭的时候，妈妈喊维佳吃饭，维佳却望着窗外好像什么也没听见。

"维佳！叫你几遍了？"

维佳沉思着，眼睛一直望着窗外。

"维佳！"

"住嘴，妈妈！"

"维佳！你怎么这样跟我说话？你难道不害羞吗？"

爸爸回来了，妈妈为儿子的表现同他议论了好长时间。

"这些粗话，他是跟谁学的?"

爸爸煞有介事地说：

"外边呗！都是在外边学坏的，我们不应该让维佳到处乱跑，也不要让他跟院子里的孩子接触。"

他们心安理得地终止了议论。

156

客 人

—— ［俄国］ 索洛杜布

泽利捷尔斯基用尽了他能想到的各种办法，
都没能使打扰他休息的客人告辞，
最后，他开口向客人借些钱用，
客人才慌忙告辞离去。

泽利捷尔斯基律师已经困得睁不开眼睛了。自然界沉浸在一片昏暗之中。风停了，鸟儿不再啼唱，牲畜也躺下睡了，只有泽利捷尔斯基一个人无法回卧室去睡觉，尽管他眼皮像吊了铅坠一样沉重。事情是这样的：他书房里坐着一位客人——住别墅的邻居、退役陆军上校佩列加林。

他来的时候，午饭时间刚过。他来到以后往沙发上一坐，就一次也没抬过身子，好像粘在了沙发上一样。他坐在那里讲述他 1842 年在克列缅丘格市曾如何被一条疯狗咬的事。他讲话鼻音很重，声音嘶哑，他一遍又一遍地讲，喋喋不休地讲个没完。

泽利捷尔斯基陷入无可奈何的绝望境地。为了把客人撵走，他使用了他知道的所有办法，他时而看看怀表，说他头痛，时而从客人坐着的房间走出去，但这一切都不起作用。客人不明白他这些动作的用意，还是不停地讲。

"看来，这老家伙非要坐到天亮才肯走！"泽利捷尔斯基着急得不得了。"这位客人太让人头痛了，好吧，既然他不明白一般的暗示，我就只好采取不礼貌的办法了。"于是他大声说：

"请听我说，您知道我为什么喜欢住别墅吗？"

"为什么？"

"因为住在别墅里，会很轻松。在城市里，很难遵守某种固定的作息制度，这里却恰恰相反。我九点钟起床，下午两点钟吃午饭，晚饭要晚上十点钟吃，十二点钟睡觉。我一般都是在十二点钟躺下睡觉。但愿上帝保佑我可别让我晚睡，我要是晚睡一会儿，偏头痛就会使我在第二天像是下地狱一样难受。"

"您说得太对了……每个人都有自己的生活习惯嘛，这真是千真万确，一点不假。您知道吗，我的老朋友克柳什金，他是步兵上尉。我是在谢尔普霍夫市同他认识的。嘿，说起这个克柳什金……"

于是上校又打开了话匣子，还用他那肥胖的手指打着手势，结结巴巴地又开始讲起克柳什金的事情来。时钟敲了十二下，但上校仍不知疲倦地讲个没完。泽利捷尔斯基额头上冒出了冷汗。

他怎么就不体谅别人呢？真是愚蠢之极！他懊恼地暗自想道，莫非他以为他的拜访会给我带来什么愉快吗？咳，怎样才能把他轰走呢？我得想想办法了。

他打断上校的话："您听我说，我嗓子疼得很厉害！好像鬼使神差似的，今天上午我去拜访一个熟人，他的小孩正患白喉，我大概被传染上了，是的，我觉得我好像被传染上了。我得病了，我患了白喉！"

"这是常有的事！"佩列加林神态安详地用鼻音说。

"这种病很危险！我自己患这种病倒也罢了，还可能把别人也给传染上。这是一种传染率极高的传染病！千万可别让我把这种病传染给您啊，您明白我的意思吗？"

"传染上我？嘿嘿！我曾在伤寒病医院里住过——都没传染上，在您这里，不可能，绝对不可能。嘿嘿……老兄，您就放心好了，任何疾病都不会传染到我这个老头子身上的，老年人的生命力可强啦。我们旅里有个年迈的老头子，叫特列比因中校……他是法国籍，嘿，关于他还有许多有趣的事……"

于是，佩列加林又开始讲起那位特列比因的生命力如何如何强，此时已经是十二点半了。

"对不起，我要打断您一下，帕尔费尼·萨维奇，"泽利捷尔斯基呻吟着说，"您一般都是在几点钟睡觉？"

"有时两点，有时三点，还时常通宵不睡。特别是当遇到好朋友坐在一起聊天或者当风湿病发作时。就拿今天来说吧，我四点钟才躺下，午饭前才起床，我可以整夜都不睡。在战争期间，我们有时可以熬几个星期，几乎不睡觉。有这么一件事，当时我们的部队正驻扎在阿哈尔齐赫地区……"

"对不起，可我睡觉的时间通常在十二点钟。我得在早上九点钟起床，因此不得不早睡一会儿。"

"这自然不必说了，早睡才能早起嘛。嗯，对啦，老兄……当时我们正驻扎在阿哈尔齐赫地区……"

"真是对不起，我不知道这是怎么回事。我身上一会儿发冷，一会儿发热。我每次犯病前都是这样。我得告诉您，我常常犯一种奇怪的神经性疾病……而且都是在夜间十二点多钟……白天从来不犯……犯病时头晕头痛……有时还会失掉知觉，我突然会从座位上跳起来，随便抓住件什么东西就往家人身上乱掷乱扔。要是手头有把刀，就用刀砍，还时常掷椅子伤人。我现在就感到身上发冷，大概又要犯病了，这不是一个好兆头。"

"瞧您说的……您去好好治治呀！"

"治也不管用……我只能采取这种办法，在犯病以前，把屋里的人都轰出去，我早就不去找医生治疗了……"

"唉呀……世界上什么样的疾病没有啊！又是瘟疫，又是霍乱，还有别的各种疾病……"

上校摇摇头，不再说了，两个人都沉默了。

"我要把我的作品读给他听，"泽利捷尔斯基暗自思忖道，"我抽屉里放着一部小说手稿，还是上中学时写的……现在也许能够帮我一个忙……"想到这里，他突然打断佩列加林的沉思，说道："咳，这么办吧，您想不想听我给您读上一段我写的小说？这部作品是我在闲暇时胡乱写成的……这是一部长篇小说，共分五卷，还有序曲和尾声……"

没等对方回答，泽利捷尔斯基便从抽屉里拿出一部已经变黄了的旧手稿，书名为《死浪五卷集长篇小说》。

我相信，这回他会走的，泽利捷尔斯基一边用手翻着他青少年时代写的那部幼稚可笑的作品，一边抱着这样的幻想。我要一直让他听我朗读，直到他听腻了，号叫起来……于是他说：喂，帕尔费尼·萨维奇，您听着……

"我很乐意听……我很喜欢……"

泽利捷尔斯基清了清嗓子，有声有色地读起来。上校把一条腿放在另一条腿上，使自己坐得更舒服些，脸上露出一种严肃的表情，显然已做好准备，要长时间地认真听下去……他首先朗诵了描写自然风景的那一段，朗读完那一段已是午夜一点了。接着朗读对城堡的描写，小说中的主人公瓦连津·布林斯基就住在那座城堡里。

"我真想住在这样的城堡里！"佩列加林感叹了一声，"描写得多好啊！我真想坐在这里听一辈子。"

"那你就坐着听吧！"泽利捷尔斯基暗自想道，"我会让你发疯的！"

到了深夜一点半钟，城堡那一段才朗诵完。接着是关于主人公外貌的描写……深夜两点钟的时候，朗诵者压低了声音，轻轻地念道：

"'您问我希望看到什么吗？哦，我希望看到，在那里，在远方，在南方的天空下，在我的手里，您那双纤纤细手因陶醉而微微颤抖……只有在那里，在那里，我的心才会在我心灵的苍穹下跳得更欢……我希望得到爱情、爱情！……'——不，帕尔费尼·萨维奇……我快不行了，我已经连说话的力气都没有了。"

159

"那您就别念啦!明天再念吧,现在咱们说说闲话吧……我想起来了,我还没有给您讲呢,当时我们正驻扎在阿哈尔齐赫地区……"

泽利捷尔斯基靠在沙发后背上,他已经精疲力竭了,但还在听他讲。

这可怎么办,他心里想,一颗子弹也没打中这个庞然大物。看样子,他要坐到三点钟,也许不止三点钟呢……我的天哪,我现在宁愿支付一百卢布,买一点睡觉的时间……哦,有了!我向他借钱!这倒是个绝妙的办法……

于是,他打断上校的话,说:"帕尔费尼·萨维奇!真对不起,又打断了您的话。我有件小事想请您帮个忙……是这样的,最近由于住别墅,我的开销很大。我身上一个钱也没有了,可我的薪水要八月份才能领到。"

"哎呀……我坐得太久了……"佩列加林一边忙着找帽子,一边气喘吁吁地说,"已经两点多了……您刚才说什么来着,老弟?"

"二三百卢布就行,我想找人借点钱……您看我找谁借好呢?"

"我怎么知道?不过……向您说声'再见'了……祝您身体健康……还有您的夫人和孩子……"

上校抓起帽子,便向门口走去。

"您再坐一会儿吧!……"泽利捷尔斯基开始庆贺自己的胜利,"我想向您借点钱……因为我知道您心地善良,肯帮助人,所以我想您应该……"

"明天见,现在我该回我妻子那里去了!我想,她等自己的心上人一定等得不耐烦了……嘿,嘿,嘿……再见啦,亲爱的……您还是睡觉吧,早睡早起身体好。"

佩列加林急忙握了握泽利捷尔斯基的手,戴上帽子走了。泽利捷尔斯基终于胜利了。

查无此人

——［俄罗斯］鲍·克拉夫琴科

弟弟三年中来了第一封信，

信中要求哥哥寄些钱来。

哥哥大为恼火，

他把信退回邮局"这个地址查无此人……"

"谁寄来的信？是弟弟吗？"他边问，边伸过手来。

"你猜得真准，是的，是弟弟寄来的信。"她回答说，用围裙擦了擦手，然后小心地坐到沙发上。

"他有什么事吗？怎么又想起给我写信了？"他望着信封若有所思地说，"三年不来信，怎么一下子又想起来了。"

"这有什么奇怪的，想起来就写呗。"

"肯定是有求于我，不然怎么才写信？"他厉声打断了她的话。

她耸耸肩，忍不住催促说：

"快念呀，我还有别的事要做呢，那里还堆着衣服要洗呢。"

"洗你的衣服去，又不碍你的事。"

她悻悻地走了，他把信拿在手里晃了晃，走进厨房，把信放在蒸汽上熏了一会儿，然后拆开，又坐回沙发上。

"我说得一点没错，又来要钱了。我说过了吧，他一定在走投无路的时候才会写信来！这个坏家伙！"

"到底是什么事？"她关切地问。

"他能出什么事！"他挥了挥手，"哼！你听听他是怎么写的：'如有可能寄些钱来，能寄多少寄多少。'"

"我们还有点多余的钱。"

"什么？有多余的钱？我给他钱，给他个屁！让他自己想法子去吧！"

"你这是怎么啦？"

"你想想！我们成家以后，谁帮过一点儿忙？问题就在这儿。现在也让他知道知道家道艰难。可是你瞧他！找我要钱，要是口袋里有钱，傻瓜都能自立！"

"他不会不还的。"妻子怯生生地说。

"还？他拿什么还？"他转过身子对着她，厉声问，"他什么时候能够自立？他成家已经三年了，讨了那么个老婆，自己一点办法也没有，这跟你我有什么关系？"

"可是……"

"去！别烦我了！我自己处理。"

她不吱声了。

他把信又读了一遍，然后扔在一边，自言自语地说：

"想得倒美！还挺机灵！"

他起身出门去了邮局。在邮局他把信仔细封好，走到小窗前，把信递进去说：

"这个地址查无此人……"

杰克和水手

—— ［英国］佚 名

杰克非常想看一看海，而当他看到雾中的海时，
却因天气的阴冷而庆幸自己不是水手。
他的这种想法令水手感到十分可笑。

杰克出生在英格兰，二十几年来，他从来未见过海，但他非常想看一看海。有一天他得到一个机会，当他来到海边，正赶上海上有雾，天气又冷。"啊，"他想，"海是这样子的，我不喜欢海。庆幸我不是水手，那样会连命都没有的。"

在海岸上，他遇见一个水手。他们交谈起来。

"你怎么会爱海呢？"杰克问，"那儿弥漫着雾，又冷又潮。"

"这种时候并不多。有时，海是明亮而美丽的。但在任何天气，我都爱海。"水手说。

"水手的工作危险吗？"杰克问。

163

"当一个人热爱他的工作时，他不会想到什么危险。我们家庭的每一个人都爱海。"水手说。

"你的父亲也很爱海？"杰克问。

"对，虽然，他死在海里。"

"你的祖父呢？"

"死在大西洋里。"

"你的哥哥——？"

"他在印度的一条河里游泳时，被鳄鱼吞食了。"

"既然如此，"杰克说，"如果我是你，我会远离大海。"

"你愿意告诉我你父亲死在哪儿吗？"

"啊，他在床上断的气。"杰克说。

"你的祖父呢？"

"也是如此。"

"这样说来，如果我是你，"水手说，"我就会远离床。"

——在懦夫的眼里，干什么事情都是危险的；而热爱生活的人，却总是蔑视困难，勇往直前。

原来如此

—— [英国] 萨 奇

> 潘阿苔太太为了争得荣誉，
> 不让路娜得意忘形，决定去印度打虎。
> 在金钱和人们的帮助下，她终于打死了一只老虎，
> 只不过老虎不是被枪打死的，
> 而是被枪声吓死的。

想要去打虎，这倒不是潘阿苔太太一时心血来潮，也并非想为民除害，使印度更安全。不可抑制的动机乃是路娜·平伯顿在这飞机刚发明的年代竟飞了十一英里，以后，这事儿便常挂在他嘴边。看来，只有一张亲手弄到的虎皮和一大叠新闻照片才能与之分庭抗礼。潘阿苔太太已考虑在伦敦科宋街住宅为路娜·平伯顿举行生日午宴。有人认为在这个世界里饥饿和爱情左右一切，潘阿苔太太可是例外，她的行为动机主要是出于对路娜·平伯顿的厌恶。

打虎要占天时地利。潘阿苔太太悬赏一千卢比给提供信息者。碰巧，有只老虎晚间常常出没于附近的村子。那虎已年迈力衰，不能再四处游猎，只能靠捕捉家畜为食。一千卢比的好梦刺激了村民，孩子们日夜在丛林中站岗，观察老虎的动向，还四处扔着廉价搞来的山羊，让老虎安于现状，免得因没有食物而远走他乡。最急人的是怕等不及潘阿苔太太动手，老虎便会先行老死，所以母亲们在田里干了一天活，背着婴孩走过林子时，都默不作声，怕惊扰了老虎的美梦。

令人兴奋的夜晚终于到来了！一颗大树上筑起舒适的高台，上面坐着潘阿苔太太和她雇来的女伴梅冰小姐。不远不近的地方捆着一头山羊，山羊不停地大叫。在这寂静的夜晚，即使老虎年迈耳聋，也能够听得清。

"恐怕我们不安全吧?" 梅冰小姐说道。

其实倒不是她害怕那野兽，而是一分工钱一分活，她不想白干活。

"胡说，" 潘阿苔太太道，"那虎很老了，它根本跳不上来。"

"要是这样的话，我觉得您的赏钱高了些，一千个卢比可不是小数目。"

每当潘阿苔太太给别人付钱时，露伊莎·梅冰总是以大姐姐式的保护姿态出现，当然付钱给她时，则又当别论。

老虎出现了。她们中断了谈话。

那只年迈的老虎一见到山羊便直挺挺地躺在地上，想休息片刻再向山羊进攻。

"快！快呀！"梅冰小姐兴奋地催促道，"要是老虎不碰山羊，我们就不必付山羊钱了。"

"呼"地一声响，只见那只黄色的大虫蹦到一边，滚了几下，无声无息地死了。不一会，村民们兴冲冲来到现场，一片欢呼声震天动地。他们的狂欢即刻在潘阿苔太太的心中激起了共鸣，科宋街的午餐会也仿佛近在眼前了。

这时，露伊莎·梅冰注意到：是山羊中了弹，快死了；而老虎身上却不见伤痕。目标打错了。老虎为枪声所惊，加以年老，死于心力衰竭。这一发现使潘阿苔太太很懊恼，可无论怎样，她是拥有这头死虎的。为了那一千卢比，村民们乐得为枪打大虫的故事添油加醋。而梅冰小姐呢，是花钱雇来的。于是，潘阿苔太太很愿意面对照相机，她的照片出现在英美所有的报纸上。至于路娜·平伯顿，足足好几个星期拒绝看报。她为虎爪胸针给潘阿苔太太所写的感谢信，堪称激情压抑的范文。午餐会自然谢绝参加，压抑是有限度的，否则就会酿成大祸。

虎皮由科宋街展览到庄园，供邻居们观赏。潘阿苔太太扮成牧神参加化妆舞会，也是顺理成章的事了。

165

舞会过后，潘阿苔太太还处在兴奋之中。

"要是大家知道真实情况，那该多么有趣啊！"露伊莎·梅冰道。

"你想说什么？"潘阿苔太太立即质问道。

"你是怎样打中山羊，吓死老虎的？"梅冰小姐说着，尴尬地笑了笑。

"谁会相信你的鬼话？别太自信了。"潘阿苔太太脸色有点变了。

"路娜·平伯顿会相信的。"梅冰小姐说。潘阿苔太太脸色更加难看，白里泛青。

"你不会出卖我的。"她说。

"多金附近有座供度周末的别墅，我很想买下来，"梅冰小姐道，"六百八，便宜得很，只是我没这笔钱。"

露伊莎·梅冰如愿得到了那座小巧玲珑、花园种满虎皮百合的别墅。在夏日里，别墅更是景色宜人，着实叫朋友们赞叹一番。

"真了不起，露伊莎，怎么弄到手的？"他们都这样问。

此后，潘阿苔太太不再去争强打大猎物了。

"杂费太贵。"她对问她的朋友们说。

谢弗兰与普鲁士国王

—— ［法国］福楼拜

> 普鲁士国王跟谢弗兰开了一个玩笑——
> 送给他的盒子里没有封赏，只有一幅微型细密的驴头肖像画。
> 谢弗兰决定报复。
> 在一次宴会上，他将肖像画公之于众，
> 国王却说："这是我的肖像不是驴头像。"

你从你的祖父那里听说过普鲁士国王腓特烈吗？他是一个枯瘦驼背的男人，头发灰白，总是拄着一根白藤长手杖。他穿一套绿色服装，衣领从来不刷。这套衣服还是他征服波美拉尼亚时穿的，现在已经全都磨损，由于有一条长辫子一直拖到背后，这样便把衣裳弄得更脏。这个战场上的天才，看起来不只是致力于征服与作战，他不仅有时间给伏尔泰写信，他还常与朝臣开玩笑。

一天，他送给谢弗兰一个小盒子，同时亲切地说道：

"谢弗兰，我始终把你看作我忠诚的朋友，送这件小东西给你，表表我的心意。"

现在你最想知道的是这个盒子里装的是什么东西吧？我这就讲给你听。

这是一个黄檀木做的小盒子，上面镶嵌着黄金和宝石。

谢弗兰回到家中，迫不及待地把盒子打开，他既没有看见封他为将军的委任状，也没有看见银行的钞票、一枚勋章、一把好匕首、晋升贵族的诏书、掌玺大臣公署官员的任命书，甚至连一枚金币、一个戒指、一件普通的首饰、最微小的东西、最整脚的恭维话都没有。盒里放着的是一幅微型细密肖像画：鼻孔朝天，嘴巴张得很大，就像在大喊大叫，耳朵优雅地逼向颈脖，大眼睛呆滞地睁开着，这画得倒是惟妙惟肖。

这不折不扣地是一个驴子的完整肖像。

看到盒子里的礼物，谢弗兰彻底失望了。所有的幻想都烟消云散了。啊！那些雄心勃勃的幻想、希望和梦想，都在瞬间消散了！啊！多少宏伟抱负的幻想、希望和梦想，竟然在……一个驴头像面前变成了美丽的肥皂泡！

他于是思绪万千，不是想起驴子，而是想起那个人。

他想，国王不再信任他了，也不再说他的功绩了，抛弃了他这个出生入死的老战友，想到这里他不由得潸然泪下。天啊！面对这个驴头，谢弗兰伤心的泪水流个不停。

哭了一会儿，他似乎想起了什么，国王是想开开玩笑吧，他于是破涕为笑，由于面对一个驴头……人们怎能不大笑。后来，为了看得更清楚些，他把那肖像拿到窗户旁观看。多么可笑的驴头像啊！应该公诸于众。

最后，他决心进行报复。

几个月以后，在普鲁士国王举行的宴会上，到了吃餐后点心的时候，谢弗兰从口袋里拿出一个盒子，那是上次装过驴头像的小盒，但这次它的盖子是敞开的。每位宾客都从盒子里取出一张细密肖像画，先仔细端详国王，然后把目光移向肖像画，说道："是呀，半张开着的嘴巴仿佛在说话，这正是他；鼻孔很大，睁着大眼睛，这正是他……"

那小盒子终于传到伏尔泰手里，他以哲学家的身份，特别大声地对国王说道：

"啊！陛下，这幅肖像画得太逼真了！"

国王这才想起送给谢弗兰的礼物，认为这是故意报复。他愤怒得直跺脚，气得满脸通红，终于按捺不住，冲向那肖像画，看了一会，接着说道：

"是我弄错了，这是我的肖像，不是驴头像。"

然而，大家私下里都认为，国王的头跟驴子的头没有什么大的差别，因为连他自己都弄错了。

167

天堂的来客

—— [法国] 塞涅奥

> 一个自称是天堂来客的骗子，
> 骗走了老太婆的一百法郎。
> 老太婆的儿子回来后知道上了当，
> 于是骑马便追，可最后他的马也被骗子骗去了。

故事要从一个骗子说起，这天，骗子来到一户人家，见到只有一位老太婆，便请求让他进屋坐一会儿。

"你从哪里来，先生？"老太婆问。

"我从天堂来，现在正要回去。"骗子说。

老太婆信以为真，又问："你从天堂来，一定见过我可怜的丈夫了。他十年前就去了那里，可从来没有一点消息，不知他现在过得怎么样？"

骗子说："噢，我听说过你的丈夫。可惜他至今不能进天堂，因为他还没交一百法郎，只好在天堂的门外徘徊。"

老太婆听后哭了起来："我可怜的丈夫啊！——先生，等我儿子回来，我们商量商量，就拜托你给我丈夫捎去一百法郎吧。"

骗子一听要等她儿子回来，于是便说自己急着要赶回去。又说："假如你不快点把法郎交给我，那你的丈夫永远都进不了天堂的大门。"

听了这句话，老太婆有些慌了，赶紧说："既然你忙着赶路，就请你马上把这一百法郎捎给他，快点让他进天堂。"

时间不长，老太婆的儿子回来了。他听妈妈谈起这件事，知道上了当，便说："妈妈，可怜的妈妈，你真傻，怎么把钱交给陌生人呢？他往哪条路走的？让我去追。"老太婆急忙指路。老太婆的儿子挥鞭上马，奔驰而去。

骗子见有人追来，坐在路边假装休息。

老太婆的儿子问："你没见有人从这里经过吗？"

骗子说："人？有个急急忙忙的人进了树林。"

老太婆的儿子看了看茂密的树林断定马匹进不去，便央求骗子："您能帮忙照顾一下我的马吗?"

骗子回答："当然，一定照顾好。"

老太婆的儿子跑进树林，骗子趁机骑马远走高飞……

过了好一阵，老太婆的儿子走出树林，发现马匹和骗子都不见了，知道上了当，只好灰溜溜地回家去。老太婆问他："你追上那陌生人了吗?"

"追上了，为了让他尽快回到天堂去见爸爸，我把马也给他了。"

上帝与狗

—— [法国] 努埃尔

> 上帝用五天时间创造了一个无人世界，他想去休息，
> 但一只狗走了过来，它央求与上帝在一起生活，
> 上帝为了摆脱狗的纠缠，便不经心地为它创造了主人，
> 这就是人的由来。

无论什么有趣的工作，做久了都会失去兴趣，即使是最具有创造性的艺术工作也是如此，哪怕是最有耐力的人也会坚持不下去的，就连万能的上帝也不例外。

上帝花了五天的时间创造了天地、日夜、陆地、江海和动物。然后，他长长喘了一口气，说："真是太累了，该休息一会儿了，活已经干完了。"

这时，狗走了过来，舔着上帝的手，摇着那条仍然僵硬的尾巴。上帝抚摸着它的头，问道：

"狗啊，你有什么愿望吗？"

"我仁慈的主啊！我希望跟你一起生活在天堂里，哪怕是躺在你门前的草垫上，我也没有怨言。"

"不行啊！"上帝和蔼地说，"因为我还没有创造出小偷，所以狗对我来说没什么用。"

"那你什么时候才创造小偷呢，我仁慈的主？"

"不会啦，我太累了，我已经五天没有休息了。狗啊，你听着，你是我最优秀的创造、我的杰作。我哪能奢求比狗更美、更聪慧的东西呢？而且，如果强迫耗尽灵感的艺术家继续创作，那会产生多么不堪想像的后果啊！那样的话，便极有可能创造出粗制滥造的东西。去吧，狗，安心地呆在凡世，你会体味到幸福的。"

狗长长地叹了一口气，说："我在凡世做些什么呢，我的主？"

"吃喝、睡觉、繁衍后代，这些还不够吗？"

狗更加伤心。

"那你还需要什么?"上帝问。

"我仁慈的主,您能与我一道住在凡世吗?"

"我的狗,这是绝对不可能的。我绝不能住在凡世与你做伴。我的事还多着呢!你瞧,这天堂,这些天使们,这日月星辰,都得我照料,我根本没有空闲。"

狗很伤心地低下了头,转过身去,打算离开。突然,它又转过身来,对上帝说:

"仁慈的主啊,您能为我再造一位与你相貌相同的凡世的主人吗?"

"不能,不能!当然不能!"上帝很不耐烦地说。

狗缩成一团,趴在地上,以近于哭诉的声调恳求道:

"您可以的,我亲爱的仁慈的主啊,您就满足我的这个愿望吧!"

"绝对不行!"上帝说,"我该完成的工作已经完成了,而且我创造的东西不可能比你再优秀了。我有预感,如果再创造的话,那肯定会让我失望的。"

"亲爱的主啊,只要我有一位模样跟您一样的主人,他走到哪儿,我跟到哪儿,他睡觉时,我趴在他床前,即使次品,我也乐于接受,况且这件次品出自您的手。"

狗的诚心打动了上帝,上帝便不辞辛苦地走进他的创作间。不一会儿工夫,人便产生了。

上帝的预感一点没错,人是一件粗制滥造的次品,可狗的心愿实现了,他为有了新主人而心满意足了。

聪明的法官

——［德国］黑贝尔

一个诚实的人捡到钱包之后归还失主，
失主却要赖掉曾允诺的酬金，
双方互不相让，来到法官面前。
聪明的法官最后宣判，拾金者带走钱包，
失主继续等拾金者。

在一个古老的东方国度里，有一个有钱的人不小心把缝在一个布包里的一大笔钱丢了。他贴出了一张失物启事，按照惯例答应给诚实的拾金者一笔酬劳，也就是说赏金为一百塔勒。不久，拾金不昧的人果然来了。

"我拾到了您的钱。大概错不了！请您这就收回自己的财产吧！"他带着诚实人所具有的爽朗愉快的表情说道。

此时丢钱人眉开眼笑，他为自己失而复得的钱而高兴。至于他是不是也诚实，您看了下面的文章就知道了。他一边数钱，一边赶紧盘算：怎样才能赖掉答应给拾金者的酬金———一百塔勒？

"朋友，"他数完钱后说，"这包里缝着八百塔勒，现在却只剩七百了。看来您一定是打开了包，把您那一百塔勒的酬劳给取走了。没关系，没关系，我感谢您。"

不过，事情并未到此结束。常言道："诚实终不吃亏，奸刁反害自己。"对那位拾金不昧的人来说，倒不在乎得不得到一百塔勒，他重视的只是自己名誉的清白，因此他发誓，他没有拆开包，而且怎么拣到的，就怎么送来了。到后来，两人只好去见法官。可在法官面前，他们各执一词：一个说，他包里缝着八百塔勒；一个说，他从拾到的钱包中分文未取，压根儿就没有打开过钱包。在这种情况下，就给法官出了难题，然而，聪明的法官似乎看透了两人的心思。他先让双方都对自己说的话作一个肯定而庄严的保证，然后开始宣判：

"既然你丢了八百塔勒，而他却只拾得一个装着七百塔勒的钱包，那么，据此推之，后者所拾钱包就不是前者的钱包。因此，你，诚实的朋友，把你拾到的钱领回去好好保存起来，如果有人去认领，你再还给他吧。而这位先生呢，我则别无办法，只好请你耐心等待那个拾到你八百塔勒的人。"

　　此事就这样不了了之了。

173

塞格林根的小理发师

—— [德国] 黑贝尔

> 一个凶悍的陌生人来到一家酒店，要求找刮脸的理发师。
> 理发师们慑于其威，都不敢为他刮脸，只有一个小理发师敢为其刮脸。
> 在刮脸完毕后小理发师不但安然无恙，还得了赏钱，
> 而那个陌生人却从此再也不敢恫吓理发师了。

给您一个小建议：千万别去试探上帝或引诱凡人，否则后果不堪设想。就说去年秋天吧，一个军队里来的陌生人，走进了塞格林根的一家酒店里。他长着大胡子，模样怪里怪气，看上去很粗鲁的样子。他在要吃要喝之前，不客气地问老板：

"贵地难道连个能给我刮脸的理发匠都没有么？"

"有，当然有。"老板连忙去把理发铺的师傅给找来了。

陌生人便对理发师说："给我修修面，可我的脸皮太敏感。要是你能不刮破我的脸皮，大爷我赏你四个克隆塔勒（一个克隆塔勒合四个半马克，即四百五十分尼）。可要是刮破了我的脸皮，大爷便一刀捅死你。你提防点吧！"

理发师傅早被吓坏了（因为看陌生大爷的样子并不是闹着玩儿，在他旁边的桌子上确实放着一把寒光闪闪的尖刀），听完便溜之大吉，又派来了一个伙计。陌生大爷对伙计照样说了刚才那些话，伙计一听也逃之夭夭了。最后，把小徒弟派来了，这小家伙可能叫钱把眼睛给打花啦，心里想：这有什么，要是弄得好，没有刮伤他，四个克隆塔勒就到手了，能到市上买件新衣服，还外加一根放血器（过去德国的理发师也兼做外科小手术）。就算没弄好吧，我也有办法对付他。他一边想一边就动手刮起来。陌生人也静静呆着，全不知道自己正处在可怕的死亡危险之中。大胆的小徒弟呢，就跟在挣六个分尼和割一块火绒或者吸水纸什么似的不慌不忙地让剃刀在陌生人的脸上和鼻子周围游来荡去，根本不像为了挣四个克隆塔勒在干着一件性命攸关的事。终于，他干完了活，干净利落地给陌生人修完了脸，很侥幸，既未碰伤他的皮，也未刮出他的血，可是他仍然在心中祈

祷，感谢上帝的保佑。

陌生人站起来，在镜子里把自己端详了一下，用毛巾擦干面孔，然后一边给小学徒四个克隆塔勒，一边说：

"小伙子，你给我修脸，心里不害怕吗？你的师傅和师兄可都被我吓得逃回去了。须知你只要刮破我一点儿皮，你就会没命的。"

小徒弟笑嘻嘻地谢过了客人给他的丰厚报酬，回答道：

"老爷，您根本捅不到我。只要您一哆嗦，就表明我已经把您的脸皮刮破了，那时我就会抢在您前头，用剃刀割断您的喉管，然后逃之夭夭。"

陌生人听了小徒弟的话，顿时面无人色，心中产生了极大的恐惧。他额外又赏了小伙子一个克隆塔勒，从此再也不敢对任何理发师讲：

"当心别刮破一点皮，否则一刀捅死你！"

长 生 药

——［日本］秋叶季人

由于目前地球上已经人满为患了，
所以，博士经过长期艰苦、反复的验证才得以
研制成功的长生不老药被联合国扔进了下水道。
但是，这一宝贵的药却被活动在这一带的老鼠享用了。

"经我们审核、验证，您的这项发明的确有效，但事实上，目前地球上已经人满为患了。"

"是的，我了解，"博士点了点头，脸上浮现出一种极为苦恼的神色，然后接着说，"但是，您要知道为了这种药我经过了长期艰苦、反复的连续验证才得以成功！"

"这个我们很清楚，您太不容易了。"

博士的处境令联合国人口调查局派来的工作人员很同情。如果不是有个小组监视的话，他一定要想方设法得到这种药的。

最后，他把他的职责与世界人口增长率的危险性向博士反复地说了几遍。为此……他们似乎是达成了协议。

终于，在对方的同情与惋惜声中，博士把他发明的宝贵药物，在极其微小数额的钞票报酬下交给了调查局工作人员。

虽说这个长生不老药是不应当舍弃的，但因为目前的世界人口增长已经到了最大的极限，所以绝不能再用这种疗效极好的药品了。

"长生不老药"虽然很宝贵，但是按照联合国人口调查局的指示，在严密的监视下，与污水一样从下水道付之东流了。

尽管如此，下水道里的药液还是成全了在这一带活动的老鼠——子孙万代都因为有这种药而长生不老了。联合国经常做这种不利于人类幸福及和平的事情。

忏 悔

—— ［日本］ 佐佐木大善

一个杀人犯向神父忏悔了；

神父左右为难，只好向另一个神父忏悔；

而另一个神父同样没有办法，

于是又向另一个神父忏悔。

最后，全国的神父都知道了真相却没有一个人将它公之于众。

一个男子慌慌张张地跑到神父面前忏悔："实际上，杀人犯是我！"这样的忏悔让神父感到很困惑。

那位男子道出了一起杀人刑事案件中的杀人经过。可是，在那一案件中，已经有一嫌疑犯被捕，并且被判为死刑。作为神父，他应当马上把那个男子送到警署，将他绳之以法。但根据宗教教规，忏悔之人的忏悔内容是绝对保密的，不能向外泄露。

神父真不知该怎么办了。如果他始终缄默不言，那名无辜者就会被处以死刑，他的良心就会不安，他的灵魂也会不安；而违背教规，对起誓将终生献给上帝的他来讲，无论如何是做不到的，神父左右为难。

最终，神父认为沉默是最好的办法。

一天，他到另一教堂去忏悔，这一教堂的神父是他的朋友。

"对无辜者被处斩一事，我选择了沉默。"

他将事情的经过一一坦言相告，这次感到苦恼的是他的朋友了。

出于无奈，他的神父朋友又到另一神父那里对此事进行了忏悔。

那个无辜者受刑的那一天，神父问"罪犯"："你还想说什么吗？"

"神父，我是无辜的！"罪犯大声喊道。

"是的，"神父回答道，"全国的神父都知道你无罪，但是事情的真相谁也不能公之于众。"

177

逃　跑

—— ［日本］筒井康隆

一天，一个杀手突然出现在"我"面前，
说"我"在十年后会杀死他，所以他现在要杀死"我"。
"我"别无选择，跳进时间机器，
决定将他妈妈杀掉，从而结束他的愚蠢行为。

那天，家里只有我一个人，一个突如其来的声响吓了我一跳。这屋子里除了我以外别无他人，哪里来的声音？我抬头一看，门口站着一个家伙，他右手握着手枪，眼里充满憎恨地盯着我。

这一幕吓得我下意识地站了起来。

"你……你是谁？一声不吭地闯进别人家里……哦，你是小偷吧？我这里根本没有值得你偷的东西，要不你想要什么就拿什么吧！"

"我不是小偷。"他答道。

"那，你想干什么？"

"我是来杀你的。"

"什么？我不认识你呀，再说我与你无冤无仇呀。"

"无冤无仇？你为什么要杀我！"

"你说什么？"我拼命地摇摇头，"我为什么要杀你呢？你一定是弄错了。"

"不会错的。"他上前了两步。

"你会杀掉我——在十年以后，所以我必须先下手为强，于是我便从十年后逃了出来，通过时间机器返回到现在。假如我不杀你，那么十年后我就没命了。"

"可是，我并没有做错什么事呀！你为什么要对我这无辜的人下毒手呢？救命呀！"

我叫喊的声音很弱，双脚抖个不停。

他把手枪推上了膛，说道："我的女朋友是被你夺走的，所以我要杀了你。"

"等……等等，我不是那种人，我怎么会夺人所爱呢？"

"你会的，当时我怒气冲天，想杀了你。没想到你竟然躲进时间机器里，逃到了现在，你不就是要在十年后去杀掉我吗?"

他举起手枪，瞄准了我。

"救命呀! 你千万别动手!" 我哀叫道。

这时，一个未曾见过面的女郎出现了。她对他说:

"这是我丈夫，你别演戏了。你爱恋着已为人妻的我，便通过时间机器回到了我的独身时代，想要诱惑我。结果我丈夫盛怒之下才起了杀心。"

那男子听后，怒斥道:

"说得好听! 你已在未来为我生了六个孩子，却偷光了我的钱，通过时间机器跑去跟这个男人结婚。我惟有现在杀了他，才能把你拉回到我身边。"

他终于开了枪。

"住手!" 随着那声叫喊，那女郎扑上前去，子弹从我的身边飞过，打在墙上。这样下去，我肯定会被杀死的。

"好，" 我别无选择，于是就跳进了时间机器，说道，"看来我只有把你妈妈杀了，才能让你停下这种愚蠢的行为。"

有百科全书的人

—— ［瑞士］瓦尔特·考尔

在一个偏僻的小村里，
一位先生去大城市买了一本百科全书，
从此，他成了村里最有知识的人。
书越看越薄，等传给他孙子时，只剩下封皮和半张纸了，
但他的孙子仍是这个村最有知识的人。

在一个远离通衢大道的偏僻小村里，想找一家像样点儿的、可供稍有身份的旅客投宿的旅店都很难。村里有个小火车站，不过也小得可怜。这个偏僻的小村简陋得好像是一夜之间建造起来的。

村里的房屋都被太阳晒得黑乎乎的，但十分干净整洁，院子里和窗台上盛开着五彩缤纷的鲜花，每一个真正的村庄理所当然应该这样。每间房屋的四周都有一圈高高的栅栏围着，院子的小门上挂着许多牌子，都写有一些警示性的文字，如提防猛犬或者严禁乞讨和挨户兜售等等。

有一天，天气很好，住在村里的一位先生干了一件前所未闻的事。那些爱搬弄是非的女人聚在一起议论纷纷。他身后还尾随着一些游手好闲的小青年，一直跟他到小火车站。原来，这位先生买了一张火车票。火车站站长每天总要和村公所文书、烟囱师傅、村公所公务员一起玩玩雅斯牌，这件事是他在玩牌时随便说起的。

村里没有真正的教师，否则，村公所公务员大概也不会有此殊荣，能与村里的这几位绅士坐在一起玩牌。邻村倒有一所学校，但是，到了冬天，孩子们上学就有了困难，再遇上下雪，道路被积雪覆盖，上学就更难了。

可是一张火车票有什么新鲜的呢？原来我们的这位先生买的可不是一张到邻村的车票，也不是一张去县城的车票！不是这么回事。这位先生想冒次风险，进城去闯荡世界。

几位绅士都不同意，连连摇头。他们试图说服这位先生，让他明白自己要做

的事完全没有必要，况且还引起了大家的疑心。直到现在，村里人还认为根本没必要去那么远的地方闯世界，自父亲那一辈，甚至祖父那一辈起，村里的人不都是这么生活、这么长大的吗？

这位先生想去城里，就是想改变他现在的生活，况且车票都已经买好了，明天一早就准备动身。村里的绅士们不无感叹地说：是啊，是啊，凡是下定决心要闯入不幸的人，别人是无法改变他的想法的。我们肯定，灾难在大城市等待着他。

他究竟想去那座城市寻找什么呢？

这位先生对此事只字不提。妇女们洗衣服时议论得更多了。

第二天一大早，这位先生出了家门。街上许多小青年前呼后拥，吵吵嚷嚷，一直把他护送到火车站。

这位先生如愿地登上了窄轨火车，到了镇上又换乘直达快车，顺利地来到了他向往的大都市。

他到这个大城市想做什么，这连他自己也说不清楚，当然也就没法回答那些牌迷了。他心里有一种感觉，可是要他说却又说不出来。

他穿街走巷，眼睛时而瞧着这家商店，时而盯着那片橱窗。心里的那种感觉，那种不可言状的感觉告诉他：别着急，这些东西你都不需要。

在一家书店门前，这位乡下来的先生停下了脚步。玻璃橱窗里陈列着各种图书，有厚，有薄，有烫金的，也有不烫金的，还有彩色封面的。他突然之间意识到：这就是我梦寐以求的东西，我正是为这些才到都市来的。一本厚厚的、价格不菲的书平放在玻璃橱窗里。书的旁边放着一个很大的硬纸牌，上面的文字告诉他，如果买下这本价格昂贵的百科全书，任何问题都可迎刃而解。

走进书店，这位先生觉得，知道一切事情，回答所有问题，恰恰就是他要寻找的。这时，他想到村子里的那一个烟囱师傅在村民面前总是装腔作势，因为他经常从邻村的同行那里借阅报纸，所以他的知识相对丰富。他还想到火车站站长，每次从肉铺老板那里买一截儿粗短香肠当早餐，这样便能偶然得到小半张报纸，然后也自以为了不起地说大话。

书店的伙计待人非常热情，他向这位先生介绍了有关这本书的一些情况，然后又问他想要皮封面的，还是亚麻布封面的。这位先生不知道应该如何回答。这对伙计来说再好不过了，便包了一本皮封面的书给这位先生。

这位先生买了回家的车票，在火车上就已按捺不住地想看一看这本书。于是他偷偷摸摸地取出那本书，躲躲闪闪地翻开，就好像是在翻一本低级下流的小册子（村公所公务员常看的一本小册子，表面尽是些裸体女人。他经常在午夜时分、消防演习之后，让大家传阅。现在，那本小册子早已破旧不堪了）。"吼猴

181

属"是跃入他的眼帘的第一个词条,他读了读关于吼猴属的解释。紧接着在吼猴属的下面提到了一位叫布吕尔曼的将军。他觉得书里写得很清楚,自己完全看懂了。在换乘窄轨火车之前,他把书重新包好,然后端坐在那里,满脸通红。想到今后可以在人前炫耀他的学识,心里便乐滋滋的。他似乎看到了烟囱师傅的小胡子在颤抖。平时,只有当烟囱师傅手上握有两张 A 并向对手暴露了自己的牌力时,他才会那样抖动他的小胡子。

果然,一切都如这位先生所料。他渊博的知识和人们对他的知识的了解,就像瘟疫一样在村子里迅速传开。烟囱师傅不甘示弱,想方设法维持自己的权威地位,他蹙着眉头,露出一副充满疑虑的神情,对巫术和幻象大谈阔论。

然而,有天夜里,当村里几乎所有灯火都熄灭之后,烟囱师傅便乘着夜色摸进了这位先生的家。他终于登门求教了。

至此,这位先生终于夺到了胜利的红旗。他的名声愈来愈大了。邻村的人听说此事后都伸出食指敲着自己的额头哈哈大笑。但是,这对这位先生的名望却丝毫无损。村里的人认为,虽说村里只有这么一位无所不知的聪明人,可是,不久的将来,总会有一天,整个村子的人都会像他一样聪明的。

周围所有的村庄都在笑话这个村子的人,把他们看成是十足的白痴和傻瓜。

许多年后,那位聪明的先生已经老态龙钟了,百科全书当然也已不成样子了,当老人把百科全书作为珍贵的遗产传给儿子的时候,书已经残缺不全了,这都是被那些来向他讨教的人偷偷撕走的。他的儿子并不关心那些缺页。他总是习惯说:"书里没有的,世上也没有。我父亲去世前曾对我说过,这本书装着整个世界。"

当他儿子的儿子接过这本百科全书时,百科全书就只剩下封面和半张纸了。尽管如此,村里的人还总是登门求教,打听什么是"直布罗陀",什么是"民主",等等。这时,先生的孙子就会摆出一副很有学问的样子,捧起那本只剩封皮和半张纸的百科全书说:"你自己也看见了吧,这里没有直布罗陀,也没有民主。你看,这儿只有'排外'。"

182

舵　手

—— ［奥地利］卡夫卡

轮船被劫持了，
然而当舵手的呼救声喊来了同船的船员，
这些船员却屈服于劫匪的淫威，
又乖乖地回到了舱底。

"你弄错了，舵手不是我！"我大声喊着。

"那是谁？"一个高大魁梧的神秘男人问。他用手轻轻在眼睛上面摸了摸，仿佛在驱赶一个不真实的梦。

刚才，在沉沉的夜色中，我的手撑着舵，轮船仅靠头顶的一盏小灯向前行进。突然，这个男人走过来，想把我推到一边。因为我不退让，他就用脚踏住我的胸口，慢慢把我往下踩，因为我的手一直没有松开舵轮的把手，所以倒下时将它转离了航向。但又被那个男人快速地转了回去。这时，我明白过来了。我一骨碌爬起来，跑向朝着水手舱的舱口，大声喊道："船员们！伙计们！快点来呀！有个陌生人把我从舵轮上赶走了！"

他们慢慢腾腾地来了。舷梯口冒出一个个东摇西晃、无精打采的魁梧身影。

"我是这个船上的舵手吗？"我问他们。

他们点着头，但目光却盯着那个陌生人并站成一个半圆围住了他。

那个陌生人用命令的口气说："别靠近我！"

话音刚落，他们就拥在一起，朝我点点头，又从舷梯下去了。这是一群什么人？他们在想什么？难道他们就是这样毫无目的地来这世上走上一遭么？

183

有什么新鲜事吗？

——［匈牙利］厄尔凯尼

> 哈伊杜什卡夫人在一天下午复活了，
> 她向人们询问了一些问题，
> 但人们的回答使她感到没有什么意思，
> 于是，她又回到了坟墓里。

一天下午，布达佩斯公墓发生了一件新鲜事，躺在公墓第二十七区十四号墓穴里的哈伊杜什卡·米哈伊夫人——诺贝尔·施蒂芬妮亚复活了。

当时近三百公斤重的墓碑轰然倾倒在地，尽管因为风吹雨淋，墓碑上的字迹已模糊不清了，但她丈夫的名字还依稀可见。可不知道为什么，他没有复活。

因为天气不好，在公墓的人不多。但凡是听到这声音的人都过来了。这时，刚刚复活的少妇已抖去身上的尘土，正在用借来的梳子梳头。

一位带黑面纱的老太太问她："你好吗？"

"谢谢，我很好。"哈伊杜什卡夫人说。

一位出租汽车司机问她想不想喝点水？

这位刚刚复活的人说，她现在不想喝什么。

这位司机便发表了自己的看法，他对布达佩斯的水的味道实在无法恭维，他也不想喝。

哈伊杜什卡夫人问司机，他为什么对布达佩斯的水不满意？

"因为是用氯消的毒。"

"是的，消毒时用氯。"花匠阿波斯托尔·巴朗尼科夫点点头（他是在公墓门口卖花的），所以他只好储存雨水来浇那几种高级的花。

"是的，现在全世界的水都用氯消毒。"

说到这里，没有人接话了。

"还有什么新鲜事，快给我讲讲。"少妇渴求地说。

"什么新鲜事也没有。"人们说。

大家又不说话了，这时下起雨来。

"您不怕淋湿吗？"做钓竿的私营手工业者德乌契·德若问这位复活者。

"没关系，我喜欢下雨。"

老太太却说："那可得看下什么雨。"

哈伊杜什卡夫人说，夏天那种凉丝丝的雨才是她最喜欢的。

但是阿波斯托尔·巴朗尼科夫说，他什么雨也不喜欢，因为一下雨就没有人来公墓了。

做钓竿的私营手工业者说，他非常能理解这一点。

接着人们又沉默了。

"还是说点什么吧。"新复活的少妇向四周看了看说。

"说些什么？"老太太说，"没什么好说的。"

"说说自由战争以后发生的事吧。"

"要说，也可以说一两件，"手工业者挥挥手，"但就像德国人说的那样，比这有意思的事也不多。"

"没错，一点儿没错。"出租汽车司机说完就回到自己的汽车那里去了。

人们都不说话。复活者觉得没意思，此时，她复活的那个土坑还没有合上。她又等了一会儿，但看来实在没有人想说话，于是就向周围的人告别，又回到那个土坑里去了。

做钓竿的手工业者怕她滑倒，伸手过去扶了她一把。

185

"希望你过得美好。"手工业者说。

"怎么了？"出租汽车司机在大门口问大家，"她莫非又爬回去了？"

"是的，她又回去了。"老太太摇摇头，"其实，我们说了许多新鲜事儿，聊得也很投机。"

轻信带来的烦恼

——［西班牙］比德佩

一个黑漆漆的夜里，一个窃贼到一个骑士家偷窃。
当他来到骑士的卧室门前时，听到了一个发财的秘密，
他对此深信不疑，照章去做，
没想到却因此摔断了胳膊和腿。

一天夜里，月亮并不明亮，所以天是漆黑漆黑的，有个窃贼来到当地有名的富有骑士家偷窃。这个骑士在当地很有名，而且以智慧超人著称。他听见有人进入宅内的脚步声便醒了，他猜进来的人可能是窃贼。窃贼刚来到骑士的房间门前，骑士便轻轻地推醒了妻子，然后小声地说："我们家好像来了窃贼，我要你一个劲地问我是从哪儿，通过什么办法弄到这么多钱的，而且你要大声地恳切地要求我说，我要不愿说时，你就连劝带哄，直到我把全部的底细都告诉了你为止。"他的太太也是个聪明精细的人，便开始装腔作势地问起丈夫话来："我说，老爷，你还是把那个我一直想知道的事告诉我吧。""你说的是什么事？"骑士装作不知。"就是你怎样发大财的。"妻子说。此时骑士支支吾吾地不肯讲实话，但是拗不过她一个劲地恳求，最后他说："夫人，我不理解你为什么非要知道我的秘密。你要什么有什么，难道还不满足吗？世界上没有不透风的墙，许多事情一说出来就会坏事，过后就悔之晚矣，所以还是我一个人保守秘密吧。"

这番话反而更增添了妻子的好奇心，使她追问的更紧了。最后迫于无奈，骑士说："我们的全部家产——这话可千万不能对任何人泄露——都是偷来的。这是真的，我的钱没有费一点力气，都是从别人那里偷来的。"太太听了不信，逼他讲出详情。"你不相信我吧？那我就把全部经过告诉你。从小，和我在一起的那些孩子都是小偷，我常和他们混在一块，我的手指几乎不曾有闲着的时候。他们中有一个人非常赏识我，教了我一身绝技，他教我的咒语，能使我突然抱住月光，然后从高高的窗户上飞到地面，又抱着月光从地面飞到房顶，就这样我想要什么就抱着月光去取。我把咒语念完七遍，月亮会告诉我宝物藏在哪儿，我就是

这么发的财，再也没有什么别的秘密了。"

　　此时，在门口偷听的那个贼对骑士讲的话深信不疑，因为骑士的诚实是远近皆知的。他恨不得马上试验一下他听来的话是否灵验，他照着骑士说的念了七遍咒语，然后他就照着骑士的话做了，他想从这个窗子飞到那个窗子，结果头朝下摔到地上，但没有摔死，只摔断了两条腿和一只胳膊，他疼得大喊大叫，恨自己愚蠢，对别人的话过于轻信。

　　此时骑士走到他面前，贼以为骑士会杀了他，可骑士并没有那样做。于是贼便向骑士求饶，说他最痛心的是竟糊涂到了能轻信这种话的程度，他恳求说，既然已用言语使他得到了惩罚，就请骑士老爷放过他别再加害他了。

权宜之计

—— ［加拿大］皮·伯顿

> 随着离婚率的增长，
> 按照结婚的仪式，我设想了一个离婚仪式，
> 离婚的仪式上有着复杂、繁琐的步骤。
> 这样一来，成千上万的人才会珍惜他们幸福的婚姻生活。

最近一段时间，我的一些朋友不知为什么都闹起离婚来了。10年前，这些朋友都忙着结婚，我老去充当招待员、男傧相、婚宴主持人什么的。可情形现在都变了，朋友中离婚的比结婚的还多，像赶时髦似的。

我常常搞不清我的哪一对朋友在闹离婚，要不就是我听说他们闹离婚却不知道他们什么时候离的。有时两口子最终没离成，可我却以为他们已经离婚了呢，弄出一些颇为尴尬的事。

我是想说，离婚虽不像结婚那样需要举行合乎体统的仪式，遵守合情合理的规范，但我觉得离婚也应举行个仪式，在祈祷书上也可以订一条离婚规则嘛。这主意好处蛮多的，对花商、百货店、电报局、报纸编辑、节目筹办人和礼服出租店都有一定的吸引力。嘿，让离婚如结婚一般合乎体统吧！用宽大的信封发出印制讲究的请柬，无论朋友还是敌人都送上一张。

离婚仪式也应像结婚仪式一样在教堂举行，只要有可能，还应该由当初缔结这桩姻缘的同一位牧师来主持。当然引座的招待员也应在场，他们把白色石竹花插在扣眼里，领着男方的亲朋和女方的好友走过通道，与结婚仪式不同的是他们分坐两边（请记住，她是绝不能容忍他的朋友在场的）。

罗伯特·辛普生公司新设的离婚案律师事务所是专门承办离婚案件的，离婚这一过程还颇有些麻烦。男方曾发誓说，如果他非得穿礼服不可，还算什么离婚；女方也跑去在一旁哭哭啼啼地说，她受不了如此多的条条款款。然而他们最终还是达成了共识。这不，他来了，在一位男傧相（有时称为男方陪使）的陪同下从侧门进入教堂。这位男傧相的职责就是在适当的时候从女方手上拿下结婚

188

戒指，然后狠狠地扔在地上，愤怒地用脚踩。

接着女方挽着父亲的胳膊从教堂的门走下通道。她父亲曾把她送出家门，而现在颇不情愿把她领回。"新娘"的队列里也包括二位陪娘（有时称做女方陪候）和几个在"新娘"面前撒花的女孩（离婚夫妇的孩子，他们的监护还有待解决）。

离婚仪式的气氛应庄重，形式也要简单，当牧师问他或她是否不再承认对方是自己的终生伴侣，不再相近、相亲、相思、相爱，回答只说几个"是"就可以了。接着是牧师惯例地发问："在座诸君倘若认为他们俩不应分离者，敬请明言。"此时可能不会有人来阻止仪式的进行。

然后，离婚双方要到教堂侧室划掉结婚登记簿上的名字。与此同时，本地男高音唱起一支诸如《愁肠寸断》之类的悲曲。摄影师由百货公司提供，不仅拍照片供报纸登载，而且还为充实离婚相册，为这一重大时刻画上圆满的句号。离婚仪式上需要两个摄影师，因为这对夫妇按惯例将由两个出口退去。这时来宾们抛撒五彩纸花和旧鞋子——这些鞋曾使她大为恼火，因为他时常在屋里乱丢。

接下来要举行招待会，穿过夹道相迎的人群，接受友人的祝贺，畅饮颇令人陶醉的混合甜饮料；当然，还有母亲为新离婚的女儿举杯祝贺，声称自己的小心肝终于摆脱了不幸的枷锁，重新获得了自由。

前新郎也要对岳父岳母说几句体面的话，此时离婚蛋糕被推上来了。有人念了几封电报，主要是前新郎的旧情女友们发来的致意电，并邀请他周末晚上到家共尽牛排大餐。

现在该切蛋糕了。摄影师在一边准备拍照。离婚蛋糕上竖立着两个小人，自然他俩的头各自扭向一方。这对幸福的人儿当中的她或他也许会有一种倾向，想切掉其中一个蛋糕人的头颅，我并不鼓励这种做法。

蛋糕切完了（每位来宾都分得一块，好带回家放在枕头下面），该轮到女方抛扔花束了。在场的少女都去争抢那幸运花束，因为流传着这样一个动人的传说：谁抢到花束，下一个就该她交好运了。

接着该谈谈礼品了，礼品全都展示在隔壁的房间里，这些礼品都是朋友在结婚时赠送的，现在这些礼品正等着退还给原赠送人。我担心有的礼品，像花瓶、陶瓶之类，早已带上残损伤痕，这是那对夫妻结婚以来的杰作。

以上的离婚仪式是我的设想，随着这种想法日益为人接受，不用说，每个地区都会做出努力，不断予以丰富完善。

也许有人会说："嘿！你胡说些什么？"他们认为我正在嘲弄20世纪最具悲剧性的情景。

然而，可爱的来自里奇蒙山的女士（明天她很可能用悲哀而不是愤怒的腔调写信给我，末尾以"讨厌你的"字样签名），我绝无嘲弄之意。我的态度是严肃的。离婚仪式是一个进步，应该成为必需。这样一来，成千上万的人才会珍惜他们的婚姻生活。

如果不是有简单易行的结婚仪式可供选择，那么不少青年男女便会心甘情愿地做单身贵族。但离婚仪式却不能有任何变通，你若想离婚，就得照此办理——其他别无选择。

我想，没有人会觉得我的关于离婚仪式的想法是荒谬可笑的。

隔篱之争

—— ［澳大利亚］亨·劳森

两只狗，一篱笆相隔，
它们能干些什么呢？
除了战争还是战争。

篱笆外来了一只狗，对着缝隙东嗅嗅，西闻闻，这使篱笆内的狗发疯一样朝它汪汪直叫，而它却没法儿出去。这两只狗，也许纯属陌路相逢，也许是老相识。或许那只狗并没有敌意，只是嗅嗅而已，但对另一只狗来说也是一样的。往往是里边的狗先叫，外面的只是因为对方先动肝火，无事生非，才火冒三丈，以大叫来回敬。结果呢，事情越弄越糟，里边的狗会口吐白沫疯狂地扑上去。

看到这种情景的你会很纳闷里边的狗为什么要发狂，也许是它认为外面的狗欺人太甚，居然有意捉弄它。不管怎样，对峙越久，里边的狗就怒气越大，因为它出不去，不能把愤怒发泄出来，所以它气得差点儿把自己的尾巴咬下来撕个粉碎。要是出得去，它准会把它咬死，就连亲兄弟也不放过。

有时，外面的狗装作什么事也没发生，安静地离去；有时，随和地回叫几下；有时，它不感兴趣地吠几声，仿佛委实与世无争，只不过出于自尊和维护狗的资格，才叫几声；若外面是只小狗，那它就会陡然吃惊而匆匆跑掉；或者，假如那是一只厚脸皮的小狗，那它会在戏弄对方之前确定对方的活动区域。

一只纽芬兰种大狗在篱笆外嗅个不停，满脸狞笑；而里边的狗却以每秒钟叫30下的频率，不停地呜咽着，它真的气坏了，而且从头到尾的每个关节都抖动起来，还弄得满身白沫，有时还把白沫喷出篱笆缝隙。

换了小狗就不一样了，身子越小叫得越凶，因为它知道自己很安全。而有时则像前面说的，一条暴躁的大狗在篱笆外面，它厌恶口角，对别的狗从来不提出异议——像人世间很多和事佬一样，他们讨厌与人拌嘴，总是和颜悦色、彬彬有礼。但令人讨厌的正是这样的谦恭，而且常带不无讥讽的神气，那模样简直使你想把他们的头拧下来。这些人从不挑起争吵，但他们会使争吵继续下去，一发而不可收拾。他们心安理得，就因为争吵不是由他们引起的，而且还会推脱责任，说是对方先闹的——那暴躁的狗因为里边的狗大动肝火而发怒了，它说：

"干吗发那么大的脾气，你怎么啦？喂！"

里边的狗说："你以为你在跟谁说话？你这——！我要等等，等等。"

随后外面的狗说："你这蠢东西，连一只母狗都不如！"

嘶叫终于爆发了，几里路以外都能听得见。那情形如同打仗时的呐喊，也像几百门大炮每分钟发射80发炮弹。它们叫呀叫，直到两只狗都愤怒到了极点，里面的狗要冲出来，外面的狗要冲进去。然而，要是这两条狗偶尔在外面相遇，说不定会立刻打得火热，成为挚友亲朋，发誓永远忠于友情，说不定还要邀请对方去家里做客呢！

换脑以后他是谁

一场意外事故使大卫改变了本来的面目，
他因此获得了再次追求他妻子的机会。
但是，就在他们举行婚礼那天，
却来了一个自称是他妻子的女人。

祈　愿

——［中国］郁达夫

我虽在银弟那里住了四日，
但那里岂是我的久留之地？
正当我准备悄悄离去时，
银弟却让我陪她到城外观音潭的王奶奶殿，
看着她那虔诚祈愿的样子，我终于忍不住了……

　　窗外头在下如拳的大雪，埋在北风静默里的这北国的都会，仿佛是在休息它的一年来的烦剧，现在已经沉睡在深更的暗夜里了。

　　室内的电灯，虽在发放异样的光明，然而桌上的残肴杯碗，和老婢的来往收拾的迟缓的行动，没有一点不在报这深更寒夜的萧条。前厅里的爪子们，似乎也倦了。除了一声两声带着倦怠的话声外，一点儿生气也没有。

　　我躺在火炉前的安乐椅上，嘴里虽在吸烟，但眼睛却早就想闭合拢去。银弟老是不回来，在这寒夜里叫条子的那几个好奇的客人，我心里真有点恨他们。

　　银弟的母亲出去打电话去了，去催她回来了，这明灯照着的前厢房里，只剩了孤独的我和几阵打窗的风雪的声音。

　　“……沉索性沉沉到底，……试看看酒色的迷力究竟有几多，……横竖是在出发以前，是在实行大决心以前，……但是但是……这……这可怜的银弟，……她也何苦来，她仿佛还不自觉到自己不过是我的一种 Caprice（任性）的试验品……然而这一种 Caprice 又是从何而起的呢？啊啊啊啊，孤独，孤独，这陪伴着人生的永远的孤独！”

　　当时在我的朦胧的意识里回想着的思考，不外乎此。忽而前面对着院子的旁门开了，电光射了出去，光线里照出了许多雪片来。头上肩上，点缀着许多雪片，银弟的娘，脸上装着一脸苦笑，进来哀求似的告我说：

　　“广寒仙馆怡情房里的客人在发脾气，说银弟的架子太大，今晚上是不放她回来了。”

我因为北风雨雪,在银弟那里,已经接连着住了四晚了,今晚上她不回来,倒也落得干净,好清清静静的一个人睡它一晚。但是想到前半夜广寒仙馆来叫的时候,银弟本想托病不去,后来经我再三的督促,她才拖拖挨挨出去的神情,倒有点觉得对她不起。况且怡情的那个客人,本来是一个俗物。他只相信金钱的权力,不晓得一个人的感情人格的。大约今晚上,银弟又在那里受罪了。

临睡之前,将这些前后的情节想了一遍,几乎把脱衣就睡的勇气都打消了。然而几日来的淫乐,已经将我的身体消磨得同棉花样的倦弱,所以在火炉前默坐了一会,也终于硬不过去,不得不上床去睡觉。

砰砰的一阵敲门声,叫唤声,将我的睡梦打醒,神志还没有回复的时候,我觉得棉被上忽而来了一种重压。接着脸上感着了一种冰冷冰冷的触觉。我眼睛还没有完全打开,耳朵边上的一阵哀切的断续的啜泣声就起来了。

原来银弟她一进房门,皮鞋也没有脱,就拼命的跑过来倒投在床上,在埋怨我害她去受了半夜的苦。暗泣了好久好久,她才一句一句的说:

"……我……我……是说不去的……你你……你偏要赶我……赶我出去,……去受他们这一场轻薄……"

说到这里,她又哭了起来:

"……人家……人家的客人,……只晓得慰护自己的姑娘……而你呢……你呢……倒反要作弄我……"

这时候天早已亮了,从窗子里反射进来的雪光,照出了她的一夜不睡的脸色,眼圈儿青黑得很,鼻缝里有两条光腻的油渍。

我做好做歹的说了半天,赔了些个不是,答应她再也不离开北京了,她才好好的脱了衣服到床上来睡。

睡下之后,她倒鼾鼾的睡去了,而我的神经,受了这一番刺激,却怎么也镇静不下去。追想虽则日日沉浸在这一种红绿的酒色里,孤独的感觉,始终没有脱离过我。尤其是在夜深人静,欢筵散后,我的肢体倦到了不能动弹的时候,这一种孤寂的感觉,愈加来得深。

这一个清冷大雪的午前,我躺在床上,侧耳静听,听胡同里来往的行人,觉得自家仿佛是活埋在坟墓里的样子。

伸出手来拿了一枝烟,我一边点火吸着,一边在想出京的日期,和如何的与她分离的步骤。静静的吸完了两枝烟,想了许多不能描摹的幻想,听见前厅已经有人起来了,我就披了衣裳,想乘她未醒的中间,跑回家去。

可是我刚下床,她就在后面叫了:

"你又想跑了么?今天可不成,不成,怎么也不能放你回去!"

匆忙起来换了衣裳,陪我吃了一点点心,她不等梳头的来,就要我和她出城去。

天已经晴了，太阳光照耀得眩人。前晚的满天云障，被北风收拾了去，青天底下，只浮着一片茫茫的雪地，和一道泥渣的黑路。我和她两人，坐在一辆马车里，出永定门后，道旁看得出来的，除几处小村矮屋之外，尽是些荒凉的雪景。树枝上有几只乌鸦，当我们的马车过后，却无情无绪地呀呀的叫了几声。

城外观音潭的王奶奶殿，本来是胡同里姑娘们的圣地灵泉，凡有疑思祈愿，她们都不远千里而来此祷祝的。

我们到了观音潭庙门外，她很虔诚的买了一副香烛，要我跟她进去，上王奶奶殿去诚心祈祷。

我站在她的身旁，看了她那一种严肃的脸色，和拜下去的时候的热诚的样子，心里便不知不觉的酸了起来。当她拜下去后，半天不抬起身来，似在默祷的中间，我觉得怎么也忍不住了，就轻轻的叫她说：

"银弟！银弟！你起来吧！让我们快点回去！"

归 来

—— ［中国］ 石评梅

十年前，马子凌投笔从戎，叱咤疆场。

如今他报了父仇妻恨，载誉归来。

然而，在民众的欢呼、掌声中，

他却感到深深的失望。

马子凌的军队快到 Q 城的时候，市民便在公共体育场，筹备开欢迎战士凯旋的大会。那时晴空无云，温阳正照着这绿色的原野，轻浮着一种草花的香气，袭人欲醉！场中央已扎起一座彩台，台上满摆着鲜花，花中放着一张新月式的白漆桌，两旁列着十几把椅子，全场中连系着十字交叉的万国旗，台顶上那杆令万人崇敬钦仰的旗子，这时临风飘展，使一切野花小草都含笑膜拜！

烟尘起处，军乐悠扬，旗帜飘摇中先是负枪实弹的步兵，一列一列过去之后，便是马队。在这种雄壮静肃的空气中，只听见幽扬的军乐和着整齐的步履，沙沙沙沙，这是光荣的胜利的语声吗？两旁的观众，扶老携幼，有认子的老母，有寻夫的娇妻，也有是含着悲酸哀痛，来迎接那些归来的沙场英魂，这时也许哀悼之感甚于欢欣之情罢！最后一队中有个清癯的戎装英雄，在马上他忍泪含笑向两旁狂呼投花的群众点头，这就是十年前投笔从戎，誓扫阴霾的马子凌。

子凌到了场中，军队和民众环绕着那一座高台，万头攒动中，子凌在台上演说他十年中百战成功的经过，他结论说这并不是他的光荣胜利，这是民众的光荣，民众的胜利。今日侥幸功成归来，宇宙重现了清明之象，他自然一样为祖国庆贺欢祝，不过为了证明他这次归来是把这光荣胜利送还给故乡父老，所以他才解甲弃枪，不愿拥兵高位自求荣利。

他演说完后，在民众热烈的掌声中，脱下他那件染满了血斑的战袍，一抬手扔挂在那杆大旗上，露出他背部和右臂的创痕，不知怎地他忽然流下泪来，他想到他的老父和他的爱人的惨死！

第二日他把一切军务都交给他的秘书王静泉代理后，提了一个小箱，就悄悄地离开 Q 城。一路上他心情极烦乱悲怆，往日他只希望着战争胜利和成功，几年中他摒弃了自己一切的情怀而努力迷恋着这愿望的实现。如今果能如愿归来，但是他在群众热烈的掌声惊醒了他的幻梦，他失望了！他抱着这虚空的怅惘，回到他的故乡。这时他知道自己的幸福欢乐已埋葬了，他所能偿愿无愧的，就是他能手刃了敌人的头颅，给他的老父和爱人报仇。除此以外他不能再在这光荣胜利的欢笑中求幸福求爱情求名利了。

十年前，子凌的故乡木杨镇，正是 E 军和 G 军开火接触的战线，炮火声中，将这村庄里多少年的安宁幸福给破碎了！那时幸好母亲和妹妹已逃到外祖母家，他呢，在城里念书车路不通，不能回来。在军队开到的前几天，子凌的父亲是这一乡最有名望的老者，所以许多乡人都信仰尊敬他。自从风声紧急后，便在他家里开了几次会议，但这是绝对无办法可想的，后来只议决先让妇女躲到别的乡村去，余下男人们在家里守着，静等着战神的黑翼飞来。

一天黄昏时候，晚饭后许多农民都聚集在小酒店的门口，期待着那不堪设想的惊惶惨淡之来临。这时正好村西瓦匠的儿子张福和已从前线上逃回来，他传来的消息是 G 军失利，E 军追击着离这里已有三百里。夜来了，一切的黑暗把这几千户的乡镇包围后，忽然由西南角传来一阵枪炮声，一缕缕的白烟在荫深的树林中飘浮着，惊的树上的宿鸟都振翼向四下里乱飞，村中隐隐听见惶恐喧嚷之声，他们抖颤着，可怕的噩运已来了。

夜里十点钟的时候，枪声愈来愈近，隐约中在大道上可以看见灰色蠕动的东西蜿蜒而来。这时子凌的父亲也来到酒店门口，虽然在这样急迫危险中，他仍然保持着那往日沉默庄严的态度，不时把头仰起望着黑漆无星光的天宇！枪声近了，人们马上现露出惊惶来，村门口的狗，都汪汪汪汪向着大道狂吠，这安逸幸福的乡镇，已在这一刹那中破碎了！

败兵进了木杨镇后，大本营便扎在子凌的家中，自然因为他是这里的首富，人格资产房屋都较为伟大！这是木杨镇的浩劫，一切呵！在顷刻之中便颓倒粉碎，妇女和小儿更践踏凌辱得可怜。

当翌晨太阳重照着木杨镇天宁寺的塔尖时，子凌的家中忽然起了极大的扰乱和惊惶，镇中的人们都十分悲痛哀悼地跑来看，原来子凌的父亲，在后院马槽中被人刺死了！死的自然惨凄，周身的衣服都被脱去，紫的血和土已凝结在一块，雪亮的刺刀还插在咽喉上！到底是为什么死的？至如今都是疑案但也无什么可疑，总之在枪弹飞来飞去的战翼下，一切都是毁灭，一切都是牺牲。

一月之后，子凌从 Q 城奔丧归来，母亲和弱妹都在外祖母家中病着，他咽下悲痛愤慨的眼泪，料理完一切后，遂辞别了老母稚妹回到 Q 城。这时他热血沸腾，壮怀激荡，誓愿拼此头颅，拼此热血，为惨死的老父伸此一腔冤气，并为许多同胞建筑平和幸福之基。这时 Q 城已有一班青年男女，组织了一个铁血社，同心同志向这条路去进攻，不久子凌便被推为这社里的首领，为若干热血健儿所尊崇所爱护。内中有一女同志胡君曼，和子凌肝胆相照，情意相投，协力互助着求铁血社的进行发展，数年之中，他们的社员已有十万余人。这时国内各派擅权，相继消长，战争不已，民苦日深，但是铁血社的雏形，已召了许多敌人的忌恨，每欲乘机扑灭此潜伏的势力而甘心。

有一年的暑假中，君曼负了使命南下，那晓得敌方的侦探已追踪了她，当她在 Y 埠下车时，便被那里的军队捕了去。捕去后在她身上搜出许多密件公文，都是对于敌军不利的计划。Y 埠的军长大为震怒，连审讯都没有，便把君曼赏给了捕她的那个营长去当姨太太。这消息子凌知道后万分的愤怒悲痛，更觉这世界是人间魔窟，险恶已极，虽然那时他们势力薄弱，不能相敌，但是这耻辱，已给了铁血社不少的兴奋和努力。过了几天，子凌忽然接到君曼一封潦草简短的遗书，说她虽死请子凌不要太过伤心，只盼他积极去进行他们的社务，以事业便是爱情，爱情便是事业的话来勉励他。从此以后子凌专心一意的以改革社会环境为己任，一想到父亲和君曼的惨死，便令他热血沸腾，愤不欲生！

十年之后，子凌杀死一切的敌人，凯旋归来，这是一般人所最钦仰羡慕他的，然而当他脱去了赤血斑驳的战袍，露出他背上和右臂的创痕，同时也撩揭起他心底的悲痛，他觉得在枪林弹雨中十年奔走湖海飘零，如今虽然是获得一时的胜利成功，不过在人类永久的战斗里，他只是一个历史使命的走卒，对他自己只是增加生命的黯淡和凄悲！毫无一些的安慰，反因之引起了不堪回首的当年。

一个驰骋疆场，叱咤风云的英雄，如今夕阳鞭影，古道单骑，马儿驮也驮不动那人间的忧愁和怆痛！他抛弃了一切的虚荣名利，独自策马向故乡去了。去哭吊父母的坟墓，去招祭君曼的英魂去了。

黑蝴蝶

—— [中国] 刘国芳

他舍弃了儿子、妻子，
和另一个漂亮的女孩结婚了。
婚后，他非常想念儿子，
当他千辛万苦找到儿子后，
儿子却不认他了，只是递给他一只小木盒。

那时候儿子依偎在他的怀抱里，有蝴蝶飞过来，是黑色的，很大。儿子从他怀抱里挣脱出来，歪歪地跑着去捉。蝴蝶没捉到，倒是他跑过去把儿子捉到了。他说："莫捉蝴蝶。"

儿子仰着头，问他："为什么？"

"蝴蝶是人死了之后变的。"

儿子说："人死了都变蝴蝶吗？"

他说："都变蝴蝶。"

"爸爸以后也变蝴蝶吗？"

"莫乱说。"

儿子仍要去捉蝴蝶。他把儿子的一双手捉牢来。这儿蝴蝶蛮多，在他们头顶上翩翩起舞。儿子于是抬着头转来转去，大喊："这么多人都变了蝴蝶呀！"

他把儿子捉回了家去。

这以后他不大和儿子在一起。他在外面交了个相好，很漂亮的一个女孩。女孩喜欢他，天天和他在一起。有一回女孩对他说："我们结婚吧。"

他说："我舍不得儿子。"

女孩说："以后我给你生就是。"

他发半晌呆，然后点了一下头。

于是就先和妻子办离婚。办了离婚再收拾东西往外走，儿子拉着他的手，问："爸爸，你去哪？"

他扯了个谎，说："出远门。"

儿子说："爸爸以后不要我了。"

他不好做声。

这时候有一只蝴蝶飞来了。黑色的，很大。他看见儿子盯着它，一动不动。黑蝴蝶晃来晃去飞走了。

他也走了。

以后他便见不着儿子了。他很想儿子。在他想儿子的时候他的新婚妻子便拍着肚皮对他说："莫慌嘛，我帮你生。"

他想只好这样。

于是就等，等妻子肚子隆起来。可是等呀等，等呀等，妻子并没有给他生儿子。

他便愈发地把儿子想得慌。

有一回再也忍耐不住，便瞒着妻子去看儿子。但好些年不见，他不晓得儿子搬哪儿住去了。很费劲打听才找到。

找到那屋时他看见了一个孩子，孩子很高了，已无昔日的稚气。他盯着看，有些不敢认；但直觉使他相信他就是自己的儿子。于是他对孩子说："你认识我么？"

孩子摇摇头。他叫孩子认真看看他。

孩子认真看了后说："我不认识你。"

他说："我是你爸爸呀！"

孩子说："你不是我爸爸。"

他说："是你爸爸，我是你爸爸。"

孩子说："你不是我爸爸。"

他固执地说："我就是你爸爸。"

孩子不再和他争，跑进里屋去拿了一个小木盒出来，递给他，孩子说："我爸爸在这里边。"他把小木盒打开来。

打开小木盒他眼泪就流了出来。

他看见小木盒里有一只蝴蝶。

是只黑蝴蝶。很大。

201

两个女人

—— ［中国台湾］张至璋

同为女人，
一个费尽心机想唤回丈夫的心；
一个想尽办法拆散女友的家庭。

雅如对秉刚有外遇的事，毫无对策。

主要的是她连秉刚的女友是谁都不知道。每次吵架吵急了，他就会说："我的女朋友在哪儿？姓甚名谁？"雅如就哑口无言了。可是秉刚有外遇，却是不争的事实。

此外雅如个性太柔弱，太容易相信别人。当她后悔当初太依赖、太相信丈夫时，已经迟了。因此她去请教她的最好朋友，那位聪慧、坚定、迷人的美倩。

"要挽回男人的心只有使用女人的三大法宝，第一步你要好好化装，用美色把他吸引过来！"

当天下午，雅如刻意化装打扮，她抹上了最流行、最昂贵的粉饼、胭脂、口红、眼膏，她也重新做了头发。

可是秉刚半夜回家时，不但不赞美，反而嘲笑她为什么在晚上打扮成妖精。她只好再去找美倩。

"美色不管用，我想你该实行第二步了，软化他的心，必要时哭出来，使用眼泪！"

那天晚上，雅如尽量依偎着秉刚，要求他念在小女儿份上，回心转意，不然她们母女俩倒不如死了算了。说着说着，雅如真的伤心地流下大把眼泪。哭了一会，她却发现秉刚已经睡着了。

这一夜雅如的确伤心极了，她反复地想，一定是化装品和眼泪使用得不彻底，才不管用，她一定要再试一次。

第二天雅如到一家最高级美容院，把自己打扮得史无前例地花枝招展。回家后准备了秉刚最爱吃的菜。

果然，这晚上秉刚吃得很舒服而且似乎不讨厌她的装扮。可是当雅如大胆要求他立即"放下屠刀"，回到她身边时，却引起他极大的反感，爆发了一场更大的争吵。

雅如的眼泪适时如泉涌而来，没想到流过了黑眼膏，和着胭脂和白粉，竟染成了张大花脸。秉刚瞧了，不但不动心，反而厌恶地夺门而出，居然一夜没回家。

雅如彻底地失望了，她只得去求那最后一个法宝。

美倩耐心地听完雅如的叙述，说："雅如啊！我没叫你把化妆品和眼泪同时使用呀！你太不聪明了！"

"唉！别提了。快告诉我女人的第三个法宝！"

"我想它不适合你使用。"美倩耸耸肩不愿多说了。

当晚，在迷人的月光下，秉刚搂着美倩，轻柔地吻着。

秉刚突然问："我真想不透为什么我离开雅如爱上你？告诉我你的看法，女人最让男人倾心的是什么？"美倩毫不思索地说："第一是化妆品，第二是眼泪，第三嘛，是智慧！"

包 打 听

—— [美国] 欧·亨利

为了了解"包打听"的性格特征并与他见一面，
我向各类人追问。
后来，我在穿过马路时昏倒。
当我再睁开眼睛的时候，报纸给出了答案。

无论这两三件事神秘与否，我都必须把它弄明白。因此，我开始去打听。

我首先要知道女人的衣箱里装了些什么，我花了两个星期才弄清楚这件事。接着又开始打听为什么床垫要用双层。这种正儿八经的询问一开始就遭到怀疑，因为听起来显得难以启齿。最后，我总算懂得了，床垫设计成双层结构是为了减轻理床女人的重量的。我真愚蠢透顶，还要继续追问，为什么不作成同样大小的呢？这个延展的问题令我遭遇无数的尴尬，最后只好不了了之。

出于求知的欲望，我急于要弄懂第三个问题，"包打听"都有哪些性格特征？在我的头脑里，他的形象简直模糊得不能再模糊了。弄清任何事情之前，我们总得先有个具体概念，哪怕是个想像的概念也罢。现在，我的脑海中已经有了一幅约翰·多伊的清晰画面，清晰得如同铭刻在钢板上一样。他的眼睛浅蓝，穿着棕色马甲和磨光了的黑色哔叽外套。他一直站在阳光下，口里嚼着东西；他不停地用拇指把小刀反复地一开一合。如果能找到一个更高级一点的人，我敢肯定，他身材高大，但脸色苍白，袖口露出蓝色的护腕；他老坐在那儿擦皮鞋，伴着滚木球小巷的轰隆声，周围全是绿松石。

不过，当我要勾勒"包打听"的形象时，想像的画布却变成了一片空白。我设想，他有一种可以折散的微笑（好似龇牙露齿的笑容），连接的袖口，就这个样儿。为了弄清楚他的特征，我首先向一位新闻记者请教。

"嗨，"他说，"'包打听'界于流浪者和俱乐部成员之间，当然也不完全是，他适合于出席菲什先生的招待会和私人拳击赛之间的场合。但是，他既不属于莲花俱乐部，也不属于杰里·麦盖根马口铁工人学徒左钩杂烩协会。我真不知道该如何确切地描述他。哪里发生什么事，你就会在哪儿见到他。是的，包打听是这种类型的人：每天傍晚，他穿得整整齐齐，熟悉内情，对城里的警察和侍者直呼其名。不过，他从不伴随氢化物旅行。通常情况下，他独自一人，或者同另一个男人在一起。"

这位记者朋友告辞离开，我信步走到街上。这时候，丽都街的三千一百二十六颗电灯泡亮了。街道拥挤不通，但没能挡住我向前。妓女的眼光刺在我身上，对我毫发无伤。就餐人、城市守护神、售货女郎、骗子、乞丐、演员、强盗、百万富翁和外地人，他们从我身边匆匆而过，忙忙碌碌。有的闲逛，有的鬼鬼祟祟，有的昂首阔步，有的急转而去，可我并没有留意他们。我熟知他们，早已明察他们的内心世界，他们也不是我寻找的目标，我要找的是"包打听"。他是一种类型，不找到他——一种活板印刷——将会成为一大过失。不过找起来却非常困难，但我决不会放弃。

我们以道德方面的题外话继续下去吧。目睹一家老小阅读星期天的报纸令人感到由衷的喜悦，各版分头阅读。爸爸向前躬着身子，正热切地审视那页印着年轻太太在开着的窗口做操的照片；妈妈正兴味十足地竭力猜着填字游戏中的字母；年纪最大的女儿正急不可待地仔细阅读金融报导，因为上星期晚上某个年轻小伙子说他曾搭乘威利航班飞机；而正在纽约上公立学校的十八岁的儿子却聚精会神于每周一篇讲述如何改制旧衬衫的文章，因为他希望在毕业典礼那天获得缝纫奖。

祖母花了整整两个小时翻阅喜剧副刊，婴孩小托蒂尽其所能随着她那不动产转让而摇来摇去。这幅画面是用来消除疑虑的，因为几行故事一滑而过，使你称心如意。它给人增添一种烈性饮料。

我走进一家咖啡馆，要了一杯饮料，当我刚把调制饮料用的苏格兰威士忌的热汤匙放下，有个人就抓起了它。于是，我问他是怎样理解"包打听"这个俗语、名称、描述、称谓、刻画或称号的。

"嗨，"他小心地说，"他是个飞行员，惯于通宵达旦的攻击——明白吗？他是你在平顶脊之间的任何地方都难于碰上的性情激烈的赌徒——懂吗？我估计就这个意思。"

我对这个人感激不已，然后离开了咖啡馆，走上了大街。

在人行道上，一位募捐少女对着我的马甲兜轻轻摇着募捐盒。

"你是否乐意告诉我，每天你募捐的时候可曾遇到过通常被称为'包打听'那类人呢？"

"我非常清楚你指的是哪种人，"她微笑着答道，"我每天晚上都在同一场合见着他们。他们是魔鬼的卫士，假如任何军队的士兵都像他们那么忠心耿耿的

205

话，他们的长官就会被服侍得周到极了。我在他们中间募捐，他们只是花几分钱把自己的邪恶变成为上帝服务的行动。"

她又摇盒子，我投进了一块银币。

在一个灯光闪耀的旅馆前，我的一位批评家朋友正悠闲自得地走下马车。于是，我又问了他。正如我确信的那样，他认认真真地回答了我的问题。

"在纽约，有'包打听'一类人，"他答道，"我十分熟悉这个俗语，但以前还从未有人叫我对此下个定义。要指出确切的标本也很困难。不客气地说，这类人有种特殊的纽约病，不过对这个绝症我还缺乏了解。每天早晨六点钟，他伴随着缕缕晨光开始了生活。他刻板地按习惯穿着，按礼仪行事，但把鼻子伸进与他毫无干系的事情方面，他甚至可以给香猫或寒鸦出谋划策。这种人在城里一直追逐豪放不羁的生活，从设在地下室的酒吧或饭店到屋顶花园，从赫克托大街到哈莱姆区，而且，你在城里根本找不到一个地方没有他们用小刀切割意大利式的细面条。你所谓的'包打听'就擅长这个。他总是追踪新奇事物，好奇，厚颜无耻，无所不在。双轮双座马车是专为他造的，抽金牌雪茄，正餐时诅咒音乐。他得不到多少人支持，但有关他的谣传则遍城皆是。

"我非常高兴你能提出这样的问题。我早已感到这种夜间活动的害群之马对城市所产生的影响，但以前从未想到过要去分析它。现在，是到把你的'包打听'归归类的时候了。紧跟着他的是酒贩子和服装模特儿。他邀请乐队为他弹奏《让我们都上玛蒂尔达去》，而不是韩德尔的作品。每天晚上，他都要周游一圈，有如我和你每周看一次大象那样。当一家烟店遭洗劫的时候，他朝警官丢眼色，他很熟悉警察的地盘，然后他就无声无息地走开。而我和你则会在总统中找名字、在明星中找地址，以便报告给值班警官。"

我的评论家朋友停下来吸了口气。我抓住了这个机会。

"你已经把他归类了，"我高兴地叫道，"你已经在这城市画廊中为他绘出了肖像。不过，我一定要面对面地见见他，亲自研究'包打听'。我到哪儿才能找到他呢？我怎么才会认出他呢？"

评论家好像根本没听见我的话，又继续他的宏论。尽管他的马车夫还在那儿等着他付车费。

"他是一种高度升华爱管闲事的精髓，一种内在的精制橡胶蒸馏品，一种高度集中、高度纯化，无可辩驳而又不可避让的好奇和寻根问底的精灵。他的鼻孔能嗅出一次新的轰动事件；当他的阅历耗尽时，他又以一种不屈不挠的精神去开拓新的领域。"

"原谅我，"我打断了他，"不过，你能让我见见这样一个人吗？对我而言，这可是件新鲜事。我必须研究它。我决心找到，即使找遍全城也无所谓。他的活动区域一定在百老汇这儿。"

"我就要在这儿就餐,"我的朋友说,"进来吧,如果有个'包打听'出现,我就指给你看。这儿的绝大部分主顾我都认识。"

"可我现在不要吃饭,"我对他说,"你得原谅我。我今晚一定要找到'包打听',见见他,即使今晚不得不从炮台公园到小小的科尼岛,或把纽约搜查一遍。"

我谢过了我的批评家朋友,然后离开旅馆,走上了百老汇大街。追寻"包打听"给我吸入的空气增添了一种人生和兴趣的愉悦动力。生活在如此巨大、如此复杂、如此色彩缤纷的城市里,真令人感到高兴。我沿街闲逛,怡然自得,心里不停地念叨着:我是伟大的纽约市公民,分享着它的宏伟壮丽和各种享乐,也是它的荣耀和声望的参与者。

我转身横跨街道,听见什么东西像蜜蜂的嗡嗡声,然后,我就同桑托斯杜蒙特一道欢快地长途飞行——昏过去了。

当我睁开双眼时,我记起了汽油的味道,我大声地说:"还没有过去吗?"

一位医院里的护士把一只不那么温柔的手放在我的前额,可我根本就没有发烧。一位年轻医生走过来,露齿而笑,他兴高采烈地问道:"想知道是怎么回事吗?"然后递给我一张晨报。

我阅读那篇文章,以我昨晚听见嗡嗡声消逝为题。结尾是这样几句话:"——贝尔沃医院,医生说他的伤势没什么大碍。据说,他似乎是一个'包打听'。"

207

"喂，儿子，我也爱你"

——［美国］史蒂沃特

> 我爱你——我那十二岁的儿子对我说，
>
> 他的话把我着实吓了一跳。
>
> 后来，我也学会了对儿子说"我爱你"。

一天，我下班回家，当我那 12 岁的儿子站在客厅里抬头望着我，说"我爱你"的时候，我竟无言以对。足足有几分钟，我站在那里，打量着儿子，等着他说下去，我想他肯定有事求我，要不就是做了恶事，想用善良的模样骗取我的原谅。

终于，我问："你想干什么？"

他笑着跑了出去。我叫住他："喂，到底是怎么啦？"

"没什么，"他调皮地说，"我们生理老师让我们对父母亲说'我爱你'，看父母怎样回答我们。这是个实验。"

第二天，我拨通了老师的电话，想知道这"实验"究竟是怎么回事。说实话，我更想知道其他孩子的家长是什么反应。

"你的反应和大多数父亲是一样的，"儿子的老师说，"当我第一次提出这个建议的时候，我问孩子们，你们觉得父母会做何反应？他们都笑了起来。有两个学生说，他们肯定会吓成心脏病。"

我猜想，老师的这种做法会引起很多家长的不满。一个初中的生理教师最好还是去告诉孩子们注意饮食的平衡，以及正确使用牙刷等等，"我爱你"跟生理老师有什么相关？这是父母和孩子们之间的私事，别人无权干涉。

"现在我还要解释一下，"老师说，"感觉到被爱是身体健康的一个重要方面，这是人类的需要。我一直在告诫孩子们，把这种感情藏在心里是不利于身心健康的，不仅仅是大人对孩子，男孩对女孩，而且，一个男孩子也应该能对他父亲说句'我爱你'。"

对我们这类人的心理，这位中年男教师很了解，而且也很理解。有些话明知道很好，但又很难说出口。

他承认，他的父亲从没有对他说过这样的话，而他自己也从没有对父亲说过这些话——直到他父亲离开他的最后一刻也仍然如此。

在我们中间，很多人都是这样。疼爱我们的父母亲把我们抚养成人，从没有用嘴说个"爱"字，而我们也延续着父辈们的样子对待我们的孩子。

但是，我们这一代人正在改变这种靠单一行动来表达父爱或母爱的做法。因为我们这一代人是很重感情的，也很善于表达。

我们明白，也应该明白，儿女们需要我们给予的，远不止桌上可口的饭菜和衣柜里的衣服。应该知道，父母的亲吻对儿女也很重要，会使他们倍感亲切的。

我们不必再继续抱怨父辈用这种方法哺育了我们，我们已经做了许多父辈们做过的事情，比如，他们才不会焦急地等候在产房门外，更不会去吸尘或做点心。

如果我们已经被改变了，就一定会知道怎么回答十二岁的儿子说的"我爱你"了。而我却没有，至少开始的时候是束手无策的。看来，要把父亲的形象从刚毅冷峻转变成和蔼可亲还着实不容易。

那天晚上，当儿子又一次敷衍地向我道晚安时，我抓住了他，回了他两个吻，没等他逃掉，我用男子低沉的口气对他说："喂，我也爱你。"

我不知道这么说了以后，是否能使我们更健康一些，但是，我确实感到心里很舒服。但愿下次那个小家伙跑来说"我爱你"的时候，我不至于为了找到正确的回答而用掉一整天的时间。

一个十分危险的人

—— ［美国］鲁尼恩

> 大家都说摩根曾经一口气打死了十多个人，
>
> 但当喝得酩酊大醉的甘布尔老汉用一把刀向他刺去时，
>
> 他却一溜烟儿地跑了。

到现在为止，那个名叫摩根·约翰逊的年轻人来到我的家乡定居已有三十五年了。

在我们家乡，人们很介意询问一个人从什么地方来，因为这是没有礼貌的表现。摩根本人对此也绝口不提，这样一来，其他人就更无从了解了。

摩根有一双乌黑的眼睛，鼻梁上有一道清晰的伤疤，他看人的姿态很特别，让人觉得他很凶。三十五年前，当他第一次来到圣佛大街时，不知是谁说了一句："瞧，这是一个多么危险的人。"

此后，当他出现在圣佛大街时，那些曾经听到有关他的议论的人，转而又对别人说："这人十分危险。"

渐渐地，凡是看见摩根，看见他那鼻梁上的伤疤、那黑眼睛的人，无不说："这是一个十分危险的人。"

最后，摩根便成了男女老少眼中的危险人物，而且无人不知，无人不晓。只要他一抬眼，用他那特有的姿态注视着别人时，人们都对他采取敬而远之的态度。

如果他碰巧走进一家酒店，那么争论问题的声音会马上平息下来。如果他偶然对争论发表一些意见的话，那么不论他说些什么，在座的人都会随声附和，因为谁也不愿意去触碰一个危险的人物。

摩根·约翰逊过去一定有过不幸的遭遇，这些是鼻子上的伤疤告诉我们的，然而，这块伤疤到底是怎么来的，他可从未对人说过。久而久之有人声称，听说这是一天晚上他在纽约和十个歹徒打架时留下的，他的鼻子是其中一个歹徒开枪打伤的，而摩根·约翰逊却杀死了十个歹徒。

210

这种说法不知是从哪里冒出来的，摩根对此也不否认，甚至当被他打死的人数上升到二十人时，他也没有予以驳斥。事实上，他是个沉默寡言、不管闲事的人，他从不理睬人们对他的种种议论。

很多年过去了，镇上的人常常指着他的背影向来访的人说："这是一个极其危险的人。"

当他年过五旬时，有的人只要一看见他就会发抖，直到他走开之后方能止住。

可是，有一天，正当摩根在街上行走时，从绿灯酒店踉跄地走出一个小老头。小老头姓甘布尔，是瓦尔法诺河下游的一个牧羊人。他的哮喘病让他整天喘个不停。他每月到镇上打一次酒。

绿灯酒店卖一种酒劲很大的威士忌，喝了这种酒常常使那些从来不想打架的人也想干一仗。当然，那酒的力量是谁也想不到的，它竟然使一个牧羊人也寻衅斗殴起来。他一把抓起摩根的上衣就问："哈哈！你就是那个危险的人，是不是？"

目睹这一场面的每一个人，都为可怜的老头感到担心，心想这下摩根还不像牛嚼草一样一口把他吞下去，嚼烂了再吐出来。可是摩根只是一个劲眨巴着眼，说："是的，这是你们说的，怎么了？"

"有人告诉我，你是一个危险人物，"牧羊人说道，"我现在就要切开你的胸膛，看看里面究竟装的是什么东西，使你变得如此冷漠可怕。"

说罢，他掏出一把大折刀，打开后就向摩根刺去。

摩根看见刀子，拔腿就跑。上了年纪又喝得酩酊大醉的甘布尔，自然追不上他了。但是，摩根还是一口气跑出小镇后才停下来。据最后一个见到他的人说：他还在向丹佛市方向走呢。从那以后，在我家乡的小镇上摩根的身影再也没有出现，估计再也不会回来了。

后来有消息说，有关摩根是个危险人物的说法完全是虚构的，而且他在纽约打死过十个人的事也纯属造谣——他根本就没有打死过人。至于他鼻子上的那块伤疤，有人说是在他偷一个女人的钱包时，被那个女人用钱包打的。

其实，这种说法也没有可靠的证据，但是直至今日，家乡小镇的人们对此一直笃信不疑。

对于摩根·约翰逊，我的祖父时常在谈话时谈起，他认为这件事说明了人的某些天性。他说，谁都可以说某人是好人或者坏人，而且说的人多了也就成了事实。尽管如此，一旦真相被揭露出来后，也许会是非颠倒。

祖父也一直怀疑摩根是个危险的人，但是倘若你要问他为什么不像牧羊人那样试验一下，他会对你说："咳，你也知道，人们说的那些不是没有可能，也许有一定的真实性，但是只要所传的流言有一分可信，我就决不去揭穿它。"

四个男人和一个盒子

—— ［美国］巴纳德

> 马葛拉夫临死前交给他们一个盒子，
> 他要他们将它带出森林，交给他的一个朋友，
> 然后他们将换回比黄金更珍贵的东西。
> 当他们走出了森林，打开盒子后，
> 却发现里面只有一些烂木头和碎石块。

　　从原始森林中走来四个憔悴不堪的男人，他们就像人类在睡眠中走路一样，又好像有一个监工拿着长鞭在抽打他们一样，他们的精力、体力似乎已达到了极限。他们的胡子缠结在一起，皮肤上都是溃烂的伤口，甚至那些水蛭还在贪婪地吸食他们的血液。

　　他们用憎恨的目光注视着同伴，那是一种被责任和无止境的森林所限制的恨。随着时间的推移，他们对那个盒子的恨在不断增长。然而，他们还是小心地带着它，就好像它是圣经里诺亚的方舟一样，而他们的上帝却有一颗嫉妒的心。

　　"我们必须把马葛拉夫的东西带到目的地。"他们无奈地说。

　　"他是个好人，我们向他保证过。"

　　至于到达终点后的奖赏，他们每个人都在心里念着想着。

　　当初，马葛拉夫给了他们很多钱，目的是让他们跟他进入这个绿色的地狱。现在他死了，他们却还活着。死亡击倒了他——一种急性的热带传染病结束了他的地质学狂热。

　　如果马葛拉夫要他们带的是黄金，也许他们会头脑清醒。但马葛拉夫曾经笑着对他们说："科学上已经发现有些物质比黄金还有价值。"在他们看来，马葛拉夫已经失败了，他在森林里找到的只有死亡。然而事情又似乎不是如此，他交给他们带回去的盒子是他自己做的，质地很粗糙而且还有一定的重量。当他预感到死亡时，他把盒子包好封住，里面装着只有这个科学家自己知道的秘密。

　　"现在，你们四个人必须要合力把这个盒子搬回去——每次两个人。"马葛

拉夫这样告诉他们。

"我们一共是四个人。"巴利说，他是个学生。

"你们必须轮流搬，"马葛拉夫指示说，"我要你们每个人答应我把它安全送回目的地，中途绝不允许丢弃它。你们可以在盒盖上找到地址，如果你们能把它送到海边我的朋友麦当劳教授那儿，那你们将会得到比黄金更贵重的东西。你们不会失败吧？但我可以向你们保证，你们一定会得到奖赏的。"

对于一个垂死的人，他们没有理由拒绝他，而且他们尊敬他。有很多次，当森林里无止境的单调沉闷快要吞蚀他们的时候，就是他的人格把他们团结在一起的，否则，他们可能早就各奔东西了。

然而，马葛拉夫面带微笑地离开了他们。他安静地死去，就像他做所有事一样。这个老科学家用一种模糊神奇的力量把他们结合在一起。他们在丛林深处为他修了一座坟墓，并且脱下帽子向他致敬，巴利念了些葬礼时该说的怀念的话。当泥块掉进墓穴时，整个森林显得更加具有威胁性了，每个人都觉得自己在这里是那么渺小，那么微不足道。一种恐怖的孤寂、对同伴的怀疑，随着马葛拉夫的去世吞蚀了大家，每个人都害怕自己会像他一样被这无尽的森林埋葬。

他们的四人组合很奇特：巴利是个戴眼镜的学生，麦卡第则是个高大的爱尔兰厨师；强生本来是个落魄的无业游民，马葛拉夫在一个河边的酒店遇到他，并怂恿他跟自己去森林探险；还有水手吉米·塞克斯，他老是谈论他的家乡但从来不回去。

213

塞克斯有罗盘和地图，当他们停下来休息的时候，他总会拿出来仔细研究一番。他会用一根短而粗的手指指着地图上的一个小圈点说："那就是目的地。"地图上看起来似乎很近……

丛林变得更宽广了。他们很想念马葛拉夫，以前他总是能在不可思议的混乱以及危险中找到理由继续前进，而现在，他没有办法再用他的乐观主义来鼓舞他们了，虽然他以前总能证明他的理论是对的。开始几天，他们还能说些其他的话题，生活方面、副业方面或婚姻家庭方面的……很快地，交谈的内容只剩下对他们所带的盒子的诅咒，因为盒子太沉了，抬着它走路很消耗体力，而且不知何时才能走出重重森林……然后，沉寂吞蚀了每个人。

就像一个干渴的人渴望喝水一样，强生盼望回到那河边的酒店去。他变得神经兮兮，左顾右盼地想看到任何不同的东西。麦卡第的脸则变得愈来愈深沉郁闷，他不停地重复："我要走自己的路，我要把这个东西扔掉，我想我真的有胆量这样做。"然后，他向塞克斯紧握着的地图投去深沉、算计的眼光。

至于塞克斯，他对这片像死海的、宽广的丛林陷入了一种莫名的恐惧。他要看海，他想看到地平线。睡觉时，他常喃喃自语；白天，他则诅咒那隐藏在丛林深处的死亡和那些等待机会要侵袭疏忽者的昆虫、猛兽等。他想家、想太太、想孩子，又说他几年来一直想找机会回家看他太太和孩子——而照现在情形，他恐怕永远也见不着他们了。

学生巴利很沉默，但是他的脑海中一直出现一个女孩的形象。他常常躺着却睡不着，一方面是因为昆虫的骚扰，一方面则为那似模糊似清楚，时远时近的面容而苦恼。每次想到那女孩一定会联想到那充满欢乐的美丽的校园，还有每天都去的操场、教室、图书馆；还有那舞会、月光下的散步，以及最后一天含泪道别的场面。

有时，他们中的一个人会以一种喊叫的方式祈祷，其他人听来还以为是诅咒。上帝创造了这个可怕的丛林，这些怪异的树和花，它们是那么的巨大，以至于人在它们面前显得非常渺小。人是永远无法战胜自然的，所以只好屈服。即使当马葛拉夫跟他们在一起时，口角和争执在他们之间也时常发生，但他的人格和他的理由——最后变成他们的理由——总能平息这些争吵。

现在，最让他们头痛的就是马葛拉夫的盒子，他们的力气愈来愈小，盒子似乎愈来愈重。当其他事情已经变得不太真实时，它的重量却似乎更真实。然而，正是这盒子的重量把他们的身体结合在一起。当他们想分开时，它却把他们锁在一起，就是这样。一次又一次的轮流已经变成一种例行的机械化的动作，使他们的心紧紧地贴在一起，劲往一处用，如果只有两个人的话，恐怕早已放弃了。

他们恨这个盒子就像犯人恨他们的镣铐一样，但他们还是带着这个盒子就像当初他们向马葛拉夫承诺的一样。

他们总是小心地看着别人，以免他们接近这神圣的盒子，当然，交换工作的时候除外。

突然间，奇迹一般展现在他们眼前的不再是黑暗的丛林。

"天啊！"塞克斯叫着，"我们做到了！"他拿出地图，然后用他那干裂的嘴唇吻了一下。

"啊！这是真的！"强生吸了一口气说。他的眼变得更古怪了，他也停止了与人吵吵闹闹。他甚至还在厨师麦卡第的背上拍了一下，然后两人用一种奇怪的、歇斯底里的笑声祝贺他们的胜利……

那个马葛拉夫的盒子似乎变轻了，但那只是昙花一现似的短暂幻觉而已。他们现在变得很虚弱，因为安全在望而任务又已完成。最后，他们抬着那个盒子来到一条街上，许多土著和一些其他的人都瞪着他们看。他们四个只能拖着疲惫的身子蹒跚而行。

他们所要做的就是要把它送到它应该去的地方，而现在他们就要做到了。

他们到处打听麦当劳教授，此时有一股荣誉感从他们的心中升起，那是一种

214

分享一件东西的荣耀。最后，他们找到了那穿着皱巴巴的白西装，已经退休了的教授。

休息过后，麦当劳教授为他们准备了丰盛的食物，然后他们把他们对马葛拉夫的承诺告诉了他。

强生在这时却说溜了嘴，把有关报酬的事提了出来。

老人听后把手一摊，似乎很无奈。"我什么都没有，"他说，"除了我的感谢外，我没有什么可以给你们。马葛拉夫是我的朋友，他是个有智慧的人，同时，也是个善良的人。你们信守承诺，做到他所要求的事，而我给你们的只有感谢，没有其他的了。"

强生嘲弄地看着他。"在盒子里。"他嘶哑地说。

"盒子！"塞克斯饥渴地回应道。

"现在——你们只知道在那胡扯。"麦卡第说。

"打开它。"他们要求。他们合力把它搬过来，一层又一层的撬开。麦卡第开始诅咒。"它那么重，我们吃力地搬运……"盒子打开了，强生说："怎么是木头，这是开什么玩笑！"

但塞克斯说："里面还有东西，我听到它嘎嘎响。我走路时听到的。看，你们忽略它了。"他们凑到盒子跟前，心跳都加快了。他们想看看科学家挖出来，不计代价要运出来的物质到底是什么，叫他们失望的是只有一些石块，麦当劳教授把这些石头拿在手中。他们瞪着老人手上那些不规则的石块，十分不解，老人看了一会儿那些石块。"没有价值。"他说，并疑惑地想知道到底马葛拉夫葫芦里卖的是什么药。

215

"没有价值。"塞克斯呆呆地说。

然后厨师麦卡第爆发了，"马葛拉夫是个不折不扣的疯子，他竟然欺骗我们，这些烂木头、破石头难道就是他说的比黄金更有价值的东西吗？"

"不，"巴利很快地说，"我确切地记得他是这样说的：'如果你们把它安全送到我的朋友麦当劳教授那里的话，你们所得到的将比黄金更贵重。'"

"结果呢？"麦卡第大吼。

"对呀，结果呢？"塞克斯回应道，"我自己也可以搬动一些黄澄澄的金子啊！"

强生舔了舔他干裂的嘴唇。

巴利看了一眼与他共生死的同伴：高大的爱尔兰厨师麦卡第，有一天可能会回家的水手塞克斯，还有河边的无业游民强生。

随后，他想到了等待他的心爱女孩，还有那校园里的美好时光，他又想到他们刚刚逃出来的丛林——那折磨人的绿森林，许多人独自流浪在内，现在都变成了一堆白骨。然后他又想到随之而来的结果，为了信守诺言，他们一直在心中牢记马葛拉夫的话，也一直在按那些话做——团结在一起通过险恶的丛林，四个男人团结起来就只为了这个简单的理由，而这就是马葛拉夫送给他们的礼物啊！也是比黄金更贵重的报酬。

"他说我们会得到报酬的。"强生哀声抱怨道。

"我亲耳听到他这样说的，可我们现在什么都没有，我们从中得到了什么？"

"生命！我们的生命！"巴利惊喜地叫了起来，"那就是我们所得到的——我们的生命才是最有价值的，他救了我们的命。"

花园里的独角兽

―― ［美国］ 詹·瑟伯

男人告诉妻子，他见到了独角兽。
妻子叫来了警察和医生，
告诉他们她的丈夫看到了独角兽。
但是，她却被关进了疯人院。
从此，男人过上了快乐的生活。

从前，有一座庄园，在一个阳光明媚的早晨，一个男人坐在厨房角落的小饭桌旁用早餐———一个炒鸡蛋和一杯牛奶。他刚从他的炒鸡蛋上抬起眼来，就看见花园里有只洁白的、头顶上长着金色角的独角兽，在安详地啃嚼着玫瑰花。然后他便上楼叫醒正在酣睡的妻子。"花园里有只独角兽在吃玫瑰花呢。"他说。他妻子睁开了一只眼睛，不高兴地看了看他。"独角兽可是神兽。"她说完就又转过身去睡觉了。男人走出卧室，慢慢地下楼，他来到开满鲜花的花园。独角兽还在那儿，正在郁金花丛中慢腾腾地嚼着。"过来，独角兽。"男人说，他将一枝百合花送到独角兽的嘴边，独角兽悠然自得地把它吃了。

花园里的独角兽让这个男人喜出望外，他又跑到楼上叫醒妻子。"那只独角兽吃了一枝百合花。"他说。还没睡醒的妻子一下子从床上坐起来，冷冷地看着他。"你真是个神经病，"她说，"我要把你关进疯人院里去。""神经病"和"疯人院"是这个男人最不喜欢的两个字眼，在这阳光灿烂的早晨，花园里还来了只独角兽的当儿，听来就更刺耳了。他想了想说道："等着瞧吧。"他走到门口时又对她说："它前额上还有一只金色的角。"说罢，他又去找花园中的独角兽了。但是，独角兽已经走开，这个男人就坐在玫瑰花丛中睡着了。

那男人一离开屋子，妻子便飞快地起床，她兴奋激动，眼里闪出幸灾乐祸的亮光。她穿好衣服给警察局和一位精神病医生打个电话。她叫他们马上来她家，再捎上一件给疯子穿的紧身衣。警察和精神病医生很快就来了，他们坐在椅子上，颇感兴趣地看着她。

"我的丈夫,"她说,"今天早晨看见了一只独角兽。"警察和精神病医生互相看了看。"他对我说,它吃了一枝百合花。"她说。精神病医生瞅瞅警察,警察瞅瞅精神病医生。"他对我说,它的前额上还有一只金色的角。"她说。这时警察与精神病医生默契地一跃而起抓住了她。她拼命挣扎,但最后还是被制服了。就在给她穿上紧身衣的时候,她的丈夫走进了屋子。

"你对你妻子说过你看见一只独角兽了吗?"警察问道。

"谁说的,我不知道有这回事呀!"那丈夫说,"独角兽可是神兽。"

"这就是我要知道的一切,"精神病医生说道,"把她带走吧。很抱歉,先生,你的妻子病得很重。"

于是,她骂着、喊着,就被他们带走了。他们把她关进了疯人院。从此以后,那个男人便过上了快乐的生活。

奥利弗与其他鸵鸟

——［美国］詹·瑟伯

> 所有的鸵鸟都为自己所具有的一切而骄傲，
> 只有他——奥利弗，反驳着他同伴们的观点。
> 就在这时，象群从这里狂奔而过，
> 然后，奥利弗成了这群鸵鸟中惟一的幸存者。

一天，鸵鸟群中的权威——一只态度严厉的鸵鸟向年轻的鸵鸟讲演，他认为他们比其他一切物种都优越。"我们为罗马人所知，或者确切地说，罗马人为我们所知。"他说，"'鸵鸟'，他们这样称呼我们，'罗马人'我们这样称呼他们。希腊人称我们 strouthion，意思是'诚实的鸟'，好像是说，我们是世界上最大的鸟，同样也是最好的鸟。"

所有的听众都兴奋地大叫："说得好！说得好！"但只有富有思想的奥利弗没有欢呼。"蜂鸟可以向后飞，而我们做不到。"他大声地反驳道。

"那是撤退，"这个态度严厉的老鸵鸟说，"我们却前进，我们永远向前。"

"说得好！说得好！"除奥利弗以外的所有鸵鸟都叫喊起来。

"我们生的蛋最大，也最好。"这个老学者继续说。

"知更鸟生的蛋比我们的漂亮一百倍。"奥利弗说。

"知更鸟的蛋除生知更鸟什么都不生，"老鸵鸟说，"知更鸟吃草虫成性。"

"说得好！说得好！"除奥利弗以外的所有鸵鸟再次叫喊起来。

"我们走路只需用四个脚趾，而人需要十个。"这个老学究提醒他的学生说。

"可是我们不能像人那样坐飞机。"奥利弗评论说。

老鸵鸟先用左眼，后用右眼，严厉地看了看奥利弗说："人飞得太快。可是地球是圆的，所以很快后者就会赶上前者，撞击以后，人永远不会知道，从背后撞他的也是人。"

"说得好！说得好！"除奥利弗以外的所有鸵鸟又一次叫喊起来。

"当危险来临的时候，我们可以把头埋进沙子里使自己什么都看不见，"老学者慷慨激昂地说，"别的物种都不能这样做。"

"我们怎能知道我们看不见人家而人家也不能看见我们呢？"奥利弗盘问道。

"胡扯！"老鸵鸟叫道。除了奥利弗以外的其他所有鸵鸟也叫道："胡扯！"尽管他们并不知道是什么意思。

就在这时，一阵令人惊慌的奇怪的声音，由远及近地传来。但是这不是暴风雨即将来临的雷声，而是一大群因受惊而狂奔乱跑的象所发出的雷鸣般的轰响。老鸵鸟与除奥利弗以外的所有鸵鸟，都迅速地把头埋进沙子里。奥利弗躲在了附近一块巨石后边，直到这群狂风暴雨式的野兽狂奔而去，奥利弗才出来，他出来后，看到一片沙子、一些白骨和羽毛——这些就是那个老学者和他的弟子们留下的一切。然而，奥利弗为了证明是否还有生命存在，他开始点名，可是没有任何回答，最后他点了自己的名字"奥利弗"，这时他听到了回答。

"说得好！说得好！"奥利弗说。除了一阵隆隆的雷声，在远远的地平线渐渐消失，这是沙漠中仅有的声音。

会计助理的日记

—— [俄国] 契诃夫

> 我诅咒格洛特金快点死,
>
> 他死了,我才能当上会计。
>
> 然而,他真的死了,会计却不属于我。
>
> 于是,我又将希望寄托于新任会计恰利科夫。

1863 年 5 月 11 日,年过六旬的会计格洛特金因常喝掺甜酒的牛奶治咳嗽而得了酒狂症。医生们会诊后断言,他很快就会死去。我终于要当会计啦!这个职位早就应该是我的了。

书记克列谢夫因殴打称他为官僚的求见者,将吃官司。此事显然已成定局。我乐滋滋地享用治疗胃炎的汤药。

1865 年 8 月 3 日,会计格洛特金的老毛病又犯了,开始咳嗽并服掺甜酒的牛奶。如果他死了,会计一职非我莫属。我怀抱希望,但甚微弱,因为,看来酒狂症并非不治之症。

克列谢夫抢过亚美尼亚人手中的期票,撕碎了。看来,非打官司不可了。

那个叫吉利耶夫娜的老太婆昨天说,我害的不是胃炎,而是内痔。这是有可能的!

1867 年 6 月 30 日,报载,阿拉伯霍乱流行,可能会传到俄罗斯来。如此看来将出现许多空缺。老头子格洛特金可能会撑不住而死去,我则将获得会计职位。这人真能活!活的如此长久,我甚至认为这是不道德的。

治胃炎服什么药好?是否该服用驱虫药?

1870 年 1 月 2 日,格洛特金家院里的狗吠了一夜。"这是个可怕的征兆。"我的厨娘佩拉盖娅说。我和她谈论:我当了会计之后,将买件浣熊皮大衣和一件睡袍。直到夜里两点我们还在谈。还有,我多半会结婚。当然,不娶姑娘——这与我年龄不相当,寡妇会更合适些。

昨天在俱乐部,克列谢夫被人带走了,原因是他大声地讲了个不堪入耳的笑话，并嘲笑商界代表团成员波纽霍夫的爱国心。据悉，后者将向法院起诉。

我想去见医术高明的博特金大夫求治胃炎。

1878 年 6 月 4 日，报载维特梁卡发生鼠疫，很多人因此而病倒，故此格洛特金服胡椒浸酒。这么老的人，胡椒浸酒未必有用。如果鼠疫蔓延到这里，我一定能当上会计。

1883 年 6 月 4 日，格洛特金重病卧床了。我前往探望，并为我曾焦急盼望他死而含泪求他宽恕。他流着泪，宽宏大量地饶恕了我，并告诉我，治胃炎应该服橡实咖啡。

克列谢夫又几乎吃官司：他把租赁的钢琴典当给犹太人。虽然如此种种，他还是获得了斯塔尼斯拉夫勋章和八级文官职位。这究竟是什么世道，真有点让人搞不懂。

姜 4.266 克，高良姜 1.5 克，烈性伏特加 1 克，7 兄弟血 5 克，全部调和，泡入 1 升伏特加酒中，空腹每次服一小杯，治胃炎。

同年 6 月 7 日，昨日我参加了格洛特金的葬礼，唉！这个老头的死于我无益！我夜夜梦见他身穿白长袍，用一根指头招呼我。啊，倒霉，我这该死的，我真是太倒霉了，恰利科夫当了会计，这个职位我没得到，而是那个年轻人得到了，他有那位当将军夫人的婶娘为他说情。我的希望成了七彩的肥皂泡。

1886 年 6 月 10 日，恰利科夫的老婆跟别人跑了。可怜的人，很伤心。可能他会伤心得寻短见。如寻短见，则我又能当会计了。关于此事已有议论，这就是说，我还有一线希望，可以活下去，距浣熊皮大衣不远矣。至于结婚一事，我不反对，若遇良机，何不结婚，只是须先找人商量，这是极其重要的事。

克列谢夫和三等文官利尔曼斯互换套鞋，丑事一桩！

看门人帕伊西伊劝我服升汞治胃炎。我想应当试一次。

叶 莲 卡

——［前苏联］叶·明

> 战争的最后一年的一个夜晚，
> 我结识了一个小女孩。
> 通过与她交谈，我感到了自己的渺小。

战争的最后一年，我们的部队驻扎在离莫斯科很远的国境线外。

傍晚，我回营房去。我疲倦极了，心中涌起对故乡的思念之情。

让这一切都赶快结束，赶快回到家乡才好。我思忖着。

在庭院里，一个身材纤细、梳着两条淡褐色的发辫的小女孩迎面向我走来。

"你好，叔叔。"她说的语言很陌生，但听起来与俄语很相近。

"你好，小妹妹。"我回答说。

我们在操场边的一条板凳上坐下来。操场上铺着光滑平整的白色石块。黄昏时分，又凉爽，又寂静。山脚下，湖水好像蜷缩成一团，静静地睡着了。

"你叫什么名字呀？"我热情地和这个新朋友攀谈起来。

"叶莲卡。"她慢条斯理地说起来，同时用十分明亮而又极其严肃的双眼注视着我。

"那么，你能告诉我，你今年几岁了？"

"六岁半了。您呢？"

"我呀，你猜猜看？"

叶莲卡犹疑了片刻，然后很自信地说：

"十六岁，肯定是的。"

这也许是可爱的叶莲卡能数到的最大的数字。我不愿意使她失望，用肯定的口吻回答她：

"对了，完全正确。"

我们坐在那儿，默不作声。叶莲卡仔细地打量扣在我制服上的奖章，并忧伤地轻声说道：

"都发黑了。您不常擦它吗？"

"不擦。"

"用牙膏和砖灰都可以把它擦干净。"

"是的，可以。"我同意她说的话。

我们又默不作声了。

"叔叔，我们说点什么吧，要不讲个故事给我听吧。"她要求我。

"从前，有个国王，"我开始讲了，"他很老了，同时，他又很凶残……"

"像希特勒那样凶残吗？"

"比希特勒还要凶残。"我讲话的同时还作出凶狠的表情。

"没有比他更凶残的了，"叶莲卡提出抗议，"最凶恶的人就是希特勒。他把我们都赶出家门，他还偷走了我们的爸爸。"

叶莲卡不说话了，后来，又悄悄地对我耳语，好像是有什么秘密要跟我讲："以前，我们常常收到爸爸写的信，可现在没有了。是不是他忘了我们的地址。"

"大概是忘了。"我随声附和她。

我们又不说话了。我在痛苦地思索怎样才能排解叶莲卡这些悲伤的思念，但始终找不到话题。我不知所措，不知怎样和眼前这个天真的孩子交流。最后，我问她：

"告诉我，叶莲卡，你长大以后想做个什么样的人？"

"叔叔，我要像妈妈那样，长大做个寡妇。"

她依然用那十分明亮而又极其严肃的双眼望着我说。也许，在她看来，寡妇可能是像司机，或者看院子的人一样是个职业。

我望着天真的小女孩叶莲卡，望着她消瘦的双肩，望着她那像溪水一样在背上流淌的明亮的发辫。突然，我对自己那瞬间的疲乏，感到无地自容了。

224

无所不知先生

——［英国］毛　姆

在从旧金山到横滨的客轮上，
无所不知的开拉达先生因一条项链的真假而与南塞打赌，
最后输掉一百美元，并受尽嘲讽。
然而第二天清晨，却有人给他送来一百美元。

我曾经非常讨厌麦克斯·开拉达，而且是在我没与他结识之前。战争刚刚结束之时，远洋轮上的旅客十分拥挤，要想找到一个舱位非常困难。不论船上的工作人员给你找个什么地方，你都只好凑合着住下。你根本不可能找到一个单人舱。我算是很幸运的，住进了一间只有两个床位的舱房。但我一听到我那位同伴的名字，马上就觉得心里凉了半截，因为它让我立即想起了紧闭着的窗孔和通夜严格密闭的舱房。我是从旧金山到横滨去的，同任何人在一间舱房里度过十四个昼夜就已经够受的了。若是同舱房的旅客不叫开拉达，叫史密斯或约翰什么的，我的心情也许会轻松许多。

当我走进客舱时，开拉达先生的行李已经摊在下铺上了。那情形让我心里的讨厌更深了几分：几个手提包上全挂满了各式各样的小牌子。装衣服的皮箱也实在太大。他已经打开了梳洗的用具，我看出他显然是上等人，而且是"柯蒂先生化妆品"的一位老主顾，因为在脸盆边上我看到了他的香水、洗发膏和头油。各种乌木刷子用金色花纹刻着名字，除了招摇之外，恐怕至少有几个星期没刷洗了。这位旅伴真是让我厌恶极了，因此我跑到吸烟室去。我到柜台边去要来一副纸牌一个人摆着玩，我几乎才刚刚拿起牌，便忽然有个人走过来对我说，他想我的名字一定叫什么什么的，不知对不对。

"我是开拉达先生，"他接着补充说，并微微一笑，露出了一排闪亮的牙齿。说着他就坐下了。

"噢，对了。我想我们俩共住一个舱房。"

"我把这看成是一件很幸运的事。你事先永远不知道你将和什么样的人住在一起。我听说你是英国人就感到非常高兴。我赞成咱们英国人在国外的时候，大家应该像兄弟一样，你当然明白我的意思。"

我眨巴眨巴眼睛。

"你是英国人吗？"也许我问得有点不得体。

"难道我看起来像美国人吗？我可是彻头彻尾的英国人。"

为了证明这一点，开拉达先生还从他口袋里掏出一张护照，使劲地在我鼻子底下晃了几下。

在乔治英王统治的国家里，真是什么样奇怪的臣民都可以见到。开拉达先生身材矮小，可非常健壮。黑黑的脸膛刮得干干净净的——一个很大的鹰钩鼻子，一双水汪汪的大眼睛，他那黑色的长发一缕缕卷曲着。他口齿流利，但丝毫没有英国人的味道，而且老不停地打着各种手势。我十分肯定，要是把他那份英国护照拿来仔细检查检查，准会发现开拉达先生实际是在一个比英国所能看到的更蓝的天空下出生的。

"你来点什么？"他问我。

我带着怀疑的神态看着他。当时禁酒令还没撤销，船上肯定不会供应一滴酒。不渴的时候，我也说不清我最讨厌的是什么饮料，是姜汁汽水还是柠檬汽水。可是开拉达先生却向我露出了一丝怪异的微笑。

"威士忌苏打水，或一杯什么也不掺的马丁尼酒，你只要说一声就好了。"

说着，他把手伸向他后面的两个裤兜，然后从里面各掏出一瓶酒来，放在我面前的桌子上。我愿意喝马丁尼，他于是向招待员要了一碟冰和两个玻璃杯子。

"这倒是很好的鸡尾酒。"我说。

"你瞧，这玩艺儿我可有的是，船上要有你的什么朋友，你可以告诉他们，你结识了一个朋友，他可以供应全世界所有的酒。"

开拉达先生特别喜欢闲聊。他谈到纽约和旧金山。他喜欢讨论戏剧、绘画和政治。他非常爱国。英国国旗是一块颇能令人肃然起敬的布片儿，可是如果让一位从亚历山大港或贝鲁特来的先生去挥舞它，我却不能不感到它多少有点失去了原来的威严。开拉达先生很随和。当然我也不喜欢装模作样，可是我仍然感觉到，在和一个完全陌生的人谈话时，他有必要在我的名字后面加上一个先生之类的称呼。开拉达先生并没有对我使用这类虚礼，无疑是为了让我不要感到生疏，这让一个真正的英国绅士感到缺少礼貌。当他坐下的时候，我已经把牌放在一边，可是现在，我想到我们才不过第一次见面，刚才这段谈话应该已经够长了，于是我又开始玩我的牌。

"那个三应该放在四上。"开拉达先生说。

在你一个人玩牌的时候，你翻起一张牌还没看清是个什么点子，旁边却有一个人告诉你这张牌该往哪儿放，这可能是天底下最让人厌烦的一件事了。

"马上就通了，马上就通了，"他叫喊着，"这张十应该放在 J 上。"

那把牌弄得我满腔愤怒和厌恶。结束后，他马上把牌抓了过去，并说："你喜欢用牌变戏法吗？"

"不喜欢，我讨厌用牌变戏法。"我回答说。

"来，我就让你瞧瞧这一手儿。"

他接连给我变了三种戏法。我毫无心情，于是对他说："我要到饭厅去占个位子。"

"噢，那些事你就甭操心了。"他说，"我已经替你占了一个位子。我想咱们俩既然同住一个舱房，那咱们完全可以在一块儿吃饭吧。"

这位开拉达先生太让我厌恶了。

我不仅和他同住一间房，同在一张桌上共用三餐，即使我想到甲板上去散散步，他也跟在我身边，恐怕只有离开这船才能甩掉他。你根本没有办法让他识趣点儿，他永远想不到别人不愿意跟他在一块儿，他始终认为你一定和他喜欢你一样喜欢他。他丝毫也没想到，他是一个不受欢迎的客人。他跟谁都合得来，也许不出三天，船上所有的人他都认识了。他什么事都管，他帮助进行船上的清扫活动，他处理拍卖，他为比赛活动敛钱作奖金；他组织投环和高尔夫球比赛，组织音乐会，还管安排化妆舞会……我想，他在船上肯定无人不恨。我们都叫他无所不知先生，甚至当面也这么叫他。他把这看成是对他的一种恭维。最让我们难以忍耐的是，在吃饭的时候——差不多足足一小时，他总希望我们全听着他讲。他非常热忱，喜欢说笑，他也的确非常能言善辩。不论谈什么问题，他比谁都知道得更透彻，而且谁要是不同意他的意见就会挫伤他那不可一世的虚荣心。不管谈论什么，哪怕是极不重要的问题，在他没有让你完全信服他的说法以前，他都决不肯撒手。他永远不认为自己也可能会发生错误。他仿佛是什么都知道。我们和一位大夫同坐在一张桌子上。开拉达先生当然可以一切都按他的意思安排，因为那位大夫非常懒散，而我是对什么都完全无所谓的，倒只有坐在那张桌子上的一个叫南塞的人比较麻烦一些。他和开拉达先生一样非常武断，而且对那种一味自以为是的态度十分痛恨。他们两人之间时断时续的争论已显得十分尖刻了。

南塞是一位块头很大的小伙子，多余的脂肪让他的皮肤绷得很紧，又因穿着一身买来的现成衣服，到处显着鼓鼓囊囊的。他出生在美国中西部，在神户的美国使馆工作。他这是到使馆去，因为他的妻子回家去呆了一年，他不久前坐飞机回去接他的妻子来了。南塞太太是一个身材矮小的女人，态度和蔼，讲话很幽默。使馆工作工资不多，她的衣服穿得非常简单。但她很知道怎样打扮自己，她总让你看着有一种不同一般的味道。我之所以会注意到这个女人，是因为她有一

227

种也许一般女人都有，而现在在她们的言行中不常见到的那种气质。你不论什么时候看她，都不能不对她的谦虚神态留下深刻的印象，那神态简直像绣在她外衣上的一朵花一样。

有一天晚上，在晚饭桌边，无意中谈到了珍珠问题。那时报纸上曾经大谈聪明的日本人正在用人工的办法培育珍珠。那位大夫说，这样将不可避免地使天然珍珠的价格下落。人工珍珠现在看来就已经很好了，不久以后完全可以以假乱真。开拉达先生马上对这个新问题大发议论，如以前讨论问题一样，他对我们讲述了关于珍珠的各方面知识。我相信南塞对那些知识恐怕一无所知，可是他一抓到机会就忍不住要刺他一下。就这样，不到五分钟，他们之间就展开了一场激烈的争论。过去我已看到过开拉达先生情绪激烈滔滔不绝地发表议论的情景，可是还从来没见他像现在这样激动过。最后，不知南塞讲了句什么话，把开拉达激怒了，他一拍桌子，大叫着说：

"听着，我讲的话可全是有根据的。我现在就是要到日本去研究一下日本是如何养殖珍珠的。我是干这一行的，你去问任何一个内行人，他都会告诉你我所讲的话没有一句不是事实。世界上最好的珍珠我全都知道。关于珍珠，如果还有我不知道的问题，那些问题也肯定只是微不足道的。"

这对我们来说无疑是一个新闻。因为开拉达先生尽管非常健谈，可他对谁也没讲过是干什么的，我们只模糊地知道他到日本去进行某种商业活动。这时他看着桌上所有的人，十分得意。

"不管他们用什么办法培育，像我这样的专家永远一眼就能看出它是人工培育的。"他用手一指南塞太太戴的一条项链，接着说，"听我的话，南塞太太，你戴的那根项链将来决不会因此而少值一分钱。"

南塞太太也许是天性谦虚，不免脸一红，顺手把那项链塞进衣服里去。南塞向前探过头来。他对我们所有的人看一眼，脸上含着微笑：

"这条项链真够漂亮的，是吧？"

"我一见就注意到了，"开拉达先生回答说，"嗨，我当时心里想，这几颗珍珠可真不错。"

"当然，这项链不是我买来的。可我倒很想知道你认为这项链值多少钱。"

"噢，按正式价格大约在一万五千美元左右。可要是你们在五马路买的，即使你说花了三万美元我也不会觉得奇怪。"

南塞皱着眉头笑着说：

"我要一说你可能会觉得奇怪了，这项链是南塞太太在我们离开纽约的前一天，在一家百货店里买来的，总共只花了十八美元。"

开拉达先生不禁满脸通红：

"别开玩笑了！这不仅是真的，而且在同样大小的珍珠里，这串珍珠还是我所见到的最好的货色。"

"你愿意打赌吗？我跟你赌一百美元，这是仿制品。"

"一言为定。"

"噢，艾尔默，你不能拿一件十拿九稳的事去跟人打赌啊。"南塞太太说。

她脸上露出一丝淡淡的微笑，话音虽然很温柔，但显然十分不愿意他那样干。

"为什么不能？既然有机会白捡一笔钱，为什么要放弃呢？我要是不捡，那可是天下最大的傻瓜"

"可这又怎么去证明呢？"南塞太太说，"总不能光听我的，或光听开拉达先生的。"

"让我仔细看看这项链。要是伪造的，我马上就会告诉你们。输一百块钱我倒是无所谓。"开拉达先生说。

"取下来吧，亲爱的。让这位先生好好看一下。"

南塞太太犹豫了一会儿，她把她的双手放在项链的卡子上。

"我打不开这卡子。"她说，"开拉达先生应该完全相信我说的话。"

我忽然感到恐怕一件很不幸的事马上就要发生了，可我一时也想不出该说点什么。

南塞站了起来说：

"我给你打开。"

南塞取下项链，并把它递给开拉达先生。那位无所不知的先生从口袋里掏出放大镜来仔细看了一会儿，在他光滑暗黑的脸上慢慢露出自以为是的微笑。他把项链递回去，然后张开嘴准备讲话。忽然间他看到了南塞太太的脸——一片铁青，她似乎马上就要昏倒了。她圆睁着一双恐惧的大眼睛望着他，完全是一副苦苦哀求的神态。那神情是那样明显，我奇怪她丈夫为什么竟会没有注意到。

开拉达先生张着大嘴愣住了。他满脸胀得通红。很显然，他的内心正进行着激烈的斗争。

"我弄错了。"过了一会儿，开拉达先生说，"正如南塞先生所言，这的确是仿制品，当我用放大镜一看就马上知道这不是真的。尽管它做得非常精巧，我想这破玩艺儿大约顶多也就值十八块钱。"

于是他掏出他的皮夹子，从里面拿出了一张一百元的钞票。他毫不犹豫地把钱交给了南塞。

"你应该牢牢地记住这个教训。以后别再自以为是了，我的年轻朋友。"南塞在接过钞票的时候说。

229

我注意到开拉达先生的手在发抖。

可以想像，这件事马上在全船传开了。那天晚上，开拉达先生忍受了许多人的冷嘲热讽。无所不知先生终于出了一次大洋相，这可真是一件让人开心的大笑话。惟有南塞太太没有嘲讽开拉达先生，借着头疼回了舱房，而且整晚没有露面。

第二天早晨，我起床后开始刮脸。开拉达先生躺在床上，抽着一支香烟。忽然我听到一阵轻微的摩擦声，接着看到从贴地的门缝里塞进一封信来。我打开门朝四处张望，门外什么人也没有。我捡起那封信，看到上面写的是开拉达先生。那名字是用印刷体字母写的。我把信交给他。

"谁来的呢？"他把信拆开。

他从信封里掏出来的不是一封信，而是一张一百元的钞票。他看着我又一次脸红了。他把那信封撕得粉碎，把它递给我，说：

"劳你驾从窗孔扔出去，好吗？"

我替他扔掉，然后我笑着望着他。

"谁愿意像一个地地道道的大傻瓜让人嘲讽呢？"他说。

"那珍珠是真的吗？"

"我要有一个漂亮老婆，我决不会自己呆在神户让她一个人在纽约呆上一年。"他说。然后他摸出他的皮夹子，把那一百元钞票小心地放了进去。

从那一刻起，我开始喜欢开拉达先生了。

换脑以后他是谁

——［英国］廷帕莱

一场意外事故使大卫改变了本来的面目，
他因此获得了再次追求他妻子的机会。
但是，就在他们举行婚礼那天，
却来了一个自称是他妻子的女人。

大卫·卡逊的手术极其成功。他醒来后，看着镜子里那个肤色黝黑的漂亮男子，疑惑不解地说："大夫，我要看我本人。"

"你看到的就是你本人，卡逊先生。"穿着白大褂的华莱大夫平静地说，"一场意外事故使你体无完肤，但你的脑子却完好无损。正好医院存放着一具健美男人的躯体，他因大脑损伤而死，于是就移植了你的脑子。卡逊先生，这完完全全是你本人，只是身体的外观不一样。"

大卫注视着"他"的身体，修长的手指与自己原来粗短的小手完全不一样。他用这双不熟悉的手抚摸着自己不熟悉的面孔。这是多么异乎寻常的体验啊！不错，新鼻子是笔直的，不是鼻梁中间有鼓包的旧鼻子；眉毛比原先的浓了；现在的下巴是直挺挺的，而他自己的下巴却是往后缩的；嘴唇饱满了；原来那副假牙变成了现在整齐洁白的新牙了，他还注意到左胳膊肘内侧有一个像胎记一样的红星状小疤，这玩意儿他过去可从来没长过。

"你现在成了标准的美男子了，你得好好珍惜才是啊！"华莱大夫说。

"这一切我妻子知道吗？"

"你妻子只知道你乘坐的'空中公共汽车'在拥挤的空中航道上失事了。"

"我妻子对我的死有什么想法？"大卫问他。

"我不知道，但她表现得很镇静。当然了，她还得继续生活、工作，不是吗？"

"是的，赛拉有她自己的工作。"大卫苦恼地说。他的妻子赛拉是个演员——现在她以为自己是个寡妇了，她总是事业在先，个人生活在后。而他爱赛拉胜过赛拉爱他。他长得不漂亮，赛拉在时运不佳时嫁给了她，因为她被他的体贴和爱怜感动了。婚后不久，赛拉时来运转，青云直上，在赛拉的生活中，他被放在了次要位置。他只能暗自妒忌那些跟她一起演戏和拍电影的漂亮男演员，他是竞争不过美男子的……而他，如今也是一个美男子了！大卫出院了，他想以陌生人的面孔重新与她妻子相识，并且得到她的爱。

当他在拍摄现场重见赛拉时，缕缕旧情如潮水般涌上心头。等拍摄完毕，他的"新我"以"旧我"从未有过的胆量迎上前去，说："你在我心目中的地位是神圣的，卡逊太太，你愿意和我一起吃饭吗？"

吃饭时，赛拉取笑他：

"你对女人总是这么大胆？"

"我一生中从来没有过。"

"真的吗？"

"真的，赛拉。"他马上又说，"我叫理查，理查·新勇。"

"看你的样子，你好像跟我很熟。"

"我看过你拍的所有电影。"

"还有别的原因。我也觉得我们似曾相识，可是我知道，我们并不认识。这一阵我一般不接受邀请，自我丈夫死后，我一直独来独往。他生前我没有好好待他，真可怜！唉，现在说什么都晚了，真是后悔莫及啊！好像一场噩梦。"

以后，他向他的妻子求婚。再以后，他俩结婚了。

结婚当天，正当夫妇俩步出婚礼的圣殿时，一个女人冲出人群，喊道："裘罗德——裘罗德——"大卫倒退一步，说："我不认识你，我不叫裘罗德。"

"他们说你死了！他们干吗骗我？裘罗德，我是你心爱的妻子啊！"

"不，不，你弄错了，"他说，"我是理查·新勇。"

"你不是。你是裘罗德·透纳。你确确实实是我丈夫……你左胳膊内侧有个红星一样的小疤，那是块胎记。你有的，是吗？"

赛拉用害怕和迷惑不解的目光看着他。

大卫让赛拉在旅馆里等他，然后平静地对那个女人说："我们找个地方好好谈谈，好吗？"

大卫仍旧没有说他究竟是谁，但是他告诉她所发生的交通事故、医院的手术以及他的脑移植手术。事实是残酷的，但他不得不告诉她这些事情。最后，他们去找华莱大夫，华莱大夫肯定了这个事实。

别墅的主人

—— [德国] 舍伦施密特

乔伊偷偷潜入格雷的别墅充当起主人，
正当他恣意享受的时候，
别墅的真正主人——格雷先生出现了，
最后，乔伊被格雷骗去了二百美元。

郊外一幢豪华的别墅内，星期一上午十点钟，一个身着浴衣的男人坐在壁炉前，津津有味地品尝着美味的食物，还时不时地往杯子里斟点葡萄酒。

他伸手拿起一张唱片，正想往电唱机上放时，门开了，一个上了年纪的男人走进来。

"请原谅，门没关。"来人说，"我是施密特兄弟公司的代表。认识您很高兴。您是格雷经理吧？"

壁炉前的男子转过身，明显流露出被打扰的不悦的表情。

"……是的，我就是。您有什么事？"

"经理先生。我这里有一张去年的账单，共二百美元……"

"好的，我明天从办公室把钱给您转过去。"

"这样的说法您已经重复多次了。"那代表提醒道，"因此，我决定直接来找您。"

"请您出去！把账单寄到公司办公室。我现在没有钱，你懂吗？"

"是的，我懂。"那职员答道，"我也预料到了这点，尽管我曾想我俩最好能在私下解决这个问题，而用不着去麻烦执行法官。他也认识您，而且现在就等在门外。"壁炉前的汉子猛地站起身来，慌忙中酒瓶掉在了地毯上。

"真无聊！"他大声嚷道，"得啦！这是您要的钱，拿去吧，离开这里，永远别让我看见你！"

原来，到郊外去的人，并不都是为了休闲，去享受阳光和宁静，比如乔伊·斯托克就不是这样。他喜欢造访那些久无人住的别墅，然后再趁机得到点实惠。

233

乔伊知道，一旦被抓住，钱包装满钱的人总是更容易找到借口，说走错了门，或者只想开个玩笑等等。他亲身体会到，对待身无分文的人，警察的态度会更严厉。

进入格雷经理的别墅，对他来说如同儿戏一般。别墅里没有人，他的行动自然也可以从容不迫。他先按上等人的习惯，冲了个澡，再把房子主人的浴衣穿好，再去检视整个住所。因为早上有些凉意，所以他在壁炉生了火，然后舒舒服服地坐在沙发里享受美酒佳肴。他心情好极了，自然就想听段音乐。

"正在这时，"他事后对朋友们说，"进来了一个傻瓜，要我付一笔什么账。这着实吓了我一跳。我是一星期之前发现那幢偏僻住所的。我连续监视了它一个星期，断定它没人居住。幸好，那人把我当成别墅的主人，还说门外的执行法官认识房子的主人。好在当时我身上带着钱……噢，尽管这次行动使我蒙受了损失，但把它当成必要的生产成本，心里就平衡了许多。"斯托克说完，深深地叹了口气。然而，最可笑的是，冒充的房主把钱给了那个所谓是施密特兄弟公司代表的人，正是别墅的真正主人。

"您真是个天才，经理先生。"第二天，公司职员们称赞格雷经理道，"您把自己装成收账的人。"

"可我有什么办法呢？"格雷说，"我一拧门把手，门就开了。窃贼穿着我的浴衣就坐在壁炉前，还享受着美酒佳肴。那家伙是个大块头……并且，他可能带有凶器。我想抽身退出去已经晚了，于是急中生智，假装把他当成别墅的主人。但最成功的一着还是我说执行法官就在门外，没想到，这一招还真灵，那个坏蛋听说执行法官会认出他是冒牌的房主，就吓坏了。到头来，在这桩买卖里，我也算小有赢利吧。"

彩 票

——[德国] 哈尔姆

尤利乌斯中了五十万大奖，
他把中奖的钱买了别墅和家具，
但仅仅一个小时，这一切便都不复存在了。

画家尤利乌斯喜欢画快乐的世界，因为他自己就是一个快乐的人。不过没人买他的画，因此他想起来会有点伤感，但这种情绪不会成为他的麻烦，因为只需两分钟，他就会忘掉的。

"去买足球彩票吧！"他的朋友们劝他，"只花两块钱便可赢很多钱。"

于是尤利乌斯就去买了一张，没想到真的中了！他获得了五十万奖金。

"哇！"他的朋友对他说，"你运气多好啊！现在你还经常画画吗？"

"现在我就只画支票上的数字！"尤利乌斯笑道。

尤利乌斯买了一幢别墅，并对它进行一番装饰。他很有品位，买了许多好东西：阿富汗地毯、维也纳柜橱、佛罗伦萨小桌、迈森瓷器，还有古老的威尼斯吊灯。

看着自己亲手装饰的别墅，尤利乌斯感到很满足，他坐在沙发上，点燃一支香烟，静静地享受他的幸福。突然，他感到好孤单，便想去看看朋友。他把烟往地上一扔——这是他在那个石头做的画室里养成的习惯，然后就出去了。

在华丽的阿富汗地毯上，香烟在燃烧……一个小时以后，别墅变成了一片火的海洋，最后变成了一堆废墟。

朋友们很快就知道了这个消息，他们都来安慰尤利乌斯。

"尤利乌斯，怎么会这样？这太不幸了。"他们说。

"有什么不幸的？"他问。

"损失呀！尤利乌斯，你现在一无所有了。"

"不是的，我同原来一样，只不过是损失了买彩票的两块钱。"

企业家与发明家

——［日本］林　孝

电气公司的工业部长来到年轻的发明家的家，
目的是希望购买他的专利，
但最终被送出了门。

"您看，真是对不起，没事先给您打电话就突然来了……呵，呵，您像是在进行着某种研究啊！"

在年轻的发明家面前，电气公司的工业部长流露出一种以权势压人的神态，慢条斯理地从衣袋里掏出名片递了过去。

"啊，不！我只不过是感兴趣罢了，距离真正实际有效的发明还差得远呢……"年轻人有些不知所措地搔了搔头说，然后请客人落座。

"在电力学方面的研究，您可以说是很有成就。我向来是直言不讳的，……不过我总觉得近来有些人稍搞出点名堂，设计点什么东西，就摆出一副狂傲的发明家架子，俨然要与企业界抗衡。这样的年轻人似乎多起来了……"

说到这儿，部长点燃了一支香烟，言归正传：

"实际上，你申请的关于'磁石'在电力工业上的新发明的方案，要获得专利权这件事有一定的特殊性。如果您有能力创办一家企业，那还是可以有专利权的。现在的问题是，你能做到吗？"

年轻人不解其意地歪着头，揣摩着对方说话的真正用意。

"啊，这么跟您说吧！我们的公司即使同意您的申请，那也得经过仔细的考虑。作为我们电气公司来说，不想诋毁您的申请。假如您把您的发明权转让给我们，因为我们是一流的企业，根据您的设计，可以做出更好的产品，这一点是不奇怪的。您说是吗？我们可以出个好价钱，我想这事不用与您太多地商量了吧？"

部长面带微笑地瞅着青年发明家。

年轻的发明家陷入了沉默，而且脸上挂着一丝不易察觉的愤怒。

"啊，对不起，您的想法我明白，您是要用这一发明方案来创建起自己的企业。但您要明白，要想建一个企业需要有足够的资本，如果您能竞争的话……我们公司是全国一流的企业，我想您还是把这种单纯、幼稚的想法打消吧……啊，您先别着急回答我，还是好好考虑一下，也考虑考虑我跟您说的话。那么，现在……"

看着青年发明家一点也不懂事的样子，部长一边故意装作若无其事地站了起来，一边轻佻地指着屋中的一些仪器说道：

"您为这些搞得气氛紧张，真是太不幸了，您是否考虑换一种生活方式？这都是些什么仪器呀？"

"哦，我的志趣都在这些仪器上。它也许能帮您推测、判断您的企业的前途的成败！当然，我还要花费很多的时间去完成我的新设计，这正是发明家和企业家分歧的焦点。目前我正在积极地改进它。我一旦全面成功了，说不定就会为您的电力企业带来大麻烦，……请吧！"

年轻人爽朗地笑着，把电气公司的工业部长送出了门。

237

尸体复仇

——［日本］井上元件

> 我因为偷了头目的女人而被头目和另外两个流氓伙伴杀死了，
> 但他们也因收拾了"自杀"现场而被捕入狱。

头目虎谷、石井以及风飞次郎合谋杀死了我，他们都是我从前的流氓伙伴。

头目虎谷进了监狱，罪名是恐吓某证券公司总经理。因此，他的情妇蝶子与我有了不寻常的关系。

后来，我们偷走头目的全部现金来到了东京，开始了逃亡生活。生活每天都很充实，我们除了吃山珍海味，便是做爱。

半年后，头目带着石井和风飞次郎，气势汹汹地来捉我们。他们在 S 温泉小旅馆找到了我们。

"那女人不要管，但是你给我丢脸，要杀掉！"头目气愤地说。

我们俩被带到郊外无人的杂树林中。

"像你这样的小偷，我不会亲自动手的。你自己写遗书，找一棵树吊死吧！"

事情走到这一步，我也只好认命了。于是我照头目的吩咐，在纸片上写着："我偷了老板的爱人，我要用自杀来赔罪。"

虎谷看了遗书后，把它放入我的口袋中，开始和风飞次郎用一根麻绳勒我的脖子。

蝶子被这样的场面吓坏了，放声大哭。

我没有了呼吸，只呻吟一声，便离开了人间。

风飞次郎已把一切准备好了，他爬上铝梯费力地把我吊在高高的松树上。

"好，这样就没人怀疑是他杀了！以后的事，就交给你们了，一定要办好。"

虎谷带着蝶子离开了。

约半个小时以后，石井和风飞次郎收拾好也离开了，只留下我的尸体。

第二天早晨五点，路过的送报生发现了我的尸体。警官接到报警后很快就赶来了，新闻记者也来了。

"这是一个为女人上吊的流氓，简直是过分纯情。"

我被人们嘲笑着。没有人愿意给我一点同情心，也没有人肯动一动脑筋。

"且慢!"一位刑警先生突然大叫道，"这根本不是自杀，是他杀!"

刑警先生的这句话使虎谷一干人被逮捕入狱了，而我也完成了"无形的复仇"了。

他们什么地方露出了破绽呢?

答案：石井和风飞次郎收拾了"自杀"现场，他们把首要工具——铝梯，也带走了。如果是自杀，至少要留下脚架才对，可现场什么也没有，这就是破绽。

扔掉可惜

—— [日本] 齐藤肇

一次事故使我失去了左手，
一个最新式的医院又让我的左手失而复得，
惊喜之余，才知道，原来……

在一次事故中，我失去了左手。本来早已打算就这么终此一生了，可是一个喜讯就在此时飞到了我面前。

据说有个最新式的医院，专门医治伤残，可以将身体失掉的某一部分修复如初。我眼前一亮，决定去试一试。

这个新式医院是座洁白而干净的大厦。院长是位有点神经质、面部苍白而瘦削的男子。

"只要给左手做移植手术，就能修复得完好如初！不过，做这个手术需要一大笔钱。"

"花多少钱都无所谓！拜托了……可是移植用的左手从哪里来？是假肢，还是别的什么？"

"这个你可以放心！当然是用您自己的手来克隆，'克隆'您知道吗？"

所谓的"克隆"，是通过细胞增殖手段制造"复制人"的技术。制造人类的信息存在于基因中，所以如将其培养，理论上是可以制造出同一个人来的……

"咦？这医院能制造'克隆人'？那就是说，从我这只手的切除部位可以重新长出一只新手来，是这样吗？"

"不，绝对不可能。培养的细胞需要特殊的条件，并不是把您的整个身体都浸到那种培养液中去。"

"那……这项技术怎么使用呢？"

"使用'克隆'技术重新制造左手，然后把它进行移植。用你自己的肉体移植，成功率很高。"

院长用手术刀采了细胞。他一边往一只箱子上贴标签一边说："好了！三个月后就可以制造出左手了。到时候会通知您的，那时您再来做手术。"

三个月后，我成功地做了左手移植手术。虽然那只手多少有点显得白嫩，但却活动自如。

"谢谢您，院长。不愧是最高超的技术啊！"

可是院长却一脸愁容。

"院长，您还有什么要说的吗？也许今后会有什么副作用？"

"不，我指的不是这个。"

"不是这个，那是什么呢？"

"我指的是这项技术的费用过于巨大，照这样下去，恐怕没有人愿意做这种手术了！"

"哦，原来是为了这个呀！我想您不用为此过于担心，因为过一段时间，费用也许就会降低的。"

"但愿吧，要是真能减少浪费的话，那也总算是……"

院长皱起了眉头。我听了院长的这番话，越发好奇起来，便刨根问底地询问院长，于是院长向我说明了发愁的原因。

"是这样的，由于现在的技术还不够完善，所以我们不得不培养出一个整个的您来，然后锯掉您需要的那部分给您换上。"

"那其余部分呢？"

"只有全部扔掉，真可惜呀！不过要是把您销毁处理掉事情就容易多了！"

说谎者

——［日本］中井周一

父亲研制的"说谎药"大获成功，
儿子也来试用。
父亲听了儿子吃完药说的话后，
真的希望那是谎言。

"成功了！终于成功了！"

"真的吗？爸爸！"

"是呀，是真的！'说谎药'哇！不管怎么说，现在不说谎就什么事儿也办不成，越是诚实正直的人就越吃哑巴亏。而且这种人一说谎就好像对不起谁似的，总有一种罪恶感，接下来身体便被折磨得死去活来的。"

"嗯，您说得很对，爸爸。"

"现在问题解决了，只要吃了我这药不管谎说得多么离谱，也不会感到心灵不安；即使是你所厌恶的上司，你也能违心地说上一车奉承话，而且说时还脸不红、心不跳。这种药才是当代人最需要的。"

"呜呜呜……可爸爸为了研制这药，把身体都累坏了呀！"

"瞧你！你哭什么啊！啊！对了！你快试用一下。你这个孩子从来不会撒谎，吃了药之后撒起谎来一定不会再有一丁点儿的罪恶感了。"

父亲挑出一粒较大的"说谎药"递给儿子。儿子一仰脖咽下去了。

"嗯！我觉得现在我就想撒谎了。"

然后，儿子坐在沙发上沉默了三分钟左右，突然板着脸一本正经地对父亲说："其实呐，爸爸身体累垮的时候，大夫对您说那是胃溃疡；可之后大夫却告诉我和妈妈您其实患上了胃癌，顶多只能再活半年吧。我认为大夫骗了爸爸，所以我每天都很悲伤……"

说到这儿，儿子突然停了下来，他仰起脸，接下来，盯着自己的身体说："真是这样啊！我说完这样的谎言，既没受良心的谴责，也没罪恶感，好像全身都轻松了。您真行！我真佩服您，爸爸！"

看着儿子高兴得眼泪汪汪的样子，再加上听了那一番话，他不知为什么一下子手往隐隐作痛的胃部按去，说："儿子啊！按药性，爸爸研制的这药，二十分钟后才能见效，不过，这难道……嘿！真的是谎话?"

243

审判教授

——［匈牙利］沃尔克尼

> 布达佩斯法院公布了对前教授
> 卡斯卡·孔·盖萨和其他16名同案犯的审判结果，
> 罪名是学识过于渊博。

今日，布达佩斯法院将把前教授卡斯卡·孔·盖萨和其他16名同案犯的审判结果公布于众。这位全欧洲闻名的教授及其同伙（著名物理学家、语言学家、天文学家、历史学家和自动化工程师，以及大马士革夜总会肚皮舞舞女斯莱因兹·佐菲亚——艺名拉·帕格玛）被指控，他们所编的七卷本《匈牙利百科辞典》与时代精神相违背。此外，他们还捏造谎言，以达到欺世盗名、愚弄读者的目的。

鉴于被告历史清白，科学研究成果卓著，辩护律师恳请法庭从轻发落。律师力图说明，专业知识积累到一个极高的水平时，便会向相反方面转化。但是法庭认为，被告在对《百科辞典》的歪曲中并没有得到物质上的收益，这一点是惟一可以考虑减刑的因素。

对于辩护律师提出的几点，检察长认为：被告学识渊博，正是应该加重惩处的因素。他从该出版物中选择若干词条，并且当庭宣读。旁听席上的科学家、作家和社会活动家听后都很气愤。

下面是几个作为例子的词条：

布达佩斯，现有人口180万。1776年，由纺织匠瓦莱罗·安道尔建立丝织厂，按照希尔德工程师的设计图建成了现在的丝织厂，位于现瓦莱罗街。关于城市的其他，不值得一提。

文学，系佩采尔镇附近一个医疗用矿泉的名称。它采自牧鹅草地上喷出的泉水，对消化功能紊乱及更年期症状有明显疗效，至于能否治疗其他病，还有待进一步研究。兔唇者可用麦秆吮吸，健康人服用后得皮疹的机率较高。

匈牙利，固执病，现有一千万人患此病。根据最新研究成果，此症可治，但愈后姿容大减。

世界道德准则，群众体育运动，规则类似足球规则，22 人参加。观众（可多至数万）不受比赛规则约束，但可为运动员加油鼓劲。

黑格尔，乔治·威廉·弗里德里希（1770～1831），德国人，毕业于文科大学，多子女（黑氏诸系）。患有平衡失调症，经常上下颠倒，首尾倒置已是必须。

剧院演出，国外晚间的一项活动，无相应的匈牙利词，系一种艺术享受，很受人们欢迎。在我国为无痛苦死亡法的一种。

拉吉德·米哈伊（1897～1964），电报投递员，后任办事员至退休。一生无任何功绩，关于他的一切专题著作均认为，他不爱好文学。国会大厦是他的墓地。

他们要学狗叫

—— ［匈牙利］卡尔曼

一个有雾的日子，
当我的同行——一个编剧，
正在润色最后一幕剧情时，
一位老人走到了他面前，
他听了老人的诉说后，连夜修改了剧本。

我的同行为民族剧院写了一个剧本。因为剧院已经排练并即将上演，所以被大肆渲染而出名了。大家都希望演出成功。同时，最迷人的、最著名的女演员将担任剧中的主角。这已经无人不晓了，但这个剧本里最突出、也最别开生面的是：它里面要有狗叫。这个消息也不胫而走了。

一个有雾的日子，正当编剧润色剧本最后一幕的剧情时，一位老年人走进了他的房间，他不声不响地站在写字桌前。

我的同行有点不知所措，茫然地抬起眼睛问道：

"你找我吗？有什么事吗？"

"我，我……"老人温柔地说，"没什么事！"

"喂，既然你没什么事，那你想干什么？"

"您别紧张，我就是民族剧院里学狗叫的那个人。我在剧中学狗叫。"

"你就是扮演狗的吗？"

"对，就像一只真的狗那样叫。年轻的时候我就学会了这门技巧。我能够把真的狗逗弄得蹦跳乱叫。"

"请您接着说。"

"我听说先生您写的剧本里有狗叫，对吗？"

"没错。在第二幕开始时要有狗叫。"

"这正是我最擅长的。我之所以要来这儿，是因为我听说先生是一位心肠非常善良的好人。我是来请求您……我可怜的妻子正卧病在床，但是我们很穷，没钱就医……所以，我想来请问先生，是不是每一幕都需要狗叫?"

"啊哟! 朋友，那样不符合剧情发展呀!"

"开始我也是那样想的!"老人垂头丧气地说，"可是，我知道，先生您是个善良的人，您会帮助我们度过难关的。"

"假定说有三次狗叫，那你会拿到多少钱呢?"

"那样的话，我每天晚上就可以拿到三块钱，因为每一幕狗叫时他们会另外付我一份报酬!"

我的同行沉思了一会儿。

"唔，你看这样行不行，假如在剧本里有两只狗叫:一只在左边叫，另一只在右边叫。"

"好极了!"老头高兴得连忙打断他的话，"因为这门技巧我儿子已经像我一样精通了。这么一来，这个剧本就更出色了。"

"好! 那这剧本就算是定稿了。你回家等好消息吧! 你一定要叫得好些，越逼真越好。"

老年人听了我那同行的话，怀着最大的感激心情，离开了房间。然后我的朋友便入神地对剧本作了最后一次修改。

金脑的公鸡

——［西班牙］塞 拉

> 乔万尼·梅诺迪的鸡店里挂着一只瘦骨嶙峋的小公鸡，
> 直到它快腐烂时也没卖出去。
> 无奈，乔万尼只好摘下它自行享用，
> 谁知，竟在鸡的脑袋里发现了黄金首饰。

"啊！您看这么嫩的鸡，您走遍整个特雷维约也找不到。您看这又脆又细的肉质，一吃到嘴里，就会像糖那样化掉！"乔万尼·梅诺迪提着那只售不出去的瘦骨嶙峋的小公鸡向一位太太兜售。

太太提起鸡，掂了掂分量，看了又看，还是把它放回到梅诺迪店铺柜台上。梅诺迪的瘦鸡又一次被拒绝了。

这只骨瘦如柴的小公鸡，生前模样很糟糕，一身花斑毛，鸣不成调，行无行姿，却自负好斗。要是从墙头展翅欲飞，总能落在地上。

"这只不成器的小公鸡长得像谁呀？"鸡栏里的老母鸡常常絮絮叨叨地评说着，"他父亲长得一表人才。他母亲谁不知道，在全特雷维约，就数她最壮实，蛋也生得最多。可这小冤家，怎么生得这般不成样子？"

瘦公鸡知道自己与众不同，常常自己安慰自己，它思忖着：

"听这话就知道，他们根本就不理解我。我与他们不一样，我有理想，有志向。在这个鬼鸡窝里，谁要是有个性，那群庸俗下流、胸无大志的母鸡们就会给他白眼。我天生与众不同，想多见点世面，这难道有错吗？"

瘦公鸡毕竟年少，自以为是与众不同的典范，以此聊以自慰。

特雷维约的这只瘦公鸡有远大的抱负，它想出人头地，区别于肥胖的公鸡，区别于那些毛色鲜艳的公鸡，区别于所有的公鸡，它在为这个远大的抱负不懈地努力：吃萤火虫，吃藤忍冬的花，连石英沙、金戒指、金手链都吃，小公鸡认为这些东西一定可以补充自己的营养。

有一次，小瘦公鸡吃了一只金戒指和金手链。这一幕特雷维约的许多人都没看到，那时小公鸡正在全神贯注地寻找有营养的东西。那模样真是怪极了，仿佛成了阿拉斯加的考察家。突然，它发现了那金戒指和金手链，真庆幸没有漏掉它们。

"哈哈，太好了！"特雷维约的瘦公鸡叫道，"我该走运了！我吃了这些金首饰，我的鸡冠就会变得金光闪闪，走起路来也会威风凛凛。别的公鸡一定会拜倒在我的脚下，母鸡们见了我无不肃然起敬！"

瘦公鸡根本没多想，只啄了两下就将金戒指和金手链吞进肚里。吞下不久，它便感觉到嗉囊里沉甸甸的，有点不舒服。

它喃喃自语："或许一会儿消化了就好啦。"

然而，嗉囊里的黄金并没有化去。打那以后，瘦公鸡走起路来便摇摇晃晃，像随水漂流的破船一样。

"瞧我干的好事！"

一天，主人见到瘦公鸡犹如醉鬼一般，自言自语道：

"真见鬼，这只小公鸡既不长大也不变肥，真是废物。还是把它卖给鸡铺的梅诺迪先生吧，还能给顾客的饭桌上添道菜。"

说做就做，他把这只鸡卖给了鸡店老板梅诺迪。梅诺迪把它宰了挂到鸡店门口，好让哪位女邻居买去，说不定这女邻居的丈夫早一天吩咐过：

"喂，玛丽亚，做一顿我最爱吃的鸡块烧米饭吧，那样我会很满足的。"

小公鸡瘦骨嶙峋的身体被挂在鸡店门口的钩子上，比起身上有毛在鸡栏散步时，还要瘦弱得多。

249

"乔万尼先生，这鸡卖多少钱？"一个女人心不在焉地随口问了一声。

"您要买这只小公鸡吗？啊，太太，您走遍整个特雷维约也找不到这么嫩的鸡。您看这只鸡的肉质，真是又脆又细，一吃到嘴里，就会像糖那样化掉。"

可是那太太掂了两下又放下了。

"您别费口舌了，乔万尼先生。另外给我拿一只，不要这只瘦的。"

过了几天，眼看这只公鸡就要腐烂了，乔万尼·梅诺迪只好对他的老婆说：

"帕奥兰，你看，我把这只瘦鸡给你拿来啦，谁也不愿意买它。你把它放进锅里煮一煮，好歹可以熬碗汤喝。"

于是，帕奥兰就把这只公鸡提到厨房里去熬汤。乔万尼也跟着进了厨房，看着妻子做鸡汤。

"这鸡脑真硬！"

"不可能啊，还是只小公鸡呢！鸡脑怎么会硬？"

可是帕奥兰说得对，小公鸡有着石头般的脑。

"真是见鬼啦！"

"是呀，可真怪……你快拿刀来，剖开看看有什么东西。"

帕奥兰把刀尖戳了进去，从鸡脑里取出了一只金戒指、一个金手链。

"乔万尼！乔万尼！这鸡的脑是金的！杀了它真是个错误，要是让它活到老，我们可就要发大财了！"

然而，死鸡不能复活。他们只得将鸡下锅。星期天，帕奥兰戴着金手链，乔万尼·梅诺迪戴着金戒指，去参加十二点钟的弥撒。

"多漂亮的手链啊！"帕奥兰的女友恭维道。

帕奥兰满脸带着猜不透的神气回答道：

"哦！说来话长，这故事简直太离谱了。以后有空我一定讲给你听。这叫金脑公鸡的故事，听起来好像是编出来的……"

恐 惧

——［俄国］陀思妥耶夫斯基

> 他几次想起身，想立即把那些惹人眼目的东西扔掉，
>
> 但人仿佛已瘫在沙发上，
>
> 他在心里喊道："马上，马上……"

他突然想起他从老太婆那里拿来的钱袋和东西都还放在自己的口袋里，还没有藏起来……他马上跑去把它们掏出来，扔在桌上。等他把一切东西都掏了出来……他便把那整整的一堆东西拿到墙角去。在墙根那里，有的地方糊墙纸破裂开了，他马上开始把一切东西都塞进纸里面的那个洞里去。

"全放进去了！钱袋也看不见了！"他快活地想着，站了起来，茫然地瞅着那个洞。忽然，那个洞好像鼓起来了，他吓得浑身发抖。"上帝！"他绝望地咕囔道，"我是怎么一回事？这算是藏起来了吗？这是藏东西的方法吗？"……他筋疲力竭地在沙发上坐下，立刻又发了一阵难受的颤抖。他机械地从身边一张椅子上取来他那件旧而暖的、但是破烂不堪的学生冬季外套把自己盖住，不多时，他失去了知觉。

251

没有过五分钟，他猛地跳了起来，马上又疯狂地扑过去抓住他那些衣服。"我怎么能够什么事都没有做又去睡觉呢？是的，是的，我还没有从袖管上把活结取掉哩！我忘记了，把这样的一件事情忘记了！这是一个真凭实据！"

他把活结扯掉，慌忙地把它撕成碎片，把碎布片塞进枕头下的衬衣里。"无论如何，破衬衣的碎片不会惹起嫌疑的。反正我想不会的，我想不会的！"他反复地说，他站在房间当中，又拼命聚精会神地瞅一瞅他的周围、地板和各处，他想弄清楚屋里是不是还有作案后的痕迹。他以为自己一切能力都没有了，甚至于记忆力、最简单的思考力都没有了，这种确信渐渐成为一种难堪的苦楚。"莫不是已经开始了？莫不是惩罚降临到我身上来了？是来了！"他从裤子上割下来的磨坏的破布确实放在房当中的地板上，谁进来都会看见的。"我是怎么一回事？"他又喊道，好像一个神经错乱的人似的。

突然，他脑子里又起了一个可怕的念头，以为或许所有的衣服都染上了血，或许有许许多多血点，但是他没有看见，没有注意到，因为他的知觉力不足，已经四分五裂了……他的理性模糊了……他忽然想起钱袋上也有血！"啊！那么口袋上一定也有血，因为那时我是把湿钱袋装在口袋里的！"眨眼间他就把口袋里面翻了出来，不错！——在口袋布里子上有痕迹，有污点！"可见我还没有完全失去理性，可见我还有点脑筋和记忆力，因为这是我自己猜想出来的。"他得意洋洋地想着，自慰地深深叹了一口气，"这不过是发烧虚弱、短时间的昏迷罢了。"

他把整个的里子布从裤子的左口袋里扯了出来。这时候，阳光照在他的左脚靴子上，从破靴子里露出来的袜子上仿佛也有血迹！他把靴子脱掉。"的确有痕迹！袜尖全浸着血。"他一定是那时不小心而踏进血泊里了……"但是现在对于这件事怎么办呢？我往哪里放袜子、破布和口袋呢？"

他双手拿着这些东西，站在房间当中。"放在火炉里吗？但是他们首先便要搜查火炉的。把它们烧掉吗？但我能用什么烧呢？连火柴都没有。不，不如出去，把它们扔到什么地方去。是的，不如扔掉。"他重复说道，却在沙发上坐下。"而且马上就扔，毫不耽搁！"但是他的头却反而倒在枕头上了。他又打着难受的寒战，浑身软绵绵的，一点精神也没有。

他几次想起身，想立即把那些惹人注目的东西扔掉，但人仿佛已瘫在沙发上，他在心里喊道："马上，马上……"这时，一阵剧烈的敲门声，终于使他彻底清醒过来。

最后一句多余话

我有一个新发现，
那就是我们说出的话都会变成黄金。
特别是那多余的最后一句话在没有说出口的时候就变成了黄金。

鸭的喜剧

—— ［中国］鲁　迅

俄国盲诗人爱罗先珂君来北京之后有一种如在沙漠上的寂寞，
于是买来了蝌蚪、小鸡、鸭子。
可是就在四处蛙鸣的时候，
爱罗先珂君不在了，蝌蚪、小鸡也不在了，
只留下四只鸭在沙漠上"鸭鸭"地叫。

俄国的盲诗人爱罗先珂君带了他那六弦琴到北京之后不多久，便向我诉苦说：

"寂寞呀，寂寞呀，在沙漠上似的寂寞呀！"

这应该是真实的，但在我却未曾感得；我住得久了，"入芝兰之室，久而不闻其香"，只以为很是嚷嚷罢了。然而我之所谓嚷嚷，或者也就是他之所谓寂寞罢。

我可是觉得在北京仿佛没有春和秋。老北京的人说，地气北转了，这里在先是没有这么和暖。只是我总以为没有春和秋；冬末和夏初衔接起来，夏才去，冬又开始了。

一日就是这冬末夏初的时候，而且是夜间，我偶而得了闲暇，去访问爱罗先珂君。他一向寓在仲密君的家里；这时一家的人都睡了觉了，天下很安静。他独自靠在自己的卧榻上，很高的眉棱在金黄色的长发之间微蹙了，是在想他旧游之地的缅甸，缅甸的夏夜。

"这样的夜间，"他说，"在缅甸是遍地是音乐。房里，草间，树上，都有昆虫吟叫，各种声音，成为合奏。很神奇。其间时时夹着蛇鸣：'嘶嘶！'可是也与虫声相和谐……"他沉思了，似乎想要追想起那时的情景来。

我开不得口。这样奇妙的音乐，我在北京确乎未曾听到过，所以即使如何爱国，也辩护不得，因为他虽然目无所见，耳朵是没有聋的。

"北京却连蛙鸣也没有……"他又叹息说。

"蛙鸣是有的!"这叹息,却使我勇猛起来了,于是抗议说,"到夏天,大雨之后,你便能听到许多虾蟆叫,那是都在沟里的,因为北京到处都有沟。"

"哦……"

过了几天,我的话居然证实了,因为爱罗先珂君已经买到了十几个蝌蚪子。他买来便放在他窗外的院子中央的小池里。那池的长有三尺,宽有二尺,是钟仲所掘,以种荷花的荷池。从这荷池里,虽然从来没有见过养出半朵荷花来,然而养虾蟆却实在是一个极合适的处所。

蝌蚪成群结队的在水里面游泳,爱罗先珂君也常常踱来访他们。有时候,孩子告诉他说,"爱罗先珂先生,他们生了脚了。"他便高兴的微笑道,"哦!"

然而养成池沼的音乐家却只是爱罗先珂君的一件事。他是向来主张自食其力的,常说女人可以畜牧,男人就应该种田。所以遇到很熟的友人,他便要劝诱他就在院子里种白菜;也屡次对仲密夫人劝告,劝伊养蜂,养鸡,养猪,养牛,养骆驼。后来仲密家里果然有了许多小鸡,满院飞跑,啄完了铺地锦的嫩叶,大约也许就是这劝告的结果了。

从此卖小鸡的乡下人也时常来,来一回便买几只,因为小鸡是容易积食,发痧,很难得长寿的;而且有一只还成了爱罗先珂君在北京所作惟一的小说《小鸡的悲剧》里的主人公。有一天的上午,那乡下人竟意外的带了小鸭来了,"咻咻"的叫着;但是仲密夫人说不要。爱罗先珂君也跑出来,他们就放一个在他两手里,而小鸭便在他两手里"咻咻"的叫。他以为这也很可爱,于是又不能不买了,一共买了四个,每个八十文。

小鸭也诚然是可爱,遍身松花黄,放在地上,便蹒跚的走,互相招呼,总是在一处。大家都说好,明天去买泥鳅来喂他们罢。爱罗先珂君说,"这钱也可以归我出的。"

他于是教书去了,大家也走散。不一会,仲密夫人拿冷饭来喂他们时,在远处已听得泼水的声音,跑到一看,原来那四个小鸭都在荷池里洗澡了,而且还翻筋斗,吃东西呢。等到拦他们上了岸,全池已经是浑水,过了半天,澄清了,只见泥里露出几条细藕来;而且再也寻不出一个已经生了脚的蝌蚪了。

"爱罗先珂先生,没有了,虾蟆的儿子。"傍晚时候,孩子们一见他回来,最小的一个便赶紧说。

"唔,虾蟆?"

仲密夫人也出来了,报告了小鸭吃完蝌蚪的故事。

"唉,唉!……"他说。

待到小鸭褪了黄毛,爱罗先珂君却忽而渴念着他的"俄罗斯母亲"了,便匆匆的向赤塔去。

待到四处蛙鸣的时候，小鸭也已经长成，两个白的，两个花的，而且不复"啾啾"的叫，都是"鸭鸭"的叫了。荷花池也早已容不下他们盘桓了，幸而仲密的住家的地势是很低的，夏雨一降，院子里满积了水，他们便欣欣然，游水，钻水，拍翅子，"鸭鸭"的叫。

现在又从夏末交了冬初，而爱罗先珂君还是绝无消息，不知道究竟在哪里了。

只有四个鸭，却还在沙漠上"鸭鸭"的叫。

与 周 瑜 相 遇

—— [中国] 迟子建

一个村妇枕着一片芦苇，
在旷野中见到了心仪已久的周瑜，
并与他促膝而谈。
可是后来那片地枕着的芦苇被她的泪水打湿了。

一个司空见惯、平淡无奇的夜晚，我枕着一片芦苇见到了周瑜。那个纵马驰骋、英气逼人的三国时的周瑜。

因为月亮很好，又是在旷野上，空气的透明度很高，所以即使是夜晚，我还是一眼认出了他。当时我穿着一件白色的睡袍，乌发披垂，赤着并不秀气的双足，正漫无目的地行走在河岸上。凉而湿的水汽朝我袭来，我不知怎的闻到了一股烧艾草的气息，接着是鼓角相闻。我便离开河岸，寻着艾草的味儿和凛凛的鼓角声而去，结果我见到了一片荒凉的旷野。那里的帐篷像蘑菇一样四处皆是，帐篷前篝火点点，军马安闲地垂头吃着夜草，隐隐的鼾声在大地上沉浮。就在这种时刻，我见到了独自立在旷野上的周瑜。

我没有貂婵的美貌，周瑜能注意到我，完全是因为在这旷野上，只有两个人睁着眼睛，而其他人都在沉睡。那在月光下互相打量的两个人，一个是我，一个就是周瑜了。

因为见到了我最想见到的一个男性，所以那一瞬间我说不出话来，我见到亲密的人时往往都是那个表情。

周瑜身披铠甲，剑眉如飞，双目炯炯，一股逼人的英气令我颤抖不已。

"战事还未起来，你为何而发抖？"周瑜说。

我想告诉他，他的英气令我发抖，只有人的不可抗拒的魅力才令我发抖，可我说不出话来。

我不知道又有什么战事要发生。这么大规模的安营扎寨，这么使周瑜彻夜难眠的战事，一定非同一般。短兵相接，战前被擦得雪亮的军刀都会沾有血迹。只

257

有刀染了血迹，战争才算结束。多少人的血淤积在刀上，又有多少把这样的刀被遗弃在黄土里，生起厚厚的锈来。

周瑜并没有在意我的发抖，而是将一把艾草丢进篝火里，我便明白了艾草味的由来。可是先前所闻的鼓角声呢？

周瑜转身走向帐篷时我见到了支在地上的一面鼓，号角则挂在帐篷上。他拿起鼓槌，抑扬顿挫地敲了起来，然后又吹起了号角。他陶醉着，为这战争之音而沉迷，他身上的铠甲闪闪发光。

我说："这鼓角声令我心烦。"

周瑜笑了起来，他的笑像雪山前的回音。他放下鼓槌和号角，朝我走来。他说："什么声音不令你心烦？"

我说："流水声、鸟声、孩子的吵闹声、女人的洗衣声、男人的饮酒声。"

周瑜又一次笑了起来。我见月光照亮了他的牙齿。

我说："我还不喜欢你身披的铠甲，你穿布衣会更英俊。"

周瑜说："我不披铠甲，怎有英雄气概？"

我说："你不披铠甲，才是真正的英雄。"

我们不再对话了。月亮缓缓西行，篝火微明，艾草味由浓而淡，晚风将帐篷前的军旗刮得飘扬起来。我坐在旷野上，周瑜也盘腿而坐。

我们相对着。

他说："你来自何方？为何在我出征前出现？"

我说："我是一个村妇，我收割完芦苇后到河岸散步，闻到艾草和鼓角的气息，才来到这里，没想到与你相遇。"

"你不希望与我相遇？"

"与你相遇，是我最大的心愿。"我说。

"难道你不愿意与诸葛孔明相遇？"

"不，"我说，"诸葛孔明是神，我不与神交往，我只与人交往。"

"你说诸葛孔明是神，分明是嘲笑我英雄气短。"周瑜激动了。

"英雄气短有何不好？"我说，"我喜欢气短的英雄，我不喜欢永远不倒的神，英雄就该倒下。"

周瑜不再发笑了，他又将一把艾草丢进篝火里。我见月亮微微泛白，奶乳般的光泽使旷野显得格外柔和安详。

我说："我该回去了，天快明了，该回去奶孩子了，猪和鸡也需要食了。"

周瑜动也不动，他看着我。

我站了起来，重复了一遍刚才说过的话，然后慢慢转身，恋恋不舍地离开周瑜。走前我打着哆嗦，我在离开亲密的人时会有这种举动。

我走了很久，不敢回头，我怕再看见月光下周瑜的影子。快走到河岸的时候，却忍不住还是回了一下头，我突然发现周瑜不再身披铠甲，他穿着一件白粗布的长袍，他将一把寒光闪烁的刀插在旷野上，刀刃上跳跃着银白的月光。战马仍然安闲地吃着夜草，不再有鼓角声，只有淡淡的艾草味飘来。一个存活了无数世纪的最令我倾心的人的影子就这样烙印在我的记忆深处。

我伸出一双女人的手，想抓住他的手，无奈那距离太遥远了，我抓到的只是旷野上拂动的风。

一个司空见惯、平淡无奇的夜晚，我枕着一片芦苇见到了周瑜。那片芦苇已被我的泪水打湿。

259

钻　圈

------［中国］阿　成

在一家夜总会里，

一盘普通的炝芹菜高达三十多元；

一场劣质的人妖表演要两百元；

而真正的体操艺术表演——钻圈，却仅值三十元。

这也是当代生活中的一景罢。

老秦请我们几个去一家夜总会吃饭。

这家夜总会在南岗区。它虽然不能同国内的一流夜总会相比，但观其气魄，也算很可以的了。

几位先是吃潮州菜。虽然做得不甚地道（潮州菜到了黑龙江，难免有几分虚假），但价格却高得惊人。其中的"炝西芹"，不过是普通的辣油炝芹菜，竟高达三十多元一碟。这不免让我糊涂。

我几乎每天的早晨都到早市上买菜，一捆两斤重的新鲜芹菜，仅五角钱。做这种"炝西芹"，能做二三十碟。现在有些事，是很叫人齿冷的。

一个朋友悄悄地附在我的耳旁说，兄弟，这就是夜总会！你就慢慢地品罢，要是有一天你品出好滋味了，就证明你已经修成正果了。

这其间，还上了一些其他的菜，然而我们几个高谈阔论、插科打诨之中，吃得马马虎虎，没觉出什么特别的滋味来。

吃过了，剔过牙齿，几位在老秦的率领下，先去了 KTV 包房。

老秦和这家夜总会的老板很熟，因此，一切都是优惠的。

KTV 包房里的气味极为难闻，使用这里如此可疑的茶杯喝茶，确实让人愁肠百结。

几位开始选歌子，并不伦不类地嚎唱了一阵。终是觉得无聊，并打起哈欠来了。

老秦便提议到大厅，去看"人妖"的表演。

人妖毕竟没见过，"新生事物"，不好错过。于是几位便离座，随着老秦去大厅。在大厅里选了一好位置坐下来，人妖的表演就开始了。

这分明不是货真价实的、类乎于泰国的那种人妖，而是一群从附近乡镇来的年轻流氓，男扮女装，在大厅里扭来扭去。

老秦探询地看了看我。我咧咧嘴。

老秦说，他们这些人演一场给两百元钱，一晚上走好几家夜总会呢，挣不少钱呀。

人妖表演之后，是艺术体操表演。夜总会真是不可思议。

不过，这次倒是真正的艺术体操表演。

表演者是一个年近三十岁的女杂技演员，是挺文静的一个女子，瘦瘦的。她表演钻圈。

这种钻圈的技术颇为高难，圈儿很小，需要把身子叠成几折，或者把身体异常地分开，才能从这个圈里钻出钻进。

她表演时脸上始终微笑着。看得出，她表演得非常认真，似乎整个大厅里只有她一个人。

我悄悄地问老秦，这种表演，夜总会每晚给多少报酬？

老秦说，三十块钱吧？谁知道呢。

老秦告诉我，这个女人是杂技团的，现在杂技团经济不景气，她就出来找活儿干，几乎每个夜总会都有他们杂技团的人。

我问，她一晚也是要走好几家夜总会吗？

老秦说不，她表演的这种节目在夜总会不太受欢迎。她来表演，就是让客人享受一下有钱人的优越感，就是这个意思。她丈夫天天陪着她来。

女演员像蛇一样在圈里钻来钻去，果然是没有掌声。

她钻完了，领班在众目睽睽之下，从钱包里抽出三张十元的票子鄙夷地递给了她。

她接过票子，低着头，拿着圈儿，匆匆地走了。

我之所以记下这个女人，大约是想到，这也是当代生活中的一景罢。

狗 的 智 慧

———［中国台湾］张伯权

一个来自非洲的朋友给我讲了一个流传在他们部落之间的故事，
故事的内容体现了狗的智慧。

这是一位来自非洲的朋友亲口说给我听的一则流传在他们部落之间的故事：

有一天，九条野狗一齐出外觅食，半路上遇见一头狮子，狮子正好也要去觅食，就建议大家团结力量联合行猎。在野狗的同意之下，狮子与狗一齐奔跑了一天，日头西斜时分，一共猎获了十只羚羊。狮子说："现在我们得找一个聪明人来替我们分配。"

有一条野狗接着说："没有必要吧？我们不需要什么特别有智慧的人。你看，我们正好十个，羚羊也正好十只，一个一只，不就是最公平的事吗？"

狮子霍然扑向前去，巨掌一落一起之瞬间，可怜鲁莽的野狗已经瞎了眼睛。

其他的野狗真给吓得目瞪口呆。好一会儿才有一条野狗鼓起勇气站出来："不，不，我们的兄弟错了，这样分法不对。狮子是人间之王，如果他拿了九只羚羊，合起来就是十；我们兄弟九个，合一只羚羊也是十。这样子分配就对了！"

狮子心里极高兴，神气活现地说："你可一点也不像你那兄弟一般笨，实在是一条聪明的狗！你这了不起的智慧是哪里得来的？"

狗回答："当你的巨掌挖出我兄弟的眼睛，就在那时候我学得了这份智慧。"

竞选州长

——［美国］马克·吐温

> 自从我被提名为纽约州州长候选人之后，
> 共和党和民主党的媒体就开始破坏我的名誉。
> 最终，我再也无法忍受党派斗争的无耻迫害，
> 我退出了竞选。

几个月以前，我被提名为纽约州州长候选人，代表独立党参加竞选，对手是斯坦华特·L·伍福特先生和约翰·T·霍夫曼先生。显而易见，我有显著的优势，因为同这两位先生相比，我总觉得自己名声不错。从报上很容易看出：如果说这两位先生也曾知道爱护名声的好处，那是过去的事情了，近年来他们显然已经把各种各样的无耻勾当看作家常便饭。当时，我虽然醉心于自己的长处，暗自得意，但是一想到我得让自己和这些人的名字混在一起到处传播，我总觉得在我愉快心情的深处有一股不安的混浊暗流在"翻腾"。我越想心里越乱。后来我给奶奶写了一封信，把这件事告诉她。她回信又快又干脆：

> 你生平没有做过一桩亏心事——一桩也没有做过。你看看报纸——看一看就会明白，伍福特和霍夫曼等先生是何等人，难道你愿意把自己降低到他们的层次，跟他们一道竞选？

这也正是我的想法！那夜我几乎没合眼。但是我既然已经卷了进去，就不能打退堂鼓，只好干下去。

我一边吃早饭，一边无精打采地翻阅报纸。我看到一段令我惶恐的消息：

> **伪证罪**——一八六三年，在交趾支那的瓦卡瓦克，有三十四名证人证明马克·吐温先生犯有伪证罪，当时他企图侵占一小片芭蕉地，那是当地一位穷寡妇和她一群孤儿丧失亲人之后在凄惨的境遇中赖以活命的惟一资源。马克·吐温先生现在既然出来竞选州长，是否可以请他讲讲此事的经过。不论对自己或是对其要求投票选举他的伟大人民，吐温先生都有责任把此事交代清楚。他愿意交代吗？

263

面对这么残酷无情的指控，我当时惊愕得不得了！老实说，我从来没有这样惊惶过。我从来没有到过交趾支那！我从来没有听说过瓦卡瓦克！我也不知道什么是芭蕉地，就像我不知道什么是袋鼠一样！我不知道怎么办才好。我都气疯了，却又毫无办法。那一天我什么也没干就这么过去了。第二天早晨，这家报纸没说别的，只有这么一句：

值得注意——大家都已注意到：马克·吐温先生对交趾支那的伪证案保持缄默，似有苦衷。

（备忘——在这场竞选运动中，这家报纸此后凡提到我必称"臭名昭著的伪证犯吐温"。）

下一份是《新闻报》，登了这么一段：

急需查究——吐温先生在蒙大那州露营时，与他同一帐篷的伙伴经常丢失小东西，后来这些东西都在吐温先生身上或"箱子"（即他卷藏食物的报纸）里发现了，一件不少。大家为他着想，不得不对他进行友好的告诫，在他身上涂满柏油，插上羽毛，叫他跨坐在横杆上，把他撵出去，并劝告他让出铺位，从此别再回来。这件小事是否请新州长候选人向急于要投他票的同胞们解释一下？他难道还不愿意解释吗？

难道还有比这种控告的用心更加险恶的吗？直到今天，我还从没有到过蒙大那州。

（从此以后，这家报纸按例管我叫"蒙大那小偷吐温"。）

自那以后，我拿起报纸总有点提心吊胆，好像你想睡觉，可是一拿起床毯，生怕毯子下面有条蛇似的。有一天，我看到这么一段消息：

谎言已被揭穿！——根据五点区的密凯尔·奥弗拉纳根先生、华脱街的吉特·彭斯先生和约翰·艾伦先生三位的宣誓证书，现已证明马克·吐温先生曾恶毒地声称我们尊贵的领袖约翰·T·霍夫曼的祖父系拦路抢劫被处绞刑一说，毫无事实根据，纯属卑劣无端之谎言。用诽谤故人、以谎言玷污其美名这种下流手段，来攫取政治上的成功，使有道德的人见了极为痛心。我们一想到这一卑劣的谎言必然会使死者无辜的亲友蒙受极大悲痛时，恨不得鼓动起被伤害和被侮辱的公众，立即对诽谤者施行非法的报复。但是，我们有道德的人不会这样做，还是让他去经受良心谴责的痛苦吧。（不过，公众如果义愤填膺，盲目行动起来，竟对诽谤者加以人身伤害，显然陪审团不可能对肇事者判罪，法庭也不可能加以惩处。）

最后这句妙语大起作用，当天晚上，一群"被伤害和被侮辱的公众"从前门冲进来，吓得我赶紧从床上爬起来，从后门溜走。他们义愤填膺，来的时候捣毁家具和门窗，走的时候把能抄走的财物统统抄走。然而，我可以把手按在《圣经》上起誓：我从来没有诽谤过霍夫曼州长的祖父。不仅如此，在那一天之前，我从来没有听人说起过他，更不知道他的名字。

（顺便提一下，刊登上述新闻的那家报纸此后总是称我为"盗尸犯吐温"。）

下一篇引起我注意的报上文章是这样写的：

好一个候选人——马克·吐温先生原定于昨晚独立党民众大会上作一次毁损对方的演说，却未按时到会。他的医生打来一个电报，说他被一辆疯跑的马车撞倒，腿部两处负伤，极为痛苦，无法起身，以及一大堆诸如此类的废话。独立党的党员们硬着头皮想把这一拙劣的托词信以为真，假装不知道他们提名为候选人的这个放纵无度的家伙未曾到会的真正原因。

昨天晚上，分明有一个人喝得酪酊大醉，歪歪斜斜地走进吐温先生下榻的旅馆。独立党人有责任证明那个醉鬼并非马克·吐温本人，而且此事刻不容缓。这下我们到底把他们抓住了。这一事件不容躲躲闪闪，避而不答。人民用雷鸣般的呼声要求回答："那个人是谁？"

我竟然会与那个丢脸的嫌疑人联系在一起，一时叫我无法相信，绝对叫我无法相信。我已经整整三年没有喝过啤酒、葡萄酒，或是其他的任何一种酒了。

（第二天，这家报纸大胆地授与我"酗酒狂吐温先生"的称号，而且我明白它会忠诚无二地永远这样称呼下去。但是，我当时看了竟无动于衷。现在想来，足见那种时势对我起了多大的影响。）

从我被提名为州长候选人开始，我所收到的邮件中，匿名信占了很大的一部分。一般是这样写的：

被你从你寓所门口一脚踢开的那个要饭的老婆子，现在怎么样了？

包·打听

还有这样写：

你干的某些事，除我之外无人知晓，奉劝你掏出几元钱来孝敬我，不然，咱们报上见。

惹不起

内容大致都是如此。读者如果想听，我可以不断引用下去，保你腻烦。

不久，共和党的主要报纸"宣判"我犯了巨额贿赂的罪行，民主党最主要的报纸把一桩极为严重的讹诈案件"栽"在我的头上。

（就这样，我又多了两个头衔——"肮脏的贿赂犯"和"恶心的讹诈犯"。）

与此同时，舆论哗然，纷纷要求我答复所有这些可怕的指控。我们党的报刊主编和领袖们都说，我如果再不说话，政治生命将会就此结束。好像为使他们的要求更为迫切似的，就在第二天，有一家报纸登了这么一段话：

注意这个人！——独立党这位候选人至今默不作声。他之所以不敢答复，因为对他的控告条条都有充分根据，并且接二连三地得到证实，他永远地翻不了案。独立党的党员们，看看你们这位候选人！看看这位臭名昭著的伪证犯！这位盗尸犯！好好看一看你们这位酗酒狂的化身！你们这位肮脏的贿赂犯！你们这位恶心的讹诈犯！你们好好看一看，想一想——这个家伙犯下了这么可怕的罪行，得了这么一串"光荣"的称号，而且一条也不敢张嘴否认，难道你们现在还愿意把自己那伟大的选票投给他吗？

这个困境令我无法摆脱，只得深受委屈地着手"答复"一大堆毫无根据的指控和卑鄙下流的谎言。但是，我始终没有做完这件事，因为就在第二天，有一家报纸登出一个新的耸人听闻的案件，再一次恶意中伤，严厉地控告我因一家疯人院妨碍我家人看风景，我于是就将这座疯人院烧掉，里面的病人被统统烧死。这叫我十分惊慌。接着又是一个控告，说我为吞占我叔父的财产不惜把他毒死，并且要求立即挖开坟墓验尸。此时此刻，我的神经面临全部崩溃、错乱的危险。这些还远远不够，竟有人控告我在负责育婴堂事务时雇用掉了牙的、年老昏庸的亲戚给育婴堂做饭。我都快吓晕了。最后，党派斗争的积怨对我的无耻迫害达到了自然而然的高潮：在一次民众大会上，有人教唆九个刚刚在学走路的小孩，包括各种不同的肤色，穿着各式各样的破烂衣服，冲到讲台上，抱住我的双腿，管我叫爸爸！

我最终退出了，我放弃了竞选。我够不上纽约州州长竞选运动所需的条件，所以，我递上退出竞选的声明，而且怀着怨恨、痛苦的心情签上我的名字：

"你忠实的朋友，过去是好人，现在却成了臭名昭著的伪证犯、蒙大那小偷、盗尸犯、酗酒狂、肮脏的贿赂犯和恶心的讹诈犯——马克·吐温。"

牧羊人的女儿

—— ［美国］萨落扬

祖母为了说服我学习一门手艺，
给我讲了一个"王子与牧羊女的故事"。
听完故事后，我告诉祖母等我赚够了钱就去买工具和材料，
做一把椅子或一个书架。

我的祖母是个勤劳的人，她认为人人都应劳动。刚才吃饭时她还对我说："你得学门手艺，造些于人有用的器具，不论是用泥土、木材，还是用金属、布料，都可以。年轻人都应当学会一门好手艺。你能造出什么来？一张简单的桌子、椅子、一个朴素的碟子、一张地毯或者一个咖啡壶？你能造出哪一样来？"

祖母不悦地看着我。

267

她继续说："据说你是个作家，就算是吧。但你却使整座房子都弥漫着香烟的薄雾和味道。你得学着做些实实在在的东西，看得到摸得着又实用的东西。"

接着，祖母给我讲了一个故事：

从前，波斯国王有个儿子，他爱上了一个牧羊人的女儿。他去见他的父亲，说："父王，我爱上了一个牧羊人的女儿，我要和她结婚。"国王说："国王的儿子将来要继承王位，成为未来的国王，你怎能娶一个牧羊人的女儿为妻？"王子答道："我只知道我爱她，我愿她做我的王后。"

国王感到这是天意，于是派信使去告诉那个姑娘说，国王的儿子爱她并要娶她为妻。牧羊人的女儿对信使说："他做什么活儿的？"信使回答："他是王子，不用做活。"姑娘说："只要他学会做一种活儿，我就嫁给他。"信使回去把姑娘的话告诉了国王。

国王对儿子说："那个姑娘要你先学会一门手艺。你还想娶她吗？"王子说："当然，从今天起，我要学着编草垫。"于是，王子开始学编各式各样不同颜色不同装饰的草垫。三天之后，他已经编得很好了。信使带着这些草垫去见姑娘，说："这些垫子是王子编的。"

姑娘看到垫子后便答应了王子的求婚，随信使去了王宫与王子完婚。

一天，王子信步来到街上。他经过一间看上去很是雅洁的饮食店，于是走了进去，坐到一张桌子旁边。

不料，这家小店是强盗和杀人犯开的。他们把王子捉起来关进了土牢，土牢里已经关了不少城里的知名人士。这帮坏人把捉来的胖子杀了用来喂捉来的瘦子，以此来开心。王子很瘦，强盗们并不知道他就是王子，所以王子一时没有生命危险。他对强盗们说："我会编草垫，这些草垫可以卖大价钱。"强盗便给了他一些草。他在三天内编了三张草垫。

然后，他对强盗们说："拿这三张垫子去宫廷卖给国王吧，每一张垫子都值一百块金子。"

强盗们把草垫送到宫里。国王看到草垫后，发现这是失踪的儿子编的，于是叫来媳妇。牧羊人的女儿仔细地检查草垫，发现在图案里有她丈夫编下的波斯文字，她告诉国王，王子现在有危险，他在强盗手里。

于是，国王派出了许多士兵，杀掉了所有的强盗，救出了所有被俘的人。

王子平安地回到了王宫里，和妻子团聚。他十分感激妻子，说："亲爱的，是你救了我，因为有了你我才能大难不死。"

故事讲完了，祖母问我："你明白为什么人人都要学会一门好手艺了吧？"我告诉她，我明白了。等我赚够钱，就去买一把锯、一把锤子和一块木料，然后尽我的全力去做一把椅子或一个书架。

268

上 钩

——［美国］亚历山大

> 詹卡西先生在报纸上看到了一则关于抢劫的案件报导，
> 没想到自己也变成了报导中的受害者。
> 正当抢劫犯向詹卡西一家人挥手告别时，
> 却被从门外传来的突如其来的话惊呆了。

同往常一样，詹卡西先生洗漱完毕就坐在餐桌旁，一边吃着早餐，一边看着当天的晨报。

"亲爱的，有什么惊人的报道吗？"詹卡西太太正忙着往面包上涂果酱。她总是嫌女仆露茜涂得不好。为了让丈夫感觉到妻子的爱，她每次都要自己动手。

"拉斯维加斯又发生了一起惊人抢劫案，事主被劫十七万美元。歹徒如何得手，原因尚不明了……"

"先生，太太，有个陌生客人要见你们。"露茜走进餐厅，打断了詹卡西先生的念报声。

詹卡西太太嚷着："怎么这个时候来拜访人，真是没教养。别让他进来，谁担保他不是劫匪？"说着干脆把一团果酱塞到嘴里去。

露茜说："我让他在外面等，他问我们有没有丢钱。"

"请他进来吧。"詹卡西擦擦嘴说。然后，站起来往客厅走去。

詹卡西太太瞪大了双眼："你居然不告诉我你丢了钱，你这天杀的！"

当气愤的詹卡西太太来到客厅时，一个陌生人正把一捆钞票递给她丈夫。陌生人说："我揣摩着就是你们遗失的，这么一大笔钱只有像你们这样住得起阔气房子的人才有。"

下面的对话詹卡西太太没有仔细听，她对丈夫的不忠诚感到害怕。她在费劲地猜想：丈夫哪里来的这笔钱。更令人不可思议的，是这陌生人居然会把这么大一笔钱送回来，按照报纸的说法，他可以当选为今年拉斯维加斯头号傻瓜……

陌生人的告别打断了她的沉思，送走了客人，她一言不发，看丈夫如何解释此事。

詹卡西先生赔着笑脸道："对不起，亲爱的。昨天公司给了我一笔奖金，可是我丢了，所以我不敢告诉你。现在钱被送回来了，这难道不是上帝的旨意吗？"

听了丈夫的解释，詹卡西太太这才高兴地把钱点了一遍，锁进了保险柜。可是，喝下午茶的时候，她心里又嘀咕起来："有哪个公司会发这么一大笔奖金？足足一万元啊！"一贯马大哈的詹卡西太太这次却出人意料地细心起来，她决定请私家侦探社帮她弄个明白。

过了一个星期，报告送到了詹卡西太太手中：詹卡西先生循规蹈矩，没有外遇，只是找了几次一个在警局谋生的老同学鲍勃先生喝酒。巨额奖金不是公司所发。

这真是一个斯芬克斯一样的谜！詹卡西太太考虑再三，决定今晚和丈夫摊牌。她可不愿意有一个对妻子保守秘密的丈夫。

晚饭后，夫妻二人来到客厅，詹卡西太太发难了："亲爱的，那一万元……"

"先生，太太，那个人又来了。"露茜打断了她的话。

詹卡西太太一下没有回过神来："谁？那个人是谁？"

露茜说："他说肯定是先生丢了钱。"

"什么？又丢钱了？他又捡到了？"詹卡西太太吃惊地大叫。

陌生人来到客厅，满脸笑容地说："詹卡西先生，我回家经过您家门口，见到了这皮包，一下子就认出来了。您瞧，事情真是太巧了！"

詹卡西接过皮包，掏出一叠厚厚的钞票。詹卡西太太正在吃惊，却听陌生人说："如果二位不介意的话，我有一件礼物送给二位。"

刚刚抬起头的夫妻二人看到，陌生人手里拿着一枝精巧的小手枪对准了他们："最好别动，先生，太太，我不想开枪伤人。"

陌生人微笑着把一根绳子扔给呆若木鸡的詹卡西太太，命令道："太太，请您把您丈夫捆起来，快点！"

就这样，詹卡西夫妇和露茜都被捆起来了。陌生人一边往俘虏嘴里塞着布条，一边说："对于一个没有丢钱而又问心无愧地认领失款的人来说，这就是头等的报酬。我在拉斯维加斯干了十几回了，还没有一个人对一万元钱不感兴趣的。"

看着陌生人向卧室的保险柜走去，詹卡西太太又气又急：原来这人就是拉斯维加斯的头号窃贼，他先拿出一万元引诱那些昧良心的人；同时乘机摸清情况，甚至与事主交上朋友。所以，当他劫走财物后，事主惧于名誉，只好用"歹徒如何得手，原因尚不明了"的解释语！

陌生人走出卧室，腋下夹了一个小包，朝他的俘虏打了个手势："再见了，上钩的鱼儿。"

"您好，上钩的鱼儿。"锁着的门突然开了，一个拿枪的人带着好几个人走了进来。陌生人听了拿枪人的话，呆住了。

那个拿枪人就是詹卡西先生的老同学——鲍勃。

271

爸爸最值钱

——[美国] 布赫瓦尔德

我的儿子为了赚钱，为了出名，
不惜在小说里把我写成一个十恶不赦的家庭暴力分子，
还向我提出条件，如果我肯为他买一台文字加工机，
那么等他将来赚了钱后会多给我一些小费。

一天，我从儿子房间的门口经过，门开着，儿子正在聚精会神地打字。

"儿子，写什么呢？"我问他。

"正在写回忆录，描述做你儿子的感受。"

他的话让我心里甜丝丝的："写吧，但愿在书中我的形象不坏。"

"放心吧，错不了！"他说，我正要离开，"爸爸，您先别走，有件事我想跟您商量一下。你把我关进牛棚，用你的皮带抽我，像这样的事，在我的书中出现几次为好？"

这使我愕然："我从未把你关进牛棚，也没有用皮带抽你啊！再说，我们家也没有牛棚啊！"

"我的编辑说，要想使书有销路，我应该描述诸如此类的事：当我做错事的时候，你狠狠地揍我，继而又把我关进洗手间或者什么地方。"

"可我从来没那么做过。"

"那是事实。但编辑指望我的故事能使读者大开眼界，就像加里·克罗斯比和克里斯蒂娜·克劳索德写的关于他们父母的故事那样。他认为读者对你的私生活感兴趣——想看到你的真实一面。现在，前辈们都在写这方面的书，而且都很畅销。假如我也把你描述成一个堕落的父亲，您不会有意见吧？"

"你一定要这样做吗？"

"是的，必须如此。我已经预支了一万美元，他们的条件是我必须揭露你的隐私。我已经写完了前两章，你可以先读一读。内容嘛，是你在一次演讲会上闹出了大笑话，会后你酩酊大醉地回到家中，逼迫家里的所有人在深夜刷地板。"

"这都是你编造的，我可从来没有这样干过。"

"哎呀，我的爸爸！这只不过是一本书。我的编辑喜欢这样的书。第三章最中他的意了——你对母亲拳打脚踢，大耍威风。"

"什么？我对你母亲施行暴力？"

"我并不是说你真的伤害了母亲。不过，我还写了我们几个小孩惯于藏在毛毯底下，这样母亲挨打时那种声嘶力竭的叫声就听不见了。"

"天哪，我什么时候干过这种事！"

"可我不能照搬事实。编辑说过，成年人是不会花十五六美元去买《桑尼布鲁克农场的丽贝卡耶》的。"

"好吧，就算我用皮带抽了你，打了你母亲，还有什么？"

"对了，你拈花惹草的事呢，我把它安排在第四章。假如我写你常在凌晨三点钟领舞女回家过夜，你说人们会不会相信？"

"会的，我敢肯定，人们会一百倍地相信你的谎言。但即使这是一本畅销书，难道你不认为这太离谱了吗？"

"这是我的编辑的主意。由于您平时没有粗暴待人的恶名声，所以这样一写，读者才会真正感到惊奇、刺激，而且会对你另眼相看。"

"是的，对你是无所谓，但对我可如同下地狱了！"我再也按捺不住，冲他吼叫起来，"那我做没做过一件好事？"

"做过，其中有一章我特别写到你为我买了第一辆自行车，接着我又写了过圣诞节时我让你生气了，于是你就把一碗土豆泥统统扣在我的脑门上。但编辑把这两件事删去了，他说读者会看得一头雾水。"

"那你为什么不写由于你数学考试得了'良好'，我就用冷水把你从头淋到脚？"

"哦，对了，我怎么就没想到呢。那我就这样写：一次我得肺炎住进了医院，你这位当爸爸的甚至连一眼都不看我。"

"看来你是想把你的父亲以一万美元出卖了？"

"不仅是为了钱。编辑说如果我揭露一切隐私，那就连巴巴拉·瓦尔德斯都会在他主持的电视节目里采访我，那时我就可以真正地独立了，您也不用再为我操心了。"

"好吧，如果这本书真会带给你那么多的好处，你就干下去吧。我能帮你做些什么？"

"太好了，那你能不能给我买一台文字加工机？如果我能提高打字的速度，这本书就能在圣诞节前脱稿。一旦我的代理人把这本书的版权卖给电影制片商，我会在还钱的同时多给您点小费。"

医院需要病人

—— ［美国］ 阿·巴彻沃尔德

我的一个朋友生病住进了医院，我去看望他。
万万没想到，朋友没见到，
自己反而被推进了手术室。
危急关头，我用智慧救出了自己。

以前，医院的住院部常常人满为患，可是近来，病人住院根本无须久等，因为医院的床位过剩，为了经营下去，医院就得尽力避免病床空闲。出现此种情况，院方也很为难。

前些天，我的朋友住院了，我去医院探望他。我先到了问讯处，那里兼办入院手续。没等我开口问及我朋友的病房号，值班小姐便拿出一份表格，记下了我的姓名、年龄、职业，按了电铃。我还没来得及说明来意，早有两个护理员推着一辆轮椅来到我跟前。他们把我按到轮椅上，二话不说，就把我往病房推。

"我没病！"我嚷了起来，"我是来看望朋友的。"

"等他来了，"一个护理员说，"我们就带他去你的房间。"

"他早就来了。"

"那好，等你在床上躺好，他就可以来看你了。"

我发现自己被带到了一个写着"私人病房未经护士许可不得入内"字样的小房间。护理员扒光了我身上的衣服，然后替我穿上古怪的、背后系带的短睡衣，还给了我一个水罐，然后打开了悬吊在天花板上的电视机，对我说："需要什么就按一下电铃。"

"我要我的衣服！"

"哦，您别担心。"护理员说，"哪怕发生最不幸的事情，我们也会把您的东西都交给您那可能成为寡妇的妻子的。"

我正想办法逃出这个鬼地方时，威德大夫带领他的几个学生进来了。

"天啊！你们可来了！"我说。

"你疼得很厉害吗?"他问我。

"我身体健康,我一点都不疼。"

威德大夫显得十分忧虑:"看来情况严重了,比我们预料的还要严重。起初是哪里疼?"

"不,我没病,我哪儿也不疼。"

威德大夫同情地点了点头,转身对他的学生们说:"这是最难对付的一种病人,因为他拒绝向医生叙述他的感受,还说自己没病。在他打消自己根本没病的错觉之前,他是不会痊愈的。既然他不肯告诉我们什么部位有病,我们就只好做个外科检查性手术来找到他的病变部位。"

"我可不想动手术。"

威德大夫摇了摇头:"没人愿意动手术,但治病还是宜早不宜迟呀!"

"我是来看望朋友的,我没病!我一切都正常!"

"如果你一切正常,"威德大夫边填病历卡边说,"就不会到这儿来了。"

次日早晨,他们剃光了我的胸毛,并且剥夺了我吃早饭的权利。

过了一会儿,两个护理员把我挪到一辆担架式推车上,护士长在车旁随行,一个牧师殿后。我环顾四周,想寻求救援,但是完全绝望了。

最后,他们把我推到了手术室。

"等一等!"我开口说,"我有话要说。我是病得很重,但是我还没有加入医疗保险!交不起麻醉费。"

275

话未说完,麻醉师已关掉了麻醉仪器。

"当然,手术费我就更付不起了。"于是,大夫们纷纷放下了他们手中的手术刀具。

我又转向护士说:"我甚至拿不出住院费。"

接着,我糊里糊涂地换上了自己的衣服,被最初把我送进病房的那两个护理员赶到了大街上。

因为我要看朋友,所以我又一次来到问讯处打听朋友的病房号,这回值班人员盯着我,冷冷地说:"我们再也不愿在本院见到你——不正常的人!"

一磅黄油

—— ［美国］ 海伦·霍克

在佛蒙特的一家乡村杂货店里，
塞恩偷了一磅黄油放到帽子里，
这一切都被店主看在眼里。
店主并没有直接揭穿他，而是请他坐在火炉旁喝热的果汁。
这样，既惩罚了塞恩，又展示了店主的幽默天才。

佛蒙特的冬日寒冷异常。一天傍晚，一家乡村杂货店的店主正准备关门打烊。他站在屋外关窗板，透过玻璃他可以看到，那个懒惰而又无能的家伙塞恩仍然在店内闲逛。这时塞恩从货架上抓了一磅黄油，藏到帽子里。店主一看到这个举动就立即想到一个绝妙的报复方法。这个方法既能惩罚塞恩，又能使他的幽默天才得以展示。

"我说，塞恩，坐啊。"店主走进店里，边说着话边关上了门，口气极友好，"我想，这么冷的夜晚你不介意喝点热乎乎的果汁吧？"

"当然。"塞恩有些紧张，他拿了黄油就想尽快脱身，但是热果汁的诱惑又使他犹豫不决。然而，这事很快就定了下来。店主抓住塞恩的肩膀，把他拉到一个靠近火炉的位置上坐了下来。现在，塞恩被逼进了死角。他的周围几乎全是箱子和油桶，只要有人站在他面前，他就无路可逃。果然，那个位置被店主占据了。

"塞恩，我们来喝点热果汁。"店主说，"否则，在这么冷的夜晚回家，你会被冻僵的。"说着话，他打开炉门又塞了一些木柴进去。

不久，塞恩就感到黄油融化粘到头发上了。热饮料已不再那么使他心动了，他一下子跳起身，宣布自己非走不可。

"先喝点热果汁再走不迟，塞恩。来，听听我讲的故事。"塞恩被这位诡计多端的折磨者推回座位上。

"哦！这里太热了！"小偷说着，试图再次站起来。

"别急，热乎乎的多好啊！"店主又一次将他推回到椅子上。

"可是我家里还有许多事要做：要喂牛，要劈柴……我真的没时间了。"这倒霉的男人说。

"你不该把自己弄得太累，塞恩。坐！那些牛就随它去吧，你自己静静心。你似乎有点坐立不安。"恶作剧的店主露出狡猾的笑容。

塞恩又一次失败了。没办法了，他清楚下一步店主将端来两杯热气腾腾的果汁，他的头发涂满融化了的黄油，被粘住了，不然的话，看到这样的东西，发梢也会倒竖起来的。

"塞恩，吃块面包吧，你可以自己涂黄油。"店主说话的样子极不经意，可怜的塞恩甚至相信偷黄油的事压根就没被察觉，"我们可边喝果汁，边吃圣诞鸭，您看这颜色就让人食欲大增，告诉你，那可是天下第一美味。塞恩，现在尝尝你的黄油——我是说，尝尝果汁。"

可怜的塞恩现在不仅热得要被融化，而且急得快要冒烟了。随着帽子里黄油一层层融化，那油腻腻的东西已浸满了系在脖子上的手帕。

幽默的店主若无其事地说着闲话，并不断地往火炉里塞木柴。塞恩则笔直地坐着，背靠着柜台，烧得通红的火炉在身边烘烤着他。

"今晚真冷啊！"店主十分随便地说。然后，又似乎很吃惊地说，"喂，塞恩，你好像在出汗，干嘛还戴着帽子？来，我帮你把帽子拿下来。"

"不！"可怜的塞恩最后大声叫道，他再也无法忍受了，"不！我必须要走，让我出去，我要疯了！"

油乎乎的稀黄油现在流到这可怜男人的脸上、脖子上，浸入衣服里，一直流进他的靴子里，他好像从头到脚洗了个黄油澡。

"既然这样，晚安，塞恩，假如你真要走的话。"当那个不幸的偷黄油的家伙冲出店门时，这个幽默的佛蒙特人补充道，"我说，塞恩，我估计从你身上得到的乐趣值那么多钱，所以你帽子里的那磅黄油就当是我送你的礼物吧！"

驿 站 长

—— [俄国] 普希金

在某驿站，老站长和女儿冬尼娅相依为命。

可是有一天，

年轻的骠骑兵军官骗走了冬尼娅。

老站长在要不回女儿的情况下，郁闷而死。

1816年5月，我有事沿着某条现已废弃的驿道经过某省。当时我官职卑微，只能乘坐到站换马的驿车，付两匹马的公费。因此站长们对我不讲客气，我常常得据理力争方能得到我自认为有权得到的东西。我年轻，火气大，一看到站长把为我准备的三匹马套到某位官老爷的轿车上，我便一股恼儿将一切的恶语对他进行诅咒。同样，在省长的宴会上，精明势利的仆役按官阶递上菜，走过我跟前而不予理睬。这种事，令我耿耿于怀。上述两件事，到今天我却觉得是天经地义的了。倘若废弃通行的规矩："小官敬畏大官"。而改换另一个规矩："惺惺爱惜好汉"。那么，实际上我们将会怎样呢？争得打破头！言归正转，说我的故事要紧。

那一日天气炎热。车子距离××站还有三公里的时候，天开始下小雨了，不一会儿，大雨倾盆，将我从头至脚洗了个干净。到了站，我首先便是赶快换衣，紧接着便是要茶。

"喂！冬尼娅！"站长叫道，"茶炊拿来，再拿点奶油。"

他话音刚落，从屏风后边走出一个约莫十四岁的小女孩，跑进了前堂。那可真是一个美貌的姑娘。

"她是你的女儿？"我问站长。

"是我女儿，大人！"他怡然自得地说，"她脑子聪明，手脚麻利，同她过世的母亲是一个模子里刻出来的。"

随后，他便动手登记我的驿马使用证。我闲着无事，便来欣赏挂在他简陋而整洁的房间墙上的一幅幅图画。那是一套"浪子回头"的故事图片。第一幅，一个头戴便帽、身穿宽袍的可敬的老人送走一个心气浮躁的少年，他匆匆忙忙接受老人的祝福和一个钱袋。第二幅，他坐在桌边，一群酒肉朋友和厚脸皮的荡妇将他包围。第三幅，荡光钱财的年轻人身穿粗布袍子，头戴三角帽，正在牧猪，跟一群猪同槽争食，他的面容里分明带着愁苦和悔恨。最后一幅，他回到父亲身边，慈祥的老人穿戴同样的衣帽，迎接儿子，浪子跪下；远景画了厨子在屠宰一头肥牛，年幼的弟弟在仆人身旁询问着这天伦之乐的起因。每幅画下边，都配着很贴切的诗句。这套画，还有栽在瓦盆里的凤仙花、挂了花幔子的床铺以及当时我周围的其他家当，至今我仍记忆犹新。此刻那主人的音容笑貌还浮现在我的脑海中，他五十来岁，气色很好，精力挺旺，穿一件深绿长制服，胸前挂着三枚勋章，带子明显地褪了色。

我正打算给老车夫付清车钱，这时，冬尼娅捧着茶炊回来了。当我看见这个小家伙的第二眼，我便着迷于她那蓝蓝的大眼睛。我主动找她谈话，她一一作了回答，全无半点忸怩之态，俨然像个见过世面的大姑娘了。我请她父亲喝杯果露酒，给冬尼娅倒了一杯茶。我们三人便开始聊天，那情景好似我们是多年的老朋友。

马匹已经准备停当，但我还是不愿离开驿站。最后我不得不向他们道别了。她父亲祝我一路平安，女儿一直送我上车。在门厅里，我停住，请求她允许我吻她，她笑着点头……

自从干了这件事情之后，我能掐指算计我有过多少次的接吻，但没有一次在我心坎里留下如此长久、如此甜蜜的回味。

几年以后，境遇又迫使我走上同一条驿道，我又到了先前的地方。我一路上惦念着老站长的女儿，一想起又将见到她，我的心顿时喜不自胜。但是，我心里嘀咕，老站长或许调走了，冬尼娅或许已经嫁了人，甚至老人已死或冬尼娅已死的念头也曾在我脑子里一闪。我心头怀着不祥的预感驶向××站。

马匹在驿站前的小屋旁边停下。走进屋里，"浪子回头"的图画快速跳入我的眼帘。桌子和床铺仍然放在原地，但窗口已经没有了鲜花，周遭的一切显得零乱和衰败。站长还在睡觉，身上盖件大衣。我一进来就惊醒了他，他爬起来……他老多了，当他动手登记我的驿马使用证的时候，我望着他一头白发，满脸皱纹，胡子好久没剃，背脊佝偻——三四年工夫竟能使一名身强力壮的汉子变成一个衰朽的老头儿，我惊讶得目瞪口呆。

"你认识我吗?"我问他，"我跟你是老相识了。"

"是吗?"他神色阴沉地答道，"这儿是一条大道，过路旅客很多。"

"你的冬尼娅还好吗?"我又问。

老头儿锁紧眉头。

"谁知道呢!"他回答。

"那么，她出嫁了？"我问。

老头儿假装没有听见我的话，小声地读着我的驿马使用证，我不再问下去了，吩咐摆茶。但我却压抑不住自己那颗好奇心，我只能巴望一杯果露酒会解放我的老相识的舌头。

我的指望倒是还行，老头儿不嫌弃喝一杯。一杯甜酒下肚，他阴沉的脸渐渐舒展开来。第二杯倒下去，他就和我唠起家常。他说他记起我了，或者装做记得。接着我便从他嘴里听到了一段如噩梦的故事。

三年前，一个冬日的黄昏，驿站长正拿本新册子划格子，女儿在屏风后面缝衣，一驾三套马车到了。一个旅客头戴毛茸茸的冬帽，身穿军大衣，外罩披风，走了进来，开口就要马匹。而马匹全都出差去了。听了这话，旅客便提高嗓门，扬起马鞭。但是，见惯了这种场面的冬尼娅急忙从屏风后面跑出来，和颜悦色地问："先生要不要吃点什么？"冬尼娅一露面便产生了照例的效果。旅客怒火全消，他同意等待马匹并且要了一份晚餐。他摘去湿透了的毛茸茸的帽子，解开披风，脱掉大衣，出现在站长父女面前的是一个身材秀美、蓄了两撇黑胡须的年轻的骠骑兵军官。他在站长身旁坐下，跟他和他的女儿愉快地聊天。当他用完晚餐之后，马匹已经回来，站长去吩咐，马不用喂了，给这位旅客的马车立即套上。在他转身回屋的时候，他才发现年轻人已经晕倒在长凳上，几乎不省人事了——他感觉不妙，头痛头晕，走不得了……怎么办？站长把自己的床铺让给他，并且决定，病人真是不见好，明晨便打发人到 C 城去请医生。

280

第二天病人更不得劲了。他的仆人骑马进城去请大夫。冬尼娅用浸了醋的手帕扎在他头上，坐在床边服侍他。站长在场，病人便哼哼唧唧，几乎不说一句话。过一阵子，一边哼哼，一边要吃午饭。冬尼娅一直守护着他。他时不时喊口渴，冬尼娅便端给他一杯她亲手调制的柠檬水。病人只打湿一下嘴唇，趁每次递还杯子的机会，他照例伸出手在冬尼娅软绵绵的小手儿上捏一捏，露出感激之情。午饭前大夫来了，给病人按了脉，用德国话跟他嘀咕着什么，最后用俄国话宣布，病人只需好好保养，再过两三天就可以上路了。骠骑兵军官给了他二十五卢布的出诊费，并请他一道用餐。医生没有推辞。他两位胃口挺大，喝了一瓶酒，然后分手，双方都很得意。

两天过去了，骠骑兵军官完全康复。他分外高兴，一个劲寻开心，要么找冬尼娅放刁，要么跟站长淘气，不然就自个儿吹吹口哨，跟过往客人闲聊天，帮助把他们的驿马使用证登记入册。他的勤劳赢得了忠厚老实的站长的欢心，到了分手的日子，站长竟舍不得这个逗人怜爱的小伙子走了。那天是礼拜日，冬尼娅准备去做祷告，马车套好了。骠骑兵军官跟站长告别，大大方方付了食宿费，再跟冬尼娅道别，同时提出要送她到村口教堂去，冬尼娅望着父亲……

"好孩子，不用怕。"她父亲说，"大人又不是狼，不会把你吞掉。跟他坐车去教堂吧！"

冬尼娅上车坐在军官身旁，仆人跳上赶车台，车夫一声吆喝，马儿便起步了。

可怜的驿站长真糊涂，他怎么能允许他的冬尼娅跟骠骑兵军官一同坐车走呢？他怎么会那样懵懂，当时他的脑袋难道锈住了吗？大约过了半个钟头，他才感到情况不妙，惶惶然失魂落魄，于是忍不住了，拔腿就去教堂。他到了那里一看，人都散了，不见冬尼娅，庭院里没有，教堂门口也没有。他急忙走进教堂，只见神父从祭坛上走下来，执事在灭烛，两个老太婆还在角落里祈祷。没有他的冬尼娅！可怜的父亲哆嗦了许久才打定主意去问教堂执事：她来做过祷告没有？执事回答：没来。站长拖着半死不活的身躯向家走去。他只剩下惟一一线希望：冬尼娅由于年少贪玩而自作主张，也许滑溜到下一站，上她教母家做客去了。他忧心忡忡，眼巴巴地等待着那辆他让冬尼娅坐上的马车。黄昏时分，车夫终于回来了，喝得烂醉，他带来一个致命的消息：冬尼娅从那一站又往前走了，跟骠骑兵军官一道。

这一击，老头儿可受不住了。他颓然往床上一倒——就是年轻骗子昨晚睡的那张床。此刻站长回想种种情景，猜透了那病是假装的。这可怜人生了一场厉害的热病。上级把他送到 C 城就医，调来了另一个人暂时代理他的职务。正是那个给骠骑兵按脉的医生给他治病。他向站长说，那年轻人根本没病，当时他就猜出了此人居心不良，但那年轻人用鞭子恐吓他，他也就不敢吱声了。不论这德国人说的是真话，还是吹嘘他有先见之明，他的话反正一点也不能安慰可怜的病人。病刚刚好转，驿站长便向 C 城邮务局长告假两个月，他一声不吭地对谁也没有说，便徒步出门寻找女儿去了。他从驿马使用证上得知骠骑兵大尉明斯基是从斯摩棱斯克动身前往彼得堡去的。那个送走明斯基的车夫告诉站长，冬尼娅一路哭哭啼啼，不过，看上去，她倒也还心甘情愿。

"也许……"站长暗自思量，"我会找到我那迷失的小羊羔的。"

心存一线希望，他到了彼得堡，住在伊兹曼诺夫斯基团的驻地，他的老同事——一个退伍军士家里，立即开始寻找女儿。很快他打听到骠骑兵大尉明斯基正在彼得堡，住在杰蒙特饭店。站长决定去找他。

一天清晨，他走进明斯基的前厅，请求通报大人：有个老兵求见。那勤务兵一边擦着上了楦头的皮靴，一边说："老爷正在睡觉，你十一点以后再来吧。"站长走了，到了指定的时刻他又来。明斯基本人出来见他，身穿晨袍，头戴鲜红小帽。

"怎么，是你？你要干吗？"他问站长。

老头子心里嘣嘣直跳，泪珠儿往上涌，嗓门发颤，仅仅挤出一句话来："大人！……请您做做好事吧！……"

明斯基眼快地瞟了他一眼，脸红了，抓住他的手把他引进书房，随手倒闩门。

"大人！"站长接着说，"覆水难收，至少，请您把可怜的冬尼娅还给我吧！您把她已经玩够了，求你放过她吧！"

"这事已成定局了，你扳不转来了，"年轻人颇为狼狈地说，"我在你面前有错，我乐意请你原谅。但是，想要让我把冬尼娅还你，你甭想。她会幸福的，我向你发誓。再说，她不可能跟你过一辈子吧？她爱我，她对从前的环境已经厌弃了。不论是你还是她——你们都不要忘记，事情已经发生过了。"

然后，他给站长袖口里塞了点儿东西，打开门，于是站长自己也搞不清怎么就到了街上。

他脑子里一片空白，站住好久不动，后来他发觉袖口里塞了一团纸。他取出来展开一看，却原来是几张揉得皱巴巴的五卢布和十卢布的钞票。他眼眶里又涌出了泪水，这是愤怒的眼泪！他把钞票捏成一团，往地上一扔，用鞋跟使劲地踩，愤然而去……走了几步，停住脚，想了想……再回转身……但钞票已经没了。一个衣冠楚楚的后生看到他，便跳上马车，一屁股坐下，对车夫说："走！"

站长不去追赶。他决定回到他的驿站去，但他想在动身前至少得跟他可怜的冬尼娅见一面。为了这事，两天以后他又去明斯基那里。但这一回勤务兵很严厉地对他说，老爷任何人也不接见。拿胸膛把他从前厅里顶出来，然后使劲地关上门，门差点碰到他的鼻子。老站长在门外站了许久，终于走了。

就在这一天黄昏时候，他在救苦救难大教堂做了祷告，沿着翻砂街走过去。突然，一辆华丽的轿车急驰而过，站长认出了车上坐着明斯基。轿车停在一栋三层楼房的大门前，骠骑兵军官下车跑上了台阶。他感到自己的祷告有了成效，便转过身，走到车夫跟前。

"这是谁家的马车，老弟？"他问，"可是明斯基的吗？"

"正是。"车夫回答，"你有什么事吗？"

"是这么回事，你家老爷吩咐我送张条子给他的冬尼娅。可我记不得他的冬尼娅住在什么地方。"

"往这上去，第二层。不过，你的条子来迟了，老兄！现在，老爷本人已经在她那儿了。"

"无所谓的，"站长说，心悸魄动，心头有股颇难言喻的滋味，"谢谢你的指点，不过，我还有我的事情要办。"说了这话，他就走上楼梯。

门关着。他按了门铃，几秒钟之后，里面有了动静，门开了。

"阿芙朵琪娅·萨姆松诺夫娜住这儿吗？"

"是这儿，"年轻的女仆回答，"你找他有什么事？"

站长不理女仆，一直走进客厅。

"喂！喂！"女仆在后面叫起来，"阿芙朵琪娅·萨姆松诺夫娜有客到。"

但站长并不停步，一直朝前走。头两间房里很暗，第三间房里有灯。他走到开着的门边，停住脚。房间陈设华丽，明斯基正坐着出神。冬尼娅周身珠光宝气，穿着时髦，侧身坐在明斯基靠椅的扶手上，活像个英国马鞍上的女骑士。她情意缠绵，注视着明斯基，一绺乌黑的鬈发缠绕在自己的纤指上。可怜的老站长啊！他从来没有见过女儿竟有这般美艳。不由得停下了脚步，呆呆地望着自己的爱女。

"哪位？"她漫不经心地问，并没有抬头。

他依旧没有吭声。冬尼娅便抬起头来……她尖叫一声，跌倒在地毯上。明斯基吃了一惊，弯下身去把她抱起，这时，他瞅见了站在门口的老站长，便放下冬尼娅，气势汹汹地向老人走过来。

"你来做什么？"他咬牙切齿，气极败坏地说，"你干吗老缠着我？你这土匪！难道你想杀死我吗？出去！滚！"一只有力的手一把揪住老头的衣领，仅仅一推，他便到了楼梯上。

老头回到自己的住处。他的那位朋友要他去告状。但是，老头想了想，摆摆手，决心忍气吞声算了。两天以后他从彼得堡回到自己的小站，继续工作。

283

"这已经是三年前的事啦！"最后他说，"我失去了冬尼娅，一个人过活，得不到她的半点消息。她活着，还是死了，什么事都可能发生。这种姑娘，她不是头一个，也不是最后一个，过路浪子骗了去，养一阵子然后扔掉了事。这种傻丫头彼得堡多的是，今日遍身罗绮，一眨眼，明日就跟穷光蛋一道去扫街了。我有时想，我的冬尼娅或许已经沦落了，想到这点，不由得把心一横，但愿她快点死掉……"

说这故事的时候，老站长几次喉咙作梗，泣不成声。他操起上衣的下摆怆然擦掉泪水。他掉泪，部分原因倒要怪果露酒，他灌下去足有五杯。不管怎样，这一滴滴泪珠儿强烈地感动了我，使我久久不能忘怀老站长，使我久久惦记着可怜的冬尼娅。

不久前，我又路过那座驿站，我记起了我的朋友。我打听到他管理的那个驿站已经撤销了。我问："老站长还在世吗？"没有人能够肯定回答。我决定去寻访那熟悉的老地方，便租了几匹马到了H村。

那是深秋时节。灰蒙蒙的云层布满天空。冷风从收割了的田野上扑面吹来，刮落枝头的黄叶和红叶，飘飘乱舞。进村时太阳快落山了，我在驿站小屋旁边停车。门厅里走出来一个胖婆娘，她告诉我：老站长过世快一年了，他原先的房子里住下了一个酿酒师傅，她便是那人的老婆。我感到白跑了一趟，并且惋惜花掉七卢布。

"他怎么死的？"我问胖婆娘。

"喝酒醉死的，老爷！"

"他埋在哪里？"

"就在村子边上，挨着他老伴的坟。"

"带我到他坟上去看看行吗？"

"干吗不行？喂！万卡！你跟猫崽玩得也够了，来！领这位老爷上坟地去，把站长的坟指给他看。"

她话音未落，一个遍身褴褛的红头发独眼龙小孩跑到我面前。

"你认识老站长吗？"在去坟地的路上，我问他。

"认得！他教我削哨子。有的时候他从酒店走出来，我们跟在他背后，口里叫：'老爷爷！老爷爷！给几个核桃吧！'他就把核桃分给我们吃。他特别喜欢和我们玩。"

"过路的旅客还记得他吗？"

"如今旅客少了。陪审官有时也拐弯到这儿来，可他从不问死人。今年夏天倒是有个太太来过，她问起老站长，也上坟地来看过。"

"那个太太长得什么样？"我好奇地问。

"挺好看的一位太太，"小孩回答，"她坐六匹马拉的车来的，带了三个小少爷、一个奶妈、一只哈巴狗。人家告诉她，老站长死了，她就哭起来，对她的小崽子说：'你们好生坐着，我到坟上去一下就来。'我自告奋勇去给她领路，可太太说：'我自己认得路。'然后，她还给了我一个五戈比的银币哩！——多好的一位太太呀！……"

我们到了坟地，那是一块光秃秃的地方，没有围栅，立了许多十字架，没有一棵树。我平生从没见过如此凄凉的墓地。

"这就是老站长的坟。"小孩对我说，他跳上一个沙堆，沙堆上埋了个黑黑的十字架，上头钉了个铜圣像。

"那位太太来的就是这个地方吗？"我问。

"是，"万卡回答，"我远远地跟在她后面。她倒下去躺了好久。后来她回到村子里，叫来神父，给了他钱，坐车就走了。她还给了我一个五戈比的银币哩！——多好的一位太太呀！"

我也给了这小孩五戈比，这次旅行的确令人高兴，花掉的七卢布也不觉得可惜了。

最后一句多余话

—— [前苏联] 菲·韦伯

> 我有一个新发现，
> 那就是我们说出的话都会变成黄金。
> 特别是那多余的最后一句话在没有说出口的时候就变成了黄金。

我觉得我的新发现可以达到国家级奖的边缘了。下面，我说说它的内容。有一句民间谚语是这样说的："言语是白银，沉默是黄金"。我绝不否定这个谚语，但是我想对它进行一下修正。言语，也就是我们说出的话（这也是我的新发现的内容之一），也是黄金。不过，只有那多余的最后一句话没有说出口的时候，言语才是黄金。

举个例子说吧，今天，我吃完早点后，对妻子说：

"亲爱的，谢谢你。所有的东西都很好吃。"如果我的话说到这里便打住，那当然很完美，可惜我又补充了一句："不过，我觉得，燕麦粥有点煮糊了。"

您完全看得出来，我的最后一句话把事情完全搞糟了。我妻子立刻把话题一转，从煮糊的燕麦粥一直联想到我的几位近亲，使我知道了许多原本不知道的秘密。

生活中，这种例子多得很，但是，我想，您一定已经明白了：每个人都应该学会控制自己的发言的最后几句话，因为它们具有阴险的特性，能把我们的话从黄金变成白银，变成铜、水银、铅、尘埃、炉灰，甚至变成灰烬。

我坐在电车上时还在想这个问题，准备给自己的新发现做个结论。这时，忽然听见有个小伙子问道："请问，这辆电车去火车站吗？"

"是的。"一位围狐狸皮围脖的太太回答。

"不是的，怎么会去火车站呢？"另一位穿人造皮大衣的太太反驳她说，"现在它去肉食联合加工厂。要在回去的时候才经过呢！世上竟有这种人——不知道还乱说！"

瞧，这多余的最后一句话多不友好！那位太太搞错了，记错了方向，其实这

285

没什么大不了的，谁没有这种时候！纠正过来就得了，何必挖苦她！

"是的，我搞错了方向。"围狐狸皮围脖的太太回答。如果她说到这儿也就平安无事了，但是她又加了一句："敢情您是个下贱货！"

"跟我说话的才是呢！"穿人造皮大衣的太太紧跟着就回敬了一句。

围狐狸皮围脖的太太大嚷大叫起来："怎么说话呢，你这个笨蛋！"

总而言之，下面的话就全是多余的最后一句话了……

这时，车上有个知识分子模样儿的人——一位大学教师，想对乘客们起点文化作用。

"请你们别吵了，"他用几乎是温柔的声调说，"年轻人从你们口中知道了车往哪儿走，就该谢谢你们了。都别说了，两位太太看上去挺叫人产生好感的……"

唉！大学教师的话如果到此为止，那么他的金子般的话就可能被大家正确地接受，电车上就可能恢复宜人的安静，可惜他认为有必要把话说完：

"……真想不到竟是如此令人发指地不文明！"

两位太太更是火冒三丈。

"打哪蹦出来这么个文明人！"

"大知识分子，怎么不坐出租车！"

"您干嘛这么说？"大学教师决定显示一下自己说俏皮话的本领，"说不定我和你们一样下贱呢！"

好家伙！这最后一句话惹出了什么样的风波呀！

这时，那位年轻人似乎觉得事情因他的一句话而起，应由他来平息，恢复电车上的正常秩序。

"我很感激你们向我说明了到火车站应该怎么走。"他说。本来说到这里完全可以打住，但是他接着说了下去："要是我知道事情会闹到这种地步，那我还不如上吊呢！"

围狐狸围脖的太太一听，就炸了，决定大打出手，以解心头的气愤。

到这时，我不能不干预了。

"朋友们！"我叫道，"你们全是好人。你们说的话全是好话，可是你们不能及时把伤害别人的最后一句话放在心里。你们应该学会不说这种多余的最后一句话，那就万事大吉了。"

"你是什么人？"两位太太合唱一般异口同声地问。

"最好别教训人！"大学教师补充了一句，他是知识分子呀！

年轻人突然大发脾气。"您别说了，大叔！"他大声喊道，"还有多余的最后一句话！这辆电车上的乘客都是傻瓜，就你例外，是吧？眼镜蛇！"

家庭市场经济

—— ［前苏联］布特罗

我与妻子商定，为了跟上时代的步伐，实行完全的个人经济独立。

于是，我们每当为对方做一件事都要索取报酬，甚至睡觉。

直到有一天，我实在受不了了，提出离婚。

现在，我们希望由自己来解决家庭财产分割问题。

我和妻子安娜斯塔霞·德米特里耶芙娜在吃晚饭时做了一个决定：我们要跟上时代的步伐，实行完全的个人经济独立。然后，晚饭一结束，我的结发妻子安娜斯塔霞·德米特里耶芙娜就给了我一张八千六百卢布的账单。

我对妻子转入新经济政策的速度之快有些吃惊。但我心里还是赞成的，的确，如果是在自由市场，她这样做是对的，所以我说：

"塔欣卡，我的小兔子，你这样做原则上是对的，要知道，你只让我吃了两个煎蛋和一杯昨天的剩茶。那么，你是根据什么标准算出价钱的呢？"

"我是按议价商品价格计算我的服务费的。"妻子平静地说。

"塔欣卡，"我说，"我的小鸟，这样两个煎蛋哪个商人也做不出来。"

"你，"塔欣卡吩咐道，"最好把水桶提出去。"

我照妻子的话做了，然后向她要一千卢布的劳务费。塔欣卡猛吃一惊。她说，如果是这个价她可以不停地去倒，那么一个月后就可以在港口建一幢漂亮的别墅了。我一点也不示弱地反驳说，港口根本不允许建别墅。而她说，她不是那个意思，她是说理论上可以建一幢别墅了。我试图向她解释，一个人吃了她的煎蛋后，也按她的价格去计算，那么，此时这一千卢布也就根本不叫钱了。

我们谁都不肯让步，越吵越凶。但到了晚上，众所周知，我们又和好了。看得出，塔欣卡可能有些内疚，这一次特别温柔和热情。然而，早晨一起来她就又改变了态度，要求我付三万卢布。

我一下子愣住了。我坚决反对，但塔欣卡却说：

"报上报道说，很多妓女要得比这多得多。"

我再也无法忍受了，对她说：

"你去镜子前照一照，你能和她们比吗？"

塔欣卡很委屈：

"你不能这样对我说话！那好吧，在市场经济下，你看该怎么办？"

我想了想，为了一点儿也不伤害妻子，我说：

"算了，就三千卢布吧。"

妻子听后勃然大怒：

"这么点钱，你以后一次也别想和我睡。"

虽然她觉得三千卢布少得可怜，但还是拿走了。我接着说：

"亲爱的，我无法一晚上付这么多钱。因此出于经济目的，我想找个别的什么更便宜的人陪我。"

塔欣卡回答说：

"当我制订了经济增长计划时，我就已经想到了这笔钱，但不是向你挣。我想别人会比你更慷慨些。"

一星期后，塔欣卡又躺进了我的被窝里。她说，这样做是出于领导的帮助。但一到早晨，她就扳起脸要我做买新皮大衣的保证人。

公平地说，她在我这里过一夜，所得的报酬太少了。

过了两天，塔欣卡真的买了一件新皮大衣，但保证人并不是我。

我想该是游戏结束的时候了，于是我便提出建议说："塔欣卡，我的小鱼，咱们还是回到原来的计划经济好吗？"

"不，这样过多好啊！"妻子温柔地抚摸着皮大衣一口回绝。当时我很难过，就声明说我要离开这个家去独立生活。可是真正实施的时候，最大最严重的障碍却是家庭财产分割的问题。

现在，该问题仍存在于我们的观察期里。但我们希望有别于其他的主权实体，我们能够自己解决，不需要警察、坦克和电视媒体介入。

魔 盒

—— ［英国］ 大卫·洛契弗特

初到伦敦的我因思家而情绪低落。
女房东贝格斯太太的热茶冲走了我的乡愁。
而她那件珍贵的纪念品，
让我的心中又腾起了一个更深刻的思想。

夜幕徐徐落下，一抹夕阳缠绵而又朦胧，四周高耸着的伦敦城的房顶和烟囱，似乎就像监狱围墙上的雉堞。从我三楼的窗户鸟瞰，景色并不令人怡然自得——寂寞的庭院干净整洁，死气沉沉的秃树刺破了暮色。远处钟声不绝于耳。

遥远的钟声仿佛在提醒我：我是初次远离家乡。这是 1953 年，我刚从爱尔兰的克尔克兰来伦敦寻找运气。眼下，一阵乡愁流遍了我全身，这种伤心的感觉让我感到沉重。

我回到房间，手提箱映入眼帘。"也许我该收拾一下吧。"我自语道。说不定正是这样整理一番，便能在这陌生的环境中创造一种安宁感和孜孜以求的自在感呢。我打定主意说干就干，甚至没有心思去费神脱下那天下午穿着的上衣。我伤感地坐着，凝视着窗口——这一刻令我感到沮丧。这时，突然响起了敲门声。

不是别人，是女房东贝格斯太太。刚才她带我上楼看房时，我们只是匆匆见过一面。她身材纤细，银丝满头，我开门时她举目望了望我，又扫了一眼漆黑的房间。

"就坐在这样一片漆黑中，是吗？"我这才想起，我居然懒得开灯。"瞧，怎么不脱去那件沉甸甸的外衣？"她带着母亲般的慈爱拉了拉我的衣袖，一边嗔怪着，"你就下楼来喝杯热茶吧。哦，我看你是喜欢喝茶的。"

贝格斯太太的客厅活像狄更斯笔下的某一场面，褪色的英格兰风景画和昏暗的家庭成员的肖像照片贴满了墙壁。屋子里挤满了又大又讲究的家具，满头银发的贝格斯太太在这重重包围中宛如天使。

"我一直在倾听……"她一边准备茶具一边说，"可是听不到一丝动静。你进屋时我注意到了你手提箱上的标签。我这一辈子都在接待旅客，所以我一眼就看出你情绪低落。"

当我们坐下来交谈时，她时时殷勤献上的热茶渐渐地驱散了我心头的忧郁。我思忖：在我以前，有多少惶惑不安的陌生人，就坐在这个拥挤的客厅里面对面地听过她的教诲啊！

只坐了一会儿，我便向贝格斯太太告辞。然而她却坚持临走前给我看一样东西。她在桌上放了一只模样破旧的纸板盒——有鞋盒一半那么大，还用磨损的麻绳捆着，看来有些历史了。"这就是我最宝贵的财产了，"她一边向我解释，一边几乎是带有敬意地抚摸着盒子，"对我来说，它的价值胜过皇冠上的钻石。真的！"

我估计，破旧的纸盒里也许装有什么珍贵的纪念品。是的，连我自己的手提箱里也藏有几件小玩意——它们是感情上的无价之宝。

"赠我盒子的人是我亲爱的母亲，"她告诉我，"那是在1912年的某个早上，那天是我第一次离家的日子。妈妈嘱咐我要永远珍惜它——对我来说，它胜过一切。"

1912年，那是40年前，这比我年龄的两倍还长！那个时代的事件倏地掠过我的脑海：冰海沉船"巨人号"、南极探险的苏格兰人、依稀可辨的第一次世界大战的炮声……

"这盒子已经历过两次世界大战了，"贝格斯太太继续说，"1917年凯撒的空袭，后来希特勒的轰炸……它是跟我进入防空洞才保存到今天的。失去房子没什么，可我怕失去它。"

我感到十分好奇，贝格斯太太却显得津津乐道。

"此外，"她说，"我从来没有揭开过盖子。"她的目光越过镜片打量着我，"里面装的是什么，您能猜出来吗？"

我想，里面一定装着极其珍贵的东西，因为那是她最珍惜的财产。我无法猜出里面是什么，于是摇了摇头。她忙着又给我倒了点热气腾腾的茶，接着端坐在安乐椅上，默默地注视着我——似乎在思索着如何选词来表达自己的意思。

"什么也没有，"她说，"这里头空空如也，什么也没有！"

这个回答简单得令人吃惊，天哪，究竟为什么将这么一个玩意当做宝贝珍藏，而且珍藏达40年之久呢？眼前的这位仁慈的老太太似乎变得古怪起来。

"一定感到奇怪，是吧？"贝格斯太太说，"这么多年来我一直珍藏着一个似乎是无用的东西。"

我朗声大笑起来——我不想再往下问，如果问个水落石出倒不好。

"没错，是空的。"她认真地说，"40年前，我妈妈将这盒子合上捆紧——同时也将世上最甜蜜的地方——家的声响、家的气味和家的场景统统关在里头了。从此，我再也没有打开它，我觉得这里头仍然充满了这些无价之宝。"

以装满天伦之乐的盒子作为纪念品珍藏，既独特又不朽——相片早已褪色，鲜花也早已化作尘土，只有家，才依然如自己的手指那么亲切！

贝格斯太太此时注视着那个陈旧的纸盒，指头轻抚盒盖，陷入沉思之中。

就在那个晚上，我又一次眺望着伦敦城。灯火在神奇地闪烁着，这地方似乎变得亲切得多了。我心中的忧郁大多已经消失，是贝格斯太太那滚烫的茶冲走了我的乡愁。此外，我心中又腾起一个更深刻的思想。我明白了，每个人离家时总会留下一点属于他的风味，就像贝格斯太太的旧纸盒永远留有家乡的气息一样。

窃 贼

—— [法国] 康帕尼尔

一个老头给我讲了一个关于窃贼的故事。
就在他讲故事时，我灵巧地将他的钱包偷了过来。
当我付过酒钱离开并拐到一个街角时，
发现他所讲的故事竟然在我身上重演了。

"我是一辈子只偷过一次的窃贼，那是一次最奇特的扒窃。我偷了一个装满钱的钱包。"老头伤心地说。

"这没有什么稀奇的。"我打断他道。

"请让我把话说完。当我把偷到的钱包装进自己的衣兜时，我身上的钱并没有多一分。"

"那钱包是空的？"

"恰恰相反，里面装满了钞票。"

我走过去又给他斟了一杯葡萄酒。他开始讲述自己的经历：

"当时，我登上从斯米娜到苏萨尔的火车。那是个匪盗经常出没的地区。我坐的是三等车。车厢里除我之外，就只有一个衣衫褴褛、正在酣睡的男人，他的左脸颊上有一块明显的伤疤，从相貌到衣着，怎么看都像个罪犯。我想换一个车厢，可是车厢之间没有连通的门。于是，我只好硬着头皮单独同这个危险的家伙共处三个小时。火车在荒野上奔驰着，车上的旅客寥寥无几。在这种环境里，要想杀死一个人，然后把尸体从车窗扔下去，简直是小事一桩。

"外面已是夕阳西下了，我两眼死死盯住车里的警报器。可是，后来，我打了一会盹儿。我刚睁开眼睛便发出一声惊叫。因为陌生的旅伴正弯腰站在我面前，锐利的双眼盯着我，乱蓬蓬的胡须已经触着我的面颊。我虽然受了惊吓，但是并没有忘记去拉警报器。可是那人抓住我的手臂，哀求似地看着我，说：'您不用害怕。我只想在离你近一点的地方坐下，用您的毯子搭一搭我的身子。我实在太冷了。'

"他真的冻坏了，声音都在发抖，一股怜悯之情涌上我的心头。但我仍有些犹豫。他又说：'您把我当成小偷了，对不对？每一个见到我的人，都是这样认为。'

"'真的吗？'我松了一口气，歉疚地挪动了一下身子，让他坐到我身边。

"'是的。'那人说，'我多么喜欢做一个小偷啊！我的整个性格，所受的教育和成长的环境，都证明这个职业很适合我，可是……我不能去偷。'

"'是什么阻止你去偷呢？'我好奇地问。

"'看看我这副长相，我怎么能够去偷呢？无论我走到哪里，大家都提防着我。要是碰巧附近有人丢了东西，不用说，我就是第一个被怀疑的对象。'

"我瞅着他那张窃贼一样的面孔，脑海里闪出了一个鬼主意：我要是把这个窃贼的钱包偷过来，那将是一个多么精彩的恶作剧！眼疾手快，不动声色，上帝保佑！几分钟后，窃贼那鼓鼓的钱包就进了我的口袋。火车停下后，我的旅伴竟免了我再劳神去换车厢。他站起来对我说：

"'太感谢您了，我到家了，祝您一路顺风。'

"我等他下了车，急忙从衣兜里掏出偷来的钱包，我顿时目瞪口呆：这不是我的钱包吗？那家伙趁我听他诉苦的当儿，神不知鬼不觉地把我的钱包偷走了。幸好趁他不注意时，我又把他身上的钱包放进了我的口袋。

"这就是我一辈子惟一的偷窃行为。钱包偷到手了，可我的钱并没有因此而增加一分。你看见了吧，我并没有骗你。"

293

听完老头的故事，我就急忙站起来，大方地付过酒钱，转身走了。我这样做，完全是有原因的：在他向我讲述自己偷窃经历时，我用我那训练有素的灵巧手指，将他的钱包偷了过来，我急切地想知道那钱包里究竟有多少钱。我相信，老头的巧遇绝不会在我的身上重演，我肯定不会从自己的衣兜里掏出自己的钱包来，因为我身上从来不带钱包。拐过一个街角，我把手伸进自己的衣袋。天哪！空空的，什么也没有！这老家伙太鬼了！他的故事在我的身上重演了。

狗 约

—— ［法国］拉萨尔

一个乡村上的小教士因把他的狗像埋葬耶教徒那样埋葬了，
而被主教传到了法庭。
在法庭上，小教士说狗为主教留下了一笔遗产，
主教收到遗产后便赞颂了狗和小教士。

前天，一个乡村上的小教士，被主教敲诈去了五十金元。

乡村小教士有一只狗，是他从小养大的。这只狗的本领在全教区都很有名。它能捞起投在水中的手杖，也能把他主人遗忘在别处或者有意搁置在什么地方的帽子衔回家。总而言之，凡是好而聪明的狗所知道的和所做的事，它都精通。因此，它的主人非常爱它。

但是，也许是不小心，也许是受了热或者受了寒，也许是吃了有害的东西，那只聪明的狗病了，而且死了，它进了好狗们所进的天堂。而那位小教士又怎么办呢？正对教堂前面，就是个教徒公葬场。当他看着他的狗脱离了这个世界，他想：这么聪明的小动物，该有正式埋葬的权利。于是他就在自家门外掘了个坑，把他的狗像埋葬耶教徒一样埋葬了。我不知道他在坟上竖没竖白石碑或在碑上刻悼词，所以在这件事上，我只能沉默了。

没过多久，这只有价值的狗死亡的消息便传到了邻村各教区中，又从邻村各教区传到了主教的耳朵里，就连用耶教礼仪埋葬的流言也一同传了去。于是主教下令传小教士到法庭。

小教士对传令的人说："唉！我做了什么事，主教要传我到法庭呢？这是怎么回事？我做错了什么事？"

主教差来的人说："我只传达主教的命令，我也不知道他们为什么要传你。莫非是因为你的狗，外面风传你的狗葬到了安葬耶教徒圣体的地方去了。"

唉！就为了这件事么？小教士想。

直到现在，他才觉得他做得有点过分。同时他也在想：这可要预备遭受最大

的厄运了。因为他的主教，是全国中最贪婪的一个；处在主教四周的人，都在找寻道路输运东西去填塞他的欲壑，而他的一切只有上帝最清楚。

小教士知道：要是被主教投进了监狱，那一笔罚款一定是很重的。

于是他说："钱总是要花的，还不如翻过来用的好。"

他便去面见主教。主教就在这件葬狗的事上借题发挥，说了大大的一通法。照他所说，似乎那教士否认了上帝，他所犯的罪还可以比葬狗轻些。然后便下令将小教士送入监狱。

小教士听说主教要把他关到那石头匣子里去，真被吓得不知所措了。他就求他的主——那主教——先听他说几句话。主教同意了。

众所周知，在审判的时候有形形色色的人在主教身边：有执行吏，有告发吏，有书记，有代书，有状师，有检察吏，等等——他们都像听故事一样听审狗葬圣地的案子。

教士只说了很少的几句话替他自己辩护：

"主教，我的主，要是你对我的狗像我对它知道得那么清楚，你对于我所用的葬礼，就不会觉得奇怪了。因为像它那样的狗，不但以前不曾有过，就是将来也决不会有的。"

然后，他便赞扬他的狗："我的狗生前是最聪明的，到死也还是最聪明的。它曾立下了而且执行了一个极好的契约。它知道你的清苦、你的需要，它给你的遗赠是五十金元，这一笔钱就在这儿。"

295

说完他把这笔钱交给主教。主教见钱眼开，很愉悦地收受了这宗遗产，随即对这只有价值的狗，对这狗所立的约，对它主人所用的葬礼，一一加以赞颂，而且证明这是一种善意的行为。

举世无双的珍品

——[德国] 威塞尔

> 珠宝商本德尔以十万马克的天价
> 将一颗带有瑕疵的不值钱的钻石卖给了卡尔·舒尔曼夫妇。
> 不久，卡尔先生找到本德尔说还要买一颗与上一颗相同的钻石。
> 当本德尔以三十五万马克买回另一颗钻石去找卡尔先生出售时，
> 卡尔夫妇却早已不在了。

珠宝商本德尔正在自己的珠宝店里为顾客作专业的产品介绍。

"你喜欢不喜欢这个坠子，亲爱的?"那位男顾客温情地问站在他身旁的少妇。

少妇身着华丽的衣裙，不高兴地说："还问我喜欢不喜欢? 这颗钻石的确是精美无比，我还从没有见过……"

"这个坠子多少钱?"男顾客问。

本德尔的心都有点颤抖了，如此爽快的顾客他还从没有碰到过呢。"当然，这颗钻石的价值很昂贵。"本德尔的口气是试探性的。

"那当然。"男顾客不屑一顾地说，"多少钱?"

珠宝商本德尔仿佛要费很大力气才能说出这个数目似的，先深深地吸了一口气，然后说："十万。"店堂里好大一会儿没有一点儿声息。然后，那位衣着华贵的女顾客尖叫了一声，睁大了一双美丽的眼睛瞧着她身边的男人。而男顾客仿佛没显出什么犹豫就问道："我可以用支票付款吗?"本德尔好半天没有转过神来，他感到太突然了，就连站在店堂后面的两个女营业员也面面相觑，仿佛不相信她们自己的耳朵。

"怎么?"男顾客似乎不高兴了，"您该不会以为我会把十万马克的现金带在身上吧?"本德尔怔怔地望着面前的顾客，好半天才说："当然不是。不过您是知道的，这可不是个小数目，所以我们得先检验支票的真伪。你们请到会客室稍候片刻!"

本德尔把这一对男女让进了会客室，男顾客拿出一张支票随手拿笔填好交给了他。本德尔看了一眼支票的签名——卡尔·舒尔曼，然后把它递给一个女营业员。

十分钟之后，本德尔提着的心放下了，支票是真的。他暗自在心里笑了——像这样的生意可不是每天都有的。这颗钻石确实价值千金，而且做工也极其考究。然而这颗钻石却有一点小小的瑕疵，就是因为这一点点美中不足，使宝石的身价一落千丈。好在这点瑕疵外行人是看不出来的，只有宝石专家才能发现。因此本德尔仍将它按正品出售，价格也比原来多加了四万马克。他知道，珠宝不遇穷人。

几个星期后的一天，那个叫卡尔·舒尔曼的男人又走进了珠宝店。本德尔一眼就认出了他，他心里不由一惊：难道他发现了钻石的秘密？

卡尔·舒尔曼从口袋里掏出一张名片递给了本德尔，说："这是我们的新地址。今天我来只为了一件事。自从我妻子从您这儿买了那个钻石坠子以后，她每天都在说钻石。这使我很犯难，再也找不到能够使她更高兴的礼物了。我想，如果能再送她一颗一模一样的钻石，她肯定会非常高兴的。不过这次要是镶嵌在手镯上就更好了。你知道，我不在乎价钱。"

"这恐怕无法办到，先生，"本德尔叹了口气说，"因为世界上根本无法找到两颗完全相同的钻石。"

"真遗憾。"舒尔曼怅然若失，"唉，你们同行之间有没有往来，能不能跟他们联系联系？"

"有，有，先生，我们都有联系的。"本德尔先生简直不知道说什么好了。

"那太好了，如果您找到了请跟我电话联系。"

为了这颗钻石，本德尔费尽了心思，他四处查访，又分别给一百多家珠宝行去信联系。已经几个月过去了，仍一无所获。正在这时，被派出去的人当中有一个从远东打来了电话，说他在缅甸仰光找到了一颗质量相仿的钻石。本德尔先生对着话筒发了话："买下它，不管多少钱都行！"于是，那个人以三十五万马克买下了那颗钻石。

本德尔高兴极了，但他总觉得这颗钻石与卖给舒尔曼的那颗有点相像。于是，他又去找原来那位珠宝鉴定专家为这颗钻石做鉴定。

这位专家一看见宝石就禁不住叫了起来："咦！您这颗钻石不是已经卖掉了吗！"

"您搞错了！那颗早就卖掉了，这是另一颗。不过这一颗也已经有人买了！"

专家仔细地看了看宝石后说："确切的鉴定结果过两天才能出来。不过我记得那颗钻石也是在这个部位有一点瑕疵——如果真是这样，那我敢肯定是同一颗钻石。"

本德尔先生的心像冬天的冰一样凉，他慌忙跑到电话机旁拨通了舒尔曼家的电话。话筒里传来了一位女性的声音："这里是豪华大酒店……非常遗憾，舒尔曼先生和他的妻子两天前就走了，没有留下任何联络方式。"

上班诀窍

——［德国］路·席波赖特

老板把一位新同事交给了哈姆森，
让他为其介绍公司的各部门情况。
哈姆森便非常热情地将公司职员
平时欺骗老板的种种情形都告诉了这位新同事。
然而，当他说完这一切后才知道，
原来他是老板的接班人。

一天，公司来了位新同事。老板把哈姆森叫到办公室，并对他说：

"哈姆森先生，这是新来的同事诺伊鲍尔先生，先让他同您在一个办公室里办公。他需要全面了解公司各部门的情况，请您多关照他，指点他，对他说明一切情况。"

哈姆森见老板把新同事托付给他，受宠若惊，唯唯诺诺地说道："我一定照办。"

哈姆森同新同事离开了老板的办公室，朝自己的办公室走去。

"诺伊鲍尔先生，我先带您去各部门走走，这样您就会熟悉公司的情况了。"哈姆森说。

"参观公司？"新同事不解地问道。

"是啊。要是我们坐在办公室累了，想放松一下，到处游荡，那就说参观公司。老板见到员工离开工作岗位肯定会大发脾气，可我们总会找出一个理由的。"

"什么理由呢？"诺伊鲍尔饶有兴趣地问。

"举个例子说吧，要商量和检查一些事情。当然有时确实是真的，有些事也可以检查两三次。不过您别忘了把文件夹啦、账簿啦、货单啦，诸如此类的东西带在身边，办公事总要拿些凭证嘛。这一来，在仓库里呆上几个小时绝对没问题。我们私下里说说，有几个仓库保管员喜欢打牌，常常需要找个玩牌的伙伴。如此消磨时间，您觉得怎样？"

"这太有趣了。"诺伊鲍尔说。

"嗯，这是您的办公桌。"哈姆森说，"这儿有咖啡。喝咖啡嘛，本来只能在休息时间喝，否则会给顾客留下不好的印象，为此我们想出了一个专门的办法。您瞧，很简单：我们把办公桌右下方的抽屉腾出来，放上咖啡杯，人一来，马上关上。但你一定不要忘记，在抽屉里面铺上吸墨水纸，这样，即使咖啡泼了出来，也没问题。我们私下里说说，我们同样可以喝酒。当然在上班时是绝对禁止喝酒的，这是大家都清楚的。不过有时有人过生日，或者觉得不畅快，需要提提神，那就照喝咖啡那样做。"

"这真实用。"诺伊鲍尔说。

"还有一个内部的小秘密。您瞧，这扇门里有一个小房间，那是储藏室，谁也不会闯进去的。如果我们之中有谁喝多了，或感到不舒服，那他就干脆躺到里面的羊毛毯上舒舒服服地睡觉。您可知道这句妙言：办公室里睡觉是最舒服的。当然，老板是绝对不知道的……"

"这我明白。"新同事说。

乐于助人的哈姆森把公司里的一切情况都说明了。"另外，我还要提醒您，如果您早上睡过了头，就千万别赶来上班。弄不好气喘吁吁地跑来，还是要迟到几分钟。迟到给人的印象不好。那么，您就干脆打个电话来，说个什么理由，要来得迟一点。您与其迟来一刻钟，倒不如迟来三个小时。您要去理发或者干诸如此类的事，也可照此办理。我们在上班时间长的头发，当然要在上班时间理喽！"

299

"这种见解是合乎逻辑的。"

"是啊，难道不是这么回事吗？如果您掌握了这些诀窍，我肯定您能在这儿干得很好。"

"嗯，我已学到了各种诀窍，多谢您的关照。"

"嘿，这是应当的，我们是同事嘛。不过，您能对我说说，您是怎样搞到这份差事的吗？为什么要您熟悉各部门的情况呢？通常我们只做某一项工作。"

诺伊鲍尔说："要我熟悉各部门的情况，是因为老板一退休，我就要接替他。那位老板是我的岳父。"

仿 制 品

—— [日本] 木裕志

一位一辈子以从事贩卖古董为业的老者在深夜被劫，
但是老者并不觉得难过，
因为那些被劫去的珍宝都是仿制品。
当警察问他难道不怕被抢劫者发现后开枪打死他时，
老者却狡黠地笑了笑说"不怕"。

午夜时分，老者酣梦正浓，突然被人摇醒，睡眼蒙眬之时，见一个蒙面汉子站在床边，一支油光黑亮的手枪正指着他，此情此景让他睡意全消。呼救吧，独门独户，一人独居，有谁会来救他。无奈，老者试着对蒙面人说："你、你、你……"

蒙面人喝道："别啰嗦！把保险柜打开！"

"我、我、我……"老者披衣坐起，死盯着蒙面人手里的那把手枪。

"别磨蹭！"蒙面人摆摆手枪有些不耐烦地说。

老者穿上衣服和鞋，喊道："那可不是一件容易的事情。"他移开屏风，露出墙上的铁门。扭动机关，铁门便自动打开了。哇！保险柜里装满了稀世珍宝。老者一辈子以贩卖古董为业，这些都是他的珍贵收藏。

蒙面人看到这么多珍品激动得不得了，一把推开老者，"好啦，我自个儿来！"他把老者绑到椅子上，把金银珠宝装进皮包，然后扬长而去。

次日清晨，做饭的女佣为老者解开绳索，并报了警。闻讯赶来的警官问老者：

"蒙面人拿的是什么武器？"

"一把手枪。"

"是用手枪逼着您打开保险柜的？"

"是的。"

"都拿走了什么？"

"稀世珍宝，无所不有……折合成现金，值 XX 亿元。"

"什么？"警官瞪大了眼睛。这可是个天文数字。

看到警官吃惊的表情，老者笑笑说："不过，那些东西都是假的，根本不值钱。"

"您是说，蒙面人拿走的是根本不值钱的假货？"警官的脸色平和了，"就是说，您用仿制品骗了他。可是，他若是个行家，您想过吗？他发现您用假的骗他，说不定会开枪打死您。"

"那我倒不担心。"

"怎么？"警官又一次感到惊讶。

老者狡黠地笑了笑，说："因为，他拿的也是把假手枪。不瞒您说，我最拿手的本领就是鉴别一件东西的真伪。他那把假枪，岂能逃过我的眼睛。"

妙在其中

—— ［日本］安田雅史

山田来到一家闻名遐迩的专业店进行敲诈，
没想到，
敲诈未成反而被店主耍弄了。

山田去闻名遐迩的专业店并不是为了品尝味道鲜美的面汤，而是要把事先准备好的死蟑螂扔进汤碗里，然后敲诈店主，弄几个零花钱用用。

此时已经过了繁忙的午饭时间，店内客人寥寥无几。店里的人——后厨房有三个男的，前堂有两个女的。山田环视整个店内，并没有人注意他，便趁机偷偷地抓出死蟑螂扔进汤碗里了。

"喂！来一下！"山田随即高声叫道。

女服务员走了过来，山田便厉声指责说："瞧瞧这个！这么脏的东西为什么在面汤里？"

女服务员看到面汤上漂浮着的死蟑螂，一时说不上话来，不知所措。

"对……对不起……"当女服务员语无伦次地道歉时，山田的火气更大了，他气势汹汹地说："把你们老板叫来！我有话同他说！"

"请您稍等一下。"女服务员慌慌张张地跑到后厨房去了。

其他就餐的客人不知发生了什么事，都盯着山田这边看，山田则恶狠狠地回敬了他们一眼，于是大家就都移开了视线。过了一会儿，一个中年男子来到山田身边。

"我是店主。"这人向山田打过了招呼，当他看到碗里的蟑螂时，便深深地鞠了一躬说，"太对不起了，我们实在是做了件无可辩解的事情。我们一时疏忽了。"

"说什么？一时的疏忽！"山田瞪了老板一眼。

其他客人的目光又被吸引过来。老板好像很为难的样子，皱起了眉头，请求山田到后屋去。

后屋就是厨房了，里面装着面汤的不锈钢汤锅、大而又深。老板把山田领到那口大汤锅前边，压低了嗓音，悄声说："先生，我请您看一下，本店的汤里放着的隐秘调味料。"

山田探出头，往那汤锅里一瞧，只见那汤上面漂浮着好多只蟑螂。

山田觉得胃里有东西在往上涌，赶忙跑到近处一个下水道那里开始呕吐起来。

"畜生！竟然用蟑螂调起特殊风味来了。"山田这样想，"好，这样一来我的计划实行起来就更容易了。"

止住了呕吐的山田逼近站在他背后一直一动不动死盯着他的老板说："用蟑螂给面汤调味儿，你这个店坑人不浅呐！我不能坐视不管！我要让大家都知道！"

山田这么一嚷，老板装出一副好像很害怕的样子说："您说什么？蟑螂？指的是这个吗？"山田顺着老板的手指看去，菜板上面放有竖着切开的半个紫茄子和四五个做成蟑螂形状的茄子碎片儿，"做这个东西非常容易的！"

老板把一个汤匙似的器具拿在手里，在茄子上一按，就压出来一个蟑螂形状的茄子片儿。

"什么？你耍我！"山田恶狠狠地骂道。老板却很坦然地说："话又说回来了，先生，您在您的汤碗里看到了蟑螂，为什么就没有呕吐呢？"

303

猿蟹之战

——〔日本〕芥川龙之介

> 螃蟹联合臼、蜂、卵杀死了猿，
> 报了猿夺他饭团之仇。
> 猿死后，螃蟹受到了社会各界的批判，
> 并被判处死刑。

那一次，猿强行夺走了螃蟹的饭团，这下可把螃蟹激怒了。他和臼、蜂、卵一起，杀掉了怨敌猿。——当然，首先必须说明的是，在此之前，猿和蟹是好朋友。然而，猿被杀确是事实。

啊，如果没有这回事该多好！蟹仍住在他的洞中，臼仍在厨房灶头上，蜂也在那屋檐下的巢里，卵仍在米箱之中过着太平无事的日子。

然而，事情的发展却不如人愿。他们杀了猿、报了仇之后，全被警官捕获，关到监狱之中了。经过多次调查取证，最后法官判主犯螃蟹死刑，臼、蜂、卵等从犯无期徒刑。听了这个故事的读者，也许会对他们的命运感到惊讶：它们为什么被判得这么重呢？

据螃蟹交待，他用饭团和猿交换柿子，但猿不肯给他熟柿子，给他的是青柿子，并且还伤害了他——把柿子狠狠地砸到了他脸上。但蟹与猿在交换之前并没有任何协议，虽说是拿饭团换柿子，但也并未特地说好是熟柿子。而且，也不能说用青柿子砸他的脸，就对他心怀恶意，这种说法缺乏足够的证据。因此，为螃蟹辩护的、具有雄辩家称号的某律师除了乞求审判法官的同情之外，好像也找不出其他办法。事情已成定局，审判结果无可争辩，所以螃蟹的律师只好一边替螃蟹擦眼泪，一边对他说："想开些吧。"律师得了一大笔钱财，最后仅仅说了句"想开些吧"，这可是谁都做得到的哟。

对此案的报道中，报界几乎无一同情螃蟹，甚至非难说："螃蟹杀死猿，只不过是为了泄私愤而已，这种行为完全是出于自己的无知和轻率，出于猿侵占了自己的利益而自己愤恨不平所致。在法制健全的社会里，仅仅为了泄私愤而杀人，完全是一种愚蠢而疯狂的行为。"而且，商会所会长、某男爵先生的意见也倾向此说法，他还论断说，螃蟹杀死猿的这种行为，多少也受了当今流行的危险思想的侵蚀。因而，自从此事发生以后，除雇佣保镖保护他的人身安全外，他还养了十只虎头狗，随行防身。

螃蟹的复仇行为在所谓的有识之士眼中也未得到好评。某大学教授、博士从伦理学的角度出发，得出螃蟹杀死猿的行为完全是出于报复心理，其行为也称不上善意的行为。某社会主义首领也说，因为螃蟹把饭团呀、柿子呀作为私有财产而重视，所以主犯蟹及其同伙——臼、蜂、卵等人都持有反动思想，就事论事，臼、蜂、卵等人推波助澜，也许他们都是国粹会成员也未可知。就连佛教某宗的宗师也发表言论说，螃蟹大概不知道我佛慈悲，即便猿用青柿子砸他的脸，但如果知道佛祖慈悲的话，就应该心生怜悯，不应恶意相报。啊，我想应该让螃蟹听听我讲的佛义，哪怕是一次也好！……还有许多各界名士也对螃蟹的报复行为持批评意见。

只有一位替螃蟹讲话，那是一位酒侠兼诗人的某个众议院议员。他认为螃蟹的复仇行为和武士道精神相一致。但他的理论却被认为是落后于时代的，因此无人理睬。而且据报纸某闲谈栏目所载，这位议员几年前参观动物园时，被猿尿湿过衣服，也许他对猿猴也怀恨在心。

读者也许会同情螃蟹，但螃蟹的死是理所当然的事，而他们可怜螃蟹，只不过是妇人之仁、孩童的怜悯心罢了，天底下螃蟹之死随处可见。在螃蟹被定罪的那天晚上，审判官、检察官、律师、看守、刽子手、教诲师等人大睡了四十八小时。而且，他们都在梦中梦见了天国之门。据他们所说，天堂与人间大有相似之处。

305

螃蟹被处死之后，螃蟹的妻子成了妓女，其动机究竟是因为贫困，还是因为她自己的性情，那就搞不清楚了。

螃蟹的长子自父亲死后，在报刊上表明了自己的态度说是"幡然醒悟"，不久就登上某公司经理的宝座。他有时把因同类相残而受伤了的螃蟹朋友拖进自己的洞中。这件事被引作克鲁泡特金相互扶助论中朋友相助的最好例证。

二儿子通过自己的努力成了小说家。当然，因为是小说家，所以在他身上也时常有迷惑女人的事情。三儿子因为是个笨蛋，无所作为，是个彻底的螃蟹，每当他出门散步时，握着的饭团总要掉下一两个来。因为他最喜欢的东西就是饭团，因此他又用他那大大的钳子把掉了的饭团捡起来。而高高的柿子树树梢上只有一只正在抓虱子的猿——此后的事不说大家也猜得到了。

据此看来，螃蟹和猿争斗，最后螃蟹必定为天下所杀，这是天经地义的事实。寄语世上的读者，你们大概就是螃蟹了！

品德考验

——［匈牙利］厄尔凯尼

第一次我下车时，
为工厂守门的狗怒气冲冲地向我飞奔而来；
第二次我下车时，
那狗又来了，却一反常态，对我摇尾撒娇，
只因它看见我是乘小卧车来的。

工厂的大门离我下车的大水井附近只有百十来步远。工厂位于群山之中，山上到处是葡萄和树木，不少地方为架高压线已被砍伐干净了。

在山区，工厂的大门也让狗看守。一看见我，狗就从传达室的小屋里一跃而出，怒气冲冲地向我飞奔而来，疯狂吠叫着，满嘴白沫，露出尖利的牙。中途它停下了，歪着头观察着，似乎在考虑怎样制服我。

我曾经被狗咬过，咬我的是我朋友家的一条纯种狗。看见这条狗向我扑来，我站住了。我在想，一条小小的杂种哈巴狗，不同于那种残忍、凶狠、喜欢突然进攻和追袭的大狗。虽然它并不起眼，可我还是往后退了。

当我第二次从车上下来时，这狗又来了，它朝我摇尾巴，双膝跪着，以景仰不已的神情望着我。它看到，我是乘小卧车来的。它还跑到我的脚下撒娇，要我挠痒。

我挠着它的耳朵，心里不禁想：真是只卑鄙势利的畜生！

奇　迹

—— ［匈牙利］米盖斯

　　柯瓦奇克夫妇瞬间都长了十岁，
　　他们终于拥有了别墅、小汽车，
　　可他们却再也不是夫妻了。
　　因为，在这十年里，他们已经离了婚，
　　妻子也另嫁他人了。

　　结婚两年的夫妻仍然十分恩爱。可是，近些时候他们经常为了钱吵架。"主要的是——要忍耐，"一天晚上柯瓦奇克对自己的妻子说，"房子里阔绰的摆设，以及小汽车和别墅，这一切我们都会有的。"

　　"主啊，快到十年后吧！"妻子叹了一口气说。

　　此刻奇迹发生了：时间推移，光阴缩短。转瞬间，十年的光阴飞逝而去。

　　"柯瓦奇克！"妻子惊叫了一声，"快来看啊！"

　　丈夫大吃一惊，简直不敢相信眼前的一切：房间里摆设着昂贵的家具，地板上铺着柔软的波斯地毯。

　　"哦！"柯瓦奇克似乎明白了，"我们长了十岁，你的愿望实现了。奇迹发生了……"

　　夫妻俩兴奋地拥抱、亲吻。妻子再次看了看四周，轻轻地叹了口气。"你为什么叹气？"柯瓦奇克问。

　　"小汽车，还有别墅，我都有了……可有一点我不明白，在我身份证上的姓怎么变成了弗罗依戴斯呢？"

　　柯瓦奇克拿过妻子的身份证，仔细看了看，然后沮丧地说："明白了，在这十年里我们离了婚，而你已经第二次嫁人了。"

　　"这怎么可能呢？"妻子维拉小声地说。

　　柯瓦奇克拿出自己的身份证，他看到他本人已被从这套房子注销了户口。

　　"天哪！"他叫着说，"你的丈夫随时都会出现在眼前。"

就在此时，门铃声响起，柯瓦奇克无处可藏，只能躲进柜子里。维拉流着眼泪去给现在的丈夫——卡齐米·弗罗依戴斯博士开门，然而，他们根本就不认识。

版权声明

  我方策划出版的《中外名家精品荟萃》图书中，部分作品无法与权利人取得联系，为了尊重作者的著作权，特委托北京版权代理有限责任公司向权利人转付稿酬。请您与北京版权代理有限责任公司联系并领取稿酬。联系方式如下：

吴先生

北京版权代理有限责任公司

北京海淀区知春路 23 号量子银座 1403 室

邮编：100191

电话：（010）82357058/57/56   传真：（010）82357055

网址：www. bookpod. cn